敦煌是我生命的全部

——段文杰回忆录

段文杰 著

敦煌研究院 编

青海人民出版社

图书在版编目（CIP）数据

敦煌是我生命的全部：段文杰回忆录 / 段文杰著；
敦煌研究院编 . -- 西宁 : 青海人民出版社，2021.8（2023.11 重印）
ISBN 978-7-225-06202-0

Ⅰ . ①敦… Ⅱ . ①段… ②敦… Ⅲ . ①回忆录—中国
—当代 Ⅳ . ① I251

中国版本图书馆 CIP 数据核字（2021）第 166921 号

敦煌是我生命的全部
——段文杰回忆录

段文杰　著

敦煌研究院　编

出 版 人	樊原成	
出版发行	青海人民出版社有限责任公司	
	西宁市五四西路 71 号　邮政编码：810023　电话：（0971）6143426（总编室）	
发行热线	（0971）6143516 / 6137730	
网　　址	http://www.qhrmcbs.com	
印　　刷	陕西龙山海天艺术印务有限公司	
经　　销	新华书店	
开　　本	890 mm × 1240 mm　　1/32	
印　　张	12.625	
字　　数	250 千	
插　　页	12	
版　　次	2022 年 3 月第 1 版　　2023 年 11 月第 2 次印刷	
书　　号	ISBN 978-7-225-06202-0	
定　　价	78.00 元	

本书编委会

主　编

樊锦诗

编辑委员

马　德　王旭东　王惠民　李正宇

李最雄　张元林　张先堂　杨富学

罗华庆　贺世哲　施萍婷　赵声良

娄　婕　梁尉英　樊锦诗

执行编委

赵声良

摄　影

孙志军　盛巽海

自序

我自从 1945 年到达甘肃并于 1946 年到莫高窟以后，就再也没有离开过敦煌，为了石窟艺术的研究事业和保护工作，一住就是 50 多年，基本上把一生奉献给了敦煌文物事业。虽然曾经遇到过生活上、工作中的一些困难，但我终于坚持下来，并且从不后悔，是伟大的石窟艺术宝藏和博大精深的敦煌文化吸引了我，感染了我；是古代劳动人民和艺术匠师的开拓精神、创新精神、奋斗精神和在艰苦条件下的乐观向上精神鼓舞了我，支撑了我。50 余年来，我在壁画临摹，介绍宣传石窟艺术，从理论上对石窟艺术进行分析研究，培养年轻人才，扩充壮大研究队伍，加强编辑、出版和展出工作，促进和推动国际敦煌学学术交流，提高石窟文物的科学保护水平等方面尽了自己一份力量。

1998 年后，因年事已高，我从敦煌研究院院长的职务上卸任，担任了名誉院长，不再管理院里的具体事务。除了参加一些重要的活动之外，大多数时间是住在兰州，但敦煌的一切都不能从心中抹去，许多往事不断在我的记忆中浮现。一些朋友希望我写一篇带有自传性的敦煌回忆录。我将过去写的一些回忆片段找出来，进行补充，并让兼善、葆龄帮助整理，结果汇集成了一篇长约25万字的回忆录。回忆录主要围绕我在敦煌参加过的敦煌石窟遗产的保护研究工作为主线来叙述，对一些生活琐事、工作细节和人际关系没有过多的涉及。这样可以使读者了解到敦煌研究保护的主要脉络，又可以节省读者的时间。

我希望这部回忆录，能使关心敦煌事业的读者增添了一个了解敦煌保护研究工作的渠道。

段文杰

2006 年 12 月

序

段文杰先生（1917—2011）1945 年毕业于重庆国立艺专，1946 年来到敦煌莫高窟，扎根大漠，开始了艰苦的敦煌壁画临摹和艺术研究生涯。从 20 世纪 40 至 60 年代，段文杰先生致力于敦煌壁画临摹工作，并成为同行中的佼佼者。反右派斗争和"文化大革命"期间，段文杰先生同其他一些专家两次受到政治上重大打击，下放到农村务农。不管受到多少打击，段文杰先生对敦煌艺术的热爱始终痴心不改，坚持利用一切机会努力学习、钻研和探讨敦煌石窟历史、艺术和宗教等各种问题，积累了大量的研究资料。

1982 年段文杰先生任敦煌文物研究所所长。他看到当时中国敦煌学发展的落后面貌，果断地把敦煌文物研究所的工作重点放到敦煌学研究上来，他以身作则，带头研究，撰写文章，率领大家开展学术研究。1983 年，在他的倡导和主持下，由敦煌文物研究所承办的首届"全国敦煌学术讨论会"在兰州顺利召开，标志着中国敦煌学开始走向腾飞。为了尽快地刊布敦煌学研究新成果，在段文杰先生的倡导和主持下，1981 年敦煌文物研究所创办了学术性期刊《敦煌研究》。目前，《敦煌研究》已出版正刊 190 期，特刊 8 期。内容涉及敦煌学的所有专业。如今已发展成为国际敦煌学界最有影响力的专业期刊和学术载体，弘扬中华优秀传统文化和敦煌学研究的主阵地，深受国外学术界的关注，对世界性的敦煌学研究及相关学科产生着重要影响。

1984 年，在甘肃省委、省政府的大力关心和支持下，敦煌文物研究所扩建为敦煌研究院，段文杰先生就任院长。他强调敦煌研究院应坚持遵循国家制订的"保护、研究、弘扬"六字方针。利用改革开放的大好时机，加强与国际合作研究，先后与日本、美国、澳大利亚等国开展合作保护研究，很多合作保护项目至今仍在进行。通过合作，使敦煌石窟文物的保护研究达到了较高的水平，保护工作得到了大力推进。在段文杰先生领导下，调动了研究人员的积极性，敦煌研究院的敦煌学研究持续发展，出版了《敦煌莫高窟内容总录》《敦煌莫高窟供养人题记》，综合精选敦煌艺术、文献和书法的《敦煌》图录，精选的专题论文集《敦煌研究文集》，《中国美术全集·敦煌》壁画和彩塑各一集，《中国敦煌壁画全集》10 卷，敦煌石窟的专题分类《敦煌石窟全集》26 卷，以研究单个精华洞窟为特点的《敦煌石窟艺术》22 卷，以及中日合作撰写的《敦煌莫高窟》（五卷本）

和《榆林窟》等等一系列的研究著作。段文杰先生还利用开放合作的机会，通过各种途径，送年轻人到国内外高校和研究机构进修学习，为敦煌研究院造就了一大批人才。

作为一位画家，段文杰先生临摹了大量敦煌壁画，积累了丰富的壁画临摹经验。他潜心苦学、苦钻、苦思、苦练，在深入分析、总结、研究的基础上，熟练地掌握了敦煌石窟壁画不同时代、不同物象的各种线描，各种上色，不同的晕染技法，以及人物不同的传神技巧，使他的壁画临本，达到了得心应手，形神兼备，接近敦煌壁画原作神韵的高度。段文杰先生在长期的临摹实践和研究中，总结了壁画临摹的标准、要求和方法，提高了敦煌研究院美术工作者的整体临摹水平。段文杰先生为代表的老一辈美术工作者的高水平壁画临本，多年来在国内外的展览中，发挥了弘扬敦煌文化艺术的重要作用。

段文杰先生通过临摹致力于敦煌艺术研究，从美术史和美学的角度探讨敦煌艺术的风格、技法的特色，以及敦煌艺术形成的历史、社会原因，从宏观的角度把握敦煌艺术的时代发展脉络和审美精神。他以几十年临摹壁画的深切体会和对敦煌艺术的深入研究，撰写了一系列学术论文，《敦煌石窟艺术研究》是段先生敦煌艺术史研究的集大成之作。段文杰先生对敦煌艺术的理论探讨不仅对学术研究做出了贡献，而且对于艺术创作也给予了启发。

段文杰先生退居二线后，依然非常关心敦煌石窟的保护和研究工作。他坚持写回忆录，在回忆录中记录了他所经历的与敦煌事业密切相关的历史。这本回忆录浓缩了段文杰先生一生为保护、研究和弘扬敦煌石窟艺术而奋斗的经历。这次修订出版，就是为了进一步学习段文杰先生坚守大漠、甘于奉献、勇于担当、开拓进取，热爱敦煌事业的莫高精神，并使之发扬光大，推动世界性的敦煌学研究更加辉煌地发展。

2021 年 12 月

目　录

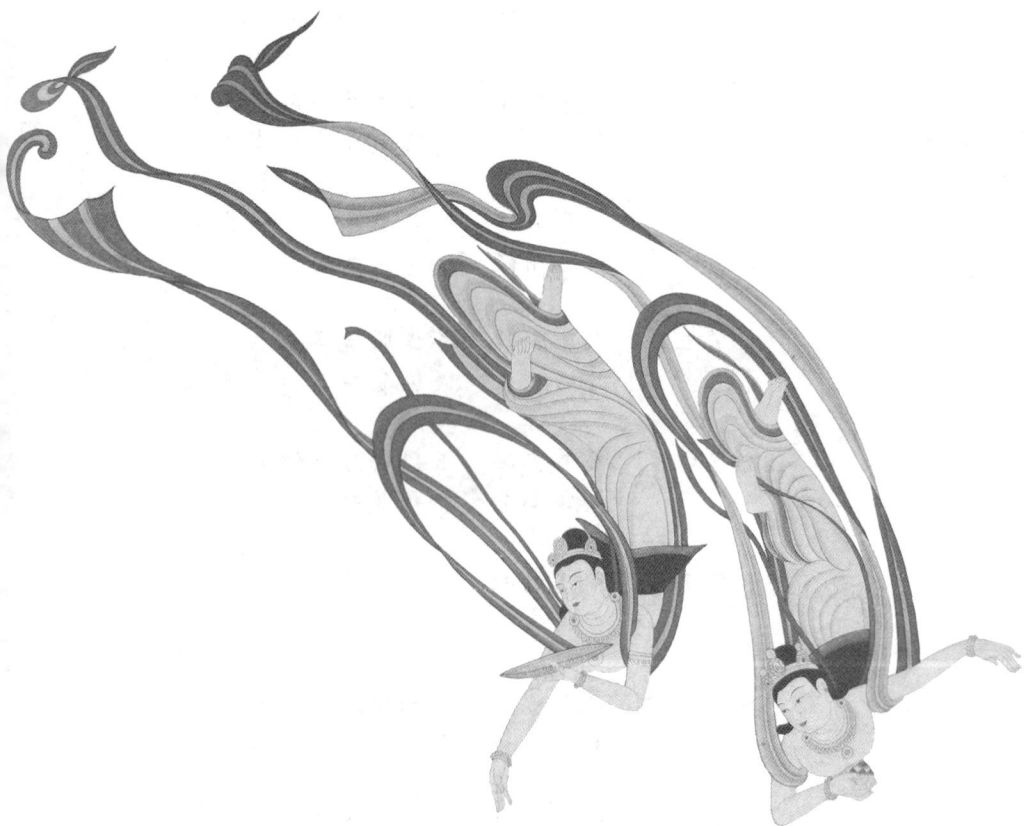

第一章

同学少年　嘉陵江畔爱国情燃

书生意气　敦煌宝库千里寻梦

多年以前，我再回忆起上个世纪初年少时的情景，竟发现许多往事在脑海中愈来愈清晰，有恍如昨日的感觉，只是，当初并没有任何迹象"昭示"我将与敦煌有着大半个世纪"纠缠不清"的缘分……

一、穷人家的孩子

1917 年 8 月 23 日，我出生于四川绵阳松垭乡农村。段家过去是个较大的家庭，但到我出生时已经没落。我的祖父辈四兄弟当时已经分家，我的祖父分得房屋六七间，土地八九亩，且多为沙地。当时他们还合营了一座制盐土作坊，收入虽不多，尚能维持家用。但我祖父去世后，小盐坊被其他三家占去，我家生活日益困难。父亲兄弟俩，靠祖母喂猪、纺线、搞副业挣点儿钱供给上学。父亲在绵阳旧制中学毕业后因家庭生活拮据，便投考到盐务局当了一名小职员，能够挣点薪金补贴家庭生活。但当时盐务工作流动性较大，不能长期固定在一个地方工作。

1925 年我 7 岁时就与母亲一道跟随父亲离开家乡，到蓬溪、遂宁一带的乡镇上流动居住。

1927 年，生母病故，父亲到明月乡工作，娶了一名当地雇农的女儿做继室。这年我开始上小学。1929 年父亲又调到蓬溪的常乐乡工作，我也转到常乐场的高级小学读书。1931 年升入高小部学习。当时该校的校长叫胡止峻，是北京大学的毕业生。他思想进步，外面的事知道很多，经常给学生介绍新闻时事，使我们明白了不少道理。他带领我们宣传抗日；带领我们赶跑了国民党县政府派来的提款委员；解救被吊打的农民；带领我们拆庙宇、修学校，反对当地的土豪劣绅。这些做法给我留下了深刻的印象，也启发了我的爱国思想。日本发动九一八事变，占领了我国东三省，我的一个老师仲常恺投笔从戎，远赴东北参加抗日义勇军打击侵略者，他的行动使我又一次受到爱国主义教育。1936 年夏，我家搬到蓬溪县城，我也进入县立中学读书。不久，继母和祖母先后病逝，家里又遇到新的困难。我一边学习，一边还要帮助家里操持家务。

二、参加抗日救亡宣传团

1937 年 7 月卢沟桥事变后，中国共产党蓬溪、遂宁一带的地方党组织，根据党中央动员一切力量，争取抗战的胜利，使已经发动的抗战，发展成全民族的抗战，在国统区内放手发动抗日群众等方针政策和上级党组织关于大力开展抗日救亡宣传，努力发展壮大组织的指示，很快就在蓬溪掀起了一场拯救国家于危亡、民族于水火，唤起民众的抗日救亡运动。蓬溪县委王叙五、蒋仁风、杨继先、文信真、文学海、仲显荣、陈叔举等负责同志，特别重视在蓬溪县的中小学中开展活动，也很重视发挥中小学师生在抗日救亡活动中的作用。陈叔举是蓬溪中学中共地下党小组的负责人，公开身份是县中图书管理员和文书。陈叔举和我本是初中时的同学，接触较多。在他那里，我借阅了《群众》《新华日报》《全民抗战》《大众哲学》《解放》《辩证唯物主义》《阿Q正传》《狂人日记》《春》《家》《子夜》《铁流》《母亲》《夏伯阳》等进步书刊，明白了不少道理。通过阅读进步书刊，一大批进步师生团结在陈叔举他们周围。当时，南充至遂宁公路蓬溪段正在修补，每天在公路上砸碎石的农民很多。党组织为了唤醒民众抗日救亡，指示蓬溪中学党组织负责人陈叔举等人带领一批学生，利用星期天深入施工场地，一边帮民工锤石头，一边宣讲抗日救亡道理。每天都有二三十名师生参加，通过这种活动提高了群众和师生们的爱国热情。这些活动我都积极参加。为了适应抗战形势的迅猛发展，蓬溪中学党组织决定成立一个文娱宣传团，利用暑假深入县内的乡镇进行宣传。陈叔举与当时在四川大学读书的地下党员蒋慧泽取得联系，购回一批演唱资料和道具。成立宣传团的消息传出去，要求参加的进步师生多达百余人。地下党组织经过充分酝酿，决定以县中为主，挑选出四十多名男女学生，聘请了遂宁师范学校毕业的进步青年徐光祖、荣孝及负责，实际上还是陈叔举、陈大义等策应指挥。宣传团的团员们抓紧中午、晚休时间和星期天在县中认真排练和试演，另一方面也向当时的国民党县政府呈文，当时国民党地方政府中还有一些像遂宁专署专员罗玺这样比较开明的人士，对抗战宣传活动并未阻拦，所以取得了成立"蓬溪中等学生暑期救亡工作宣传团"的合法资格。1938年7月底，宣传团正式成立，我因为比较喜欢通过美术、音乐及戏剧演出等形式来进行宣传，自然也成为这个宣传团的重要成员之一。此外，全泽修、陈震、牟体泉、李静波、江治荣、杨远珍、邱炳英、牟稚容、余胜英等也都是宣传团的中坚力量。宣传团自备有幕布、煤气灯等布景装置，粉红、胭脂等化妆品，头套、胡须、戏服等装束，大鼓、小鼓、锣钹、胡琴等乐器，还有几种书写标语的颜料和大量宣传演唱资料。表演的节目有：《放下你的鞭子》（揭露日本帝国主义的"三光政策"给日占区人民带来的惨重灾难，宣传了抗日救亡的重要）、《三江好》（歌颂一个游击队长带领队员拼死杀敌的英勇事迹）、《热煽风》（描写一个怕当兵上前线抗日的人，用棉絮把自己捂热生病，每天扇不离手，群众讥讽地把此病叫作"热煽风"。这个话剧把怕死鬼的可耻行为揭露得淋漓尽致，鞭策了群众，激励了进步青年）等六个话剧和内容丰富的街头剧，以及演唱《游击队之歌》《松花江上》《在太行山上》等抗日歌曲。每场演出都在三个小时以上。

8月初暑假开始，宣传团即面向群众进行公演。在县城演出后，就先后到板桥、槐花、常乐、明月、大石、吉祥、康家、回马、隆盛、蓬莱、高坪、集凤、鸣凤、桂花、遂宁城等两县的城和镇十四个乡场进行宣传演出，直至8月下旬暑假结束时返回县中，历时近一个月。

由于在蓬溪公演以抗日救亡为内容的戏是第一次，兼之剧目形式新颖，且演话剧（群众亲切地称之为"文明戏"）在蓬溪也是第一次，由男女青年学生组成宣传团在蓬溪更是首创，因而深受民众欢迎，尽管时值秋收大忙季节，每场观众均在1000人以上。在遂宁城演出时，场内观众达3000多人，挤得水泄不通。遂宁警察局不得不出面帮助维持秩序，采取只准出不准进的应急措施，才使演出顺利进行。

宣传团演得生动形象，收到了良好效果。一次在蓬溪城上河街演街头戏时，有场揭露汉奸的话剧，一姓李的同学扮演汉奸，陈震和另外几个同学饰革命青年。经过一阵激烈的台词后，陈指着李骂道："你这个狗汉奸！"李狡猾地眨着眼诡辩道："说我是汉奸有什么依据？嗯！"由于演得生动逼真，把观众深深地吸引住了。一个农民看入了神，从内心激起他对汉奸的愤怒。他冲上去，一把抓住李同学，"你这个家伙这么坏，还不承认是汉奸！"顺手就是一拳，打在李的身上，幸亏大家解释及时，说明这是在演戏，才使他醒悟过来，赶忙向李赔礼道歉。该团的宣传演出，不知激起了多少人对日本侵略者和汉奸的无比痛恨，更不知有多少人为我英勇的八路军、游击队挺进敌后、捷报频传而喝彩赞颂。宣传团走到哪里，哪里就有宣传抗日的嘹亮歌声在回荡，哪里就有"抗战到底！""打倒日本帝国主义！打倒汉奸！"等醒目标语出现在街头巷尾，哪里就有宣传团收集整理自编自印的以抗日救亡为内容的顺口溜、民歌在广泛流传。凡看过宣传演出的群众，无不感觉上了一堂生动的爱国教育课。

在巡回演出中，全团队员凭着一股宣传抗日的热情和对伟大祖国的热爱，克服了重重困难，取得了圆满的成功。

宣传团从一个场镇转到另一个场镇都是步行，还得背一些道具和日用品，途程均在二三十里，时值阴历七月，天气暑热，只累得一个个汗流浃背，气喘吁吁，不少人脚底打起了泡。白天辛勤赶路，晚上紧张演出，夜间休息往往是几十个男生挤在一起，莫说蚊帐、床，有时连席子都不够，蚊虫叮、臭虫咬，汗气熏，学生们都不当回事。宣传团的伙食极为简朴，没有炊事员，都是学生自己煮，有时吃咸菜，有时连咸菜都吃不上。面对这些情况，地下党员陈叔举、陈大义和其他同志一面积极想法解决，一面关心照顾年龄小的和身体虚弱的同学，并在队员中进一步宣传革命道理，增强了队员们战胜困难的信心。他们说："我们不怕累、不怕苦、不图名、不图利（宣传团对成员只负责生活，不给任何报酬），只图唤醒民众、抗战到底，民富国强。"崇高的信念，使全团四十多人团结战斗在一起，没有一人叫苦，没有一个当逃兵，圆满完成了宣传演出计划。

8月下旬，暑假结束后，"蓬溪中等学生暑期救亡工作宣传团"即自行解散。陈叔举、陈大义在此基础上，发展了一批宣传骨干入党，建立了蓬溪中学地下党支部。同学们在党支部的领导下，继续坚持星期天、节假日在县中或其他地方进行宣传活动，节目内容不断更新。在以后的暑假中，各进步同学还按乡场成立临时小组回乡组织救亡宣传。

1938年后半年，我被聘到常乐小学任教，我主要担任文史和音乐美术课的教学。授课之余，我还组织一些学生办壁报、墙报，写文章，画宣传画和漫画，宣传进步思想，宣传抗日救亡。在我去该校之前，该校就在地下党员仲显荣的带领下，组织领导了该校的抗日救亡宣传活动，还以该校师生为主成立了"蓬溪县常乐场抗日救亡宣传团"。为了取得合法手续，以便公开演出，仲显荣以身兼第三学区教育委员职务聘请国民党蓬溪县党部委员黄舒文、全理阳等较开明的人士担任宣传团的名誉指导员，利用他们的身份掩护进行宣传活动。该团以花鼓词、金钱板编排抗战诗歌，教唱抗日歌曲，开展歌咏比赛，进行话剧演出等形式，星期天、节假日、逢场天经常活跃在常乐镇附近的乡场和农村进行抗日宣传。

宣传团经过一个多月的紧张训练，在放寒假时，就由我和仲显荣带领，以常乐小学地下党员胡玉清、李炽昌、曾夏霖、曾继铣、李重华、牟体泉、黎德培和县中寒假返家的地下党员全泽修、陈震、刘玉成等为骨干，共五十余人，出常乐小学进行公演。宣传团先后深入到蓬溪、遂宁、射洪三县的常乐、九龙、明月、大石、吉祥、柳树、康家、回马、青堤、板桥、槐花、文井这十二个乡场展开宣传演出，历时近一个月。宣传团演出的节目有：话剧《渡黄河》（中心是说对抗日战争抱犹豫不决的态度是错误的，是必然要遭到失败的，影射了国民党的片面抗战路线）、《壮丁上前线》（是一个农民开始对抗日无正确认识，不愿上前线。后来他也因日本鬼子的"扫荡"而家破人亡，血的事实终于使他觉醒，走上了报仇雪恨的抗日战场）、《野店》（主要写人们通过各种方式，纪念为抗日牺牲的革命将士，激励人民前仆后继，抗战到底）和《义勇军进行曲》《大刀进行曲》《流亡三部曲》《在太行山上》《游击队之歌》《打春歌》《新凤阳花鼓词》等宣传抗日的歌曲，以及短小精干、内容丰富、脍炙人口的各种金钱板、莲花落等，深受群众喜爱，每场演出均在三四个小时以上，观众亦常不下千人。和"蓬溪中等学生暑假救亡工作宣传团"一样，"蓬溪县常乐场抗日救亡宣传团"也遇到和战胜了许多困难，收到了良好的宣传效果。除了加强宣传力度，我们还积极组织募捐活动，支援抗战前线。党领导下的蓬溪新妇女会，不仅推动妇女解放，还组织全县妇女绣花扎字，向前方将士捐赠慰问品。常乐小学师生和附近农民，省吃俭用，将节约的一担担大米送到学校，我设法将这些大米换成钱，托有关渠道送到前线。

1938年至1939年，蓬溪地方党组织领导下的抗日救亡运动，唤起了蓬溪民众踊跃支前抗日，宣传了中国共产党全面抗战路线和《抗日救国十大纲领》，争取了群众，赢得了人心，培养了大批有爱国主义精神的积极分子，有力地促进了蓬溪地方党组织的发展。

但是国民党顽固派，对人民群众的抗日救亡运动极端仇视。在抗战时期，他们出于民众的压力，不敢公开反对，暗中却对各地救亡运动严密监视，设置障碍，进行捣乱和破坏。面对国民党的倒行逆施，蓬溪地方党组织通过各种方式进行了针锋相对的斗争，坚持领导了蓬溪的救亡运动。1939年下半年，国民党反共高潮蔓延到了蓬溪，以国民党县党部书记长颜守徇为首的蓬溪国民党顽固派和地方反动势力，更加猖狂地进行反共活动。蓬溪中学教导主任庄孝移是顽固分子，多次向国民党县党部密报进步师生，致使蓬溪中学图书管理员陈叔举，集风小学校长蒋仁风，杨继先，蓬南小学校长张继舟，第三学区教育委员仲显荣，以及彭励生和我都被视为有"共党嫌疑"而解聘。不久，又传来陈叔举被逮捕的消息，蓬溪党组织为了免遭破坏和不必要的牺牲，根据上级党组织的指示，纷纷转移隐蔽，王叔五、蒋作勋等负责人也都离开蓬溪，失去了联系。党的活动也由半公开状态转入了秘密状态，蓬溪轰轰烈烈的抗日救亡运动告一段落。当时一部分学生考入外地学校，离乡就读。我当时既无工作，也无关系到外地就职，便打算到外地求学。我从小就喜欢文学艺术，尤其是美术，兴趣很浓。在抗日宣传时经常画宣传画，感受到一种创作的乐趣。但觉得应当进一步钻研学习，艺术水平上还要提高。听说成都有一所南虹高级艺术职业学校正在招生，我立即告别家人，跑到成都去投考这所学校，被录取到该校的图音科学习。我为了尽快提高自己的水平，学习是相当刻苦的，把能够利用的时间都利用起来，学习成绩也还说得过去。

三、在国立艺专的日子

1940 年下半年，已从杭州迁到重庆的国立艺专在成都招生，我立即报名并参加了考试，由于准备得比较认真，考试成绩名列前茅，很快就收到录取通知书，我回到家里做到重庆上学的准备。我背上行李跋涉数百里，来到重庆璧山县一座名叫"天上宫阙"的旧庙宇。这就是国立艺专的一处校址，从此开始了五年制的美术专业学习生活。在这里结识了一些新面孔，都是一些爱好艺术的学子。有不少是四川及西南各地考入的青年，也有一些是沦陷区考到这里来的学生。大家关系都还可以。可是学校分部的一位训导主任吴某作风霸道，动不动就声色俱厉地教训人，制定了一套苛刻的管理办法和严格的规章制度，稍有触犯，便要给予不合理的处理，同学们比较反感。有一次在饭厅里碰上几位同学，不知道因为何事和他顶撞起来，弄得他下不了台，威风扫地，表面上同学们占了上风。我以为这件事就算结束了，哪知此人利用放暑假时，和学校当局某些人勾结，捏造罪名，说这几个学生有"共党嫌疑"，违反校规，予以"默退"。所谓"默退"，就是校方不公开地通知学生退学。暑假时我回家去了，等到开学返校时有几位同学已被迫离校，但谭雪生等几个沦陷区来的同学还没有走。因为我当时也是站在这几个同学一边的，所以吴某也向我发出了警告，我很气愤，就找到谭雪生几个人商量办法，大家认为我们应该直接向学校负责人说明情况，让谭雪生等同学留下继续学业。同学们成立了一个营救小组，推举我为组长，前去与校方交涉。我们先与教务主任谢仲谋分辩，又去找校长吕凤子。这位吕凤子先生，自署"凤先生"，江苏丹阳人，1885年出生。他追求真理，追求进步，跟随时代前进，使艺术服务于人民，不愧是人民的画家。1911年辛亥革命后，凤先生即在家乡丹阳县城创办正则女校，志在反封建，提倡女权。1919年"五四"反帝爱国运动爆发后，先生时在国立北京女子高等师范任教，因反对当局迫害进步学生，在校务会议上愤而退席，挥毫作《古松》一幅，并题诗句"发奋一画松，挥毫当舞剑"，表示要以艺术为武器，进行人民民主的革命斗争。

抗日战争爆发后，日军入侵江南，凤先生和学校被迫西迁，至1938年入蜀，亲身体验到国破家亡的苦难，连刻"一生爱写稼轩词"等印章，押在画上，表示要以画为武器，打击敌人。这一时期，他创作了《流亡图》《忆江南》《劳苦人与牛》等作品，或揭露、鞭挞敌人的凶残，或痛斥时政的腐败，或激励团结抗战、收复大好河山，或表现劳动人民的苦难。

凤先生的画室门口挂了一个小牌子，上书"凤巢"二字。小小的画室只摆了一张画案，凤先生正在画泼墨山水，我们几个围着画案，看他画完了泼墨山水后，向他反映吴某欺压学生的事实和谭雪生几个同学被"默退"的情况，请他取消"默退"的决定。凤先生通情达理，允许谭雪生几位同学仍然到松林岗上课，不久吴某就离开了国立艺专。我们班有60人，推举我为班长，在松林岗又被推选为学生自治会主席。我除了刻苦学习之外，和学生自治会理事们团结一致推进艺专剧社的演出活动，开展抗日救亡宣传。第一年寒假便组成了 20 余人的抗日救亡宣传队，我被选为队长，我和黄克靖、韩辛、周惠英等同学率领全队在璧山、重庆等城市和乡村进行抗日宣传演出活动。我的工作很多，要画宣传画，要参加话剧演出，还要唱金钱板，虽然觉得很累，但能为国家、民族做一点有益的工作，从内心感到光荣和愉快。

当时我们班级 60 人，分为国画、西画、雕塑和应用美术四个科。我在国画科，同学有何凤仪、程艾舟、郭瑞昌、董锡三、李锡兰、王寂子、王锡位等十几个人。谭雪生、李畹、周惠英、张贻真等在西画科，谭铸尧、张毓琛、沈士庆等搞雕塑，胡明德、曾悦音、徐中干、方冰美等研究图案和设计。1942 年 3 月，我们搞了个校庆活动，纪念国立艺专成立 14 周年。师生们在座谈中回忆了国立艺专十多年来的风雨历程，感慨唏嘘，思绪万千。既有伤感，也怀有希望和憧憬。回望 1928 年，在蔡元培先生的支持下，林风眠先生创建了杭州国立艺术院，聘请了一批有志于我国美术教育的专家担任学校老师。林风眠先生有其特别的艺术主张和新颖的教学思想，他主张深入了解中西艺术的根本异同，互相取长补短，反对墨守成规，但并不摈弃中华民族的传统艺术；关注社会现实，在自由而浪漫的探求中，创造出有生命的作品。在林风眠主持国立艺专的时期，的确给中国画坛带来一股清新之气，也培养了一批有创造力的画家，给当时中国画坛的保守势力以不小的冲击。他本人在中西结合的探索中，创作出一幅幅精彩独特的粉彩画和水墨画。然而，艺专的道路并不平坦，在和各种文化艺术思想的搏斗中，又遇到日本军国主义侵略中国这一暴行，为了艺术的生存和发展，国立艺专在日本人的炸弹声中，辗转迁徙，先诸暨，后贵溪，再沅陵，又昆明，迂回曲折，最后到了重庆璧山，于散居在一片青山绿水间的破旧建筑中安营扎寨。在吕凤子校长的努力下，支离破碎、四分五裂的局面得以扭转。面对师资缺乏、经费困难、校舍局促、设备简陋、物资匮乏、生活清苦的状况，他奔走筹谋，搞得精疲力竭，终因积劳成疾，无法支撑，被送到歌乐山医院治疗。为了不影响学校的教学工作，他推荐了陈之佛先生接任校长职务。陈之佛先生是我国工艺美术的先驱者和奠基人之一，同时又是杰出的工笔花鸟画家，其画法是线描勾勒与没骨渲染相结合，格调清爽高雅。吕凤子推荐陈之佛主要是看中陈之佛的人品和学识，但陈先生开始并不愿意接手，后来国民党教育部见艺专无人主事，也对陈先生施加了压力，强迫他出任校长，使这位淳厚的学者经受了一场严峻的考验。他屡辞不果，只好硬着头皮，尽最大努力来挽救不绝如缕的美术教育。陈先生为了解决校舍问题，力争把国立艺专由青木关松林岗迁至沙坪坝附近的磐溪。那里有现成的大院，房子宽敞，再增建些校舍，用以解决师生工作学习和休息问题。那里靠近中央大学，可以借用他们的教授来艺专兼课，增强教育质量。陈先生费了九牛二虎之力，几经周折，上面才批准了迁校建议。陈之佛先生的努力给艺专带来了一线生机。

在这次校庆活动中，我们还举办了一个晚会。大家在晚会上朗诵、演唱，寄托了希望。我代表学生自治会讲了话，内容是要抗战到底，相信我们不久就可以到杭州、北平去开纪念会等等。我还唱了一段金钱板，讽刺教育部不重视国立艺专，不重视艺术教育，使得我们的校长、老师疲于奔命，不堪重负。当时有教育部的人参加了校庆晚会，听到我的讲话和金钱板演唱，很有意见。会后学校训导主任找到我，说我的讲话很出格，要注意。我把此事告诉了陈校长，陈校长很生气："要求重视艺术教育不对了？真是莫名其妙！不管他，有事我顶着。"

1943 年初，学校终于从青木关松林岗迁至沙坪坝磐溪黑院墙。为了增强艺专的师资力量，学校聘请了一批知名教授和优秀画家来艺专授课。如丰子恺、傅抱石、李可染、黎雄才、黄君璧、关良、李超士、丁衍镛、吕霞光、胡善余、朱德群、赵无极、王道平、邓白、李毅夫、周绍淼、刘开渠、王临乙、秦宣夫、常任侠、史岩、朱光潜等，这里面有一些也是国立艺专初期培养毕业的学生，阵容强大，使国立艺专的教学质量有显著的提高。当时重庆是抗

1943 年在重庆松林岗国立艺专上学期间的作者　段兼善提供

14

战时期的临时首都，一大批各界知名人士和文化名流也都集中在此。校方经常请一些名人来校讲演，如爱国将领冯玉祥、国民政府驻苏联大使邵力子、历史学家郭沫若、作家姚雪垠等。记得郭沫若到校讲演结束，还和常任侠先生一起领着我们一大帮学生去黑院墙附近已经发掘的一座汉墓做一些考证研究。郭沫若当时看到墓穴砖块上镂刻的汉代图案花纹很是注意，观看了很长时间。后来我们一些同学一度把郭沫若称作"汉砖先生"。陈校长艰苦办学的精神和谦虚诚恳的作风，使全校师生真诚相处，一度出现了安定团结的局面。

但是国民党顽固派始终没有忘记进行思想禁锢，对于一些思想进步的学生，曾多次下达指令进行迫害处理。陈之佛先生往往愤然拒绝执行顽固分子的指令，并且奔走营救。陈之佛先生得到艺专大多数师生的爱戴和拥护，但却受到上级顽固派的忌恨。他们扣发学校经费和办公用品，画模特的烤火费也不供给，学生伙食濒临断炊。陈校长将任职前举办画展售画所得的一笔私人积蓄用到办校开支上，但还是无济于事。于是个别人暗中策划倒陈，一些不明真相的师生误认为陈校长无能，准备把陈轰下来。他们在饭厅里贴了一张告同学书，矛头指向陈之佛。但同学中有大部分人不赞成这样做，我也不赞成他们起哄。我对一些同学说："陈先生是个学者、画家、老好人，过去没有做过行政工作。他已经尽力了，做了不少好事。现在学校有困难，有些是上面造成的，可以请陈先生找教育部作交涉。另外，前不久重庆商船专科学校不知为何闹学潮，教育部就把商船学校解散了。如果我们闹大了，教育部如法炮制，也把艺专解散了，许多沦陷区同学无家可归谁管？同时，有些问题应由同学们自己振作起来去克服。"大家听了我的意见，也觉得闹大了不好，不但解决不了问题反而把艺专闹垮了，对我国艺术事业不好。同学们选派了几个学生代表，和陈校长商谈，请他再找教育部交涉。陈校长同意去找教育部，但跑了多次，有些问题还是迟迟未得到解决。面对时局日艰，民生凋敝，日本飞机狂轰滥炸，百姓生命没有保障和各种触目惊心的腐败现象，陈校长极感痛心，决心辞去艺专校长职务，经反复坚辞，才获准许。

1944 年，潘天寿接任校长。同学们都很高兴，潘先生一开始向同学们讲的第一句话就是："我来了就准备走。"猛一听令人惊讶不已，后来方知潘先生超凡脱俗，表现出其不贪图名利场的大师风范。他来学校执教，主要目的是发展艺术教育事业，非为其他。虽然是校长，但经常亲临课堂授艺。他不赞成用西画取代中国画，也不同意中西合璧，而是主张站在中国画自身的立场上进行革新。他经常讲："做人要老实，作画不可太实在。""中国画要以形写神，充溢着笔墨情趣。""要深入了解传统，才能继承传统发扬传统，开拓中国画新天地。"潘天寿功力深厚，用笔劲拙，造型奇绝，气势磅礴。观其画作，会感受到一种超凡的力量。

我是为了学习人物画进入国立艺专的，在国画系任过教的老师不少：潘天寿、林风眠、傅抱石、黎雄才、李可染等，都是著名的山水花鸟画家。而教中国人物画的却只有一位讲师，擅长清代费小楼一派宫廷侍女画，白额头、尖下巴、八字眉、樱桃口、溜肩膀、窄袖衫、百褶裙、杨柳腰、弱不禁风，这种脱离现实的封建美人，在我的审美感情上无法接受。在日本侵略者强占我国领土，企图亡我民族，飞机炸弹盘旋头上的生死存亡时刻，这种绘画方式，怎能表达我国人民的精神面貌。这种审美情趣和绘画技法，也难以表达激昂向上的创作激情。这使我非常苦恼。正在这时，偶然在重庆七星岗看到赵望云、金风烈等画家举行的抗战画展，揭露日本帝国主义侵略中国的种种罪行，描写中国人民家破人亡、流离失所的悲惨生活。我看了这些活生生的画面，心情十分激动。这应该是我要走的绘画道路，一定要用现实生活形象来激励抗战热情，振奋民族精神。于是我经常到校外、到民众生活当中去进行现实人物的写生训练。好在当时一些优秀的画家如傅抱石、黎雄才、李可染、潘韵等尽管不是以人物画为主，但他们重视写生，重视现实生活，有时他们也带领同学们到嘉陵江畔、长江边和农村写生。这种时候，心情是很高兴的。有一次李可染先生带领学生去石家花园中国美术研究院徐悲鸿先生处请教。我们在徐先生处看了不少他的素描和油画写生作品，都为徐先生准确的观察力和精湛的绘画技巧而激动。徐先生还特地拿出了他失而复得的《八十七神仙卷》展示给我们看，又不断指着画卷中的人物形象进行点评。还说他自己一定要再细心地将此卷临摹一遍。徐先生是在法国研究油画的，没想到对中国传统绘画如此重视。此行给我们留下了深刻的印象。我在国立艺专这几年，由于比较重视写生锻炼，观察能力和造型能力得到大幅提升，对于中国画笔墨的理解和掌握也有相当进展。由于比较喜欢看书，经常找一些中外美术史方面的资料和古代画论之类的书籍来看，倒也增长了不少的专业知识。

1944年暑假前夕，听杨浩青同学说，一位1943级的同学邱行槎接到他哥哥国民党陆军第5师副师长邱行湘的信，要他找几位文艺工作者到湖北抗日前线去搞宣传，问我去不去。当时因为暑假我原不打算回家，但在学校待着也没有什么意思，不如到前线去看看。商量的结果，有六位同学愿意去，杨浩青、陈艾舟、刘予迪、刘玉华、宋振民和我。一放假，我们就跟着邱行槎乘坐民生公司的差船沿长江东行。在轮船上，在巫山县，我们看到许多惨不忍睹的虐待壮丁的情形。皮包骨头的壮丁，被打死在江里的壮丁，尸体挂在树枝上的壮丁，他们还没有看见日本人就被自己人在途中折磨致死，当时自己心里很不是滋味。这才明白为什么国民党要抓壮丁，为什么越抓越没有人去当兵。到了鄂西三斗坪，见到邱行湘，他叫我们参加宣传队。一个姓王的队长把我们分成两个组。一个组有杨浩青、陈艾舟和我为文艺组，一个组有刘予迪、刘玉华、宋振民参加戏剧组。去了不久就在三斗坪、茅坪演出阳翰生写的话剧《两面人》。我在后台帮助搞灯光效果、道具等杂务。演了几场，听说要反攻当时还被日军占领的宜昌，我们也做好了亲临战场的准备，背着干粮、画笔、颜料，开始向宜都行军。途中我们写了一些抗日标语，画了两幅抗日宣传画，出过两期通俗抗日壁报。

但在行军途中我们看到一些"国民党"军官并没有实实在在抗日，而是在做棉花和盐巴生意，把行军的士兵当成他们的运输工具。如果走慢了掉了队，马上就有人拿鞭子抽打。行军到了宜都，住了几天又听说作战计划有变化，不打宜昌了。部队又往回走，回到三斗坪，又开始排戏，演曹禺的《原野》。但是听说邱行湘自作主张，把剧本里的一些段落、句子都删改了。这个邱行湘还把宣传队的人集合起来训话，一副军阀面孔。我们感到这里不是久留之地，偷偷给潘天寿校长发电报，要学校赶快打电报给师部，催我们回校上课，学校果然发电催促。我们总算按时回到学校，脱离开这些军阀统治地区。鄂西前线之行，对国民党军队的阴暗面看到不少，觉得他们的这种抗战，前景渺茫。

四、初识敦煌

当时重庆集中了一批全国知名的学者、艺术家，因此我听到了一些有关敦煌的传闻。敦煌是西北甘肃省最西部的一个县，西接新疆，北临内蒙古，南连青海，东通河西。地处荒漠，气候干燥，人迹罕至，却有好几座佛教石窟，特别是敦煌莫高窟，保存有许多古代壁画和彩塑。1900 年，守窟的王圆禄道士发现了一批古代的文献和经卷，后来大部分被外国人掠走。现在中国学者奔走相告，呼吁国家保护敦煌文物，又听见一些画家也相约去了敦煌，探究民族艺术传统等等。听了这些传闻，对敦煌有了一点大概的印象，知道敦煌是一座历史名城，境内有莫高窟等一些佛教石窟。但只是一种朦胧的感觉，对莫高窟缺乏明晰的了解，尚未产生去敦煌的念头。1943年，参观了西北艺术文物考察团的王子云一行在重庆举办的敦煌艺术及西北风俗写生画展，展览中介绍了敦煌艺术的风貌和西北人民的淳朴风情，给我留下了一定的印象。当时还有一位知名的画家张大千，是我们四川内江人。1941年他带了一些子侄和门人长途跋涉到敦煌去实地临摹了不少敦煌壁画，1944年，他将摹品带回四川举办展览，先是在成都，后又到重庆。重庆的展出地点是在上清寺的中央图书馆，是由当时的教育部主办的。展览名称是"张大千临抚敦煌壁画展览"。我专门买了一张票去参观，大约有200幅画，都装在木头框子里，很有气魄。在展厅中，我曾看到张大千先生和几位文化界人士在谈话，但我没有到他们跟前去，因为我被那些挂在墙上的敦煌壁画临品吸引住了。作品大多是佛像、菩萨像以及供养人像，还有佛传故事画、本生故事画和因缘故事画等，另外还有一些敦煌石窟中的藻井图案。这些作品色彩艳丽，构图饱满，线描修美，同明清以来流行的中国人物画大不相同。看了王子云和张大千临摹的敦煌壁画，使我初步领略了敦煌壁画的风采。但据说敦煌莫高窟有好几百个洞，壁画和彩塑的数量极多，王子云、张大千所临摹的也只不过其中很少一部分而已，那么其他的壁画又是什么样子呢？张大千他们的壁画临本和洞窟窟原作之间有什么不同呢？这是引起我注意的问题。从他们的临本和所著的描述敦煌的文章来看，敦煌无疑是一个中华民族传统造型艺术的巨大宝库。我是学习人物画的，好像也应当到敦煌去实地考察研究一番，学习一些新的方法，为我所用。后来我终于决定，从学校毕业后一定要到敦煌去一趟，向石窟艺术学习，以弥补在人物画方面的不足。我把这些想法说给国立艺专一些同学和老师如吕凤子、潘天寿、林风眠、陈之佛等人听，他们都很支持我的想法，陈之佛先生说："现在已有不少画家和学者到敦煌去，常书鸿、董希文、史岩、李浴、苏莹辉、乌密风、潘絜兹都在那里，你去正是时候。对敦煌艺术深入研究，学以致用，是件很有意义的事情。"林风眠先生也对我说："我看过几幅敦煌早期壁画的照片，显然很古老，却很有现代感，以后有机会我也要到敦煌去看一看。你立志到敦煌去这是很正确的选择，我在国外多年研究西方绘画，觉得仍然不能把中国的优秀传统丢掉，所以始终在做中西方艺术融合的尝试。"林风眠先生学贯中西，不仅在中国的现代美术教育中发挥了重要作用，而且在绘画艺术中把西方绘画色彩观念、造型法则和中国线描技巧、水墨意境相结合，开创了一种独特画风，受到艺术界好评。几位校长和老师的鼓励和支持，使我更坚定了去敦煌的信心。我就打定主意，毕业后立即到敦煌去，至少待他个一年半载，对石窟艺术做一番研究，看看能不能对自己的艺术创作有所帮助。

在毕业前夕，同学们举行了一次"艺术往何处去"的讨论会。大家纷纷发表看法，我也畅谈了自己的想法。我认为艺术应当反映现实生活，反映人民大众的意愿。在当前国难当头的状况下，不能老是画一些梅兰竹菊之类不关社会痛痒的老八股去装饰富人的客厅。赵望云、金风烈画展在重庆展览之所以引起一定的反响，就是因为他们描绘了社会生活中的真实场景，令人共鸣。在绘画的风格上，我们应当改变描摹明清古装仕女弱不禁风、软弱无力、萎靡不振的精神状态。从张大千临摹敦煌壁画看，敦煌壁画宏伟博大，绚丽灿烂，拙朴壮丽，可以给我们很大的启发，我毕业后准备到敦煌去，做一番研究，看能不能找到一条艺术的出路。当时有几位同学也表示毕业后要到敦煌去看看。这次讨论会我们还邀请了一位美学家蔡仪给我们谈了一次新艺术的问题，蔡仪的看法也是主张艺术反映现实生活，对我们去敦煌的想法表示赞同和支持。

离开学校之前，我去向校长和一些老师告辞，也谈到我去敦煌的打算，他们都很支持我的想法。潘天寿先生说搞艺术就是应该多走、多看，开阔眼界，并铺纸提笔书写了"行万里路，读万卷书"八个大字赠我留念。先生和同学的鼓励，使我更坚定了去敦煌的决心。

五、奔赴梦想

1945 年 7 月，我从国立艺专毕业，约了杨浩青、程艾舟、郭瑞昌三位同学，带着从同学王泽汉那里借来的一点路费，离开磐溪，从沙坪坝搭乘一辆拉货的卡车，向绵阳进发。行走了两天，到达我的家乡绵阳，在城里吃了午饭，恰巧有一个山东人开的货车要去剑阁，时间紧迫，我来不及回丰谷井与家人告别，带着心中的内疚，与几位同学继续北上。不巧的是，天公不作美，途中下了一场大雨，我们坐在车顶上，浑身被雨水浇透，晚上到了旅馆，打开随身携带的竹箱子一看，全都被淋湿了。离开学校时潘天寿先生给我写的一幅字"行万里路，读万卷书"也在箱子里。潘天寿先生写字惯用侧锋，挺拔有力，棱角毕露，这幅字写得特别好，我非常喜欢，现在被雨水所毁，十分痛心。次日乘坐一辆客车，路过阳平关附近一个叫庙台子的山坡上，汽车冲进秧田，车身翻了个底朝天，幸好没有受伤，我从车窗爬出，伸手去把杨浩青几个拉出来，所喜都无大碍。其他旅客却有人受了重伤，泡在水田里呻吟，我们浑身裹着烂泥，在公路边等了两三个小时，公路局才来车把我们送走。当时四川和甘肃没有通火车，长途跋涉只能靠汽车，但汽车也不多，买汽车票也极不容易，好不容易弄了几张汽车票，还不是直接到兰州的，只能到一个地方，再想法购下一站的票。途经广元、徽县、天水等地，这样断断续续走了好几天，才算到达兰州。兰州是一座古城，但并不太大，人口约四十万；南依皋兰山，北临黄河，在一个狭长的河岸上修了几条街道，没有高楼大厦，多是低矮平房。因是抗战时期，也有许多东部和南部的学校和人员迁移至此，因此也算是一个比较开放的城市。到了兰州不久，已是 8 月中旬，抗日战争胜利。日本人投降，全国人民庆祝胜利。我们也和兰州市民一样，沉浸在胜利的喜悦当中。记得我们几个同学兴奋得睡不着觉，闹腾了一夜。庆祝胜利之后不久，一些机构和人员开始准备东归或南返。我当时正准备去敦煌，忽听传言说国立敦煌艺术研究所已撤销，现有人员都要离开那里。我心里很纳闷，好不容易成立起来的国立敦煌艺术研究所才一年多就要撤，那么，这么重要的民族艺术遗产以后就不要再保护研究了？不久从敦煌来了几个画家，有董希文、张琳英、乌密风、周绍淼、潘絜兹等。我向董希文了解国立敦煌艺术研究所的情况，他说："教育部是打算撤销，我们也不想继续待在那里了，要返回原来的地方去。打算在兰州办个画展，筹措点路费。"我看了董希文的画展，有一批他临摹的敦煌壁画，有一些是学习敦煌壁画技法加以变化后搞的创作，有不少是反映现实生活的题材，像《云南收豆》《马店》等给我留下较深的印象。我觉得他走的路是对的。其他几位画家也陆续在兰州开画展，我给他们帮帮忙，然后又把他们一个个送走。不久，常书鸿一家来到兰州，我见到了常书鸿，向他说明要去敦煌的愿望。常书鸿说："现在有人要撤销国立敦煌艺术研究所，我这次就是要到教育部落实一下，我主张要办下去的，我去活动活动，如果继续办，我就回来。你现在去那里已经没什么人了，不如在兰州等候消息，等我回来再一起到敦煌去。"听了常书鸿的话，我就决心等一等。不过我也在想，如果政府同意继续办，当然很好，如果真不办了，那我也不能半途而废，我一个人也要去一趟。我送走了他们，就继续在兰州留下来等候消息。

此时，杨浩青、程艾舟、郭瑞昌听到敦煌研究所撤销，敦煌的画家又全部东归南下的消息，他们改变了主意，准备回到南方去搞教育，还约我一同到南方去教书。我觉得下了这么大决心到这边来，现在半途而废有些不甘心。我还是决定留下再等一等，看看常书鸿那边情况怎么样。不管怎么样，敦煌还是要去一趟才行。于是送走三位同学，一人坚持下来。这期间我给陈之佛先生写过信，请他在重庆那边打听一下国立敦煌艺术研究所是否有望恢复，常书鸿何时返回敦煌，并希望来函告知。

为了生存，必须工作。经熟人介绍，在兰州鲁迅公园一个社会服务处找了个临时工作，给人家写职业介绍信，也就是个文书方面的工作，借以挣点工资，混口饭吃。当时生活很艰苦，住的是集体宿舍，十几个人挤在一个大房间里，睡的是木板床。吃饭自己做，用水要自己到黄河边去挑，生活很简单。但有空闲时间，我还是要拿起笔来练练基本功，以备到敦煌时绘画基础不能生疏。我本人的工作是临时性的，却要去给别人联系工作。这不能不说是一个极大的讽刺，但为了生活，为了等待去敦煌，只能硬着头皮干下去。每天来要求介绍职业的失业工人、逃荒农民、失学青年都有十多位，听了他们的倾诉，我都非常同情，积极为他们联系用人单位，但兰州就这么大，用人单位并不多，往往十天半个月等不来一个用人者，多数求职者的愿望不能解决。看着求职者企盼的目光，而自己的能力有限，我背上了沉重的思想负担。一次一个50多岁的农民来求工作，说他一家四口住在白塔山山洞里，衣食无着。我步行到白塔山看他，只见黄土坡畔挖出一个六七平方米的窑洞，土炕上没有被褥，只有一堆细沙，他们坐在炕上，下半身埋在沙里，用拣来的牛、驴粪烧炕烘沙取暖。他们只有一条打着层层补丁的蓝布裤子，得轮换着穿这条遮羞裤出去讨饭。而白塔山类似他这样的逃荒农民就有好几十家。看着黄土坡上这几十户农民挣扎在死亡线上的惨况，我的眼眶里涌出了泪水。而地方政府，对这种现象好像没有看见，这就难怪共产党要领导人民群众闹革命！从白塔山回到住处，我一夜辗转反侧，未能入睡。当时失学失业青年也特别多，已成为一个严重的社会问题，我每天都要接待几个年轻人。对这些失业青年，我很同情，因为我也曾因家庭经济困难而失过学。面对他们我总是尽力物色用人单位，对于实在无法解决工作的人，有时除了说几句安慰的话外，也只能仰天叹息而已。有一次，一个年轻人来到社会服务处，自我介绍说名叫张伯渊，是山西人，在兰州上中专，说是不想读书了，想找个工作，要我给他介绍个工作。我看他挺聪明好学，半途而废太可惜了，就鼓励他把学业坚持下去。我说："现在实在没有好的工作，你应当坚持把书读完，还要上大学，将来国家建设还需要高级人才。"他听了我的劝告，打消了找工作的念头，继续去学习。我不断给他精神鼓励，也尽力给点物质援助。新中国成立后，他考上了东北林业大学，成为一名林业工作者和大学教师，并与我保持着联系。

这一阶段，尽管工作上难有什么作为，面对那么多流离失所、遭遇生活困难的人群，自己也没有什么力量给予太大帮助。苦闷之中，还是把空余时间都用到画画上面。有时画点人物写生，有时画点山水画。我虽然是学人物画的，但国立艺专国画科也有山水画课程，特别是傅抱石、李可染、黎雄才、潘韵、黄君壁等人都是山水大家，所以在学习人物画的同时，对山水画也有所涉及。将来到敦煌，免不了要临摹壁画，绘画基本功是不能丢掉的。当时社会服务处文化组有位姓朱的工作人员，见我画画很勤奋，说兰州新生活运动委员会办壁报，需要有画家给画些宣传防止蚊蝇、不要随地吐痰、街道上行人靠边走等内容的插图，可能有稿费，问我愿不愿意画插图。我同意了，给他们的壁报画了几次插图和宣传画，果然给了点稿酬。我用这笔稿酬购买了一些绘画材料。听新生活运动委员会的人说，敦煌也有个新生活运动服务站，我提出可否到敦煌服务站工作，这样就可以经常到莫高窟看壁画。经联系，那边回答说，去住几天可以，但长期工作没有名额。正在联络之中，接到老校长陈之佛先生的来信。他在信中说："听说国立敦煌艺术研究所要恢复，常书鸿要回敦煌，他说人手不够，正在重庆找人，我已向他推荐了你，他说在兰州已见过你，他去兰州时会去找你，到时你可与他联系。"我就继续等候常书鸿到兰州的消息。

第
二
章

飞天做伴　瑰丽璧画入梦难眠
栈道明修　千年洞窟今又重逢

　　大漠孤烟的诱惑，声声驼铃的召唤，让我在千里
之外的兰州坐立不安，甚至有时候在想：难道说，我
如此的虔诚皈依仍然与敦煌无缘？我不相信！

一、敦煌，我来啦

　　在兰州住了近一年，终于等来了国立敦煌艺术研究所还要
办的消息，很兴奋。不久，常书鸿先生经兰州返敦煌，我便与
他一起往敦煌进发。兰州距敦煌尚有 1000 多公里，我们从兰州
搭乘一辆卡车向西走，汽车很破旧，坐在上面也不太舒服，但
有一个好处，因为汽车没有篷盖，我们可以东张西望，观看沿
途的景色。河西走廊多是高山大漠，戈壁荒滩，山峰大多是光
秃秃的，树木很少，与四川的青山绿水迥异。但在漫长而广袤
的河西走廊，也到处散布着一些大大小小的绿洲，生长着树木
和庄稼，绿洲又簇拥着城镇和村落。河西走廊南面有一座长长
的山脉叫祁连山，山上还有些草原和森林，长着松柏之类的乔

木。远望祁连山还能看到一些长年不化的积雪在发光，那时汽车的速度很慢，一天也就是几百华里，沿途在武威、张掖、酒泉都要住宿过夜。有一次，大约在安西县境内，汽车出了故障，老是修不好，当时大家把行李搬下来打开，就在戈壁荒滩上住了一夜，半夜被戈壁冷风吹醒，思绪颇多，忽然想起汉代张骞、唐代玄奘沿这条道路西行时，不知道吃了多少苦。人的确很奇怪，有时明知道前面要遭受磨难，却偏要去做，是崇高的信念和远大的目标成就了人类这种不怕困难的精神，还是冥冥中总有什么在前路指引？经过六七天的颠簸，终于到达了盼望已久的敦煌莫高窟。

莫高窟在敦煌县城东南 25 公里处，从县城到莫高窟，除了城郊有些农田、庄稼和树木外，也大多是戈壁滩。快到莫高窟时，首先映入眼帘的是一座三峰连体的高山，山上隐约有一庙宇。有人指着说："这是三危山，山上那座小庙是王母宫，清代时敦煌人修建的，再往前走，就可以看到莫高窟了。"继续前行一段，果然看见远处鸣沙山的一处断崖上露出一座多层的木构古建筑。旁边断崖上布满一层层的洞窟，但是崖体下部均被窟前茂盛的树林遮挡住了，树林前则是由南部远山处延伸而来的一道河床，河床中流淌着几股清澈的泉水。莫高窟石窟崖体大约有 1500 米长，窟和河床之间的狭长地带长满了树木，大多是榆树、钻天杨和银白杨。林中和河岸旁还长着一些红柳和藤蔓之类的植物。林间由南向北分别建有上寺、中寺和下寺三个小型寺院，上寺和中寺紧紧相连，而下寺则在北头，相距甚远。我们初到莫高窟是过了河床从北门进去，北门就在下寺旁边，在一片高大的银白杨树林的下面。进了大门，有几个道士、喇嘛和民工之类的人来迎接。常书鸿将这些一同来敦煌的人都安排到中寺去居住。所谓寺院也就是用土坯修建的几间平房而已。敦煌气候干燥少雨，土坯房倒也不担心被雨水冲垮。我把行李放在中寺房中，也顾不上整理和休息，就和一两个同事直接向洞窟走去，急切想看到洞窟内的古代艺术作品。

我们穿过一片银白杨、钻天杨和榆树组成的树林，走到崖畔洞窟跟前。首先入目的就是那座依崖而建的九层楼大殿，两旁崖体上是密密麻麻的层层洞窟，外观是破破烂烂的。我们走进九层楼大殿，里面乃是依崖而塑的一座巨大的佛像，高达数十米，是唐代的塑像，楼上有梯子，可以一层层地观瞻大佛，上至最高一层，可以看清大佛头部造型，极其雄伟。由大佛的规模上也可以想到唐代崇佛之盛。后来又到大佛两边的洞窟中去观赏壁画和彩塑，一口气看了几十个洞窟。我没有在哪个地方看见过这么多的古代壁画珍品。我被这些绚丽精美的作品深深地打动了，我已经忘记了一切，陶醉在这壁画的海洋之中，北凉、北魏、西魏、北周、隋代、唐代、五代、宋代、西夏、元代整整十个历史时期，千年的积累，杰出的创造。古代中华民族的智慧和魄力，在这里得到了集中的体现。

二、在壁画艺术中迷醉

我真好像一头饿牛闯进了菜园子，精神上饱餐了一顿。接连几天，我都是在洞窟中度过的，有时甚至忘记了吃饭。经过几天的观赏，我对敦煌莫高窟中的壁画彩塑有了一个大概的了解。好像每个洞窟的中间都是佛和菩萨的彩绘塑像，四周的墙壁上中间主要位置都绘的是佛和菩萨像，而旁边和下部则绘的是各种各样的佛传故事、本生故事及许多现实生活场景，墙壁上部大体是各种飞天和伎乐天，窟顶正中大多是藻井图案，而窟顶的坡形斜面上也绘的是各种佛传、本生、因缘故事画。唐代的一些大幅西方净土变，往往占据了一整块的壁面，规模宏大，灿烂辉煌。由于年代久远，洞窟遭受风吹沙打、日晒雨淋、鼠啮鸟啄等自然因素和烟熏火燎、手划刀刻、切剥粘揭等人为因素的破坏，一些彩塑已经缺胳膊少腿，有的塑像头部和躯干也受到严重损伤。有的壁画因泥皮风化脱落而残缺不全，有的地方则因为触摸碰撞而模糊不清。看着这些艺术作品上的重重伤痕，使人感到无比痛心。不过这些破坏倒也瑕不掩瑜，毕竟大部分壁画特别是一些非常重要的作品还基本保存完好，它的磅礴气势尚在，艺术魅力未减。有些壁画因年久变色，给敦煌壁画增添了一种特殊的风韵和艺术效果。千年敦煌壁画，历经多个时代，每个时代的艺术手法和风格各不相同。北凉壁画构图单纯，造型简约，线条粗壮，色彩以土红、土黄、绿色、白色、黑色为主，朴实稚拙。从《尸毗王本生》、佛传故事和供养菩萨等画面中，可感受到西域画风的浓郁痕迹。北魏壁画在土红色铺底这一点上和北凉相似，但构图丰富有变化；造型夸张，人物、动物、山川、建筑的形体拉长，省略细节，注重整体感和韵律感。以粗壮的线条来晕染形体结构，把凹凸法和用线描渲染结合得很成功，形体塑造既有体积的起伏层次又有线条的韵味，是外国画法、西域画法和河西走廊魏晋画法结合过程中创造的一种特殊的形式。看到《降魔变》《萨埵本生》《鹿王本生》等北魏壁画时，一种浑厚感、博大感、深邃感、丰富感扑面而来。西魏壁画显然受到中原"秀骨清像"画风影响，描绘形象时强调尖削的造型而产生一种流线型的飘逸灵动感。加之一改北魏土红铺底的办法，在白粉壁底上作画，画面清爽空灵，透出一种仙家气息。看到"东王公""西王母"题材和《五百强盗成佛故事》等杰作时，一种自由轻松、舒畅飘逸的感受油然而生。北周时期真是风格多样，连环画式的壁画形式大量出现，如《须达拏本生》《萨埵本生》《善事太子入海品》《睒子本生》等都是通过连环式的情节安排，把一个故事从头到尾讲出来。而在造型方面不同于西魏的尖削造型，山川、人物、动物都有圆浑滚动的感觉。用色沉着，线描奔放，既有行云流水似的线描，也有粗壮的线描和笔法，在卢舍那佛和降魔变等题材画中，粗犷的线描不仅在人物轮廓中使用，而且在轮廓之中的形体塑造中变成描绘细部的笔触。特别是在人物造型中"三白"和"五台"形象的出现，使北周壁画呈现出一种神秘感和现代感。隋代壁画大量使用黑色、褐色、石青、石绿、白色，深沉厚重，笔触宽阔，运笔奔放泼辣，整体感很强，观看隋代壁画西域商队、法华经变等题材，不能不为隋代壁画家的大胆奔放、恣纵运笔而赞叹。唐代壁画数量极多，场面宏大，人物众多，色彩斑斓，富丽堂皇，构图饱满，线描修长而富于变化，人物形态刻画细致入微，传神技巧达到新高峰。现实生活题材大量出现，音乐舞蹈场面增多，世俗化的趋向明显。维摩变、文殊变、西方净土变、观无量寿经变、观音经变、报恩经变、鹿母夫人图、未生怨、张骞出使西域图、张议潮出行图、耕获图、战争图、商旅图、帝王出行图等题材画，规模大，数量多。还有那繁复严密、五彩缤纷、新颖多变、华美浓烈的块块图案，琳琅满目，美不胜收。辉煌灿烂是唐代壁画的特色，这恐怕与唐代社会开放，经济繁荣，统治者崇佛，老百姓信佛有关，这种信仰的广泛执着，促使敦煌唐代石窟艺术得到大发展。唐以后的五代十国时期，敦煌壁画大体上继承了唐代画风，但在绘制上不如唐代精致，时代更替带来的变化在壁画中得到反映。富丽堂皇的风貌逐渐减弱，但出现了一些大环境的描写，把人物和动物放在大的山川和建筑物之间去活动，这些巨幅环境画范围广，人物多，生活气息较浓。61窟和98窟都有一些大幅环境构图。特别是61窟的《五台山图》和98窟的《法华经变》等，都是一些视野开阔的大场景。这些全景画的出现，无疑是山川环境从壁画中的陪衬和从属地位走向主体地位的一种尝试。另外，五代时期还出现了一些巨幅的人像画，如于阗国王像、于阗王后像、回鹘公主像、翟奉达供养像等，推进了人物肖像画的发展。宋代壁画从数量看比较少，基本承袭了五代时期的画风。画面显得比较粗糙，线描技法趋于软弱。出现了一些新的题材，如"八塔变"等。有些条幅作品如《金光明经变之舍身品》《金光明经变之长者子流水品》等，仍然有值得称道之处，如用简练的线描刻画大象、马匹等动物的形态结构还是非常成功的。西夏时期生活画面减少，色彩作用逐渐减弱，线描作用加强。西夏王及王后供养像、供养菩萨像、童子飞天、水月观音等都是比较优秀的作品。莫高窟元代洞窟不多，但线描技巧发展到一个新的高峰，元代的一些作品如千手千眼观音图、蒙古装供养人像、长眉罗汉像等，线描流畅有力，变化丰富，刻画人物形象精细入微，对人物衣纹褶皱、肌肉的起伏变化都刻画得很深入，虽然元代壁画色彩减弱，但由于线描的精湛技巧，画面仍不失强烈的艺术感染力。

当我身临其境，观看了洞窟壁画原作之后，忽然感到，张大千他们似乎在敦煌还是太短暂了，太匆忙了，以至于他的有些临品还是只画了一个大概，不够深入，有些临本则是临摹者以自己的意愿对壁画的某些造型做了修改。当然前面的画家怎么临摹，并没有人给定出一个标准和要求，因为当时还没有一个国家机构来管理和规范到敦煌访问者的行为。这些画家凭着热情来考察工作，已属难能可贵，他们怎么临摹，他人不好要求。总之，我在观摩敦煌莫高窟的彩塑壁画原作之后，比之参观张大千临摹展，给我带来了更大的惊喜和震动。看了这么多的古代匠师的壁画原作，觉得在观看张大千临摹展的基础上得到了更大的充实，对敦煌造型艺术有了更深、更大范围的了解。

外观破败的洞窟里却保存了如此众多的民族艺术杰作，而且传承到现在，真是一个伟大的奇迹。我不禁心潮起伏，浮想联翩。我想，这样巨大的民族艺术宝库，能保存至今，实为不易。我们后人应当很好地加以保护，不能让它再支离破碎了，不能再让它损毁失散了。再也不能发生斯坦因、伯希和掠走藏经洞文物和华尔纳粘窃洞窟壁画的事情了。同时，对有些人不经认真观赏和研究敦煌艺术，就简单地把敦煌壁画贬之为一般的工匠画的说法也有了更深刻的认识。这种对敦煌壁画的论调，反过来只能说明他们才是真正的浅薄和庸俗。因为敦煌壁画不论从规模和艺术技巧来看都足以代表中国古代壁画的最高水平，不是平庸的画家所能完成的，更何况历史上很长一个时期在全国范围内壁画艺术都是一种很广泛很重要的艺术形式。如唐代的杰出画家吴道子其实就是一位壁画家，虽然他的壁画原作因时代变迁环境变化已无保留，但如果把流传下来的吴道子作品摹本拿来与敦煌唐代壁画相比较，无论从造型、设色、线描和传神等方面来看，敦煌唐代壁画都不比吴道子的作品逊色。再者，唐代丝绸之路上的两个重要城市长安和敦煌，在全国推崇佛教艺术的大潮中，艺术创作必然会相互影响，互相借鉴，如果说吴道子代表了唐代绘画的最高水平，那么敦煌唐代壁画也代表了唐代壁画的最高水平。拿后来文人画的标准来衡量敦煌壁画，或者因为有工匠参加了壁画创作就贬低或否定敦煌壁画的高度艺术成就，是非常无知和可笑的。在观看了莫高窟的洞窟艺术之后，我又约了几位同事赴安西榆林窟和敦煌西千佛洞去考察观摩。因为我想知道古代瓜、沙二州地面上的这些石窟的状况，它们与莫高窟有何不同。榆林窟在安西县境西南50多公里外的茫茫戈壁深处，我们经过长途跋涉终于来到旷野的一条凹下去的深谷中，只见榆林河穿谷西过，河面不宽但水流湍急，淙淙作响，河岸边生长着不多的几棵榆树、杨树和沙枣树，植物数量远不及莫高窟茂盛，因此显得更荒凉。两岸峭壁上开凿了一些洞窟，数量不多，大约四十个。守窟道士郭元亨当时不在窟区，我们只好自行参观。河东西两岸的洞窟有个较一致的地方，是洞洞都有崖内通道相连，参观起来较为方便，不同之处是西岸洞窟中除了少数几座塑像外，壁画保存不多，河东岸的洞窟中保存了较多的壁画和塑像，但我感觉到壁画的艺术成就比塑像要高。特别是第25窟的唐代壁画《弥勒经变》和《观无量寿经变》，第2窟、第3窟的西夏壁画《普贤变》及《文殊变》等最为精彩且保存完好。特点是场面宏大，构图饱满完整，人物众多，线描精湛，形象生动，唐代壁画还显得色彩绚丽。其艺术水平绝不低于莫高窟与其同时期的作品，风格同莫高窟的壁画有不少相似之处，可以看出当时的壁画家先后参加了两地的创作活动，距莫高窟数十里的西千佛洞，坐落在敦煌县城西南的一段河谷中，河岸北侧的砂石峭壁上十余个洞窟中也保存了一些优秀的古代壁画，其中比较突出的有第15窟的唐代壁画《观无量寿经变》《药师变》和《不空羂索观音》等作品，非常精妙且保存较好，比唐代更早的一些壁画也很精彩但已经风化漫漶，不太清楚了。除了第15窟，还有第5窟和第7窟也值得一看。第5窟的塑像腿部破损，可以看出当时泥塑佛像的塑造过程，先用芦苇秆捆扎成内架，再在内架上敷上麻泥，做成人形内胎，以后再在第二层麻泥基础上，抹上第三层麻泥，并将其刻画成佛像，然后在此基础上随类赋彩。这对研究泥塑的制作工序提供了真实依据。第7窟的壁画呈现出五种不同的时代风格，大约是不同时代的画师在同一洞窟中复壁再绘的结果。窟壁上方还有几个土红勾勒的飞天形象，是早期风格。线描随意生动，但不知何故没有在此线稿上涂色。莫高窟的东面戈壁沙滩中，还有一座东千佛洞。因路途较远且遗存很少，只能以后有机会再去了。总的感受是：这几处石窟遗迹从其时代、艺术风貌和开凿方式来看，应是与莫高窟有着千丝万缕的联系，实属同一个艺术体系。在考察的过程中，我们顺便也去游览了敦煌城南鸣沙山西北侧的奇特景观——月牙泉。在重重沙山之间，一个月牙形的大型水池出现在眼前，池的一边还有一些寺庙院落和一座楼亭。见了沙山簇拥之中的小小绿洲、池畔的建筑、树木和几峰骆驼的倒影在池水波动中轻轻摇曳，倒也别有一番情趣。只是那些庙宇中的塑像，多是明清以后的草率之作，没有太高的艺术价值。我们踏沙而行，攀登到泉畔沙山顶上，浏览四周只觉得和风习习，沙岭晴鸣，顿生感慨，为什么敦煌这块地方会出现这么多的佛教遗址和石窟文物，而这些文化遗址又能长久保存下来，肯定与敦煌的历史和环境有着直接、深层的关系，在研究石窟艺术时，不能不加以联系。原来，早在两汉以前，敦煌一带就生活着从长江流域和黄河流域迁移到此的居民。由祁连山脉发源的党河和疏勒河滋养着这片戈壁大漠。先民们依傍着祁连雪水在此开拓和培育了一块块大小不等的绿洲，休养生息，而敦煌就是其中最繁荣耀眼的一簇。秦汉之前，这里的居民们就和周边地区的各族居民有所交往。根据《史记》记载：商周时期中国文化就已经此传播到大月氏地区，西汉武帝派张骞出使西域，联络西域各国共同抗击匈奴侵扰，以图确保汉朝通往西域的交通畅行，并保证与西域各国经济文化交流的顺利发展。由此而促使东西方经济文化交流的不断发展和繁荣。自从张骞出使西域后，赴西域的使者相望于道，"一辈大者数百人，少者百余人"，"一岁中使多者十余，少者五六辈"。一批批使者出发到不同的地方，有的往返需要八九年，少的几年而返，使者往往都带有大批货物。与此同时，西域各国的商贾驼队也络绎不绝地经过河西走廊而深入中原腹地。中国的丝织品、冶金铸造技术、穿井建筑技术、动植物品种和生活用品因此而传到西方，对西域各国的经济发展起到促进作用。而西域各国的毛织物织染技巧，葡萄、石榴、苜蓿、胡麻、核桃、芫荽、胡萝卜、大蒜、黄瓜、战马、橐驼、奇禽怪兽、宝石美玉、美酒、各种器物传入中国，也丰富了中原大地的物质生活。经济交流的兴盛，必然带来文化交流的繁荣。汉族的先进科学技术、衣食住行、各种礼仪、建筑艺术等西进，而中亚、西域各国的外族语言文字、犍陀罗艺术、大秦幻术、梵典传译、譬喻文艺东传，外来题材进入汉代石雕石刻和铜铸铜镜创作，琵琶、箜篌、筚篥、笳、笛、角等西方乐器加入中国乐队，改变了中国的歌舞阵容，等等。在经济文化的不断交流中，在中国西北地区形成一条东西往来的通衢大道。从中原至敦煌地区，而后分成南北两线，南道沿昆仑山北坡西行，越过葱岭南部至大秦，运往西方的丝绸等货物主要走此道，称为丝道。北道沿天山南坡西行，越过葱岭北部，经奄蔡而抵大秦，西方各国的毛皮货物主要经此东运。这几条大道都在敦煌地区交会。作为西汉建立的郡治所在地，它不仅是物质交流的集散地，而且是东西文化融会和传播的枢纽地。各种文化思潮、宗教派别、哲学观念、语言文字、交流方式都要在这里汇聚碰撞，使敦煌地区既有中原传统的沃土，又有外来的雨露，既有中华民族的养料，又有他方的籽种，从而形成丰厚的文化积淀。当印度的佛教思想和佛教艺术经西域各国到达敦煌地区后，一个规模宏大的石窟艺术体系的出现也就是必然的了。公元366年乐僔和尚在鸣沙山断崖上开凿了第一个洞窟，以后就经久不断开凿，特别是经过魏晋南北朝时期佛教信仰的大推动和隋唐时期佛教文化的大发展，又有五代、宋、西夏、元代的持续营造，终于形成了一个庞大的石窟艺术博览馆。

当我身临其境，面壁观赏敦煌壁画和彩塑之后，感到原来打算搞个一年半载的想法是太短了，对于这样一座巨大的艺术宝库，面对如此众多的艺术精品，不花个几年十几年的时间来临摹和研究，是理解不透的。我下定决心，要在敦煌住一段较长的时间，对这伟大的民族艺术传统进行一番由表及里的深入研究。于是我积极整理纸张、颜料、画笔和其他绘画用品，准备尽快地到洞里去开始面壁临摹的工作。

三、摹写敦煌壁画

1946年秋天，我们经过一段时间对洞窟的观摩考察，做好了壁画临摹的准备工作。常书鸿让我担任考古组代组长，主要负责临摹和石窟编号、内容调查、石窟测量等工作。我把要参加壁画临摹的几位同事召集到一起说："我们是国立敦煌艺术研究所，临摹工作是有标准和有计划的，同时在工作中要注意保护洞窟内的古代壁画和彩塑，不能损坏文物。前面来临摹的画家，好的经验我们要学习，但有些有损于壁画原作的临摹方法，我们必须改变。如用透明纸蒙在洞窟原作上进行临摹的所谓'印稿法'，人的手和笔隔着一层薄薄的纸在壁画原作上按来按去，划来划去，必然对壁画造成伤害。这种'印稿法'绝对不能再使用，只能用写生的办法进行临摹。在挪动梯子、板凳画板等用具时，一定要小心谨慎，不能碰在洞壁上，以免损坏壁画。在洗笔蘸色等过程中，绝对不能把颜色甩到壁面上。对临摹的作品一定要注意忠于原作，不能用现代人的造型观点和审美观念去随意改动古代壁画上的原貌。我们的临本是要给人看的，要让人家看到真实的敦煌壁画是什么样子。"大家都一致同意我的看法，然后，几位画家都分别进入自己选好的洞窟开始进行临摹工作。我也带好笔墨纸砚，带上颜料和水瓶罐，提上凳子和画板，进入洞内开始临摹。

莫高窟的洞窟基本上都是向东的，上午阳光射向崖面，有些小一点浅一点的洞窟光线就比较好，临摹起来比较好办。而那些大洞窟，高而深，洞口小，里面光线就暗。我们想出了一个"借光法"，用镜子在洞外把阳光反射到洞子里的白纸板上，这样整个洞窟就亮起来了。不过这个方法比较麻烦一点的是，要随太阳的脚步移动镜子，以适应阳光的折射角度。有些无法采用"借光法"的洞子就只有秉烛作画了。高处看不清，则要架起人字梯，爬上去看看，再下来画画，有时为了画好一个局部，要这样折腾许多次。画低处的局部还要在地上铺上毡子或布，人要趴卧在地上作画。所以，在石窟洞里作画是很辛苦的，不仅要用脑力，还要用体力。好在大家都是年轻人，身体还吃得消。

我最先选取的是一个唐代洞窟，然后又进入到北魏、西魏、隋代、元代的洞子里去临摹。开始，主要临摹一些局部形象。如一尊佛像，一身菩萨，一组舞蹈，一个飞天或者几个人物，几个动物，等等。因为整幅壁画往往很大，而且内容繁多，在没有掌握壁画的内容和没有理清其内在规律的情况下，可能效果不好。而一些局部的形象就比较好掌握，即使画坏了也可以重新再画一次。尽管如此，也还是不容易的，因为我们是面壁写生，没有先前他人采用的"印稿法"快捷。面壁写生要求观察能力强，手上功夫过硬，才能画得准。为了画准，得反复观察，上下比较，左右对应，反复推敲，才能把一张稿子画好，然后拷贝到宣纸上，再面对原作上色和勾勒。

我在国立艺专经过五年的绘画训练，基本功是没有问题的，面壁写生并不难。但是起初临摹的几张总是不太满意，传移摹写相似，气韵生动不足，缺少神清气逸的效果。究其原因，是对佛教壁画的思想内容和内在结构及造型特征认识不够。于是我开始注意进行一系列临摹前的研究工作，主要是这样三个方面：一是了解临摹对象的思想内容，认识古代画师所创形象的来源和根据。如在临摹《净土变》中的反弹琵琶舞乐图和其他舞蹈动作形象时，我找来《净土经》研读，玄奘译《称赞净土佛摄授经》中说："无量无边众妙伎乐，音曲和雅，甚可爱乐。"古代画师就根据这几句抽象语言，以现实宫廷乐舞为蓝本，创造了幻想世界的具象乐舞图。当然还应该了解奏的是什么乐器，跳的是什么舞，这样临摹起来才能心中有数。在临摹《维摩变》时，我就先查看《佛说维摩诘经》，这部经共十四品。敦煌壁画随时代发展所表现的内容不断增多。隋代壁画中就出现了《问疾品》画面，到唐代已表现了七品。除《维摩示疾》《文殊问病》外，还穿插表现了《佛国品》《弟子品》《不思议品》《观众生品》《香积品》和《见阿閦佛品》等。摸清了底细，才能认识复杂内容的结构规律，才能体会到古代画师营构这种喜剧性作品时的丰富想象力和创造才能。如果要理解《弥勒经变》这样的大型画面的构图处理和艺术匠心的特色，也得看看名僧竺法护所翻译的《佛说弥勒菩萨下生经》所宣讲的内容：弥勒出现时所显现的"国土丰乐""谷食丰贱""时气和适""四时顺节""名华软草""果树甘美""城邑次比""鸡鸣相接""秽恶消灭""多诸珍宝""人民炽盛""智慧威德""人心平均""善言相向""恭敬和顺"等安稳快乐的幻想现象，正是身处艰难时世中的广大民众所渴望的美好世界。这就是画家创作时把宣示佛教的经文内容与现实社会人民群众的理想追求有机地结合起来描绘在同一个画面上。弄懂这些关系，临摹起来就顺利多了。面对《微妙比丘尼变》这样故事情节比较曲折的壁画，就必须对《愚贤因缘经》卷中的《微妙比丘尼缘品》进行研究，弄清故事的来龙去脉和前因后果，才能对画面中情节安排、构图特色和描绘手法有较深的理解。对《天请问经变》这样的巨构，如果不事先去研究玄奘译经的内容，面对画面中出现的这么多的人物和场面，就会一头雾水摸不着头脑，临摹起来就会增加一定的困难。临摹《张骞出使西域》和《张议潮出行图》这样一些反映历史真实事件的壁画，就必须对中国历史和敦煌历史做一番了解，特别是在敦煌于公元前111年（西汉元鼎六年）建郡后至公元366年（前秦建元二年）莫高窟开始建窟前的这四百多年间的汉晋文化积淀情况，丝绸之路开通情况和两晋时期佛教传入敦煌的活动情况，以及公元366年到公元1366年（元至正二十六年）这一千年间敦煌历史演变、佛教思想与中国思想文化的融合过程。中国中原文化艺术、敦煌本土的汉晋文化艺术与佛教艺术的联系及其重要历史阶段、历史事件、历史人物都要有所了解。把握住内容，也就掌握了理解画面艺术处理的钥匙。二是辨别各时代壁画的风格特征。我对从北凉到元代的十个时期的千年壁画进行认真地分析，发现纵横交错，互相影响，风格复杂。但就现存面貌归纳起来主要有四种：一类是变色严重的早期壁画，色调清冷厚重，风格朴拙狂怪。一类是大半变色的隋唐壁画，浓艳华丽，古色古香。一类是虽未变色，实已褪色的晚期壁画，温和、深厚而粗疏。还有一类是在重层壁画下剥出的魏唐壁画，未全部变色，保持一定的新鲜感。但所有这些都是岁月赐予的第二形象，完全没有变色的新壁画是没有的。如果要恢复原貌，必须经过仔细观察比较，科学查验，才能还它庐山真面目。无论临摹哪一时代、哪种情况的壁画，都必须注意体现它的时代风格、画派风格和画家个人特色。三是弄清各时代壁画制作的程式和方法。经过研究，我发现洞窟壁面是在砾岩上抹麦秸粗泥，再上麻刀或棉毛细泥，晾干压紧磨光，早期壁画就在这样的泥壁上作画。先用木匠弹线法分割画区，四壁中部为主题画，上部为千佛、天官伎乐，下部为神王药叉，顶部平棊。隋唐以后多在泥壁上加一层白灰，白灰薄如蛋壳，形成粉壁，在粉壁上画大型经变，经变下排列供养人或屏风画。早期古代画师作画第一步起稿，用土红做人物粗略裸体形象，书以色彩符号，再按符号上色，这是第二步。上完色再以深墨线定形，这是一道关键性工序。而隋唐壁画开始用粉本，粉本有两种：一种是在厚纸或者羊皮上画出形象，用针沿线刺孔，再将厚纸或羊皮钉上墙壁，用土红色拍打留痕，再用墨笔连点成线，即成画稿。另一种粉本即小样画稿，古代叫白画，画师们参照白画稿在墙壁上自由作画，因此敦煌经变画多达千余幅，却没有两幅完全相同的。在描好的白画上着色后稿线会模糊，最后还要用深墨线定形开脸传神，才算完成。摸清了各方面的底细，看到了古代画师的聪明才智、精深的修养和炉火纯青的表现技法，增强了自己的学识，临摹时就会成竹在胸。

除了以上三方面，我还对敦煌壁画的三个技术性极强的环节进行了分析和反复练习，这就是线描、晕染和传神技巧。线描是敦煌壁画的主要艺术语言，它既是造型的骨骼，又有审美的内涵。敦煌壁画继承了中国古代的线描优秀传统，又创造性地发展了线描艺术。敦煌壁画线描种类很多，从功能上讲有起稿线、定形线、提神线和装饰线。以定形线而论，敦煌千年壁画中大体有三类不同形态：早期（十六国、北朝）主要为铁线描，中期（隋、唐）主要为兰叶描，晚期（五代、宋、夏、元）主要为折芦描。这三类线描形态和以多种线描塑造同一形象的综合线描画法，将其表现力发挥到极致。这是从线描的时代特征来看，但每种线的变化是多样的，同样的铁线描，有的如"行云流水"，有的可"曲铁盘丝"。同样是铁线描，北魏用得稳，西魏用得活。用笔中的停顿转折、轻重虚实都可以影响线描的效果。我还发现敦煌画师针对洞窟壁画的特点而创造的接力线、合龙线、旋转线等运笔的技巧。这些都需要掌握和反复练习，才能传达出线描的神韵和情感。色彩的晕染也是敦煌壁画塑造形象的重要环节。在分析了色彩的演变规律和时代特征的基础上，又总结了古代画师赋彩程式和方法，特别是人物面相、肢体和衣饰的晕染尤其重要。不论衬色、涂色和填色，不论是凹凸晕染法，还是红晕法，以及后来的一笔晕染法，都必须巧妙地根据造型结构，果断用笔，才能表现出色薄味厚、有血有肉的质感。还有敦煌壁画的传神，是通过人物的眼睛和五官肢体的动态变化而表达的。关键在眼神，所以敦煌画师在艺术实践中创造了许多画眼的程式，把生活中千变万化的眼神美经过概括、提炼，凝结为美的形式，如喜悦、沉思、慈祥、愤怒、哀愁等都有特殊的造型。眼睛是心灵的窗户，在传神中起着主要作用，但没有五官和身姿手势的配合，也很难深刻展现人物的精神状态。在临摹壁画过程中，我利用一些休息时间，对线描、晕染、传神等运笔技术进行了反复练习，反复实验。比如像头发、面相、手姿、衣纹等，有时在废纸上都不知道练习了多少遍，直到熟练掌握为止。做了多方面研究和画法练习之后，我的临摹终于达到得心应手、形神兼备的地步。在此基础上，我比较顺利地完成了第254窟《尸毗王本生》和第158窟的《各国王子举哀图》等大型壁画的临摹。

1947年到1948年所里又增添了孙儒僩、欧阳琳、黄文馥、李承仙、史苇湘等几位从四川来的青年画家，自然都成为美术临摹队伍的一员。我把自己的经验讲给他们听，然后请他们到洞子里去实际操作。为了提高临摹水平，有时大家聚到一起，互相评议临摹品，肯定好的地方，指出不足之处，以利改进。经过讨论和评议，大家的水平提高了，临摹工作也越来越到位了。

除了临摹我们还有洞窟编号、石窟测量和内容调查的任务。大约开始于1947年11月，完成于1948年4月。说起莫高窟洞窟编号，首先是法国人伯希和在20世纪初为拍摄照片的需要而编的号，共计171号，杂乱无序。30年代甘肃官厅也为莫高窟编了一次号，共 353 个窟，但标记大多已脱落，多有遗漏。张大千到莫高窟又编了一次号，共计 309 窟。1943 年史岩、1944 年李浴又都在张氏基础上编号，共编 437 号。经我们查验，这些编号极不一致，主要是因为编号人员根据自己的需要而进行编号。另外，在洞窟取舍上各有标准而差异颇大。比如张大千编号时，有些大洞子套的小洞，也称耳洞，均不立号。其实有些耳洞内容还比较完整，可以独成一洞。这样算下来，再加上新发现的被沙掩埋的隋、唐、宋洞窟 6 个，洞窟总数有 469 个，60 年代以后配合加固工程又进行了考古清理，发现了一些洞窟，总的编号就达到 492 个。

四、苦中作乐

在莫高窟生活，物资条件贫乏，蔬菜很少，粮食品种也比较单调，而且都要从县城购买。进一次城徒步行走得大半天时间，到城里买些东西，当天赶不回来，必须住一晚，第二天才能回来。有一次赶上毛驴进城，买了东西，想当天赶回，我从鸣沙山那个方向抄近路往莫高窟走的时候，天已经黑了，四周空无一人，静静的沙山路上只听见我的脚步声和毛驴的蹄子声。忽见前面沙丘上站着一只狼，贼亮的双眼瞪着我，我想这一下麻烦了，赶紧从布包里取出手电筒对狼照射，狼和我都没有向前移动，就这样对峙着。过了一会儿，狼沿着另一个方向跑开了，我也惊出了一身冷汗。后来我想，那只狼可能已经吃了沙山里的什么小动物，并不太饿，所以没有来攻击我。那时莫高窟没有电，夜晚只能在煤油灯下看书或聊天，有时还要提上棍棒到洞窟前去巡查一番，以防盗贼进入窟区破坏。远离城镇，远离乡村，莫高窟周围平静得出奇。有风吹来的时候，树林会发出沙沙声。特别是银白杨，它的叶子会在风中相互拍打发出噼里啪啦的声音，所以这种树又被敦煌人称为"鬼拍掌"。夜晚，当我独自在林中小坐，遥望孤寂的星空，回想敦煌文物的遭遇时，常感叹中华民族的多灾多难，心潮澎湃，久久难以平静。

由于时局动荡，三五月不发薪水是常事，我们的薪水是从重庆教育部直接拨款，拨到兰州中央银行分行，兰州分行收到后，扣压下来周转一阵儿，捞一把之后再拨到酒泉中国银行支行，酒泉如法炮制，三五个月后再拨到敦煌支行。敦煌支行也不愚蠢，他们不发通知，这个行长只要莫高窟的人到银行去，他热情接待，一问起拨款事，他连连回答"还没到，可能是酒泉又搞什么鬼，学术机关几个钱也不放过，我们都是老交情，常所长是我们多年老朋友，款一到马上通知。或者按各位薪水标准以我的名义存入银行，以免受损失"。一顿漂亮话，说得大家连连表示感谢行长关心。哪里知道，我们的薪水正在他手里作倒板买卖，从中渔利！等得到通知，会计立即乘马进城，提取现款。时局变化，钞票贬值，什么法币、金圆券、银圆券，早上到手下午贬值，弄得人们不敢要钞票，只能要实物。我们的会计多了个心眼，款一到手立即买成香烟、织布，我们有事进城，背包里装上香烟、织布，馆子里吃了饭给上几支香烟，买价格较高的东西就给几

48

尺布，我们好像已退回以物易物的原始社会。在这种混乱的社会中，出现了多少难以想象的事，所里有位工人叫周德信，既会木工又会种地，曾为洞窟做过部分小型窟门。修缮房屋，修建厨房、厕所，方便大家工作生活；种菜种瓜，改善所里职工生活，样样都得到大家赞赏。他为人忠厚，勤俭度日，舍不得吃，舍不得穿，发给的薪水，一张张叠起来，用报纸包好，麻绳捆好，放在木箱里，天长日久，有了半箱子。到1948年冬天，老周得知金圆券贬值，他受苦受累积存的钞票，变成了一堆废纸，一气之下，打开箱子，把钱扔进火里烧了，倒在坑上抱头痛哭，从此郁郁不乐，卧床不起。送他进城就医，我们还常去看他。他无家无室，无儿无女，无依无靠，凄苦不堪，拖了几个月还是撒手归西了，好多同事都掉下了同情的眼泪，所里为他开了追悼会。想起他做过的几件好事，他的鲜活面容就浮现出来。

五、回到人民的怀抱

1947年到1948年，还不时有些外国人到莫高窟来参观。由于藏经洞的文物和洞窟中的一些壁画被洋人掠走，所以我对这些洋人一直有一种不信任感，他们参观，我非常注意和提防，担心他们做出什么有损于文物的事情。最先来的是一位美国妇人，名叫叶丽华，在山丹培黎学校任教。她先见了所长，并住在所长家，所长让我陪她参观，她会讲中国话，我陪她看了一天洞窟。她对佛教艺术特别是对早期那些变色后的神秘形象颇有兴趣。她见常沙娜伶俐，便有携带常沙娜去美国上学的想法，她在参观时问我行不行，我对她说："这是常家的私事，我不好发表意见，你最好找常所长商谈。"有一次有一位中年的瑞典男人，个子高大，高鼻子，蓝眼睛，站在我面前高出一尺多，真是个庞然大物，住在我隔壁的一间房子里。他专程来参观莫高窟，会结结巴巴地说几句汉语，据他说他曾做过什么外交官。此人非常傲慢，闲谈中常流露出瞧不起中国人的口气，一次闲谈中，他突然伸手抓住我的头摇晃，把我当小孩玩，我顿时感到尊严受辱，一股怒气从心中升起，当胸就给了他一拳，这位瑞典佬当时就抱着胸蹲下去，显示出疼痛的样子。我瞥了他一眼就走了。后来见面，他就非常客气。看来对那些看不起中国人的洋人，我们也不能太软弱。还有一位美国女人铁特尔，我们称她铁小姐，所长让我陪她参观洞窟，一连三天她都很仔细地看，并做记录。三天后她提出要自己仔细看洞窟，说是常所长同意让她自己仔细看。既然所长同意她自己看，我也不好再说什么。据说她偷偷拍了一些照片。铁小姐走后，又来了一位美国记者叫文明安，从北平奔波十几天才来到敦煌，所长安排他住在陈列馆，又叫我陪同参观，此人倒很坦率，一见面就发表政论，说："国民党要垮台，共产党要掌权，共军正向西北进军，敦煌要解放，你们可以等候。"这些消息我们从内地同学寄来的报纸杂志中已窥知一二。他还坦白地说："我是从北平跑出来的，美国是支持国民党的，我是美国新闻处的记者，是被赶出来的。因为我对敦煌艺术向往已久，专程来访，看看莫高窟再回国去。"我陪同他参观三天洞窟之后，他也向所长提出个人自由参观，所长同意了。但我还是留意着，看他想干什么，我看到他在285窟拍摄窟顶神话，在414窟仰卧地面拍摄窟顶故事画时，感到此人拥有一定的鉴赏水平。我关注了三天，发现他还拍摄了不少北魏故事画、唐代经变画和唐代彩塑。很多洞窟无门，四通八达，也无法控制，当时并未限制参观者拍照。此人胃口很大，还想弄一些壁画临本，他用他带来的生活用品做交换，有些人换来了军用毛毯、皮鞋、大衣等物品，我也给他一张小画，换来一个军用水壶，成了我上洞窟工作的盛水用具。后来文明安走后，有人还查问文明安说的"敦煌要解放，你们可以等候"是谁传播的，没有人回答，又说："这是为共产党宣传，你们不要上当。"对这样的话我们只好"打哈哈"，不做回答。后来，文明安在美国出了一本《敦煌艺术》，这是在美国出的第一本敦煌画册，文明安被赶出北京后到敦煌捞了一把，而且名利双收。7月盛暑，来了一伙联合国善后救济总署的官员，一共七八个人，男男女女乘着美国军车到来，男的短裤背心，女的乳罩三角裤，中午吃完盒装西餐在窟前树上挂起吊床休息，醒来时在大庭广众前拥抱接吻，无拘无束。我们这些受过儒家伦理道德观念教育的人一时感到难以接受，只好避开。当时我真怀疑这伙人究竟是到中国来搞救济的，还是来寻开心的。1948年夏，所长通知我要在南京举办一次敦煌壁画展，要我把临本收集一下。我叫大家把两年的临品集中起来，从中选出500多件交给常书鸿所长。当年8月至10月，敦煌壁画临本在南京、上海两地展出，所长和他女儿随展去了南京和上海。展览结束后所长仍然回到了敦煌。常沙娜未归，后得知已去了美国。

此时在东部战场上，人民解放军已全面击溃了国民党军队，而盘踞在甘肃、青海一带的马家军还在进行欺骗宣传，但实际上已是人心惶惶，所里有些人已经离开了。1949年8月，解放军已开始向甘肃、新疆挺进，马家军还企图顽抗，到处抓壮丁，闹得鸡犬不宁。国民党的散兵游勇东躲西藏，新疆流窜过来的乌斯满匪帮也在敦煌一带抢劫，为了保护莫高窟文物和工作人员生命安全，我和史苇湘、孙儒僴、霍熙亮、范华几个年轻人自动组织起来，昼夜持枪巡逻，白天有匪警就敲钟为号，大家躲入洞窟，晚上则身披老羊皮，端枪从上寺巡逻到下寺，如有土匪来犯，鸣枪示警，大家躲入158窟。此洞地面宽广，蓄有食物和水，并在隧道上台阶口堆积沙袋，封锁道口，156窟侧设置枪口，控制通道，监视土匪行动。当时非常辛苦，但为了保卫文化遗产，保护工作人员的生命安全，我们精神振奋，以苦为乐。这样一直坚持到敦煌解放，地方保卫部队进驻莫高窟为止。

1949年9月28日，敦煌迎来了解放，第二天人民解放军的一名团长张献魁和一名政委漆承德带领一批解放军战士到达莫高窟，所里在中寺的会议室里召开了欢迎大会，张团长和漆政委宣布莫高窟回到人民的怀抱，我们都很兴奋。后来我们到县城去，听到县城到处都在传唱"解放区的天是明朗的天，解放区的人民好喜欢，民主政府爱人民呀，共产党的恩情说不完"

这首歌，看到人们兴高采烈的样子，真感到一个崭新的时代来到了。

1949年10月1日中华人民共和国成立。1950年8月，中央文化部委派西北军政委员会文化部文物处接管了国立敦煌艺术研究所，前来参加接管的人员是赵望云、张明坦、范文藻、何乐夫和司马。接管组决定了三件事情：第一件是将国立敦煌艺术研究所更名为敦煌文物研究所。第二件事是决定设置研究所的机构和负责人，仍由常书鸿担任所长，我为美术组组长，考古组组长史苇湘，保管组组长孙儒僴，行政组组长霍熙亮，图书资料室负责人黄文馥。第三件事是决定对研究所设立八年来的工作进行全面总结。因常书鸿要到西安去参加西北文代会，赵望云和张明坦决定由我主持总结工作。史苇湘、孙儒僴、黄文馥参加，接管组留范文藻协助。正当我们考虑准备进行工作总结的当口，发生了一件事情，所长和夫人准备随赵望云、张明坦到西安去开会，却把全所临摹的上千幅壁画临本和经卷装箱用汽车运到县城，准备带到西安去。我们很奇怪，参加一次会带那么多临本干什么？我们总结工作就需要对这些临本进行清理和分析，都拉走了我们怎么总结？我们几个立即进城向赵望云和张明坦谈了这个情况。赵望云和张明坦很惊讶，便去与所长商谈，所长说是到西安开会给大家看，然后去北京筹备展览。赵望云和张明坦决定，先带二十幅到西安给大家看看，其余留所内进行总结，筹备北京展览的事由西北文化部与北京联系。我们便开箱取出二十幅交予所长带去西安，其余全部留所做总结，待北京展览确定后，再将作品送去。回所后，我们昼夜加班，忙了一个月，总算把总结写好。总结有数万字，主要有几方面内容：叙述了国立敦煌艺术研究所的产生、建立和发展过程；肯定了常书鸿在敦煌莫高窟的保护和研究工作上的贡献；陈述了国立敦煌艺术研究所在保卫石窟安全、洞窟内容调查、供养人题记抄录、洞窟测绘图、壁画彩塑临摹、新壁画创新尝试等方面做出的成绩和不足之处；同时也提出改进工作的意见，改变旧社会形成的家长式管理方式，实行民主管理，调动大家的积极性。

总结完成后，我们带上总结材料和临本，前往西安向西北文化部汇报了工作情况，并把参展临本交给了所长和夫人，他们前往北京筹备敦煌文物展。我们几个在张明坦和陈若飞的带领下参加关中土改工作学习会，了解中央的方针政策。后来我们被分配到各县参加工作，我开始在临潼县，后来又调到合阳县。我背着三四十斤重的行李步行三天，才到了我的工作地点——灵村。我住在一个孤老太太家中，经过一段时间的访贫问苦，掌握了这个村子的基本情况。有两大难题摆在我的面前：一是这个村子里有一贯道组织，而且活动猖獗，他们在地洞中活动，各个地洞有地道相连，四通八达。一贯道不是一种正当的宗教信仰，而是一个大搞封建迷信，欺骗麻痹群众，进行坑蒙拐骗的反动会道门，对社会进步危害很大。另一个难题是全村一百几十户居民只有一个姓，都姓党。不是叔叔伯伯，便是爷爷奶奶，祠堂是这里掌权的家族组织，实际上也是无形的行政组织。

当地的首户和头面人物是新中国成立前的开明绅士，还帮助共产党的地下党组织做过革命工作，一解放就担任了西北军政委员会的教育部长，是新时代的高级干部。他的儿子在村子里扬言："我们家是革命干部，不能划成地主成分，谁给我们划成地主，我就要上告。"他一施压，农民都不敢说话了。但这样一来，土改的各项工作就无法进一步开展了。在向土改委员会汇报后，我决定先解决一贯道的问题，先是组织村里的年轻人和积极分子学文化，学科学知识，组织村里小学两名教师给大家做指导，并揭穿一贯道的真实面目，苦口婆心劝说一般信徒脱离一贯道。其实大多数人是上当受骗，揭穿真相后，他们即明白了，纷纷脱离这个组织。对那些坚持反动立场的头目，则进行批判斗争，极少数确有罪恶的道首则绳之以法。解决了一贯道的问题后，群众的积极性空前高涨。在划分阶级成分时，根据群众的反映，我提出一个建议：那位高级知名人士家庭，的确符合定地主成分的条件，仍按土改法令的规定划为地主，但对其本人不批判不斗争。对其子则令其在村民大会上做检讨和自我批评。这个处理办法汇报给县里的土改委员会，土改委员会表示同意，我们就按此办法处理，结果全体村民热烈拥护，划分成分和分配土地、财产的工作也很快进行完毕，建立新的村政权，推举贫下中农中觉悟高、工作积极、有文化的年轻人党永才、党东海为正、副村长，党焕堂为农会主席。广大农民，特别是贫下中农，真正感觉到翻了身，当了主人。一股建设社会主义农村的生产高潮出现了。离开灵村时，全体贫下中农来送别，他们拉着我的手说：“段同志劳苦功高，给灵村带来了解放。”我对他们说：
“我只不过按共产党的方针政策办事，谈不上什么功劳，你们要
感谢就感谢共产党吧。”乡文书乔恺赶着马车把我送到合阳县
城，第二天就乘汽车到达西安。一路回想在土改工作中，我严
格执行了中央的政策和土改委员会的指示，顺利完成了土改工
作任务；也使我在思想上得到锻炼，同时有较长时间和农民群
众同甘苦，得到艺术工作者所需要的生活体验和新鲜感受。土
改工作前后近八个月，年底我返回西安，孙儒僴、史苇湘、欧
阳琳、范文藻、黄文馥也都完成任务返回西安，仍住在西北文
化部客房。文物处李遇春转来常书鸿的信，说北京展览很成功，
郭沫若颁发奖状和奖金，每个人都有近千元人民币。当时全国
都在为抗美援朝捐款捐物，听说豫剧演员常香玉一个人就捐了
一架飞机，我们几个一致决定：将这笔奖金全部捐献给抗美援
朝斗争。我们几个写信给所长要求到京参观学习和参加展览工
作，所长回信拒绝。我们联名给郑振铎局长写信，郑振铎表示
同意，并批示西北文化部给我们解决旅费和车票，西北文化部的
吴文遴部长安排秘书给我们买好票。第二天我们便坐火车奔赴
北京，被安排住在天安门旁筹备中的历史博物馆，第二天郑局
长在翠华楼请我们几个人吃饭，席间他肯定了我们八年来临摹
工作的成绩，希望我们把敦煌文物事业继续搞下去，搞得更好，
我们也向郑局长汇报了我们的工作想法，也反映了所里存在的
一些问题。他让我们再去找局党委书记王冶秋同志谈一谈。王
冶秋同志很重视，要我们跟所长开一次生活会，大家畅谈一下，

还是要搞好团结。结果，生活会还是没有开成，不欢而散。后来，国家文物局安排我们到龙门石窟和云冈石窟参加考察，然后回敦煌。但所长因为又要与郑振铎副部长出访印度、缅甸，不能回所，要我代理所长主持工作，我不同意，希望国家文物局另派人到敦煌代理主持工作。但郑部长和王书记告诉我现在国家文物局实在派不出人，仍然让我代理所长。我提出请局里派行政、会计管理人员同去，否则我无能为力。最后文物局决定派高瑞生去做行政和会计工作，北大毕业生王去非去做保护工作。这样我才勉为其难。回到西安，向西北文化部申请汽车援助，西北军政委员会拨了一辆卡车，派司机陈云龙驾驶，满载研究工作所需物资，一路向兰州进发。在兰州，我们住在城外小旅馆，刚住下，甘肃省省长邓宝珊派秘书来请我们到邓家花园吃饺子。我们坐车到邓园，邓省长到门口迎接。我以前没有见过邓省长，听说过他的几件大事，特别是促使北平和平解放和对书画的痴好，有很深印象，今天见到他很高兴。邓省长表示欢迎后就带领我们参观花园，欣赏他收藏的字画，然后进入餐厅进餐，饺子很丰盛，各种馅的饺子都有。邓省长一边招呼我们吃饺子，一边问起莫高窟的情况，我都一一做了回答，邓省长很遗憾地说："我是甘肃人，又当了多年省政府主席，却没有去过敦煌。"我立即表示欢迎他到敦煌来，他很高兴，说："我一定来。"第二天，我们又继续沿河西走廊西行。早就听说山丹城有个赵家楼很有名，这次一定要看看。在山丹城我们转来转去，总算在一个僻背街巷找到这座楼院，虽有唐宋遗风，但由于无人管理，已经残破不堪，而且有很多改建的痕迹，甚为可惜，建筑专家孙儒僴也深感惋惜。我们又到培黎学校找到校长路易·艾黎，他非常客气，搬出他收藏的文物给我们看，有明清寺院壁画、铜佛像和新疆壁画等。这个学校有很多教师来自清华、北大。他们常带学生到莫高窟参观，我给他们做讲解。有两个学生和我建立了师生之情，一个是曹延路，一个是和昇，我曾指点过他们绘画。新中国成立后他们都离开了甘肃，在外地工作。离开山丹经过酒泉，住在地委招待所，又见到了刘长亮、贺建山、梅一芹等负责同志。1949年年底，酒泉地委听说研究所几个年轻人想离开研究所，特地派车接我们到酒泉过年，并给他们做思想工作，要我们继续坚守敦煌文物工作岗位。这次我们向他们讲述了一年来的工作情况，并表示一定坚守在敦煌莫高窟，不再提调走的事了，他们非常高兴。

六、探寻文明的遗迹

不久，所里又先后增添了李其琼、万庚育、李贞伯、关友惠、孙纪元等画家和雕塑家，美术组的人员又一次得到补充，临摹工作进入新阶段。为了符合国家文物工作的要求，如实临摹成了我们临摹的总原则，而且要求越来越严格，标准越来越高。有了雕塑家的加盟，所里又开始进行了彩塑复制的工作。既为代理所长，不但要安排好业务工作，还要管理好行政事务，我的原则是要尽量做到大公无私，由于工作头绪较多，有时已经到了废寝忘食的地步。这一阶段临摹工作又取得了新的成果。

1951年4月，为了配合爱国主义教育，敦煌艺术画展在北京故宫举行。这次展览的规模超过了1948年的展览，参观者很多，展览非常成功。北京展览结束后，我参加了由中央文化部组织的麦积山、炳灵寺石窟的考察活动。这次考察，对了解丝绸之路的石窟艺术发展脉络很有帮助。时间大约是1952年的秋季，先是参加了中央文化部组织的"炳灵寺石窟勘察团"，对炳灵寺进行了首次勘察，参加者有赵望云、吴作人、肖淑芳、李瑞年、张仃、夏同光、范文藻、冯国瑞等人，敦煌文物研究所除常书鸿外，还有我和孙儒僩、窦占彪等人，全体成员大约有十三四个人。考察团的成员分别由北京、西安和敦煌到达兰州，住在省政府招待所。行前，甘肃省省长邓宝珊设宴招待了全体考察团团员。然后乘汽车到临夏，稍作休息并置办了生活用品，次日又乘车到永靖县城，从永靖到炳灵寺所在的小积石山大寺沟，山势陡峭，砂石山路又很狭窄，不能通车，只能骑马和步行。有的地方大家只能互相搀扶，牵手而行。一路上只见黄河两岸群峰耸立，千姿百态状如巨大石林。考察团中不少人都是画家，不时停下来欣赏眼前的黄河奇峰，赞不绝口。经过艰难的跋涉，全体成员终于到达炳灵寺。看到那座庄严雄伟的大佛，山崖上密集的洞窟和窟龛造像，人文景观的巨大吸引力，使人顿时忘记了旅途的劳累，一行人被安置在下寺内居住。对于这样一座石窟遗址，大家热情很高，十分专注地进行研究和统计。底层的洞窟勘察起来比较方便，但前往上层的栈道已缺，不能上去，只能请老窦和几位木工师傅架设云梯，梯子很沉重又很高，在下寺几位年轻喇嘛的帮助下才把梯子架好。吴作人、常书鸿、肖淑芳、李瑞年、夏同光等，为了尽快看到上层洞窟，都争相攀登，当然我也不甘落后。有一次在移动云梯时，因梯子太沉，轰然倒地摔成几截。幸喜当时梯上无人，未造成伤亡。窦占彪率几个工人又赶紧搭建了另一架云梯，才保证了人员的上下往来。上层的洞窟因为长期无人登访，成了鸟儿的天堂，洞窟地面堆积了厚厚一层鸽子粪。鸟粪太多工作不方便，只好请附近老乡帮助打扫，把鸟粪弄走。再开始勘测、统计、摄影、临摹等各项工作。经过十余天的勘测，基本上弄清了炳灵寺的总体情况。洞窟分布在长 200 米，高 60 多米的黄河岸边悬崖绝壁上。石窟始建年代，大约是北魏时期或更早些，兴盛于唐代。明代做过改造修补，时间跨越 1000 年，是以雕塑为主的佛教艺术宝库。窟龛大约百个，壁画保存不多。较好的有第 3 窟、第 4 窟，壁画密宗痕迹较重，但与敦煌西夏、元代画风又不同。塑像大多是魏代和唐代的，大小雕像 600 多身，泥塑 80 余个。雕塑作品造型优美，刻工精致，坚挺生动，是中国古代佛教人物造像中的优秀作品，美术史上具有重要价值。9 月底考察工作告一段落，又经永靖、临夏返回兰州。后来勘察团将结果写成总结上报文化部。文化部副部长郑振铎专门编了一本书，记载了炳灵寺考察情况。炳灵寺考察结束后，经西北军政委员会文化部同意，将炳灵寺勘察团的部分人员调往天水麦积山石窟勘测，专门成立了麦积山石窟勘测组，常书鸿任组长，我和孙儒僩、史苇湘等参加了麦积山的首次勘测。

麦积山石窟在甘肃东部名城天水市东南80多里处的群山环抱之中，形状如巨大的麦垛，从外观的感受好像是莫高窟横卧在鸣沙山畔，炳灵寺侧坐于黄河之滨，麦积山高耸于烟云之中。这里的洞窟高叠于绝壁之上，由于崖畔栈道大部分已残毁糟朽，一些梯道也零落破碎，除了七佛阁、牛儿堂以及下层接近地面的几个洞窟比较容易进入外，大部分洞窟都很难上去，因此勘测工作十分艰险。多亏请来了当地的一位有经验的木工师傅文得权，买来了新鲜的木料，临时在崖畔搭建栈道，修栈道也很不容易，先是把原来的已经糟朽的横梁拔出，再把新梁插进梁孔，还要用楔子把梁固牢。在悬崖上操作，我们都为其捏把汗。这样每天前进几米，他们修好一段，我们就紧随其后进入洞窟。新搭建的栈道旁边没有扶栏，我们凌空行走十分小心，要是稍不留意，掉下几十米深的山下，肯定没命了。每进一洞我们都要对塑像和壁画做一番勘察。麦积山东、西两崖的洞窟大约190余个，其中主要是泥塑和石胎泥塑，石刻和壁画数量少，不如泥塑和石胎泥塑突出，但也不乏精品。如碑洞中就有十多块石雕造像，刻工精致有力，特别珍贵。麦积山的各种塑像有7000余身，很多作品具有高超的技巧，人物的造型都很优美，并注重人物神情性格的刻画，特别是对一些女性和童子的形象塑造得非常生动亲切，体现了古代人民的审美情趣，很多作品都堪称雕塑史上的杰作。壁画数量不能与敦煌相比，主要有些北魏、西魏和隋唐时代的作品。我和史苇湘各选取一些做了临摹。

我临摹的有 127 窟北魏的骑战图和伎乐天，146 窟、147 窟西魏的乘龙乘虎仙人，第 4 窟北周时期的车骑出行图和飞天，第 5 窟隋唐之际的飞马、飞天等。通过对炳灵寺和麦积山两处石窟的考察，我对丝绸之路石窟艺术有了一个更全面的了解。考察结束，常书鸿、孙儒僩、范文藻、冯国瑞他们在调查洞窟、测绘遗址、摄影等方面都掌握了许多第一手资料。这对于以后进一步开展麦积山石窟的保护研究工作都有很重要的作用。

七、临摹壁画，让敦煌受到关注

1952 年，常书鸿作为中国文化代表团的成员多次出国访问，较多时间不在所里，由我主持所里工作。临摹工作进入重要时期，我发起并组织领导了第 285 窟整窟西魏壁画的临摹工作。大家热情很高，废寝忘食，埋头苦干，到 1953 年便成功完成。在此期间，我们组织了一个敦煌艺术展览团到玉门油田为石油工人办画展，受到石油工人欢迎。同时，我们参观了玉门油田，当时工业战线的社会主义建设蓬勃发展，欣欣向荣，给了我们很大的感染。回到敦煌，我认为我们不但要坚持临摹研究，宣传敦煌艺术，还应当着手抓继承传统、推陈出新的工作。从 1953 年开始我们在临摹之余，又进行了写生活动，目的是为创作积累素材。上午光线好，主要在洞子里临摹。下午做其他方面的工作，也安排一些时间写生。从莫高窟风景画起，再画身边的职工和家属，担任保卫洞窟的警卫班战士和民工也都成了我们的写生对象。除此之外，经常从肃北草原上过来的蒙古族牧民也是我们的描绘对象。史苇湘、万庚育是油画家，他们画了不少油画写生。我那一时期画了大约百十件写生，主要是素描、水粉、国画和速写，还有几张是用白描来写生的敦煌农民，应是敦煌线描在写生中的运用。我们当时都有一种创作的热情，但因临摹任务繁重又艰巨，所以创作也只能放在次要的位置上了。

敦煌壁画有很强的装饰性。观赏敦煌图案，同样可以领略到古代艺术家的聪明智慧和创造力。1954年，我们开始对敦煌石窟的图案进行研究和临摹，重点是唐代图案的摹写。莫高窟唐代洞窟的窟顶往往都是藻井图案，变化丰富，富丽堂皇。而且每块图案都很完整，是中国图案中的精品。图案细致、复杂，勾线填色非常繁复，临摹也很费工夫。敦煌图案是一门学问，也要深入研究，才能画好。有的画家如欧阳琳，经过自己刻苦努力，成为一名优秀的图案专家。

1955年我完成了第130窟的《都督夫人礼佛图》的研究性复原临摹和194窟《帝王图》等的临摹。《都督夫人礼佛图》这幅壁画是张大千1942年剥开表层宋画而露出来的。虽然很多地方还能看清，但脱落漫漶之处也很多，随着时间的推移，可能会进一步模糊湮灭，临摹这幅画也是一次抢救性保护措施。这幅画水平很高，都督夫人就是"朝议大夫使持节都督晋昌郡诸军事守晋昌郡太守兼墨离军使赐紫金鱼袋上柱国乐庭瓌"的夫人，此画第一身即都督夫人太原王氏像，第二身、三身皆为其女，三位主人公之后是9身侍候都督夫人的奴婢。画中人物、面相丰腴、体态健壮、服饰鲜丽。正是开元天宝年间张萱、周昉一路，杨贵妃型的宫廷仕女画派的风格。此画在人物组合上主宾分明，自由活泼，背景绘有花束垂柳蜂蝶飞翔，动静衬映，相得益彰。画面很大，而复原临摹的要求又非常严格。为了把这幅画临摹好，我做了很多研究对比工作。形象不清处，

1953年在285窟临摹壁画　敦煌研究院提供

要从其他相似且保存完整的地方去找根据，并反复考证，再将其补全。这样才能准确无误，忠于原作。这幅复原画花费了我很多时间，临完后效果还不错。同年秋天，在北京举办第二次敦煌艺术展，又一批高质量的壁画临本及西魏285窟原大模型在北京展出。我也随团去了北京，并负责展览的接待事宜。除了北京各界人士来参观，还有很多外国的访问团也参观了此次展览。我记得曾陪同一位苏联卫国战争时的姐弟英雄卓娅和舒拉的母亲柳鲍娃·齐莫菲耶夫娜参观，我给她做了详细的讲解。她看完后对我说："中国古代艺术很了不起。"并将她胸前佩戴的苏联政府授给她的金质纪念章转赠给我以表谢意。通过这些展览，国内外的观众对敦煌石窟的造型艺术有了较多的了解。

1956 年 4 月，我主持并参加了安西榆林窟第 25 窟的临摹工作。榆林窟在安西县境内的踏实乡榆林河两岸断崖上，共 41 窟。虽然规模小于莫高

1956 年在写工作计划　敦煌研究院提供

窟，但艺术价值很高。尤其是唐代和西夏壁画，很有代表性。在这之前，我曾几次去过榆林窟，在那里结识了守窟道士郭元亨。他是一个很有爱国思想的道长，曾把自己收藏的稀世珍宝"象牙佛"捐给国家，而且在 1937 年红军西路军程世才将军率部经

敦煌文物研究所勘察小组全体人员在榆林窟前合影　敦煌研究院提供

过榆林窟时，给养缺乏，郭道士主动将自己多年积攒的粮食捐献给红军，以解燃眉之急。出于对郭老道的敬意，我特意给他画过两张素描头像。第25窟的临摹虽然工作量大，但人手多，力量强，所里的临摹高手都来了。我做了分工，北壁《弥勒变》由史苇湘、霍熙亮、欧阳琳、李其琼和李承仙等绘制。南壁《观无量寿经变》由我和关友惠、万庚育、冯仲年、李复等绘制。当时临摹条件比40年代强，不但绘画材料齐备，而且还用大车拉来了发电机，保证了洞窟的照明。开始前我们细致研究，认真分析归纳，全面掌握了这窟壁画的构图方式、内容结构、线描特点和晕染技法等。大家齐心协力，有条不紊地工作。经过半年的苦战，终于按时完成了任务。

1950年至1956年这七年时间，临摹工作取得重大成绩，我们完成了一系列巨幅壁画的临摹。这批作品成为日后对外展出中的精品，在介绍和宣传中华民族传统艺术方面起到了重要作用。

1956年，在临摹和研究工作之余，我把到敦煌十余年来的临摹工作进行了回顾和总结。题目是《谈临摹敦煌壁画的一点体会》，在北京出版的刊物《文物》上发表。我指出，敦煌壁画临摹是当时向国内外人民介绍敦煌艺术遗产的重要方法，也是美术工作者学习、继承和发扬民族艺术传统的重要手段之一。临摹的过程就是研究的过程，是一项严肃而细致的艺术劳动。同时，还根据我在组织领导临摹中的感受和我在具体临摹实践中的几个技术性问题谈了我的看法。

这几年"敦煌艺术展"经过在北京的两度展出和在国内一些大城市并到亚洲一些国家展出，取得了一定的影响。中央文化部也把"敦煌艺术展"看成中国对外文化交流的一个重要窗口，展出计划一个接一个。我们这支临摹兼考古的队伍担子也越来越重，大量的工作等着我们去完成，不能有丝毫的懈怠。好在我们这批人都是敦煌艺术的崇拜者，是怀着极大的爱国热情到这里来的，对弘扬民族传统艺术有着强烈的责任心和使命感，虽然工作辛苦，但也乐在其中。

1957 年，经文化部同意，我的妻子龙时英从四川绵阳调到敦煌文物研究所，儿子段兼善也从四川转学到敦煌，在县城中学读书，分居十几年的家庭又重新生活在一起。龙时英被安排到所里资料室工作，兼善在县城住校上学，假日则回到莫高窟，学习绘画。有时我给他指点指点，找些敦煌壁画稿让他临摹。有了龙时英，吃饭就不像过去那样没有规律了，每天下班回家，总能吃到一顿较为可口的饭菜，日子倒也过得平稳。

人为风沙　菩提明镜俱落尘埃

醉心艺术　魂萦梦绕我心依旧

　　不怕风起沙扬，不惧遍地荆棘，秉烛前行在文明
的宝库里，除了敦煌已成精神信仰外，心里无他。但是，
在政治的领域里，人为扬起的风沙，几乎要将我的心
与敦煌一起重新埋葬。

一、被人为风沙眯了眼

　　新中国成立后这几年，各行各业都掀起了社会主义建设新
高潮，由于受到新中国欣欣向荣蓬勃朝气的感染，自己对工作
是全身心地投入，面对石窟艺术的海洋，总觉得时间不够用，
有时我简直到了不知当天是几号的地步。在榆林窟第25窟的大
型壁画临摹任务完成之后，我觉得应当趁热打铁，继续组织对
第2窟、第3窟的西夏壁画进行临摹。这几幅壁画艺术成就极高，
临摹很有必要，就准备起草一个报告，向所里提出建议。我正
在考虑下一步工作计划的时候，一位被大家称为"刘姥姥"的
办公室老职工刘荣曾悄悄告诉我："有人在收集你们几个四川人

1953年在莫高窟大门前和敦煌文物研究所的同事们合影　段兼善提供

平常说的话，我知道你是个好人，说话又比较直爽，劝你注意一下为好。"我听了很惊讶，因为自从到敦煌以后，一门心思在工作上，几位四川同事，工作也都很认真积极，是业务上的骨干，因为工作的原因，接触多一些，很正常的事嘛，平常所说的话也都围绕工作而说，也并没有什么过头的话呀！把谁得罪了？想了想也没有太在意，但后面所发生的事情说明了"刘姥姥"的提醒并非空穴来风。

1957年后半年，所里动员大家帮助领导整风，我给所长提了些改进管理工作的意见，没有想到"反右"时成了问题。忽然之间，在中寺院子里贴出了一批大字报，我看到一篇批判我的大字报上写道："段文杰给所长提意见，实际上是醉翁之意不在酒，而是要反对所长，反对所长就是反党反社会主义！"看了大字报，面对所内某些人给我编造罗织的一堆所谓"问题"，我才感到事情的严重性，但当时的气氛也无法辩白。后来所里宣布我犯了严重错误，撤销我的一切职务，取消副研究员待遇。其他几位给所长提了意见的同事也分别定成"右派分子"或者给予了相关的处分。

二、劳动悲喜剧

此后，我和这些"犯了错误"的同事多了一项工作，就是劳动锻炼。所里给我们安排了一些体力活去干，比如深翻地、挖沟渠、清流沙、掏厕所、种庄稼等。1958年赶上"大跃进"，到处大炼钢铁，有时我们还要在土高炉前充当炼钢工人。当时的所领导，指派我们这些"犯了错误的人"，白天进洞子临摹壁画，晚上参加大炼钢铁。说起这些"犯了错误的人"，还有一个称呼是"四川帮"，就是指我和史苇湘、孙儒僩、范文藻、欧阳琳、李其琼、黄文馥几个人，这些四川人，研究所成立不久，便从天府之国主动自费到敦煌参加民族文化遗产的保护研究工作，生活上吃苦耐劳，工作上认真踏实，技术上精益求精。在研究所上千幅临本中，"四川帮"的作品就占了800幅。没有这个"四川帮"，研究所解放前后不可能取得这样大的业务成果，"四川帮"这个称号非常光荣。仅仅因为给某些人提了一些改进工作的意见，便遭到一些人处心积虑的诬陷和诽谤，一夜之间便成了反革命、右派。有的戴上了帽子，有的虽未戴帽，但帽子捏在某些人手里，随时都有可能扣到头上。"四川帮"是为研究所立了大功的，他们现在受到不公正对待，遭到精神上和生活上的双重压力，但他们凭着宽阔的胸怀和无私奉献的精神，始终没有倒下去，仍然默默地做着自己的工作，特别是在研究工作中尽管无名无利，却始终坚守科学态度和艺术家的良知，从不马虎。在体力劳动中，指到哪里就冲到哪里，其他人可以多休息，我们不能多休息，实际上我们成了脑力劳动和体力劳动这两方面的快速机动部队。每天吃完晚饭便要在大佛殿前炼铁，主要是拉风箱，手握拉柄，双臂用力，来回推拉，不能停歇。10点钟结束，可以休息，但必须保证中寺后面河沿上分配给我看管的一座土高炉夜里不能停火，按时加煤上料，困了就只能在炉旁打打盹儿。为了取得好成绩，废铁收集组的人把莫高窟的清代铁钟和榆林窟的铁磬，砸碎了送进土高炉。上山采矿组的人把说不清道不明的一些石头当作铁矿石，塞进炉子。突然，"莫高窟奇迹"出现了，有一座土高炉炼出了一块"钢"，足有十余斤重，棕红色，亮晶晶，很好看。有人高叫："我们炼出钢了！"大家不约而同地凑拢观看，你一言，我一语，议论纷纷。最后，所领导做出决定："我觉得这就是钢，抬钢进城游行，展示我们大炼钢铁的成绩。"于是指派抬钢的，打彩旗的，敲锣打鼓的，呼喊口号的，各有分工，给我的任务是抬钢，全所的人浩浩荡荡，一路进城，一边口号声不断——"拥护全民大炼钢铁运动""为国家为人民炼好铁、炼好钢"。大街小巷，人们四面围观，我们也觉得露脸光彩。游行回来，有人不放心，拿块磁铁来试验，出人意料，磁铁竟然吸不住钢，请来城里钢铁技术员鉴定，技术员一看说："这既不是铁，也不是钢，是一块釉子，是冶炼时结块的杂质。"于是大家像泄了气的皮球，那位领导也默默无语了。有人后来说："炼钢炼铁，目的是炼人。"那么这样炼又能炼出什么样的人呢？当时所里还有一项大工程，就是要在大泉河上修水库，自己发电，领导一声令下，全所壮劳力开赴成城湾，我们这些"犯了错误的人"自然是少不了的。有位办公室主任胆子大，带头在河边岩石上打眼放炸药，点火引爆，轰隆一声，碎石乱飞，然后扛子撬，双手推，推下山去，再运往水库工地。夏天烈日当头，汗流浃背，严冬寒风刺骨，十指连心，一年下来，多少人碰破了手，砸伤了脚，扭伤了腰，撞破了头，总算建起了这座长 100 米、宽 3 米、高 12 米的砂石水坝，并将大泉河上游的水储蓄起来。领导很高兴，批示择日发电，说起来也叫人高兴，水闸一开，电机轰响，电站上的电灯居然亮了，虽然只有几秒钟，但毕竟亮了啊！消息传到兰州，甘报登了一条新闻，敦煌文物研究所劈山修坝，发电成功，迈开了"大跃进"的第一步。报上一登，皆大欢喜，所领导也受到表扬，然而过了没多久，山洪大发，一股洪流把这座千辛万苦、耗时一年的水坝冲了个精光，这个结果自然是不会上报纸的。不报道失败的消息，害怕有负面影响，但这样一来正好把我们不依靠科学的蛮干行为掩盖了过去。除了各种劳动，所里也安排我们到洞里去临摹壁画，因为到国外去搞敦煌壁画展，如果没有高质量的临本，展出效果不会好。所以我的壁画临摹工作一直没有中断，但是临摹工作也并没有一帆风顺，总是有各种其他的杂务和劳动来干扰。说是一直没有中断，其实是时断时续。特别是某些领导总爱发号施令，横生枝节，既然给某人分配了临摹任务，就让他安心集中精力完成就是了，这位领导为了显示自己的存在，并不按艺术规律办事，一阵子说："你把这里的线描勾一下。"一会儿又说："你把菩萨的晕染搞一下。"好像东一榔头，西一棒子，就能把画画好。有时个别完全不懂行的行政领导也来指拨我们，说："现在大跃进，你们的临摹太慢，应当减少工序，一次到位，你们总是一层层上色，多浪费时间，一遍染足不就行了吗？"在他们指点下，有些人果然加快了速度，线描不认真推敲，上色一遍就成，结果往往变形错位，丢三落四，色彩漂浮，粗制滥造，最后还得返工。当然我是摸透了这些人的脾气，他说他的，我们还是按艺术规律和科学态度办事。因为一要对得起文化遗产，二要对得起观众。除此之外，所领导还有一条不成文的规定，就是我们几个"犯了错误的人"完成的临本和文章发表及展出时作者署名不能用我们的名字，用什么名义发表由所领导定夺，有时用敦煌文物研究所的名义，有时干脆挂上其他人的大名。217 窟《观无量寿经变》主要是我临摹的，但署名时却挂上了另一人的名字。看到这些现象，我只是笑笑而已，因为这些依靠投机取巧所获得一时荣誉的人，表面聪明而实际愚蠢。我们尽管被取消了署名权，但我觉得为弘扬民族文化遗产做了踏踏实实的工作，问心无愧。我用郑板桥的一首诗来激励自己："咬定青山不放松，立根原在破岩中。千磨万击还坚劲，任尔东西南北风。"我最喜欢到洞里去工作。在这里我可以尽情欣赏古代匠师的艺术杰作，可以和壁画中的人物默默地交流，那些微笑的、慈爱的、愤怒的、沉思的、哀愁的各种人物都静静地看着我，好像要告诉我什么。那些凌空飞舞的伎乐天向我飞来，仿佛要弹拨一曲天庭妙乐，抚慰我的心灵。伴随着这些我熟悉的壁画人物，我的心也好像随着他们在飞翔，似乎有一个奇妙的"净土世界"在等待我的光临。我真是不能没有你们呀！在这里，我全然忘记了烦恼，心情一片平静。真是"一画入眼里，万事离心中"啊！

三、用艺术拯救灵魂

当然，不管在劳动中或是在洞里工作，我都没有放弃对敦煌石窟艺术的思考，敦煌艺术的来龙去脉以及它的许多使我感兴趣的问题，我总想把它弄明白。我就这样不断地思考着，联想着，分析着，比较着，归纳着。劳动和工作之余，我通过阅读一些古籍和佛经来充实自己。在此过程中，对一些敦煌艺术中的问题，我找到了一些答案。比如关于早期敦煌壁画的民族传统和外来影响的关系，我经过比较和分析，最早的确呈现出印度味很浓的西域式风格，但很快，中国汉晋以来的线描造型、迁想妙得、以形写神等优秀艺术手法，就与外来的造型手法融合变化，逐步形成了一种在敦煌特有的历史文化积淀、时代思潮和审美理想的基础上创造出来的敦煌壁画造型艺术体系，而这种体系和流派，实际上就是外来艺术的种子在中国的土地里生长，接受了中华民族传统文化阳光雨露的抚育，开放出来的有鲜明中国特色和民族风格的绚丽花朵。敦煌石窟艺术体系，它除了有为宗教服务的一面，也有独立艺术审美价值的一面。它为人们提供了一个独特的艺术境界和审美空间，极大地丰富了中华民族的传统艺术领域流派和风格，在中国美术史和世界美术史中占有重要的位置。在思考敦煌壁画的艺术价值的同时，我也思考了敦煌艺术的历史价值。敦煌壁画中有很多供养人像和出行图，这些都是当时当地现实人物及其活动的真实写照，因此就具有重要的史料价值。经变画和佛经故事画占有很大的比重，它受到佛经内容的束缚。为了宣扬佛教内容，引导人们信佛，它必须要让人们看得懂，它不能以虚无缥缈的形式来进行劝诫，只能通过具体的现实生活场景和具体形象来教化人们，所以佛经故事画均以不同时代现实生活中的各类人物、动物、植物、衣冠、服饰、器具用品、人工建筑设施和自然生态环境来构成多种多样的社会生活场面，目的是说明佛经中的具体内容。它反映现实是间接的，但经过千年积累的敦煌壁画，经变故事画数量多达数十种，因而反映现实的面仍然很广。涉及政治制度、社会结构、等级差别、民族关系、外交事务、军事行为、农牧生产、渔猎养殖、科技创造、工艺制作、交通运输、医疗卫生、宗教活动、民间风俗、商业贸易、文化交流、刑律法制、建筑设施、自然风貌、生态环境、信念追求等等，这些也为后人留下了研究历史的形象资料。敦煌壁画大量是佛、菩萨等神的形象和他们活动的"佛国世界",神是人的升华,人的映像,没有人也就没有造神的材料,离开了现实世界,"佛国世界"也就不存在。所以,敦煌壁画尽管在创作上受到很大的局限性,但却与现实生活有密切关系,因此在一定程度上它仍然是封建社会的一面镜子,它直接、间接地折射反映了中世纪社会各方面的复杂情况,透过艺术形象可以了解当时的社会现实状况。所以,敦煌壁画不仅是艺术,也是形象的历史,是一种珍贵的历史形象资料宝库。

面对敦煌石窟的两千多身彩绘塑像,不能无动于衷,它是我国珍贵的民族艺术遗产,也是世界文化宝库中的一宗灿烂的艺术瑰宝。根据敦煌彩塑阶段性艺术的特点,我把它们分成三个时期,即北魏、西魏、北周时期,隋唐时期,五代、宋、西夏、元时期。我进行了详细的观察和分析,并将研究的心得记录在我的笔记本中,我这样记录了好几本,以备参考查阅。1958年,武威天梯山附近要建水库,省里要求把天梯山石窟搬走,搬动一个石窟给水库让路,这在我国还是头一遭。胆量是够大的,但我总觉得有些冒险,不过我是撤销一切职务的人,也知道"祸从口出"的利害,心里嘀咕,但不敢说出来。石窟搬迁,敦煌文物研究所也投入很多人力物力,我也曾被调至天梯山石窟临摹壁画。先是临摹明代的壁画,后来又临摹北凉壁画、隋代壁画、吐蕃时期壁画。我还抽时间调查洞窟、寺院遗址和碑文,弄清天梯山石窟是不是历史上的凉州石窟。经过千百年的坍塌崩毁,洞窟悬在崖壁上，没有通道，只能搭木架冒险攀登，我有麦积山、炳灵寺考察经验，倒也不太害怕。但没多久，就出了问题：一个博物馆的工作人员不小心从木架上摔下去当场牺牲。办理后事时，我还自愿为该同志守灵，出事后我们攀登时更加小心了。除了临摹，我还对八个最重要的洞窟画了平面和剖面示意图，并做了内容记录。在天梯山工作两个月左右，所里又有新的劳动任务要我回去参加，于是我返回敦煌。

1959年之后，敦煌一带自然灾害严重，出现了缺粮现象，每个人的口粮每月是20多斤，兼善在敦煌县城读高中，对他这样正在长身体的年轻人，这点粮食显然是不够的。我们显然也不够，但还要省出来一点支援兼善。由于蔬菜和肉食很少，所以这点供应粮特别珍贵。不久我开始浮肿，肺部也出现了毛病，经医生检查，说是营养不良和劳累过度所致，但那几年食品极其匮乏，何来增加营养。我看见莫高窟河边和远处新树林里长着不少野草，寻思能不能养几只兔子来解决一下我们的副食来源。我把想法给龙时英一说，她非常支持，于是我在住房边垒了一个兔窝，弄来几只小兔。龙时英每天都抽一段时间到河滩对面的新树林去拔些野草背回，没有想到莫高窟的野草兔子还很爱吃，就这样，兔子长大开始繁殖，以后又成了一窝。隔上一段时间，我们宰一只兔子，改善一下生活，这样，我的身体总算没有继续垮下去，肺部的毛病也渐渐好了。龙时英是很辛苦的，每天得走好几里路去拔草，坚持了很长一段时间，就这样我们熬过了三年困难时期。

1962 年，文化部副部长徐平羽率领一个专家工作团到敦煌考察，在所里召开干部会议。王朝闻坐在我旁边，见我迟迟不发言，就问我："老段，你为什么不说话？"我回答："我是犯了错误的人，不便发表意见。"王朝闻问是怎么回事，我就把研究所"反右"和"反右倾"的情况简单向他作了介绍。王朝闻惊叹："一个小小的研究所竟然出了这么多右派！"会后徐平羽派秘书向我了解情况，我就将研究所"反右"和"反右倾"中的一些现象向其作了汇报。徐平羽路过兰州向甘肃省委反映了研究所的情况。不久，甘肃省委派出一个工作组到敦煌文物研究所调查"反右"斗争中的情况，工作组组长周伯阳是个很正直和负责任的老干部。他对我说："中央有政策，对一些处理错了的问题，是可以甄别纠正的。"他了解我的情况后，让我实事求是地写了申诉报告，又在所内职工中做了大量调查，终于搞清了事情的原委和真相，并报告了省委。省里有关部门做出决定给我平反，撤销原来的处分，恢复了原有的专业职务及待遇。此外，还对所里其他几个在"反右"和"反右倾"中处理不当的人也做了纠正。

甄别平反以后，我精神压力减轻了。工资恢复原有级别，家里的生活当然没有问题了。我主动找到所领导，表示为了把敦煌研究工作搞好，应当化解矛盾，领导建议我暂时担任学术委员会秘书，我痛快地答应了。我很快制订出学术工作计划，并尽力把有关工作落到实处。

在我看来，十多年来，国立敦煌艺术研究所和敦煌文物研究所研究重点偏重在临摹方面，这是因为当时宣传介绍敦煌艺术最重要的手段就是临摹展览，那时的摄录技术还不足以反映敦煌艺术博大精深的真实面貌。同时临摹也是美术家学习借鉴民族传统艺术和深入研究石窟艺术一个重要手段和步骤。另外，所里还缺少敦煌学领域中各门类的专业研究人员，因此除了在一些出版物中写点笼统介绍性的文章，缺乏分门别类、细致深入的研究。

但是深入的研究工作是必须要搞的，我觉得所里应设法补充一批考古、文史、语言、宗教等方面的专家，把这些方面的研究工作开展起来，但是当时不管是研究人员或大学生往所里调都非易事，因为敦煌太偏远了，生活又艰苦，很多人不愿意来。既然这样，我认为可率先加强和加深石窟艺术方面的研究，这批美术工作者，经过十多年的临摹工作，对敦煌艺术的内容、技法、发展变化过程、风格特征都有深刻的印象，研究起来有根有据，而且美术家都是天分聪颖的人，容易做到触类旁通，只要认真写，写出来的东西往往很有见地。

我自己也下决心从壁画临摹转入石窟艺术的深层次研究中来，我选取的题目是《敦煌壁画中的衣冠服饰》。起因是1958年，敦煌壁画展在日本展览，日本的一位中国服饰史专家原田淑人看了展览后，充分利用画展中的服饰资料，对他的《唐代服饰》一节做了修改，重新出版，并说："这么丰富的资料，你们为什么不研究？"这确实令人惭愧。我就准备先把这个题目进行一番研究。我通读了二十四史《舆服志》，同时研读了他人大量的有关服饰的论文，花了一年时间，查阅了近百种资料，摘录了两千多张卡片，初步理出了中国衣冠服饰的发展概况。我把敦煌壁画中的服饰演变纳入历史发展体系，进行了探讨，并形成了论文的脉络和框架，列出了提纲。此后，我还根据过去临摹过程中的印象和进窟对照研究，对敦煌壁画的线描技巧的传承和发展的情况进行了分析、归纳和总结，写出了《谈敦煌壁画线描》一文初稿。根据对洞窟中一些重点画幅的赏析，写出《九色鹿变》等一批读画笔记。此外，还写了一本《敦煌研究专题报告笔记》，里面包括了石窟考古学，石窟寺研究的业务基础知识，有关敦煌石窟的几个问题，石窟性质的逐渐变化，密宗遗迹及其他，以及石窟记录与排年等章节，实际上是给当时文物工作培训班学员上课的讲稿。除此之外，我还对敦煌壁画的民族传统与外来影响等系统专题进行了思考。这时所里从兰州调来了贺世哲、施萍婷、李永宁三位研究人员，后来又从北京大学分配来考古专业毕业生樊锦诗、马世长，清华大学建筑专业的毕业生萧默，中央工艺美术学院分来了李振甫等毕业生，对敦煌文物研究所来说，无疑是一个好消息。

1963 年到 1966 年，在国务院总理周恩来的亲自过问下，政府拨款 100 万元，请铁道部的工程队对莫高窟长达 576 米含 354 个洞窟的南区北段洞窟崖体实施了加固工程，这一加固工程的顺利完成，对防止洞窟坍塌起到了十分重要的作用。对这项盼望已久的石窟保护措施的落实，我这个"老敦煌"的心里是非常激动的。

四、暴风雨再次袭来

但是不久，一种"左"的思潮又开始滋长起来。全国性的政治运动又开始了，先是所里的人抽出去，到农村或城市去搞"四清"运动。不久就是所里自己的社教运动，工作组进驻所内，发动群众揭发批判所里"走资本主义道路的当权派"，矛头当然就是当时所里的三位领导，其中一人当时长住兰州，不在所里，重点就是在所里主持工作的两人，其中一人，群众意见特别大，对此人的批判最为激烈。后来经工作组上报地区工作团批准，此人被定为阶级异己分子，降工资十一级。我曾给工作组组长谈："批判从严，处理应当从轻，工资降十一级太重了。"组长说："过去他们那样整你，你还为他们讲情？"我说："他们整我不按政策办事，这是他们的错，但我们不能像他们那样过头。"但组长说这是地区工作团批准的，不能改。这次社教运动本是针对有问题的当权者的，但不知为何，一个写过两篇美学论文的调到研究所没几天的一般工作人员也成了批判的重点。因此人素来有用不实之词揭发检举他人的癖好，据说兰州的几位美术工作者就曾遭到过他的暗算，所以所里的一些人对他是心存戒备。他在所里工作没几天，便引起了大家的反感。最后处理时也有他一份，好像是调离研究所。

1966年，社教运动还未结束，一场更大的"革命风暴"又开始了。一些报刊上出现了不少观点"极左"的文章，随后在全国范围内出现了一个叫作"红卫兵"的组织，成员都是大专院校和中等学校的学生，他们拒绝上课，说那些课程都是封资修的毒草，他们把教师揪到台上批斗，高喊"造反有理"。然后，在全国性的大串联中，他们奔赴各地传播"革命火种"，并进行"破四旧，立新风"的"革命行动"。敦煌文物研究所在这一称为"文化大革命"的狂潮中，自然不能逍遥在外，造反派、战斗队也纷纷成立。我又成了革命对象之一，每天不是劳动和写检查，就是准备接受革命群众的批判。我的罪名主要是：为常书鸿搞的纪念莫高窟建窟 1600 周年纪念活动出谋划策，为反动的宗教艺术唱赞歌；组织多次学术讲座，充当牛鬼蛇神的黑干将等，检查必须围绕这些问题来写。在那场运动中，龙时英挺不住了，她早就得了幻听症，现在越来越严重。不过她已不是在职人员，造反派倒也没有为难她。我们平常劳动项目也很多，有时掏厕所，有时喂猪放羊，再不然就是去打井。这样几年下来，我的劳动技能倒是掌握了不少。不久原所长也被造反派揪回到所里批斗，此人过去历次运动中都是"正面人物"，光环耀眼，没想到这次造反派不买账，他也被划入"反面人物"之列。原所长被揪回来之后，我们这些已经被批判多次的著名"挂牌批判对象"，已是"食之无味"，暂时就被放在一边，主要是集中火力猛批原所长，但在有重大的批判斗争场面时，我们也必须登台接受批斗。一次在中寺大榆树下召开的批斗会上，我们七八个被批对象，横站一排，被一个工宣队的年轻铁匠和所里造反派中一名打手，挨个拳打脚踢，那个小铁匠站在我的面前，运足了力气当胸给了我一拳，我当时胸部疼得气都出不来，但我咬紧牙关尽力挺住，没有倒下。这些人在宁左勿右"极左"思潮的鼓动下，为了捞取政治资本，有的已经丧失了起码的做人准则，但这也不能全怪他们，应该说他们也是受害者。在当时"公、检、法"被砸，无法无天，乱揪人、乱抄家、乱打人是普遍现象。当时还有这样的顺口溜："好人打好人，误会。坏人打坏人，以毒攻毒。好人打坏人，活该。"在这样一种舆论和气氛中，打人之风，风靡全国。敦煌文物研究所也出了这样几位"英雄好汉"，在大庭广众中昂着头，拍着胸脯向大家宣布"我是工人的儿子""我是贫农的儿子""是红五类"，威风凛凛，杀气腾腾。他们在运动中不仅是打手，也是抄家的开路先锋。一次，我正在家里桌子前看书，忽然听见一阵猛烈的打门声，我把门打开，几个"红五类"一拥而进。一个造反派头头大声说："把你窝藏的反动证件交出来。"我说："没有。""笔记本有没有？"我说："有是有，那都是工作笔记和读书笔记，不是搞反革命活动。"那位打手一听，火冒三丈，挥拳要打，另外一位造反派头目挡住说："抄"，然后所有的箱箱柜柜全部翻腾搜查了一遍，笔记本、资料卡和一些书籍，他们想拿就拿，不留清单，为所欲为，把我的书房翻了个乱七八糟，老伴龙时英吓得不敢出声。我真是感到莫名其妙，"文化大革命"就是这样吗？真是想不通，但不通也得通。

当时我心里担心的已经不是自己的命运，后半生怎么过下去都已无关紧要了，真正担心的是莫高窟这座艺术宝库的命运。那个年头，很多地方的文化遗产都被当作封资修被破坏了，造成了无法挽回的损失。如果哪一天来一群莽撞的红卫兵到莫高窟打砸一场，那就后果不堪设想。所以应当阻止红卫兵来打砸文物，但我们自己的身份是被批判对象，不好明目张胆去阻挡红卫兵，只是心中焦急。好在敦煌文物研究所的职工，不管是造反派还是保守派，不管是革命群众还是被批判对象，都不愿意看到莫高窟遭到破坏，大家逢人就宣讲周总理的指示："四旧可以批，但文化遗产不能破坏，要保护。"提到周总理，红卫兵态度就有了变化。在不暴露身份的情况下，我们也参加一些劝阻工作。在疾风暴雨式的"文化大革命"中，敦煌莫高窟得以完好无损，这又是一个奇迹。我想这除了周总理有关保护文物指示的作用外，还有一个重要的原因是祖国优秀的悠久的历史文化在大多数中国人心目中有着强大的影响力和重要位置所致。毕竟"红卫兵"中大多数也都是有一定文化基础的人，不至于完全冲动到丧失理智的程度。

五、暂别敦煌

到了1970年，"文化大革命"已发展到"清理阶级队伍"的阶段。一个已经当上了研究所革命委员会副主任的造反派头目通知我："组织上决定让你去农村劳动，你是愿意回四川老家，还是去敦煌农村？"我回答说："我的家在敦煌，哪里也不去。""那你就到敦煌县安置办公室去一下，看具体把你安置到哪里，只是龙时英怎么办？"我回答："龙时英患精神分裂症，一个人住在莫高窟也不行，就跟我一起到农村去吧！"所里革委会也只好表示同意。于是我去县里联系，他们将我安置到郭家堡公社敦湾大队。我回来开始收拾东西，无非就是一些最普通的生活用品，破桌子、旧板凳盆盆罐罐一大堆。最值钱的就是我多年购买的几大柜书籍，过去最喜欢购书，除了生活开支，其他的钱都拿去买了书，这一大批书怎么办？我把兼善从兰州叫回敦煌，帮我整理这批书籍，有些书对兼善有用处的，我让他带到兰州去，几种完整的成套的书籍如《世界美术全集》《美术丛书》等我送给了敦煌文物研究所。还有很多书籍也无法细细整理，我借用所里的卡车，把书装了一卡车，让兼善随车到县城废品收购站卖了。兼善觉得很可惜，但不这样处理又怎么办？把书籍处理完毕，我请所里派个卡车把我们送到农村去，回答说所里只有一辆卡车，现在很忙，顾不上你们的事，得等候。兼善是请假回来的，不能久留，我让他先回兰州去了。后来我又去要卡车，革委会主任说："现在所里就一辆卡车，运转不开，你就用牛车拉东西吧！"我只好借了一辆牛车，把东西装上，扶龙时英坐上车，我就自己赶上牛车朝北走去。一路辛苦自不必说。到了敦湾大队，找到队长，安排到一间旧房中居住，我和龙时英就开始准备以后的农民生活了。后来得知史苇湘被安置到转渠口公社黄渠大队落户，孙儒僩、李其琼被送回四川老家农村劳动。这批自愿到敦煌，以保护弘扬敦煌艺术为己任的业务骨干们，一时间，又都风消云散，各奔东西了。

我到农村后第一次劳动是参加修建郭家堡公社的总水渠，

外出劳动，自带被褥、粮食和灶具。我披上老羊皮，扛着铁锹，提着面口袋，跟小伙子们一起上路，十几里上坡路，累得满头大汗，到了目的地，被安排在一家停产的油坊里居住。我睡在木榨旁边，一条褥子，一件老羊皮大衣，连穿带盖一身滚，倒也简单省事。早上天麻麻亮就上工，把渠底的泥土挖起来往堤坝上丢，一丈多高，小伙子们力气大，一挥锹，土就上去了。我扔一铁锹土，就感到十分沉重，但我不甘落后，多花些力气照样把土丢上去了。白天累一天，晚上倒头就睡，早上起来两腿硬直，两手握不住铁锹把儿，要活动一阵子才灵活。吃的很简单，一天三顿饭，只要有面就行，敦煌农民都爱吃拉条子，人人都会做拉条子，把揉好的面，搓成一条，回绕数次，双手一拉，抛向空中，变得又细又长，像耍杂技，煮熟后就是一大盘，一把辣椒一勺醋，狼吞虎咽，顷刻下肚。我也爱吃面，什么猫耳朵、麻石子、鱼儿翻沙、连锅面片，也学会了几种面食的做法，只是每顿饭都做在人前，吃在人后，但我从不误工。不久，敦湾大队划分的修渠任务提前完成，我也跟他们提前回家。队长还没有决定给我分配固定的农活，我就主动跟着农民樊文德他们去浇水，我自以为在莫高窟给树林浇过多年水，有经验，其实不然，农村的水是农民的命根子，有专人管理，既要浇得及时，又要土地庄稼喝饱而不浪费。因为水是要收费的，掌握不好时机和水的数量，就会影响生产。有时为了抢时间，水口挖得较大。水流很急，绝非一人能够控制。在限时限量的水战中，我只能给小伙子们当个助手，有时还得他们关照我。队长樊登富对我说：

"你年纪大了，不能跟小伙子比，干点平和一些的农活，给你一辆驴车，每天拉土垫圈积肥。"队里的五六十头牛马驴骡共住在一个大牲口厩里，天天要拉土垫圈，把牲口粪便盖起来，牲口自然践踏，粪土混合，久之发酵便成上等农家肥。经过几天操作，我觉得只要抓紧时间，每天的挖土垫圈任务半天就能完成。对农民来说，肥料就是粮食，一泡屎一泡尿都不能浪费，可是敦湾大队只有五六十户人家，能积多少肥呢？我就想另辟蹊径，给队里搞些化学肥料，可是我对制作化肥是外行，就进城买了些有关农用化肥的书籍来翻看来琢磨，同时寻找懂行的人拜师学艺，听说五圣宫有个河南移民老朱会做 920 饲料和 5406 化肥，我就登门求教。我从他那里学习了做化肥的方法，并仿照他在菌种箱培殖菌苗。有时老朱也到我家来查阅书籍资料，共同研究。同时，我还向敦煌农业技术推广站的王园请教，经过反复实验，终于掌握了制作化肥的方法，做出了 920 饲料和 5406 化肥，并把这一技术传授给队里的年轻农民。一次队长李发华找我说："队里的猪总是养不好，上交肥猪任务完不成，猪肥也积不好，你把垫圈和制化肥的任务放下去养猪吧。"我第二天就到猪场，猪场原是几位妇女在管理，她们只有一家一户养一头猪两头猪的经验，对养几十头猪的猪场没有办法，所以管理比较乱，他们把很好的青饲料丢到土圈里，任猪践踏，粪土污染，猪吃不到干净饲料，而猪槽却闲着，只供饮水时一用，这样猪怎能长得快？我觉得首先要改进管理方法，把青饲料洗干净，剁细放进槽内，让猪在槽内吃，在槽内饮水。同时，经常清理圈肥，堆在圈外，给猪一片干净卧地，还经常用喷管喷水给猪洗澡。饲料干净，环境好转，猪的生长就有了变化。不久，有一头老母猪要下崽，这是猪场大事，但老母猪没有产房，只好在磨坊一角用草给猪垫了个窝，静待生产。为了保证猪崽成活，我也搬进猪圈。夜里睡在磨盘上，随时关照母猪分娩。三天后母猪半夜生产，哼哼直叫，我事先做了准备，出生一个便用布蘸水洗净擦干，十三个猪崽全部存活。40天后，都长得亮光光肥滚滚，十分可爱，成了猪场下一批肥猪养育对象，队里不用花钱再去买小猪了。敦湾大队猪养得不错，消息传到县里，县委书记到敦湾大队检查，在猪场见到我就说："老段，听说你猪养得有办法，我特来看你。"我领他看了一下猪场，谈了一些良种配置、肥猪出售等方面的话题，但农村问题很多，有些问题一时难以解决。

在敦湾大队，我与农民的关系处理得不错。他们有难事常来找我出主意，队里要办墙报找我去我就去，我自带了一个理发推剪，有些农民找上门来理发，我就为他们义务理发，有的找我写字写信，我都给帮忙。凡是我能做到的，就尽量为他们服务，但是在"极左"思潮泛滥的时期，农村也不是世外桃源。农民并不愿意开那些批判会，但上面指示下来，队里不能不办。隔一段时间，队里就召开一次批判会，有时把打倒多年的地主展明孝批判一下，有时把城里下放的无业游民批判一通，有时批判农民的资本主义尾巴。有一个农民进城卖了一只公鸡，买了些火柴、煤油等生活必需品，有人说这是资本主义尾巴，就召开批判会，要求所有的人都参加，我蹲在墙根下静听。有人慷慨发言，无限上纲，场面不大，声势不小，发言批判者也就是那几句套话老话，实际上无事可批。队长老是让我发言，我都婉言谢绝："不了解情况，没有发言权。"我这样推辞后，队长也没有为难我。我觉得日子就这样过下去也蛮好的，只是龙时英的精神病时有发作，令人紧张。有一次半夜犯病，我连夜用驴车把她送到医院救治，守候了大半夜，第二天好转了，才算定了心。后来我把龙时英送到兰州兼善那里，在兰州住了一个阶段治病，后来好些了，她又惦记着我，又让兼善送她回到敦湾，她在家做饭洗衣、喂猪养鸡，日子倒也马马虎虎。

我在农村将近两年，努力劳动，自食其力，第一年除了粮食每人六百多斤外，还分得现金 190 元。加上老伴养鸡，天天有鸡蛋吃。自己养两头肥猪，一头卖给国家，一头自己食用。杀了 70 多斤肉，给邻居送一点，剩下的足够两口人吃一年。我们用四川制作腊肉的办法，烟熏后保存一年不成问题。自给自足的农民生活，不为"阶级斗争"令人惊惧的口号所震惊。没事挑灯夜读，思考和研究我的艺术与美学，渐渐淡忘了研究所的人和事。

六、敦煌魅力入梦来

在农闲时，在中午和晚饭后的一些休息时间，我仍然在思考着一些与敦煌石窟艺术有关的问题，因为多年在研究工作中形成的思考习惯一下子还改不掉。我思考的问题包括：宗教和宗教艺术的差别。

敦煌石窟艺术是宗教艺术，是宣传佛教思想的艺术，所以它当然具有一定的宗教性，但我认为宗教和宗教艺术并不完全一致。宗教是历史的产物。原始社会时期，由于人类对自然界不认识，就产生了自然宗教，崇拜天、地、日、月、山、川，认为这些都是神。人类进入阶级社会之后，由于对社会力量特别是对阶级统治不理解，就出现了人为的宗教。不管哪一种宗教，都是历史的产物。过去几千年的历史，不管是哪一个国家，哪一个民族，都是在弥漫着一种宗教气氛的社会当中生活。一部古代社会史，从某种角度上看，也可说是一部宗教活动史。宗教是一个很复杂的上层建筑问题，我们不可能用马克思经典著作中的一句话说尽一切宗教和宗教的一切。宗教的神学思想和哲学思想，最终都走向唯心主义，承认灵魂不灭、因果报应、天堂地狱。佛教劝人顺从、忍辱、牺牲，而不是引导人们积极地在现实生活中进行斗争，这都是消极的。但是，宗教也有积极性的因素，而且面很广，不管是哪一种宗教，它最初创始的时候都有一定的进步性。基督教开始的时候是为穷人的，所以它说富人要想进入天国比骆驼穿过针孔还要难。佛教也是这样，印度是种姓制度，第一个种姓是婆罗门，掌握宗教，掌握一切大权；第二个种姓是刹帝利，是帝王、官吏，掌握政权，释迦牟尼是国王的儿子，属于第二种姓；还有吠舍和首陀罗，是工商业者和奴隶。佛教提出的众生平等是针对婆罗门的，这在当时是很有号召力的，具有一定的进步性。因此，在印度96种外道的竞争中，佛教夺取了冠军，获得了广大群众的信仰。

佛教传入中国之后，在两晋南北朝时期迅速地发展起来，当时的和尚尼姑人数达300万之多，还不断发生农民和僧侣打着佛教的旗号进行反对封建统治者的活动。为什么要利用佛教进行造反呢？佛教里有一种思想，就是希望摆脱现实生活中的苦难，而进入幸福、愉快的极乐世界。敦煌壁画中的极乐世界图就是以佛经为脚本画成的豪华美丽歌舞升平的极乐境界。比如445窟的《弥勒净土变》就是根据《弥勒下生经》画成的。经里说弥勒世界里，种庄稼不费气力，一种七收，自然生长粳米香稻；树上生衣，绫罗绸缎，人们可以随意穿用；山上喷出来的是香气，地下流出来的泉水是甜的；晚上有罗刹扫地，龙王下雨，到了白天地平如镜，光滑如油，风不扬尘；到处都有柱子，柱头上有宝珠，闪闪发光把世界照得通明透亮；还讲究卫生，当你要大小便时地面马上裂开一条缝，大小便之后，地面自动合拢；夜不闭户，路不拾遗，金银财宝丢在地上没人捡；人人都活八万四千岁，女人五百岁才出嫁。这个世界太美了，谁不想进去啊！虽然这个世界在现实生活中是不存在的，但是，这个想象的世界是很美的，它寄托着人们摆脱现实生活苦难，渴求美好生活的真切愿望，所以，古往今来不知有多少人倾家荡产，甚至把卖儿贴妇的钱都拿出来开窟、修庙、塑像、画壁画。但是，佛教信徒中除了极个别的傻瓜，真的到山林里"舍身饲虎"以外，大多数并没有坐等天国来临，仍然是努力生产，和大自然作斗争，去争取自己的美好生活。所以，我认为佛教思想并不都是坏的，特别是佛教的哲学思想，里面包含着唯物思想，它承认现实，承认客观存在，承认人在现实生活中有这样那样的苦难，同时还在研究现实事物的因果关系，而且企图设法解脱这些苦难，有一定的唯物思想和辩证法，而且是很精致的辩证法。但是通过自我修养，追求所谓"涅槃"，即"一切皆空"，导致主观唯心主义的错误结局。

佛教经典中，除了哲学神学，还有文学，如许多故事非常优美，虽然打上了宗教烙印，但是保存着印度民间故事的本色，有很高的文学价值。因此说，佛经在哲学、文学、艺术学、音韵学及伦理道德等方面都是有一定价值的，而且对我国文化的影响是多方面的。我说，即使从佛教思想和佛经而言，我们也不能用一句话把整个中世纪历史阶段的主要的精神文明——宗教，全面否定了。我们要用马克思主义的基本原理来研究随着时代而变化的宗教，才能得出合乎科学的结论。马克思所说"宗教是人民的鸦片"，我们也要正确地理解，这句话不会只有一种含义。

对于宗教艺术更要作具体的分析，如敦煌艺术，它是宣传佛教思想的艺术。但是，佛教艺术不等于佛教或佛经，佛教主要把经典作为其思想的代表。世界上所有的宗教，经典最多的就数佛教，可以说是多如牛毛。一部《大正藏》就一大堆，而且是古文翻译的，晦涩难懂，要把全部经典读完，谈何容易！而且佛经里面很多东西都是抽象的哲学概念和神学术语，要把这些抽象的概念变成具象的艺术就得通过画家、雕塑家的精心营构，一经艺术家的创造，就变成另外一种意识形态。当然宗教与宗教艺术都是意识形态，但它们是有关系而又不相同的两种意识形态。佛经一旦变成视觉的形象之后，就出现了佛经没有的时代性和民族性而呈现出新的形态。佛教和佛教艺术诞生于印度，公元前三四世纪佛教就已在印度流传，公元 1 世纪前后，佛经传入中国。翻译过程中许多人以中国儒家的传统观念和道家神仙思想去理解佛教，把佛陀看成神仙，这样的佛经已经是中国化的佛经，再据此创造形象艺术。艺术创作离不开现实生活，画师们必然要从当时当地的现实生活中寻找人物素材，这样在艺术形象中就很自然地出现了时代特色和民族风貌。

画家和雕塑家在把佛教思想转换成艺术形象的形象思维过程中，发现佛教经典中的一些哲学和神学的抽象概念很难用形象来表现。如佛经中的"众生""诸神""国王""大臣""王子""长者"等指称，都是一种大分类概念。无论多么高明的画家都无法表现，哪怕是顾恺之、吴道子也是无能为力的。你能够创造出一种既是黑种人，又是黄种人，还是白种人，又是各种动物的"众生"视觉形象吗？不能！你能创造一种既是中国皇帝，又是印度国王，又是西方君主，又是日本天皇的"国王"视觉形象吗？不能！艺术作品必须有具体的形象，这里有一个变化的过程，从抽象概念到具体形象，即必须落实到现实客体。这就是画家通过形象思维，使主观和客体融合为一，形成"意象"，然后通过画师以物质材料，显现为客观存在的艺术作品。画师在创作过程中所依据的客体便是现实生活，而且是他比较熟悉的现实生活。画师只能根据他们的生活体验和直接、间接获得的知识、素材，经过匠心熔铸，形成意象，再以物质材料表现出来，就成了具体的艺术形象。具象化的过程中经过中国绘画的彩笔描绘就形成了中国人的面貌，唐代的画师就画成唐代的帝王大臣和少数民族，宋代的画师就画成宋代的帝王大臣和少数民族。这样一来，抽象变成了具象；一般变成了个别，通过具象表现抽象，通过个别表现一般。通过这一创作过程，在画师的笔下就出现了许多佛经中所没有的东西，反映了我国各民族、各阶层的劳动生产和社会生活，体现了中国人的思想感情、风俗习惯、审美理想和民族精神。所以，我们不能套用经典著作中批判宗教的语言去批判宗教艺术。宗教与宗教艺术有密切关系，两者不能画等号。宗教艺术和世俗艺术一样，都是一种意识形态，都是以现实生活为依据而创造的一种艺术，而且创造了美好的形象和美好的境界，与世俗艺术一样，都具有很高的审美价值。宗教和宗教艺术，随着时代的流逝，也在不断地变化。科学越发达，人类掌握自己的命运的能力越大，宗教的神性或者说欺骗性就不断地缩小，宗教的神性在人类社会中的地位就逐渐下降。今天，一些征服宇宙的科学家，把神掌握的风雨雷电和遨游太空的神权逐步从神那里夺了过来。他们是无神论者，但他们礼拜日照样到教堂去做弥撒，圣诞节全家恭迎圣诞老人。他们相信登上月球的能力是上帝恩赐的吗？不，科学将不断地把宗教的神性掏空，而宗教仪节的外壳还会长期存在，变成节日的艺术活动、文化娱乐活动。佛陀和菩萨，过去那种生杀予夺的权力，已在科学面前消逝。今天，人们把它们的艺术形象誉为微笑的蒙娜丽莎和断臂的维纳斯，它们留给我们的是美感享受。

七、田间地头"耕耘"的成果

1. 敦煌石窟艺术的源与流

有些研究者在谈到敦煌艺术的源流时，往往不假思索地回答：源于印度，源于犍陀罗。其实这只是佛教艺术的传播之源，而不是敦煌艺术的创作之源。艺术创作源自现实生活，古今中外一切艺术都不能例外。敦煌艺术之源，是敦煌古代匠师创作敦煌艺术时所依据的现实生活。由于宗教艺术的特殊性，敦煌古代艺术家主要从三条途径撷取素材进行创作：一条是直接表现现实人物。主要是开窟造像的功德主的画像，如晋昌郡太守乐庭環和夫人都督夫人太原王氏像，归义军节度使张议潮统军出行，于阗国王李圣天礼佛，党项族施主长子瓜州监军司通判纳命赵祖玉皈依像，等等，都是当时当地历史人物。特别是像张议潮这样的从吐蕃贵族手中收复河西十一州的英雄人物，当时就受到各族人民的爱戴和颂扬，他的事迹绘制在敦煌石窟里，跟宗教毫无关系。可见，在敦煌石窟中确有许多非宗教的社会生活场景跻身其间。另一条是通过表现在佛教故事里的世俗人物，间接反映了现实生活。如《鹿王本生》中的国王，脸呈汉族面貌，头戴波斯王冠，身披印度大裙，而王后亦汉族形象，身着龟兹妇女服装，居汉式宫殿中。《沙弥受戒自杀缘品》中的长者，汉像汉装而胡帽。这种状况的出现正反映了十六国北朝时期敦煌地区"华戎所交"风俗服饰互相交融的历史特点。

　　隋代壁画《西域商队》虽然是根据《法华经》中《观音普门品》来绘制，其中西域商主率领商队，驱赶驮货的毛驴骆驼，翻山越岭，长途跋涉，驼摔货掉，抬货换驼，坚持前行，狭路遇盗，据理力争，奋勇搏斗，货物被抢等，还有描写河西古镇交易盛会，驼队接踵而至，珍奇百货、音乐舞蹈、列队迎送等商贸盛况的描绘，都反映了当时河西走廊经济文化交流繁忙的现实景象。而唐代壁画《耕获图》是根据《弥勒下生经》"一种而七收"一语而画，实际上却是描绘的唐代农民进行农业生产的辛劳生活。农民用曲辕犁耕地、播种、收割、打场、田间饥渴饮水、量粮、交租等一系列过程，淋漓尽致地表现了古代农民的劳作过程和现实的农村生活图景。根据佛经中"女人五百岁始出嫁"一语画出的《嫁娶图》，描绘了唐代的婚礼奠雁架铜镜风俗，室外搭帐房，挂屏障，宴会歌舞，新郎新娘在男女傧相陪同下举行跪拜之礼，新郎磕头，而新娘站立不动。这是武则天时代的新规矩，男拜女不跪，鲁迅讲"武则天当皇帝，谁敢说男尊女卑"，画幅不但描绘了婚礼的有趣场面，还反映了女皇当政的新风尚。至于一些直接描绘神的形象和神的活动的极乐世界图，也折射反映了现实生活。唐代洞窟中绘制的大量的《西方净土变》，描绘了阿弥陀佛主宰的世界。佛经里描述：西方净土没有皇帝没有宰官，没有奴婢没有欺屈，人人幸福。人们住宫殿楼阁，琉璃铺地，金线界道，上有天女散花，下有音乐舞蹈，吃珍馐美味，想什么好东西立即呈现眼前，食毕碗筷自动飞去，想穿绫罗绸缎，美服已经上身。七宝池碧波万顷，莲花满池，人人自莲花中化生，池水清明如镜，可以随时下水沐浴，水的深浅温度，随意升降。天乐不鼓自鸣，祥云自由舒卷。但进入此境，要分三等九级，上等僧侣，天天奉佛，很快见佛成佛；中等官吏贵族，修庙造像积公德，经几个小劫，莲花开后做菩萨，不能很快见佛成佛；下等平民百姓，进入佛国，生莲花中，经十二大劫后莲花才开做低级菩萨。菩萨分十级，每升一级要经若干亿万年，最高一级菩萨相当于候补佛。佛经说一劫是世界毁灭一次又形成一次。看来，老百姓要成佛不是那么容易，所谓九品往生，不就是中国封建社会的九品制？也就是神化了的封建等级制。

敦煌大型经变画中的极乐世界、亭台楼阁和音乐舞蹈，都是有现实依据的，极乐世界只不过是人间帝王宫廷生活的写照、夸张和神化。敦煌唐代壁画有一幅《东方药师变》，有规模宏大的舞乐图，中间搭起高大的灯楼，两侧铺花毡，设坐部伎，乐队前分列灯轮，连组舞伎在辉煌灯火之下跳舞。《药师经》里虽然提到在药师佛面前要燃灯，但并没有说是多大的场面，实际上画师是根据人间宫廷铺张生活来画的。根据史料，唐玄宗登基之初，大开宫门，点灯千万盏，三百舞伎在灯光下跳舞，一连三天三夜。第220窟的两组舞伎都在圆毡上挥巾旋转，这可能是西域传来的胡旋舞。唐代诗人白居易就曾写过有关胡旋舞的诗歌，其中有句云："胡旋女，出康居，徒劳东来万里余。中原自有胡旋者，斗妙争能尔不如。"画家以现实生活为依据，展开高度想象和幻想，创造了一个令人向往的世界。唐代韦庄写过一首诗："满耳笙歌满眼花，满楼珠翠胜吴娃。因知海上神仙窟，只似人间富贵家。"所以，敦煌艺术创作之源，不是佛经，不是印度，而是中国当时的现实生活，所以我们说，敦煌艺术是一面历史的镜子。

除了源，当然还有流的问题。所谓流，是指艺术创作所形成的传统，如创作方法、表现技巧和形式风格流派等。艺术创作都有源和流的问题，敦煌艺术也是如此，敦煌艺术创作中吸收了两条借鉴之流的营养。

一是民族艺术传统。佛教艺术是外来的种子，要在中国的土壤里开花结果，必须要适应中国的土壤和中国的阳光雨露，所以在中国民族艺术传统的主导下进行融合和创造，就是必然的途径。

中国造型艺术的民族传统，首先表现在现实与想象相结合的创作方法上。战国时代已有人提出"立象以尽意"的主张，就是说艺术要利用客观现实塑造以表达主观情思。想象就是以主观情思使客体理想化。敦煌艺术继承了这个传统，发挥了高度的想象力，可以说想象力是敦煌艺术创作的动力。在敦煌壁画里，古代画师们创造了大量的理想的艺术形象和引人入胜的艺术境界。因为只有想象才能创造出人们未曾经历过的世界，但这种想象，不是胡思乱想，而是以古今中外、直接间接的现实生活为基础，通过联想、迁想和幻想而有所"妙得"，这些富有生命力的艺术形象和艺术境界，至今仍能触动人们的心灵。

但体现这一创作理论，使之在艺术表现形式上具有民族风格，还必须运用民族艺术形式的审美规律和技法，以表现外来的新题材和新内容。首先碰到的是造型问题，形象的比例、结构、角度和姿态等，而中心问题是个变形问题。敦煌艺术形象，不是现实生活原形，而是来源于现实生活而又游离于现实生活原形之外的想象形象，它以三种方法实现想象变形：一、夸张变形。夸张就是合乎规律的延伸或收缩，如缩短比例的矮壮的马、拉长比例的修长的马、短胖的飞天、消瘦的飞天等。二、组合变形。即以人、兽、鸟的一部分组合成现实世界中所没有的形象，如以兽头、人身、鸟爪组成的雷神、雨师、乌获等。三、幻化变形。如以人形的一部分幻化重复出现，如三头六臂的大自在天、千手千眼观音等。想象变形是宗教艺术的最大特色。线描造型，以精湛的线条，高度的提炼，概括现实生活形象的外部特征，用中国毛笔富有的弹力功能，在抑扬顿挫、轻重疾徐的运笔过程中体现出音乐般的韵律感，在简练的形象中，蕴含着丰富而深刻的意趣。

敦煌壁画的色彩是装饰性的色彩，它不追求光化色，即阳光下千变万化的物象色彩，而是随类赋形，随色象类，这是中国绘画色形学的核心。敦煌壁画从追求平面装饰美到立体感的表现，经历了一二百年的演变过程，特别是在色彩运用上的大胆创新，如绿色的马、红色的人、五彩的线描打破了色彩上的自然规律。当然这种意象赋彩是中国传统重视物体固有色基础上的大胆运用，与西方的光色变化仍然是不同的。

西方绘画的空间感用焦点透视来表现，而中国绘画一直是沿用散点透视表现。这种鸟瞰式透视，展现了焦点透视所无法表现的辽阔境界，这是东方绘画特别是中国绘画一大特点。西方美学家黑格尔说什么中国人连透视都弄不清楚，还谈什么绘画艺术，黑格尔不懂得东方艺术，妄下评语，说明了他的局限性和偏见。散点透视虽然不符合焦点透视的原理，却完全符合艺术科学的要求。

中国造型艺术的感染力、魅力诞生于"传神"，东晋顾恺之提出"以形写神"的理论后，历代画论一直提倡"形神兼备""以神为主"，其实就是这样一句话："传神之谓美。"这是中国艺术也是敦煌艺术高层次的审美理想和评定艺术作品的重要标准。北魏禅定佛像含蓄的微笑，初唐维摩诘居士在辩论时眉飞色舞的神气，帝王图中王及侍臣们各种不同的表情，中唐彩塑菩萨温柔娴雅的眉目体态，天王力士的横眉怒目、勇猛有力、咄咄逼人的气概，这和敦煌文献中所谓"画佛如活，貌影如生"，"画出慈悲之目，点出如说之唇"的精神是一致的。敦煌匠师们在传神技巧上创造了一种奇迹。

由于继承和发展了民族绘画传统，这就为敦煌艺术的民族风格奠定了基础，但仅仅继承传统是不够的，容易墨守成规，堵塞开拓创新之路，因此敦煌匠师们在继承和发展民族传统的基础上大胆地吸收了外来的艺术营养。敦煌艺术间接地吸收了印度、希腊、波斯、阿富汗等地的艺术题材、式样和表现手法，直接地吸收了西域的龟兹、于阗、吐鲁番等地的少数民族艺术营养，使敦煌艺术出现了与同时期墓室壁画迥然不同的新风格。首先，吸取了西域佛教艺术中人体结构美表现的诸种因素，诸如人体比例、姿态、手势、肌肉筋骨的解剖关系等。尽管由于中国的封建伦理道德观念的影响，把裸体画拒之于敦煌以西，但敦煌画师仍然在可能的范围对人体美进行了表现。虽然在中国传统绘画中人体塑造并非强项，但敦煌壁画中对人体解剖结构的理解已经大大进了一步，对人体美的表现能力也大大提高。这对敦煌艺术新风格的出现，起了一定的作用。其次是借鉴了天竺遗法，也就是凹凸法，即西方绘画中的明暗渲染法，适合表现人物的立体感，这种方法经过西域为之一变，形成多种形式，如一面晕染、层层叠叠，如以白粉提鼻梁的"小字脸""五白脸"等，到了敦煌又为之一变，出现圆圈染法和层层叠染。壁画未变色时具有红润的立体感，变色后的第二形象，则呈现出粗犷狂怪的特殊风貌。这种岁月变迁所赋予的美，反而具有了表现主义色彩意蕴和现代趣味，激起了现代美术工作者极大的兴趣，许多人正在关注和探讨这种艺术现象。中国自己也有一种古老的晕染法，在人的面部渲染两团红色，既表现肌肤的红润色泽，也表现一定的立体感。北魏晚期，这种红晕法进入壁画，即在两颊及眼睑晕染两团红色，这种方法成为敦煌壁画的新风并与西域等晕染法长期共存达半个世纪才融合在一起，形成唐代初期的新型晕染法。由于晕染都在底层粉壁上进行，必须一笔晕成，才能显示出色薄味厚、有血有肉的质感，这种办法一直延续到元代。中国的传统画法和外来绘画技法在敦煌得到了巧妙的融合，形成了敦煌石窟艺术这一中国传统艺术长河中的新面貌。

2. 敦煌壁画的历史价值

敦煌壁画中有大量的供养人像，有名有姓，不但画其仪容，还题名结衔。直接反映了现实人物的社会活动，具有现实的真实性。如第 285 窟、第 220 窟、第 130 窟、第 144 窟、第 107 窟、第 98 窟以及榆林第 29 窟等洞窟都描绘了许多大小不等的供养人像。他们有国王、节度使、各级官吏、官吏夫人、将军、僧侣、奴婢及少数民族人物，大约绘有数千身，保存有题名结衔的就有一千余名。它反映了河西走廊各时代各民族上至官僚贵族，下至奴仆妓女，特别是敦煌地区豪门大族如李、张、阴、索、翟、曹等氏族及其盘根错节的社会关系，都是研究西北地方史的第一手珍贵资料。除供养人画像外，壁画中还绘制了不少出行图。如《张议潮夫妇出行图》《曹议金与回鹘公主出行图》《慕容归盈夫妇出行图》都是表现当时当地历史人物活动的场景。其中，《张议潮统军出行图》最为突出。出行图场面宏大，人物众多，旌节飘扬，战马嘶鸣，仪仗威武，军骑骁勇，鼓角劲吹，主帅威严，侍从整齐，伎乐显艺，人气升腾。整个出行队伍可以看出唐代诸道行军的仪卫制度和多民族杂居的河西地区的军旅特点，颂扬了张议潮的爱国思想，表达了渴望国家统一的民众愿望。张议潮收复河西符合国家利益和各民族人民的心愿，因而受到河西地区和敦煌人民的拥戴，出行图在敦煌石窟中出现，是当时现实社会重大历史事件的再现和社会思潮的真实反映。张议潮之后，张淮深、索勋、张承奉相继统治河西达 60 年之久，基本上保持了张议潮收复河西之后丝路畅通、生产发展的安定局面。这些出行图对研究唐代河西历史极具资料价值。

依据佛经创作的故事画、经变画在反映现实生活时虽然受到佛经内容的束缚，不如供养人和出行图那样直接，但由于敦煌壁画的创作历时千年之久，经变故事画的数量达到数十种之多，因而反映现实生活的面仍然很广，它涉及政治、经济、军事、宗教、民族关系、风俗习惯、中西交通各个方面，如第 331 窟《涅槃变》上方的《胡商遇盗图》，第 285 窟的《五百强盗成佛图》等画面，不但表现了不同性质战争的战场厮杀、惨烈搏斗的场景，以及军人的精神状态和武器装备的不同特色，也间接反映了现实社会民族矛盾和阶级斗争的激烈程度和表现形态。依据《法华经》《弥勒下生经》绘制的《农耕图》数量很多，对农业生产的程序、生产环境、劳动工具、人们在农业生活中所处的地位和身份的具体描绘，反映了封建社会一家一户的个体生产方式，以及地主庄园和寺院经济的某些情况。《嫁娶图》实际上是一幅反映古代社会风俗的作品，图中所绘各种婚礼仪程，生动地反映了古代民间大众生活的某些侧面。第 217 窟《法华经变》中的《化城喻品》实际上也是一幅少数民族进行旅游的风俗画。《维摩诘经变》中的学校教学图，生动地再现了古代教育制度上的某些环节。第 323 窟描绘的《张骞出使西域图》，虽然把张骞出使西域的主要目的改成去问金人名号，牵强附会地与佛教拉扯在一起，但对张骞告别汉武帝持节率队西去等情节的生动描绘，依然反映了中西关系史上这一重要的历史事件，自有其重要意义。根据《佛说诸德福田经》创作的北周壁画《商旅图》，第420窟《法华经变》中的《胡商遇盗图》，唐代《观音经变》中的《胡商遇盗图》，表现了古代中亚、西亚商旅使者往来的场面，在这些商旅图中，画家刻画了不同民族人物的生动形象，也描绘了各种动物、交通工具、生活器皿和山川地貌的造型结构，表现了丝绸古道上物资贸易和人员往来的繁忙景象。

敦煌壁画中的音乐舞蹈表演场面蔚为壮观，几乎无窟不有，大体上分两类：一称天乐，一为俗乐。天乐是佛国世界的舞乐，俗乐是现实世界中的舞蹈，乐器中有中原乐器和胡乐器。在各种净土变中都是有组织的具有相当规模的舞乐阵容。中外舞蹈、中外乐器交相辉映。当时的现实社会中，宫廷宴会大陈百戏歌舞，州郡也相当流行，寺院举行浴佛节也设置歌舞百戏以为娱乐。佛国世界的乐舞场面，实际上是现实世界音乐舞蹈百戏活动的集中表现。敦煌壁画中大量歌舞场面，各种舞姿、各种乐器、各种装束是我们研究音乐舞蹈、杂技艺术发展史的绝好资料。敦煌壁画是描绘人和神的，人和神都是要穿衣服的，千年壁画历经北凉、北魏、西魏、北周、隋、唐、五代、宋、西夏、元十个时期，也是这十个时期的服饰大展示。各民族各时期服装都有变化，反映着各时期服装的实用性、时代性、观赏性，以及折射出的文化内涵。这些服饰造型，基本符合当时舆服制度和西北的风俗习惯。敦煌壁画绘有大量的佛、菩萨等神的形象和他们活动的佛国世界。艺术创作中的神是升华的"人的映像"，没有人也就没有创造神的材料，离开了现实世界，佛国世界就不存在。佛的背后是封建帝王的影子，据《魏书·释老志》记载，在高僧法果的主持下，"诏有司为石像，令如帝身"。北周武帝更直言不讳地说帝王就是佛，王公就是菩萨。唐代宣扬武则天是"弥勒下生"，因而出现了高达35米的大佛坐像，96窟大佛就是在唐代武周时期塑造的。这说明佛像无非是帝王的化身，巨大的佛像就是封建帝王政治权力的象征。西方净土极乐世界里面出现的神形象大小与其身份地位一致，弟子、菩萨、天王、力士等各不相同，有严格规定，和封建社会的伦理道德级别规定一致。佛国世界名目繁多，等级森严，这是生产力发展水平和封建经济政治制度的产物。作为观念形态的佛教艺术，哪怕它是表现幻想世界的场面，也必然是客观世界在人们头脑中的反映。马克思说："宗教世界只是现实世界的反射。"它反映了封建制度最根本的阶级划分、等级制度和生活仪节。所以说，敦煌壁画虽然受到宗教思想的局限，但创作过程又与现实生活发生了密切的关系，所以它在一定程度上仍然是封建社会的一面镜子。它涉及范围广，直接、间接地折射反映了中世纪各阶级各民族有关阶级关系、工农业经济、战争、宗教、民族、外交、制度、衣冠服饰、音乐舞蹈艺术、民间生活风习、建筑历史，以及科技及美术等各方面的资料。昨天是宗教思想宣传画，今天可以当成形象的历史来读，通过具体的艺术形象，了解和分析当时的社会现实和矛盾斗争。所以，敦煌壁画不仅是艺术，也是历史，是珍贵的历史资料宝库。

3. 关于敦煌石窟艺术的艺术价值

不是一两篇文章能说清楚，恐怕得有一批论文才能讲透彻。我主要从以下几个方面进行了考虑：敦煌石窟艺术的创造，不仅为瓜、沙两州及河西一带的民众，也为丝路过往的商贸、游客、僧侣、使者提供了一座进行宗教活动、寻求心灵抚慰、祈求脱离苦海、盼望和平幸福、表达美好祝愿的圣殿，也为生活在较为严酷的地理环境中的人们提供了一处进行艺术审美活动的园地。在中原周秦汉晋影响下所形成的河西敦煌地区丰厚的本土文化积淀基础上，艺术匠师们又大胆地吸收了外来文化因素，形成了别开生面的为当地民众喜闻乐见的艺术风格。古代匠师聪明睿智，在融合中创造，在筛选中吸收。在本土文化的沃土中，在传统艺术的粗壮的主干上，生发出了新鲜的枝条，结出了艺术的奇葩。庄严的佛陀，慈爱的菩萨，勇猛的力士，优美的飞天，生动的乐舞，灵巧的动物，蜿蜒的山水，舒卷的祥云，多样的人物，绚丽的建筑，缤纷的服饰，这些来源于自然、来源于民间的艺术形象的升华创造，集中了人们美好情感的寄托，使观众感到亲切，驻足观看欣赏，得到一种精神的愉悦和慰藉。在能工巧匠和劳动人民的联合创造中，在沙砾遍地的戈壁大漠中，屹立起了一座特殊的人文景观。时至今日，当现代的人们进入敦煌石窟，尽管宗教的理念已渐渐远去，但艺术的气息依然浓郁。

敦煌石窟艺术体系，拓展了民族传统艺术的形式和技巧，敦煌石窟艺术是建筑、彩塑和壁画三者结合的立体艺术。一个洞窟就是一个佛国世界，是佛教神灵居住的地方，也是僧侣和善男信女们观像、修禅、礼拜、祈福和欣赏艺术的地方。石窟建筑随时代和性质而变化，它是艺术的载体，它本身也是一种艺术，与窟前木构建筑、窟檐和栏道以及壁画中大量的宫殿、寺院、城池、民居等建筑描绘合成一部千年建筑历史，是我国建筑艺术的特殊形式。为适应石窟建筑的特点和营造佛国世界的需要，壁画构图灵活多变，不论竖幅、横幅、独幅画、连环画以及窟顶壁画，都布局饱满，内容充实，有时以装饰图案填空和区分画面。一幅故事画连续几个情节要在同一幅画中得到表现，就要打破时空概念，把时间不同、空间各异的不同情节，巧妙经营在一幅画面中，形成了与传统绘画有所不同的构图方式。如254窟北魏壁画《萨埵太子舍身饲虎图》就是把发生在不同空间、不同时间、不同环节的内容糅合在同一有限画幅中的优秀代表作。在描绘对象的形体塑造中，将现实形象和想象相结合，变成一种特殊的意象。如257窟《鹿王本生》中的鹿、马、山川、人物、建筑，就是一种意象造型，既非纯粹写实又非抽象，却表现了事物的精神实质。画中那驾车的白马，夸张变形，脖颈和四肢拉长，省略躯体的骨架关节，和现实真马相去甚远，但谁都觉得它就是马。因为马的劲健、矫捷、灵巧的精神特征表现得非常突出。还有北魏的一些药叉力士形象，头圆项粗，腰肥肢壮，动态张扬，表现了威猛硕健的武士性格特征。总之，夸张变形中的拉长、团缩、增减等手法，人、兽、鸟多物种组合造型手法，以及幻化重复造型等手法，丰富了绘画中的造型技巧。面对石窟空间广、壁面大、画幅大、形体大等特殊情况，敦煌匠师对传统的线描、晕染、传神等技法进行了革新和发展，创造运用了接力线、合龙线、旋转线、大笔触渲染等手法，在使传统技巧在适应大面积、大形体的描绘方面取得了相当成功的经验。彩塑是敦煌石窟中一种特别的立体造型艺术。敦煌彩塑巧用当地的材料来制作，内架以当地的芦苇或者麦秸秆为主扎结成束，以麻泥着敷塑人形，就地取材，化普通为神奇。敦煌泥塑是绘塑结合的雕塑种类，不是其他地区的单色石雕石刻，泥塑上色，既统一于洞窟整体，又有独立的色彩特征。敦煌彩塑重视生理特征和性格特征的区别，塑像大多是佛教神像，但神是根据人的形象来塑造的，就赋予神以人的生理特征和性格特征。如佛像方面大耳，庄严肃穆，一副帝王或大臣的形象。菩萨则温柔娴静，丰满圆润，完全是人间端庄女性的写照。天王力士则四肢强壮，肌突筋鼓，恰似人间武士。而佛弟子迦叶、阿难一老一少，完全是人间精瘦老者和花季少年的真实反映。敦煌彩塑中这种体形的塑造和性格神情的深入刻画，是中国雕塑史上的重要贡献。壁画中的形式和技巧的贡献也很明显，在对人物性格神态的把握上也相当精准。如 220 窟唐代《维摩诘经变》中的帝王和群臣图像堪称性格神情刻画的代表作。那位帝王妄自尊大，后边群臣或皱眉深思，或谨小慎微，或故作矜持，或老态龙钟，或心怀叵测，非常精到地刻画了人间权贵的心理状态。把这幅画和唐代大画家吴道子、阎立本的人像作品放在一起，实在看不出水平上有多大的差别。

敦煌艺术是宗教艺术和世俗艺术成功结合的典型。佛教经文有很多是很抽象的，要把经文转变为艺术图像，只能依据客观世界和人间现实生活为范本，否则不易理解和被接受。因此大量的世俗生活就进入了佛教绘画，而描绘世俗生活的传统绘画技法也自然左右着佛教艺术的演变方向，使宗教绘画获得一种世俗风味和生命活力。印度佛教绘画和西域一带的佛教绘画技法，对敦煌产生了一定的影响，但却经历了从生硬的结合到自由取舍的创作过程。历史条件、地理环境和民间风俗习惯及匠师本人的艺术追求，使敦煌艺术既避免了重复外来艺术的版本，也避免了中原一带传统的重复。敦煌石窟艺术体系，是中国民族传统艺术的重要组成部分。从公元 366 年到 1367 年这一千年间，在广大民众的精神生活中起到重要作用，是美术史所不能忽略的。元代以后由于海上交通日渐繁荣，陆上丝绸之路相对冷落，敦煌艺术也被人们遗忘数百年。1900 年藏经洞被发现后，才又引起人们的重新关注，但主要是在文献的翻译和介绍方面。巨大的石窟艺术的介绍和引人关注是在 20 世纪 40 年代以后才进入一个比较有影响力的时期，但对敦煌艺术的研究上，要避免用一些偏见来看待敦煌艺术。我们不能因为它是宗教艺术就否定或贬低它的艺术贡献和艺术价值，也不能因为有工匠参加敦煌艺术的创造而抹杀了它的艺术高度。敦煌艺术是高水平的匠师创造的，他们绝不是简单平庸的工匠，而是相当于吴道子一类的高水平画家，他们给中国民族造型艺术画卷重重涂抹了一笔绚丽的色彩，在中国美术史上有其独特的位置。

4. 关于敦煌石窟艺术的美学问题

美学是一门看似简单实则复杂的学科。它和哲学、心理学、伦理学、社会学以及文学艺术都有着很深的关系，两千多年以来，中外的哲学家、美学家一直在不断地推动着美学研究的发展。但涉及的一些问题一直争论不断，比如美的本质问题，就多达数十种表述。如毕达哥拉斯的"美在于事物的形式"，亚里士多德的"美在于模仿"，奥古斯丁、托马斯·阿奎那的"美在于事物本身的完善"，这类说法是从客观方面探索美的根源。还有一类是从主观方面探索美的根源。如柏拉图的"美在于理念"，休谟的"美是一种能引起人们愉快的感觉"，康德的"美是无目的的合目的性"，黑格尔的"美是理性内容的感性显现"，李普斯的"美在于移情"，克罗齐的"美在于直觉"，弗洛伊德的"美是人的生理欲望的升华"。还有一类是从社会生活及其关系中探索美的根源。如狄德罗的"美是事物之间的一种关系"，车尔尼雪夫斯基的"美是生活"等。中国的美学家有强调主观作用的，也有强调客观作用的，也有主张主客观统一的，也有强调实践基础上的主客观统一的。以上说法，都有其合理的一面，也有不完善的地方。可见用一句简短而明确的语言来表述美的定义确实不易。我比较同意用这样一句话来表述美：美是不断发展变化的客观自然界和人类社会中能触动人的心灵并使之感到愉快、舒畅、和谐的那些因素的组合统一。地球这个客观自然界孕育了人类，地球是人类的摇篮和温床，人类的一切活动，包括思想意识不可能不受到地球自然界的影响，而人类的社会活动也是客观世界的一部分。因此，脱离客观世界来讨论关于美的问题是没有根基的。敦煌石窟艺术是不是美的，我觉得要从以下几个方面来看：首先应当看到敦煌艺术是宗教的幻想世界和人类社会现实生活巧妙结合的结果。比如大量的西方净土变对极乐世界的反复构想和描绘，反映了古代民众对和平美好生活的向往。西部严酷的自然条件和人间社会的不公平现象和生活中的困苦，都没有挡住人们对美好生活的憧憬和希望。这种美好的理想，使他们充满了生存的勇气和奋斗的精神，尽管敦煌石窟艺术的创造者早已离开了这个世界，然而他们对和平幸福生活的不懈追求的理念却通过物化的艺术图像保存下来。当我们今天再进入洞窟里，时过境迁，宗教含义相当淡薄，而浸透了古人情感的艺术美却并未因年代久远而减弱，艺术的生命力因对美好理念的追求而再放光彩。我们在幻想世界中看见了真实的生活和真实的情感。敦煌艺术把佛教的"利他"思想、儒家的"仁爱"主张和道家的"积善"观点结合起来，通过艺术形象宣传了与人为善的道德观念。《萨埵太子舍身饲虎》《善事太子入海取宝》《尸毗王割肉救鸽》《月光王施头》《快目王施眼》等故事画都是这样一批宣传崇高道德的作品。除了颂扬善举，也有很多作品是鞭挞恶行的，《九色鹿本生》既歌颂九色鹿的救人善行，同时也批判了溺水人调达见利忘义的卑鄙行径。有的作品歌颂正义感化邪恶，如《降魔变》。为善最乐是自古以来中华民族的一种美好思想，也是现实生活中频频出现的无数具体事例的思想根源。敦煌壁画中颂扬的善行实际上是现实生活中人类关爱他人的美好心灵的折射而已。真实的情感，善良的行为，美好的心灵是美的重要组成部分，也是艺术美产生的重要基础之一。敦煌艺术之美来源于生活，但高于生活，是现实生活美的升华。饱满而巧妙的构图，充实而多样的内容，绚丽缤纷的色彩，优美多姿的造型，统一于洞窟整体艺术气氛中，人们在这种浓重的艺术气氛中，暂时忘记了世间的烦恼，感受到一种丰富而协调，宁静和舒畅。石窟艺术的立体部分塑造了佛、菩萨、弟子、力士的形象，艺术家把民间认为美好的东西凝聚在神灵的形体上，把方面大耳、端庄慈祥交给佛，把宁静娴雅、圆润丰满赐予菩萨，把老成持重凝目沉思赋予迦叶，把温柔和善、意气风发寄予阿难，把正义凛然、力大无穷托于天王力士。观音菩萨原是印度神话传说中的双马神童，佛教产生后将其吸收到佛教中为观音菩萨，到中国后观音起初为男性，后又逐渐成为无性，非男非女，再后面就逐渐女性化。敦煌匠师把中国妇女善良端庄的优秀品质集中注入观音形象中，观音相貌的中国妇女化更能体现出慈悲为怀的崇高品格。观音造型女性化的过程，充分说明了中国民众和艺术家将自己在传统文化中累积形成的审美理想投射、倾注和转移到宗教神灵艺术形象上，使之人格化而显得亲切，消除人神距离，将抽象的崇高变为具体的魅力。在塑造天王力士等护法神像时，艺术家通过对武士突出的肌块、强健的筋骨、高大的体魄、有力的动态夸张塑造，表达了对惩恶扬善、维护正义力量的钦佩和赞扬，也肯定了对人类自身信念的坚守，同时使血肉之躯所蕴含的巨大潜力和人体美得到充分的展现。夸张变形手法的运用是为了更集中更突出地揭示出描绘对象的形式特征、性格特征和审美特征。敦煌壁画的夸张变形手法主要是拉长、缩短、减少、增加、幻化、组合等手段，如北魏的飞天，通过拉长身躯，就突出了在舒展的飞翔中的韵律美。莫高窟第 217 窟、榆林窟第 25 窟中出现的唐代妇女形象，不论贵族或劳动妇女，都是体态丰满胖硕壮健，反映了唐代繁荣时期人们开放的社会文化风尚和审美趣味。莫高窟西魏壁画，因受到中原文化思想影响，人物、动物、山川、建筑则体现了另一类的审美趋向和追求。人物多消瘦，秀骨清像，衣冠服饰包括山川建筑多尖角式造型。这种流线型的造型特色，传递出一种飘逸灵动的美感。通过人物动态和面部表情的巧妙刻画，揭示人物的性格特征和精神状态，是敦煌匠师的高超手法。人物面部肌肉的起伏牵动，口、鼻、嘴、眼、眉的舒张、开合、转动，有效地表达了人物的情绪，220 窟王及侍臣就被刻画得栩栩如生，呈现出一种活灵活现之美。71 窟的思维菩萨静坐前倾，以手支颐、垂目沉思的姿态和面目表情，恰当地表现了人物若有所得的心灵状态。这种静态的美，妙在静中有动。色彩是壁画的一种表现手段，色阶的变化，冷暖的对比，色彩的晕染，对画面的效果非常重要。中国传统绘画的色彩和西方绘画不同，西方重视光照变化色、中国重视物体固有色的色彩布局和对比衬托。敦煌十个时代色彩的运用有不同特点，北凉、北魏壁画大量用土红色铺底色，再间以黑、白、土黄、粉绿，画面厚重沉着，热烈大方，表现出一种朴实热情、粗犷奔放的抒情之美。

西魏壁画多在粉白底色上作画，以黑、紫、绿等色表现出一种空灵、清淡、雅致、简约之美。而隋代壁画往往用长大笔触涂抹出石青、石绿、黑、白、褐等色块，创造传达出深沉冷峻之美。唐代壁画宏大宽广，红、黄、蓝、绿、黑各种色彩、不同色阶，错落经营，组合成富丽堂皇、绚丽灿烂的交响音乐，这种色彩情趣传达了丰富斑斓之美。元代的线描淡彩壁画，和唐代大相径庭，创造了一种恬淡高雅之美。色彩的晕染上，凹凸法表现了物象的结构起伏变化之美，平涂法表现了宽广庄严之美，而叠晕法的运用则在透明色的层层渲染之中呈现出透明而充实之美。线描是中国民族传统绘画的重要手段，也是敦煌壁画的重要艺术语言。原始彩陶、殷商青铜器、晚周帛画、战国漆器、西汉画像石画像砖、魏晋墓室壁画，线描造型一脉相承，又有时代变化。敦煌早期壁画多用铁线描，中期多用兰叶描，后期多用折芦描，当然有些地方也穿插使用其他线描，如在勾描蓬松飘动的发丝时用游丝描，描绘水波时用战笔水纹描、蚯蚓描等，还有些地方偶尔也用琴弦描、钉头鼠尾描和减笔描等。为适应洞窟绘画的环境特点和壁画构图宽广、形体长大等需要，敦煌匠师创造了接力线、合龙线、旋转线等特殊描法。创作中各阶段所运用的起稿线、定形线、提神线和装饰线在前后不同步骤，有时也具有时隐时现的丰富效果。中国的书法用线和绘画用线都是感情的产物。线描中的起承转合，抑扬顿挫，韵律节奏，都传递着一种画师的情感和审美意趣，线描中蕴含的激情、韵律、节奏、舒畅、凝重、力量等美感内涵和其他因素如构图、造型、色彩等要素和谐地组合在一起，形成多样统一、情物相融的整体美和局部美，必将不断感染和打动不同时代的观众。

我在考虑这些问题的时候，有时也做些笔记，当时自然不会去考虑发表不发表，只不过是在农村那种相对比较单调的生活中，寻求一些精神的寄托而已。

八、敦煌，我回来了

1972 年秋，敦煌文物研究所原军宣队队长、现任研究所书记的赵风林到敦湾找我，说是又要落实知识分子政策，让我回所里工作。我当时就表示拒绝，我说，现在我已经适应了农村生活，自食其力，不考虑其他的事，我不想再折腾了。赵书记再三说明这是党的政策，一定要请回去。我说那就等我与龙时英商量后再给你们回话。赵书记乘车回了千佛洞，我也没有再考虑这件事，也未与龙时英商量。过了一个月，所里派车来接我上山，说是有事商量，我问什么事，来人说不知道，他的任务就是请我上山。不得已我就跟他们上去，新来的革委会主任钟圣祖，还有两位副主任又向我谈起落实知识分子政策问题，要我回所，并当面做检讨，说过去运动中未按知识分子政策办事，多有错误，实在对不起，希望段先生原谅，一定要回来，把敦煌业务工作搞起来。老钟还领我去看了皇庆寺他们给我安排的三间住房，当时我未置可否。这位钟主任对人比较温和，原任肃北县委书记，政策水平较高，对知识分子还算尊重。当天我就回到敦湾大队，夜里我反复思考：我对敦煌研究保护事业一往情深，但20多年来，我经历了太多的政治运动，每次都弄得伤痕累累、精神紧张。有人说"文化大革命"不是一次，以后还要搞多次。保不准什么时候又搞起政治运动来，那时再来当农民，身体也不如现在了，岂不难过。现在我已经到了最底层，和农民也打成一片，生活上自给自足，精神上也自由许多，作为爱好，我照样可以搞学术研究。和单位里那种尔虞我诈、钩心斗角、无中生有、无事生非的现象两相比较，我仍然决定不回去了。过了些日子，所里又派了汽车来，赵风林带了些人又到敦湾，说是接我回去。我向他们说明我已经和龙时英商量了，决定不回去了，但看来他们事先做了准备，一些人劝龙时英，一些人说服我，一些人干脆就把家里的东西往汽车上搬，许多农民邻居也来帮助搬东西，来送别，依依不舍。他们态度都很诚恳，再加上我内心深处其实也割舍不了敦煌艺术，那就不管是祸是福，回去了再说吧，在大家簇拥下我们上了汽车。车开动了，农民们还在招手，我禁不住流出了眼泪。

我们从农村返回所里后，就住在中寺（也叫皇庆寺）常书鸿旧居对面。冷落多日的皇庆寺这个角落忽然热闹起来，今天这个来叙谈，明天那个来聊天，特别是运动中积极批判我、处理我的人也来道歉，但我并不太激动，因为我虽然回到所里，思想上仍然做好了再一次被打倒的准备。后来，我看到史苇湘、孙儒僩、李其琼等人也都纷纷返回所里，大家又重新聚首了。

我发现这几位四川老乡，虽然历经磨难，但身体都还硬朗，回忆起"文革"的遭遇，仍心有余悸，但对莫高窟的眷恋之情，反倒是越来越深了。

回所不久，也就是1972年夏天。扬州市文化组组长韦仁带着两位青年画家肖斯锐和朱捷到敦煌，找到所领导钟圣祖，说是想请我到扬州帮助鉴真纪念堂搞几幅壁画创作，内容是唐代高僧鉴真东渡的历史。我说："我多年未搞创作了，你们另外找人吧！"韦仁说："你在敦煌几十年，经验丰富，学识渊博，只是请你做指导。我们那里青年画家不少，肖斯锐是广州美院毕业的，朱捷是南京艺术学院毕业的，主要由他们绘制。"我听肖斯锐是广州的，就问他认识谭雪生吗？肖斯锐说谭雪生是他老师，朱捷说南艺李豳是他老师。这两位都是我在国立艺专的同学，这么一说一下子就接近了。最后我答应了他们的要求，把手里的工作放下，把龙时英安顿好，三日后就和他们离开敦煌前往扬州。我从未去过扬州，过去只是从唐诗中了解一些大概，什么"故人西辞黄鹤楼，烟花三月下扬州""腰缠十万贯，骑鹤上扬州"，还有什么"食在广州，玩在扬州，死在柳州"，等等。过去民俗记载中说，唐代元宵节办得最热闹的城市有三座：长安、敦煌、扬州，这次一定领略一下。路过西安，访了唐史专家武伯伦，了解一些鉴真的情况，武先生拿出一本《唐大和尚东征记》给我们看，此书对鉴真事迹记载翔实，对创作很有用，武先生表示将此书借给我们使用。在扬州，首先去看了鉴真住过的寺院平山堂，同时也看了新修的鉴真纪念堂，然后开始构思。

经过反复考虑和研究，我们确定了四幅壁画的内容：一、日本高僧空海来扬州请鉴真东渡日本。二、鉴真乘日本遣唐使航船入海东渡。三、鉴真为日本皇后治病，得到日本朝野尊重。四、鉴真及弟子设计和营造唐招提寺。在肖斯锐、朱捷等青年画家共同努力下，用时一个多月，创作四幅草图。我负责审阅画稿。经我多方面推敲，从历史背景、佛教运动、人物形象、衣冠服饰、生活习俗等多角度看，我觉得几幅画基本是可用的。我告诉韦仁，送扬州市委审定，恰巧这时又开始"批林批孔"、批"四旧"，市里领导谁也不敢点头，说是里面出现了许多和尚，宗教迷信色彩很重。我又和韦仁商量去北京找赵朴初，鉴真纪念堂是他负责的工程。朱捷等人将画稿送到北京找到赵朴初，结果他也不敢表态，因为他还在受批判。于是画稿又回到扬州，我看这个情况壁画肯定不能问世，即向市委和韦仁辞行回敦煌，临行时希望他们把画稿保存起来，以后再说。不久据说日本佛教协会代表团访问扬州，扬州方面十分被动。只好由佛协出面协调，在四幅空壁上分别突击绘制了四幅风景画，见物不见人，并由赵朴初出面接待，在鉴真纪念堂组织中日佛事活动，至今这四幅风景画还掩盖着一段说不清楚的曲折情节。

回到敦煌，除了参加所里安排的"批林批孔"活动和政治学习，劳动任务基本没有安排，我有较多的时间来重新开始石窟艺术方面的研究工作。原先我整理的资料卡片搬家时已散失，现在只能从头开始查证，好在头脑中还有记忆，在农村时也做过一点笔记，只是要多花费些时间罢了。我常到资料室去查阅资料，并对我在研究中思考过的问题进行梳理。就这样，一篇篇石窟艺术论文的雏形在我的脑海中形成。

1975年秋季，为了查寻敦煌早期洞窟的分期断代资料，我和关友惠、马世长、潘玉闪、祁铎几位研究人员，按所里的安排，前往新疆进行考察。此前，我尚未对新疆石窟和文化遗址进行过实地考察，只是看过一些文字资料和图片。这次机会难得，此行在新疆大约工作了一个月。由于新疆地域广阔，当时交通还不是很方便，所以一路上比较辛苦。我们重点考察了吐鲁番地区和库车地区的一些文化遗址和古代石窟：吐鲁番的柏孜克里克石窟、吐峪沟石窟和阿斯塔那墓葬出土文物，库车地区的克孜尔石窟、库木吐喇石窟和森木塞姆石窟。从这些石窟的石窟建筑、壁画风格及壁画题材的比较和分析中，可以看出，大多属于两晋时期至唐代的作品，明显受到汉晋文化艺术的影响，同时也可以看到印度、波斯和希腊艺术的痕迹，当然也有一些当地民族艺术的审美意趣。为什么在新疆这些文化遗迹中，东西方的文化风貌和审美特征都交织杂陈其中？这和新疆的特殊的人文环境和地理位置有关。居民的多民族性、城邦式国家的分散性和游牧式生活的流动性，使这个地区具有较为强烈的开放意识，较少保守思想。这使得新疆地区成为以中原汉晋文化为代表的东方文化在向西传播和印度、波斯、希腊文化在向东传播的过程中发挥了黏合、嫁接、推广和桥梁的作用。总览新疆石窟艺术，描绘佛本生故事、新疆舞乐和描绘动物的壁画内容较多，而且其中不乏精彩的佳作。在构图方式上很有特点，尤其是菱形格式的构图样式与敦煌和其他石窟壁画显著不同。

　　1977年冬季，甘肃省歌舞团的表演艺术家们来到莫高窟，说是为了创作一部表现丝绸之路昔日辉煌的舞剧，希望从敦煌石窟艺术中得到灵感和启示。我觉得他们这个想法很好，就热心地带领他们参观洞窟并讲解壁画内容。在洞窟大型经变画和现实生活场景中，有不少描绘乐器演奏和婆娑舞姿的场面，既是古代文艺生活的写照，又反映了人们对极乐世界的美好憧憬，从音乐舞蹈发展史来看也是非常珍贵的资料。甘肃歌舞团的赵之洵、许琪等艺术家们认真观看那些壁画，他们要让那些静止的壁画场景活动起来，让那些敦煌舞蹈的曼妙身姿和优美韵律在20世纪的世界舞台上焕发出生命和青春。在参观过程中，他们曾问了我一个问题："敦煌壁画众多的舞姿中什么舞蹈动作最典型和最具代表性？"我认真回忆了所有的壁画舞蹈场面和舞蹈动作，对他们说："依我看，112窟唐代壁画中的反弹琵琶舞姿最有创造性最有代表性，姿态也很美，可以在这个舞姿上做点文章。"他们接受了我的意见，又问舞剧中老画工的名字叫什么好，我想了想说："创造敦煌壁画的匠师们很多都没有留下名字，一些题记中留下不多的几个名字，如张思义、连毛僧、史小玉、刘世福等，但生平事迹不详，作为舞剧中的人名不必太具体，可以取一个笼统夸张的名字作为所有画师的代表，如果叫神笔张好不好？"他们觉得这个名字不错。后来《丝路花雨》创作取得成功，成为在丝绸之路文化遗产和敦煌石窟艺术的借鉴中推陈出新的表演艺术的优秀代表剧目，在国内外的演出中受到观众的赞扬，成为中国改革开放新时期沟通和联结中外人民友谊的一个闪光点。

由于长期在洞窟中工作，加上回所后，为了抢回失去的时间而过于辛劳，又不太注意保护自己的身体，我的眼睛开始出现毛病，白内障渐趋严重。龙时英的病也时好时坏，必须加紧治疗。因此，我向所里请假和龙时英一起去兰州治病。当时兼善还没有成家，只有一间宿舍，我们就暂时挤住在一起。

到医院检查后，先按西医方法治疗，打针，点眼药，没有见效。又经人介绍到一位有名的中医处开了药方，天天熬中药，吃了近百服，仍然收效不大。不过当时眼中晶体虽有些浑浊，尚未完全影响到我的日常工作，照样可以看书写字。所里给了个任务，说是文物出版社要出版一本《敦煌彩塑》，要我写一篇专题论文。在兰州治病期间，我开始构思关于敦煌彩塑的文章。

过去我曾对石窟彩塑做过细致考察，它们的形象还历历在目。敦煌石窟共有圆雕、影塑两千余身，是我国艺术匠师在秦、汉雕塑艺术传统基础上，吸收并融合了外来佛教艺术技法创造出来的，具有我国民族特色的佛教雕塑艺术。根据其发展演变过程，我把敦煌彩塑分为北魏、西魏、北周时期，隋唐时期，以及五代、宋、西夏、元时期这三个大的阶段，从塑像内容、列置形式、大小关系、面相特征、体态变化、气质表现、神情刻画、装束式样、审美情趣、兴衰走向等角度，叙述和分析了敦煌彩塑各阶段的不同之处和发展历程。同时，还对现实生活中各种人物形象对宗教彩塑人物世俗化造型的影响和作用，彩塑的塑绘手法巧妙融合，并与窟龛壁画在洞窟空间中的统一和谐、相得益彰的整体效果的形成，泥塑妆銮的塑绘过程及制作技法，敦煌彩塑艺术手法与汉晋以来中国传统造型艺术之间的渊源关系，以及中原传统艺术手法和西域式造像的融合过程等都作了全面的论述。论文即按此思路和框架形成了详细的提纲。

在兰州治了一个阶段的眼疾，发现效果并不显著。大夫说白内障要根治，只能等到完全成熟后实施手术，龙时英的病也没有很有效的治疗办法。既然这样，只好以后再说了，于是我和龙时英又回到敦煌。很快我就将敦煌彩塑的论文写出，交到所里。1978年在文物出版社出版的《敦煌彩塑》画册中，以敦煌文物研究所的名义发表。

不久，我接到《文物》杂志社的通知，说他们准备办一期"敦煌"专号，要我撰写一篇论文给他们寄去。我便把原来已经考虑好的一篇文章写出来，题目是《敦煌早期壁画的民族传统和外来影响》。在这篇1.2万字的文章中，主要是对敦煌石窟十六国、北魏、西魏和北周这四个时期的壁画的思想内容和表现形式进行分析，指出了中国传统艺术形式和外来艺术手法在敦煌交汇、融合与演变的过程，赞扬了古代匠师对外来文化既有恢宏的胸襟、勇于吸收，又有精严的抉择、敢于改造的高度民族自信心和创新精神。这篇文章发表于1978年第12期《文物》杂志上，同期发表的还有马世长、李泽厚、施萍婷、黄文焕等人的文章。

第四章　改革潮涌　玉门关外春风同度
　　　　　东西风劲　敦煌梦热国门内外

　　20世纪初始王道士的功过，已被岁月的长风雕琢成沙、磨砺为尘。也许，这就是敦煌的"劫数"——她殒积了太多人类的智慧之光与艺术奇迹——也只有以这样的一种形式再次面世，用最大的遗憾折射出完美，接受皈依者的顶礼膜拜。

一、如烟往事皆忘却，心底无私天地宽

　　1978年，中央确立了改革开放的大政方针。北京大学历史系开设了"敦煌文书研究"课程，1979年兰州大学历史系成立了敦煌学研究小组，并来函邀我去兰大讲授石窟艺术，兼任兰大客座教授。我又带着龙时英去兰州，此时兼善已结婚，住在省文化厅办公楼侧面的宿舍，有两间居室。儿媳史葆龄对龙时英照顾很尽心，我比较放心，专心致志地在兰大讲课，同时还帮助《兰州大学学报》组织"敦煌学研究"专稿。我撰写了《形象的历史——谈敦煌壁画的历史价值》一文，后在《敦煌学辑

刊》上发表。这期间，我还撰写了《莫高窟第 220 窟新发现的复壁壁画》《真实的虚构——谈舞剧〈丝路花雨〉的一些历史依据》《敦煌石窟艺术的内容及其特点简述》《向敦煌壁画学些什么》几篇文章，后分别在《文物》《文艺研究》《敦煌学辑刊》《甘肃工艺美术》等国内刊物上发表。

我当时正在兰州，忽然接到通知，要我立即返回所里。正巧兰大的工作也告一段落，我也准备返回所里。一天，著名作家沈从文来访，我在兼善的宿舍中接待了沈从文先生，他说是刚从敦煌过来要返回北京去，特意来看我。我们就敦煌石窟的保护和研究问题聊了一个多小时，因为沈从文也是一位服饰专家，所以我们还谈了很多有关历代服饰发展的问题，谈得很投机。沈先生对我说："听说你对敦煌壁画中的历代衣冠服饰做过细致的调查和研究，这很重要，敦煌这么多的形象资料，最好能写一篇专题论文来阐述这一问题，一定很有价值。"我说："我从 50 年代在壁画临摹研究过程中，就开始注意这个问题，60年代初期还积累了不少这方面的资料，后来'文化大革命'爆发，我受到批判、抄家和下放，资料也丢了，现在只好从头开始。不过经过长期临摹研究工作，头脑里还有清晰的印象，写出来是不成问题的。"沈先生说："希望尽快看到你的服饰论文。"沈先生还告诉我："在敦煌的时候，听说所里的个别领导与一些业务人员在落实知识分子政策问题上产生了一些矛盾，已经闹到省里去了，可能省委很快要派工作组去解决这些问题。我不了解太多的情况，只是觉得不能再折腾了。现在中央对落实知识分子政策问题很重视，会有一个妥当的解决办法。应当化解矛盾，调动大家的积极性，把敦煌研究事业搞上去。"我觉得沈先生的话说得有道理，说："是这样的，对这些在山沟里待了数十载，在艰苦条件下始终痴心不改的敦煌人，最重要的就是要给予信任，发挥他们的作用。"送走沈从文先生后，我也动身返回敦煌。

这时，中央和省相关部门，为了调动知识分子的积极性，强调尽快纠正冤假错案，清除不实之词，落实知识分子政策。省里派了一个落实政策的工作组开赴敦煌。省委宣传部部长吴坚同志是这个工作组的负责人，他是甘肃省文化界的老领导，对敦煌的情况熟悉，而且很有魄力。经过他们认真细致的工作，很快将文研所过去存积的问题全部理清并解决。不久，又对敦煌文物研究所的领导班子进行了整顿和充实。整顿结束，以吴坚同志为首的省委工作组，在征求群众意见的基础上，又召开了几次职工大会，让大家畅所欲言。在最后一次全所大会上，吴部长发表了热情洋溢的讲话，他讲了四个问题：第一，大家提了很多批评意见，其中不少是对省委宣传部和省文化局的，这些意见很好，目的是把工作做好。我们从现在起，错的东西立即改正，希望大家继续帮助和监督。第二，大家的共同愿望就是把我们的研究工作和建设工作搞上去，要求研究所的领导实行民主集中制，希望以后研究所有一个安定团结的局面。同志们在这样一个地方工作，条件确实非常艰苦，应当受到党和国家的关心，我们过去做得不够，有些可以立即解决，有些可以逐步解决。第三，对所里个别领导同志，我们还是要一分为二地来看待。从1943年到解放，到这里来工作的人基本上是两批。解放前，他们在这里做了一些整理和保护工作；解放后，我们党和政府对莫高窟的领导、管理大大加强了。这位同志和全所职工一起做了临摹、展览、保护、加固等工作，取得了很多成绩，但也有一些问题，执行了一些错误的东西，宣传系统的一些问题，我们都是有责任的。总之，有功绩，也有错误。大家已经说了，讲了，我看就算告一段落。大家要以大局为重，开始新篇章。大家还是要把事业推向前进，就不必纠缠过去的事了。第四，是关于新的班子的工作问题。大家对新班子提了很多很好的祝愿，新的班子今后不要辜负大家的希望，不要辜负上级领导的嘱托，按照党的路线政策办事，恢复党的优良传统，彻底把工作重点转移过来，团结起来向前看，把敦煌的事业搞上去。

1980年，省里有关部门宣布我担任敦煌文物研究所第一副所长，我感到担子很重。这当然不是我害怕承担领导责任，也不是缺乏工作经验。我在1946年到达莫高窟后，就担任过部门的领导工作，先是美术组长兼考古组代组长，后又一直担任美术组组长，在50年代前期还担任过代理所长，具体组织领导并完成过一些重要的工作项目，应该说还是有一些经验和体会的，但是经过20多年的变化发展，情况已很不一样。40年代后期，大家对敦煌艺术执着追求；50年代前期，热情高涨，意气风发，集体协作精神较强，因此工作推进起来比较顺利，成效显著。而现在，经过"文化大革命"，同事之间产生了一些积怨和隔阂，一时还不容易消除。另外，现在人员增多了，工作面也比以前广泛，而所长当时不在所里，正在出国访问，这副担子我只能先挑起来。面对问题成堆、积重难返的研究所，为了稳妥地开展工作，我和几位副所长樊锦诗、刘鎝、尹㑛等认真研究了所里的情况，理清了头绪，确定了工作方法并做了分工。班子里的同志们也都尽职尽责，基本上能做到互相帮助和积极配合。我担任第一副所长后，过去在历次运动中积极参与批斗我的一些人有些紧张，担心我搞报复。他们不了解，我这个人不是一个纠缠个人恩怨的人，特别是在"把研究工作搞上去"这个大题目面前，我主要关心的是怎么把敦煌研究工作和保护工作搞上去。我用人的标准是看你是不是努力工作，是不是有利于敦煌的事业，个人恩怨必须抛在脑后。我认为有些人在运动中参与整人，是受"极左"思潮影响，是迫于某些人的压力，无可奈何的行为，很多人也不是出自本意，不应过多计较。不能把政治运动中的恩恩怨怨埋在心里，变成下一次人与人斗争的种子，绝不能把这种错误的斗争延续下去。冤冤相报何时了？老是这样斗来斗去，对国家、对事业都没有好处。工作组让我考虑一下所属各部门负责人的名单，我确定下列原则：一、一切从敦煌文物事业出发。二、从人的基本才能和品德考虑。三、从对敦煌文物的事业心和献身精神考虑。在这个原则下，一些过去参与整我的人也安排了能够发挥其重要作用的职务。全所的人重新团结合作，把力量用到推进敦煌事业上来。我在与一些同志个别谈话或在群众大会上，特别强调消除隔阂，加强团结，我常常引用陶铸的诗句："如烟往事俱忘却，心底无私天地宽。"

这既是对自己的要求，也是希望大家放心工作。

这时候一个重要的问题总是在我头脑中萦绕，这就是如何推动敦煌学各领域的研究工作迈开大步向前发展。在"文化大革命"期间，中国大陆的石窟艺术和敦煌文书各科项目的研究完全停止。而中国香港、台湾地区的敦煌学者和日本、法国的学者在对敦煌文化的研究上，都取得了相当大的进展。台湾的潘重规等一批学者，创办了《敦煌学》杂志，并在台湾中国文化大学倡导敦煌学研究，设立了敦煌学研究小组，开设了敦煌学课程。而在此前后，苏莹辉、石璋如、劳干、罗寄梅、金荣华等人也都笔耕不辍，著述颇丰。香港的饶宗颐先生多年致力于敦煌研究，在《敦煌写卷之书法》和《敦煌白画》发表后，又编辑了《敦煌曲》一书，并对敦煌乐舞的研究提出了新的研究角度。与此同时，一些外国的敦煌学研究也取得了令人瞩目的成果。日本学术界在继敦煌藏经洞发现后开始的首次敦煌研究浪潮和第一次世界大战后的第二次敦煌研究浪潮之后，20世纪50年代和六七十年代又开始了第三次敦煌研究热潮。"日本东洋文库敦煌文献研究会"、京都大学的"共同研究班"和龙谷大学的"西域文化研究会"等多种学术团体所进行的"集团式研究"，取得了丰硕的成果。出版了《敦煌佛教资料》《敦煌吐鲁番社会经济资料》《中亚古代语文献》《中亚佛教美术》《历史与美术诸问题》等一大批重要著述。出现了石滨纯太郎、仁井田升、藤枝晃、神田喜一郎、上山大峻、池田温等一批文论甚丰的敦煌学者。更令人注意的是，他们在此基础上又全面启动，并开始出版一套称之为《讲座敦煌》的十三卷本巨著。而在六七十年代的法国学术界，同样也不曾冷寂，几十年来法国敦煌学著述不断出版。继沙畹的《中亚十种汉文碑铭》、伯希和的《敦煌石窟图录》、马伯乐的《斯坦因第三次中亚探险所获汉文文书》之后，戴密微的《拉萨宗教会议》、谢和耐和吴其昱的《敦煌汉文写本目录》、韩百诗的《集美博物馆所藏敦煌绢幡绘画图版》等又在60年代出版。1979年秋，第一次敦煌学国际研讨会在法国巴黎举行，吸引了全世界敦煌学专家的目光。此外，俄、英、美等国也都有一定的敦煌学著述问世。国际敦煌学方兴未艾，而中国大陆则是十多年的空白，无怪乎一位日本学者发出了"敦煌在中国，研究在外国"的断言。这种言论的流传，使我们这些身处中国专业研究机构的研究人员无不感到自尊心受挫。但是，扼腕叹息无济于事。我们只有抓紧时间，奋起直追，多出成果，赶上国际学术界前进的步伐。虽然我们停滞了十多年，产生了一些困难，但是我们也有很多有利的因素：其一，中央的改革开放政策给学术和艺术的发展提供了一个宽松而又广泛的环境和空间，研究和创作领域的思想束缚大大减少，有利于比较自由地开展各项研究工作。其二，我们有一批自愿到敦煌，坚守敦煌数十载，并且精通石窟艺术的老艺术家，他们雄心壮志不减当年，依然可以发挥重要的骨干作用，一些中年的研究人员也积累了相当的敦煌历史文化知识和写作经验，而散居在全国各文教单位的不少敦煌学研究人员也都纷纷投入到敦煌学研究的学术活动中来，这是一支重要的力量。其三，就是虽然外国人劫走我们藏经洞大量文书和绢织文物，还盗走一些彩塑和壁画，但是巨大的莫高窟仍然屹立在祖国的怀抱中。敦煌石窟群蕴藏的大量艺术精品，是我们开展深入研究的强有力的根基。多少年来，外国学者主要在敦煌遗书文献方面着力较多，由于没有长期在石窟全面研究，因此对石窟造型艺术方面涉猎不深，而这些地方却是我们的优势，所以我们仍然可以大有所为。我相信，能够创造出辉煌灿烂的敦煌文化艺术的民族，他们的后代也一定能把阐释、研究和弘扬祖先留下的优秀文化遗产工作，推进到世界的先进行列。

但是工作得脚踏实地地干，在领导班子会议上，我指出有几方面工作要抓紧抓好：一是化解矛盾，促进团结，把大家的注意力集中到研究和保护工作上来。二是在研究方面要发挥老研究人员和中年研究人员的作用，如史苇湘、孙儒僩、李其琼、欧阳琳、万庚育、霍熙亮、李贞伯、关友惠、刘玉权、樊锦诗、贺世哲、施萍婷、李永宁、孙纪元、潘玉闪、李振甫等，要创造条件，让他们把研究成果整理出来，尽快发表，要造成一种良好的学术氛围。三是要注意补充新的研究人员，壮大研究力量，培养年轻人才，增添新鲜血液。四是保护工作也要加大力度，增加人员，发挥原有老职工如窦占彪、巩金、吴兴善、王炳、范华等的作用。他们一辈子生活在敦煌，热爱敦煌，默默奉献，应很好地依靠他们在行政事务方面的作用。五是要注意关心职工生活，改善工作环境和生活环境。在保护第一的前提下，搞好旅游开发工作，加强和补充接待讲解方面的人员，使之既宣传敦煌艺术，使旅游者在欣赏古代艺术的同时能心情舒畅，又能增加所里的收入。樊锦诗、刘鏷、尹俶等班子成员和其他许多老职工都发表了很多很好的意见，在集思广益中，我得到了许多启发，也看到敦煌事业的发展前景。

二、十年规划，绘就敦煌研究壮美蓝图

1980年底，我主持召开了所务扩大会议。除了所里的领导成员樊锦诗、刘鏷、尹俶几位，还有各科室的负责同志和一些老同志。目的是回顾研究所的过去，分析现状，设想今后，并制定出研究所1981年至1990年的十年规划。在这之前，已分别要求各位负责同志多考虑一下各部门的工作计划和全所的整体设想。经过反复讨论和研究，从莫高窟的地质、气候等自然环境条件，研究所人员变化和机构设置情况，保护工作的成绩和存在的不足，旅游接待工作的变化发展状况，研究工作的成就和局限，特别对"文化大革命"后我所甚至我国的敦煌学研究落后于国外的现状进行了分析和判断。为了加强石窟文物的保护工作，促进敦煌学各领域各科目的学术研究事业发展，改变目前的被动局面，集思广益，制定出一个我所的十年规划。规划的基本设想和项目大体是这样的：敦煌文物研究所在今后的十年时间内，应适当调整所设机构，迅速充实人力，特别是充实与敦煌文物保护和研究有关的各种专业人才，以保证各项保护、研究业务，以及旅游工作的顺利开展。保护工作，应完

成三座石窟的加固和维修，完成现有病害壁画和彩塑的修复，并逐步开展对病害的科学研究，通过有效的科学方法，防止病害的发生和发展。研究工作，应迅速提高研究水平，逐步扩大敦煌文物研究的领域，逐步拿出一批有分量的研究成果，出版一批有一定水平的论文和著作，培养出一批有较高水平的保护、研究、创新人才，改变我所在国际上研究工作的被动地位。旅游接待工作，应逐步创造良好的考察、研究、居住条件，接纳来此考察、研究的国内外专家、学者和专业人员。为此，必须创造各种有利条件，提高现有中、青年专业人员的业务水平，做好图书、资料和情报的供应工作，改进行政后勤工作，改善工作和生活条件，减轻生活上的各种负担，保证专业人员集中精力搞业务工作。莫高窟的基本建设及园林绿化应以石窟为中心，处处体现对敦煌文物的保护与研究的重视，既有良好的洞窟保护设施，为研究创造方便的工作条件，也为中外旅游者带来清新愉悦的游览气氛，使敦煌石窟这座文化艺术宝库，成为气象庄严、环境清幽、树木葱茏的沙漠绿洲。

十年规划我们写出来后，报送到国家文物局、省委宣传部、省文化厅和省计委，请他们指正。

在制定出十年规划之后，由于有很多工作近期就要完成，我又主持所务会议对1980年年底和1981年的具体工作任务落实到人。第一项，抓紧做好中日合作的《中国石窟·敦煌莫高窟》五卷本的后三卷撰稿工作。我写《早期的莫高窟艺术》《唐代前期的莫高窟艺术》《唐代后期的莫高窟艺术》和《晚期的莫高窟艺术》四篇论文，史苇湘编《莫高窟大事年表》，施萍婷写《瓜沙曹氏历史》文稿，孙修身写《莫高窟的佛教史迹画》，还有一些人员撰写这三卷画册所配900幅图片的说明。第二项，为《敦煌》一书做好撰稿工作。由我写《敦煌石窟艺术的内容和特点》，史苇湘写《丝绸之路上的敦煌》，施萍婷写《本所藏几件敦煌文书》，由欧阳琳、刘玉权做好图版说明。第三项，为了创办我所学术刊物《敦煌研究》，需一批稿件，要求全所业务人员积极撰稿。樊锦诗、贺世哲、李永宁、刘玉权等同志都要写论文。此外，史苇湘作《敦煌莫高窟内容总录》的复核工作，蒋毅明、赵秀荣做《莫高窟开放洞窟导游册》和《敦煌壁画的佛经故事选辑》（第二集）的编辑整理。我特别强调我们的研究工作要围绕出书和试办所刊进行，使研究成果尽快见诸书刊以利向外介绍。第四项，积极准备出国办展。这项工作由美术研究室负责。由关友惠、李其琼和孙纪元做好展览设计方案，挑选作品，编写展品目录和说明及编选展品画册等工作。为了补充出国展品，由聘请的美术学院教师和美术研究室人员完成壁画代表作10幅的临摹工作。第五项工作是资料收集和整理，由考古研究室抄录231窟、55窟等洞窟内容题记，做好与法国敦煌研究组交换资料的事宜。刘永增做好日本敦煌学研究文章《巴米扬石窟》《西域佛教艺术》的翻译工作。卢秀文查编四部书中所见的敦煌人著作和编印敦煌研究外文资料目录。李贞伯、祁铎负责完成中日合出敦煌莫高窟后三卷的图片、石窟档案照片、研究用资料照片及《敦煌》画册所需的石窟艺术、藏经和出土文物照片的拍摄工作。第六项，为提高我所专业人员的水平，准备邀请北京大学教授宿白、阎文儒、王永兴和一些艺术院校教授到敦煌讲学，并安排我所专业人员外出考察和进修学习。第七项，石窟保护工作任务很重，由孙儒僩尽快设计莫高窟南区130—152窟加固工程施工图并准备开工，由孙洪才负责安装窟内壁画彩塑保护栏杆。张伯元、胡开儒负责安西榆林窟的修缮工作。保护组还要建好洞窟工程材料放置的临时库房，并安排时间召开壁画色彩化验科学鉴定会。另外，李云鹤、段修业、孙洪才还要开展塑像、壁画的修复和研究工作。第八项，所里的行政事务方面，向上级打报告，争取办公经费，在经费落实的情况下，做好新建简易住宅、办公室、汽车库、保修间、修温室等新增职工工作生活设施建设的各项工作。在各项具体工作安排后，全所职工都饱含热情地投入到各自工作中。

中国文物出版社和日本平凡社合作出版《中国石窟·敦煌莫高窟》五卷本画册，由所里负责编撰。这是"文革"后敦煌文物研究所编撰的一套重要图录著作，一定要搞好。我要求全所业务人员都要参加到这次编撰工作中来。大家热情很高，除我参加撰写外，樊锦诗、史苇湘、李其琼、霍熙亮、欧阳琳、刘玉权、李永宁、施萍婷、贺世哲、孙纪元、孙儒僩、万庚育、孙修身、郿伟堂等都参加了撰写论文或图版说明，大家都很认真地完成了任务。此外，中央美术学院教授金维诺，文物出版社黄文昆，北京大学马世长，中国艺术研究院萧默，秋山光和、邓健吾、高田修等也撰写了论文。这套五卷本画册的编辑，是

"文革"后首次成功的集体协作，展示了"文革"后我所第一批研究成果，为以后的大发展奠定了良好的基础。

在编撰《中国石窟·敦煌莫高窟》五卷本画集的基础上，我提议出一本《敦煌研究文集》，把这些年来我所研究人员写的专题论文精选发表，所领导班子成员和各组室的研究人员都很积极。一些老年和中年研究人员对自己的稿件非常认真，字字推敲，反复修改，务求达到材料翔实，立论准确，说服力强。稿件集中以后，经过认真选择，史苇湘、贺世哲、施萍婷、李永宁、孙修身、刘玉权、万庚育、樊锦诗、关友惠、孙纪元等人都有论文入编。我也为此书写了两篇文章，一篇是《十六国、北朝时期的敦煌石窟艺术》，另一篇是《敦煌壁画中的衣冠服饰》。关于敦煌壁画中的衣冠服饰，我在"文革"前就已经开始着手研究并且形成了比较完整的论文构想，后来中断，现在终于把它正式写出来。由于敦煌壁画主要描绘的是人和神的形象，而神的形象也来源于人，出现人和神就必然出现衣冠服饰，因此，敦煌壁画不仅是一千年间的人物画宝库，也是从十六国开始一直到元代的我国各民族衣冠服饰史的珍贵的形象资料。根据我的分析和归纳，敦煌壁画中的衣冠服饰，大体上可分为两类：一类是宗教人物服饰，也就是偶像。想象成分较多，与现实人物服饰有一定联系，但也有一定的距离。另一类就是世俗人物服饰。这些世俗人物服饰，不仅有现实根据，而且随时代的改变而变化。这篇文章着重谈世俗人物服饰，我根据敦煌壁画中展现出来的各时代中外各类人物服饰。从式样变化、造型特色、来历用途等各方面进行了梳理和论证。而《十六国、北朝时期的敦煌石窟艺术》则是对北凉、北魏、西魏、北周四个时代的敦煌石窟艺术从建筑、彩塑、壁画三个方面进行了分门别类的论述。

1981 年 9 月，甘肃省科委在敦煌举行了"敦煌文物保护技术讨论会"。我所保护室的专家参加了讨论会，发言中回顾了敦煌文物研究所在保护工作方面走过的历程，总结了经验，指出了面临的问题。同年，敦煌文物保护研究四项课题荣获 1981 年化工部科技成果三等奖。对于敦煌石窟的保护工作，有关专家如我所的孙儒僴，曾在保护方面做了大量的工作。面对新的时代也有一些新的思路，有些也是我在不断思考的问题。应该看到过去在保护方面主要是在防沙和加固崖体、防止坍塌方面做得比较多，而在洞窟内部壁画和彩塑的保护上还缺乏较好的办法。随着时间的流逝，阳光照射、气温影响、风沙吹打、盐分表聚、生物碰撞等多种因素的作用，壁画彩塑都在发生着变化，这方面的保护工作显然需要给予更多的关注。然而缺少高科技人才，缺少现代化设备，缺少科研资金，这些都是需要解决的问题。这方面还需要做许多工作，开通一些新的渠道。

三、改革春风已度玉门关，邓小平等领导同志视察敦煌

1981 年，国家文物局局长任质斌来莫高窟检查工作，我向他汇报了研究所的工作情况和存在的问题与困难，同时陪他参

观了洞窟。他指出莫高窟的规模很大，内容很丰富，应该把敦煌文物研究所办成故宫博物院那样规模的研究院，这和我们的想法很相似。早在40年代初期，于右任、张大千就提出过建立敦煌艺术研究院的设想，但受到当时条件的限制，只设立了国立敦煌艺术研究所。现在情况不同了，对敦煌石窟这样一个世界少有的大型文化遗产，是应该有一个较大规模的研究保护机构来进行工作的。而且，从当前国际敦煌学的发展态势来看，我国应当在敦煌故里设立一个较高档次的、研究力量较强的研究院，以适应国际敦煌学发展的需要。任质斌局长说："国家文物局一定支持，但还得争取甘肃省委、省政府的支持才行。你们可以把这些设想向省委省政府作个汇报。"后来，我们向省领导宋平、李子奇、吴坚等同志汇报了我们的想法，并得到他们的理解。

1981年8月7日，改革开放的总设计师，时任中共中央副主席、中央军委主席的邓小平同志和夫人卓琳，在时任中共中央政治局委员王震同志和中共中央宣传部部长王任重同志的陪同下来到敦煌。

上午9时左右，邓小平同志一行从柳园火车站下了专列，乘面包车驶往敦煌，下榻在敦煌宾馆。中午就餐时，邓小平同志一边吃饭，一边讲述了对敦煌的向往之情。言谈是那样坦率，情意是那样真切，在场的人听了都感到非常温暖。

8月8日上午，邓小平同志兴致勃勃地到莫高窟视察。此前在北京休养的常书鸿先生也专程来到莫高窟陪同视察。在敦煌文物研究所简陋的会议室里，我就敦煌文物保护和敦煌学研究的情况向邓小平同志作了汇报。在听汇报的过程中，邓小平同志一再叮嘱，敦煌文物天下闻名，是我国文化的宝贵遗产，一定要想方设法保护好。他十分关心大家的工作情况，我如实汇报说："现在最大的问题是文物保护、学术研究方面的经费存在困难，莫高窟南区和北区的一些洞窟还需要加固。要想完成这些工作，过去得100万，现在要加固最少得300万。"接着，我又汇报了专业人员太少，需要的人才调不进，大学生分配没人来，以及职工的工作和生活条件需要改善等问题。邓小平同志听完点了点头，指示一定要落实解决相关工作。

视察过程中，邓小平同志兴趣一直很浓，不仅看了底层洞窟，还沿着很陡的台阶，登上高层洞窟，参观了第158窟精美的卧佛和第156窟《河西节度使张议潮统军出行图》的历史画卷。在第220窟里，我向邓小平同志详细介绍了这座洞窟的历史和艺术价值。临出来时，邓小平同志说："敦煌是件事，还是件大事！"

邓小平同志回到北京后，仍惦念着敦煌。在他的关怀下，财政部拨出专款300万元，国家文物局和甘肃有关部门派工作组来敦煌调查研究，落实邓小平同志的指示。敦煌文物研究所利用这笔经费，在莫高窟对面的山谷里修建了办公楼、科研楼和宿舍楼，使敦煌文物研究所的职工从此告别了长达四十年的寺庙土坯房，告别了那段没有自来水、没有电灯、无处就医看病、子女无法正常上学的艰苦岁月。敦煌文物研究所通了电，有了自来水，并在敦煌市内盖起了家属院宿舍，使职工的工作环境和生活条件得到了极大改善，特别是解决了职工子女教育就学问题。

邓小平同志的到来，不仅帮助我们解决了很大的实际困难，而且使我们在精神上受到了极大的鼓舞，敦煌文物研究所上下精神振奋。在此前后，时任甘肃省委书记的宋平同志和一些中央领导人如李鹏、方毅、陈慕华、班禅大师以及国家文物局孙轶青副局长等都到敦煌进行视察，对我们的工作给予指导并提出建议，这对莫高窟工作的同志们也是一种精神上的鼓舞。方毅同志1978年就曾来过敦煌，这次在陈光毅省长的陪同下第二次来敦煌，他不仅再次参观了洞窟艺术，还专程到我院资料室和陈列馆观看了其他一些文物收藏。方毅是位书法家，参观中对藏经书法非常关注，指出敦煌文献中的书法也有很高水平。我请方毅同志题字留念，他欣然命笔，为我们留下了珍贵墨迹。

四、东渡扶桑

为了推动我所的研究工作，1981年夏秋之际，接待了一些来敦煌参观的中外人士，其中有一个以日本成城大学教授上原和为团长、枝川克子为副团长的二十多人的参访团。上原和教授是研究丝绸之路和敦煌文化的学者，我们进行了交谈，当谈到1982年我们将在日本办展览时，上原和及参访团的成员都非常高兴。我们还接待了北京大学宿白教授介绍来敦煌访问的荷兰学者许理和教授，陪同其参观了洞窟并参观了我所的图书资料室。许理和是荷兰汉学研究所的所长，每到一地对图书馆都极有兴趣。这一时期，我积极倡导试办学术刊物《敦煌研究》。我为1982年试刊撰写了《敦煌研究的回顾与展望——代发刊词》和《试论敦煌壁画的传神艺术》两篇文章。"传神"就是要在作品中表现人物的神态、神情、风姿和神采，或者说"灵魂"，说得更具体一些就是通过人物外部形象刻画揭示人物的内心活动和精神境界。敦煌壁画中的人物形象大体上可分为两类：一类是宗教神灵形象，一类是世俗人物形象。宗教神灵形象富于想象和幻想，其有超人的神秘感，而世俗人物则富于生活气息和真实感。但这两类人物形象都要求栩栩如生，神采奕奕，才能打动观者。敦煌壁画千年的发展，在人物的传神方面有丰富的技巧和高超的手法，这篇文章对此给予了较深入的分析和总结。

1982年4月，我被任命为敦煌研究所所长。常书鸿调北京任国家文物局文物委员会委员，兼任我所的名誉所长。我担任所长后第一件事情，就是筹备赴日举办敦煌艺术展。在国家文物局支持下，我院在北京故宫举办了预展，并与日本每日新闻社商谈多次，签订了展览协议。协议中规定展出敦煌壁画临本56幅，彩塑作品10身，展期6个月，展览地点是东京高岛屋和另外五个城市。中国派团出席开幕式，任质斌局长任团长，我和史树青、史苇湘、赵友贤为团员。高岛屋是日本第一流大商店，展厅在八层楼上，开幕式就在展厅举行，讲话很简短，三五分钟，中方由任团长讲话，我与史苇湘陪同来宾做讲解。

这次展览规模较大，气势磅礴，内容丰富，琳琅满目，参观者赞不绝口。当天还举行了盛大的学术报告会，巨大的报告厅座无虚席，我与日本著名作家和学者井上靖同台讲演，我讲敦煌石窟艺术的创始、发展过程、内容、历史价值、艺术成就和美学思想，井上靖讲丝绸之路历史和中西方经济文化交流。我们的讲演受到广大日本观众的热烈欢迎，在日本掀起了"敦煌热"，前来参观的日本民众络绎不绝，盛况空前。井上靖先生是对敦煌文化极有兴趣的作家，我和井上靖先生还共同向参加座谈会的学者和观众做了有关敦煌历史和艺术的学术报告。我在日本报刊上发表了《略论敦煌壁画的风格特点和艺术成就》一文。当时，井上靖正在撰写一部名叫《敦煌》的电影剧本，我祝贺他写作成功，并祝电影拍摄顺利。

开幕后我们便开始参观访问，主要是古代日本的文化古迹，如著名的东大寺、法隆寺、唐招提寺和正仓院等。特别是唐招提寺，是鉴真和尚所建，有鉴真和尚的墓地和纪念堂，有鉴真塑像。东大寺的大铜佛在莲瓣上表现华严九会，可见此大殿是按《华严经》兴建的，这里应是华严宗圣地。除此之外我们还参观了日本东京、京都、奈良、大阪等地的艺术馆、博物馆。在京都参观期间，突然有日本创价学会名誉会长池田大作的使者来访，邀请我去创价学会做客，邀请者是池田大作。经我与任团长商议后决定赴会，创价学会三津木俊幸副会长驱车来接，在场的有成城大学教授邓健吾（后更名为东山健吾），创价学会的副会长和田、西口、池尻，创价学会京都分会会长上田荣吉朗以及"圣教新闻社"评论委员松本和夫等。碰巧当时创价学会正在举行年会，把我迎入会场，献花，赠纪念章，十分热情。我也挥动花束表示谢意和祝贺。大家落座后，双方谈起了正在东京展出的"中国敦煌壁画展"，池田先生表示非常赞赏。池田先生回忆起曾五次访华的情况，表示对中国有深厚的友情，以后还要到中国访问。交谈是在亲切友好的气氛中进行的。池四大作在交谈中还提出了五个有关敦煌莫高窟的问题：一、谁出钱建造敦煌石窟？二、敦煌曾在历史上遭遇沉寂的原因？三、佛教被尊崇理由？四、佛教对古代墓葬的影响？五、敦煌文物流散海外的情况？我也对他的问题做了一定的回答：敦煌石窟艺术，初期是由僧侣们承担其经济支出，后期逐渐被地方官吏所取代。由于元代之后的明代时期，嘉峪关以西居住的汉人大量减少，又因东部海运的繁荣畅通，丝绸之路也逐渐衰微，敦煌的佛教石窟也逐渐冷落破败，被人们遗忘。关于佛教受到尊崇的原因，是因为佛教的思想，如善有善报、恶有恶报的因果报应之说，以及佛教宣扬的慈悲思想，很容易被盼望脱离现实苦难、向往和平幸福生活的人们所接受。关于佛教对墓葬习俗的影响，唐代较为明显。关于敦煌文物流散海外的问题，我说：有将近80%的敦煌文献和绢纸文物流散海外，这是敦煌文物的一次浩劫。关于这个问题我们谈得较多，我希望散失在外的敦煌文物能完璧归赵。池田大作表示："那些文化遗产，只有置于它诞生的地方，才能恢复其艺术生命，才能使其蓬勃发展。"我对池田大作的看法表示赞赏。这段谈话，不久在《圣教新闻》报上刊发。

从此与池田大作成了朋友，而且开始了国家文物局批准的文化交流。

通过对日本的文化史和艺术史，特别是佛教文化和佛教艺术史的了解，可以看到历史上中国对日本文化艺术的深刻影响。日本是一个有着悠久历史和文化的国家，自原始绳纹文化时期到古坟文化时期，都为后世留下了许多质朴生动的艺术品。早在公元3世纪左右，也就是中国的汉、魏时期，日本文化就与中国文化有所接触。在6世纪时于中国已经盛行的佛教，随着中国文化经朝鲜传入日本。在日本当时的执政者圣德太子的狂热提倡下，建造了很多佛教寺院，当年修建在奈良的法隆寺至今犹存。在佛教兴起的同时，日本的佛教艺术也随之得到发展。日本的飞鸟时代正值中国隋唐时期，日本曾前后多次派出"遣唐使"到中国进行文化交流，因此中国文化的影响进一步渗透到日本，日本佛寺的佛教壁画，从题材内容甚至描绘方法都与中国唐代的石窟壁画相同，如法隆寺的"天界图"壁画和"玉虫厨子"上的"舍身饲虎"等。到了奈良时期，修建了许多宫殿和寺院，寺院内部装饰了许多绘画、刺绣和绣帷花帖，从这些作品的人物形象及服饰上还可以看到中国唐代艺术的影响，但已经在中国绘画的基础上逐渐掺揉进日本民族的审美趣味，从而形成了日本古典绘画的风貌。除佛教题材外，还描绘了日本当地的自然风景、生活状况，塑造了日本民族的人物形象。进入到平安时代，也就是相当于中国的中唐至南宋时期，桓武天皇鼓励日本与中国建立文化关系，日本高僧最澄和空海去中国求法，使中国佛教中的天台和真言两大佛教派别传入日本，开创了日本佛教发展的新局面。他们从中国带回的密宗"曼荼罗"佛画，成为日本画家多次临摹的范本，并且演变成日本佛画的新样式。在11世纪初期，受到日本贵族文化发展的影响，佛教艺术增加了世俗性，佛像由严肃变亲切，画风从造型刚健有力变得纤秀华丽，出现了用金叶剪成奇花异卉的"切金"法，画面呈现世俗性的华美艳丽。由于世俗性艺术的大力发展，被称为"大和绘"形式的屏障画日渐流行，中国格式的"唐绘"逐渐只出现在官家及宗教祭祀的仪式上。平安时代废除了奈良时代的"画工司"，成立了宫廷画院"绘所"，并形成了日本绘画史上第一个重要画派——巨势画派。这一画派的作品，展现了具有典型日本风格的抒情性绘画特色，除屏障画这种形式，还有册页式的"草纸"绘画和长幅"绘卷"也比较流行。这些作品显得高贵秀雅，端庄凝重，反映了平安时期的宫廷气息。12世纪之后，又出现了与《源氏物语绘卷》风格不同的《信贵山缘起绘卷》这类描绘普通农民日常生活的绘卷。平安时代后期和镰仓时代，主要是在13世纪前后，以常盘光长、藤源隆信等画家为代表的"似绘"画派，由于刻画人物准确生动、真实感人而流行日本画坛，造成很大影响。与宫廷画家作品并存的还有大寺院僧人画家创作的佛教和世俗题材画卷，如《鸟兽戏画绘卷》《地狱草纸》《饿鬼草纸》《疾病草纸》等风貌奇幻怪异的作品。另外，还有《华严宗祖师绘卷》《北野天神缘起绘卷》《平治物语绘卷》等一批非常典型的出色作品。但在14世纪之后，日本的绘卷艺术经过它的盛行期后走向衰落。在14世纪、15世纪，也就是日本的南北朝时期和室町时期，日本艺术又出现了一个新情况，这就是日本僧人将中国佛教的禅宗引入日本，这个教派要求苦行僧式生活及严格的精神戒律，受到许多日本武士的青睐和信仰，并逐渐扩大到贵族阶层和广大平民之中。中国宋元时期的文化艺术也在此时随禅宗东传而进入日本，在日本艺术史上又出现了第二次传习中国艺术新风格的高潮。中国宋元水墨画风浸润日本画坛，赵佶、牧溪、梁楷、马远、夏圭等中国画家的作品受到日本画家广泛的尊崇与摹习，并产生出一批日本水墨画大师，如无等周位、默庵灵渊、吉山明兆、无章周文、雪舟等杨、能阿弥、如水宗渊、墨溪、曾我蛇足、雪村等，其中尤以雪舟等杨最为突出，他一生为僧，曾专门到中国研习宋元各家画派，在中国马、夏山水画风的基础上，创造出具有日本情调的山水风景画。16世纪，日本画坛又出现了狩野画派，复兴了日本原有的装饰画风和抒情风格，打破了禅僧独统的水墨画领域，开启了日本壁画及屏障画新时期。不过到了江户时代，特别是织田信长和丰臣秀吉时期，虽然狩野派绘画以其富丽堂皇、辉煌耀目而出尽风头，但以长谷川等伯、海北友松一批画家依然在宋、元绘画中吸收养分，在武士和僧侣中享受崇高声望。德川幕府执政时期，资本主义开始萌芽，日本出现了一个持续两百年的和平繁荣阶段。为适应武士、贵族和新生资产阶级的需要，以法桥宗达和形尾光琳为代表的装饰性绘画得到迅速发展。在中国明代版画艺术的影响下，日本又出现了"浮世绘"这种风俗画的独立形式，并且特别流行。普通人的世俗生活在"浮世绘"中得到大量表现。18—19世纪是日本经济繁荣和提倡文化的时代，文人画派和圆山画派又从中国明清绘画中学习，从仇英等人作品中吸取方法并糅合西洋绘画技法，形成一代新风，受到民众喜爱。其代表画家有滴木清方和伊东深水等人。19世纪末到20世纪初，日本进入明治维新时代，学习的目光由东方转向西方，艺术界也深受影响，模仿西方现代绘画，成为日本画坛一股风气。20世纪上半叶在日本军国主义的破坏下，中日悠久的友好关系被军刀切断。中日人民经历了不堪回首的一段黑暗岁月。当然，20世纪后半叶历史又掀开了新的一页，对世界和平和人类文明的追求使两国人民开始建立新的友谊桥梁，我们敦煌壁画展在日本展出受到日本人民和文化艺术界人士的热烈关注和高度赞扬，就是传统友谊在新时代的反映。我希望中日友谊能继承古代的传统友谊，永不停息，只有玉帛，没有干戈。

1983年10月底，应邀赴日本参加国际美术史第二回交流研讨会，我和中央美术学院教授金维诺同行。这次会议有中国、日本、法国、美国、英国的美术史专家参加。在这次会上，我介绍了敦煌石窟造型艺术在美术史上的重要意义。特别是从中外艺术的交融和独创性方面，从宗教艺术和世俗艺术的结合方面，从其历史价值和艺术价值方面，说明了敦煌石窟艺术体系是中华民族艺术传统中一个重要的方面和在美术史上不可替代的地位及影响。在会上也聆听了其他国家与会者的发言。还与日本著名美术史专家岛田修二郎、秋山光和、樋口隆康等人进行了亲切交谈。讨论会结束后，我和金维诺教授在日方安排下，参观了一些重要的博物馆、美术馆和寺院。如在奈良的正仓院、东大寺戒坛院、出光美术馆、根津美术馆、东京富士美术馆、大石寺、箱根美术馆、东京国立博物馆、国立近代美术馆等，还访问了东京艺术大学、东洋哲学研究所、成城大学、日本经济新闻社、东京大学、创价大学、"潮"出版社、平凡社、东京文化财研究所、每日新闻社等有关机构。金维诺教授应邀到朝日新闻社和早稻田大学文学部作了讲演并参加了夕食恳谈会。而我则应邀到东京艺术大学、东洋哲学研究所、创价大学作了有关敦煌艺术的讲演，并出席了东洋哲学研究所、日本经济新闻社、"潮"出版社、平凡社、国立文化财研究所先后举办的欢迎宴会，又参加了成城大学教授座谈会和欢迎会，还应邀出席了东京富士美术馆开馆仪式。与东洋哲学研究所后藤所长、日本著名作家井上靖、日本经济新闻社顾问圆城寺次郎、平凡社下中社长、富士美术馆角田馆长、出光美术馆三上次男馆长等知名人士进行了友好交谈。在富士美术馆开馆仪式上意外地遇到了我国著名画家傅抱石的女儿傅益瑶小姐，她定居日本画画，听说在关西一带颇有名气。11月12日我们到成田机场乘飞机返回北京。这次访日，在多个场合宣讲了敦煌石窟艺术，认识了一批日本文化艺术界的知名人士，为以后进一步开展敦煌与日本学术艺术交流活动，打下了一个基础。

五、人在法国

1983 年 2 月，我率领"敦煌壁画展览代表团"赴法国巴黎参加学术活动，团员有史苇湘、施萍婷、李永宁。敦煌壁画摹品展览在法国自然博物馆举行，我们出席了开幕式。法国文化部负责人和中国驻法大使馆负责人也参加了开幕式，展览很成功。展前及展览期间，巴黎地区众多知名报纸进行了介绍性报道或评论。如《世界报》报道展览展出内容"只相当于敦煌整个壁画总面积的 2%。展览的组织者在挑选展品时，不仅考虑到让观众欣赏到中国壁画的精美，还可以看到敦煌壁画 1000 年中的发展。壁画中的历史故事、传说是以连环画形式表现出来的，观众从中可以了解当时的宗教及宫廷生活"。《费加罗报》和《震

在巴黎和史苇湘、施萍婷、李永宁与法国敦煌学者交流　段兼善提供

和史苇湘、李永宁赴法国巴黎参加敦煌壁画展开幕式　段兼善提供

旦报》以《首次在西方举办长达 10 个世纪的佛教艺术展览》为题，介绍了中国佛教、敦煌石窟及其艺术，称"敦煌是从沙漠中保全下来的博物馆"。《科学与娱乐报》讲道："敦煌壁画体现了中国文化、哲学和宗教的各种潮流。该展览的目的是让广大观众了解敦煌壁画是毋庸置疑的艺术宝库和名副其实的世界奇迹。"《回声报》评论道："敦煌壁画表现了当时的美学观和意识形态长期发展的三个不同阶段，描绘了佛教历史、神话传说。隋唐时期是敦煌艺术的顶峰，从它的现实主义与浪漫主义相结合的风格中，可以看出艺术家们丰富的想象力，从画面的重要及色彩的丰富可以看到中国的繁荣，壁画表现了天堂上的幸福生活及信徒们的向往。宋元时代，海运的发展代替了丝绸之路。敦煌也不再是中国与西方贸易和文化交流的中心，因此这个时

期的创作也受到了影响。"《回声报》还称敦煌壁画为"墙上的图书馆，古代宗教生活的连环画"。《解放的巴黎人》报说："壁画是有史以来最为轰动的古迹发现之一，它代表中国 10 个世纪的文化和艺术。1944 年敦煌艺术研究所成立后，不少有才赋的画家在那里工作，准备为真实地复制这些艺术珍品贡献毕生。"《生活周刊》说："复制品无疑不如真品，然而，只有这种方法才能更广泛地介绍祖国艺术一个未被知晓的方面，因为所有的西方人都可能光临敦煌的那一天还未到来。"《历史》月刊称展览向观众展现出了一个"文雅的、艺术性的精神世界，成为东西方文化传统交流的地方"。《科学与未来》月刊认为"展品代表了中国艺术家 30 年工作的成绩，其中一幅复制品就是由四个画家用了三年时间描绘出来的"。并称"这些壁画古迹是本世纪初欧洲考古学者发现的，修复工作是中国人自己干的"。《人道报》评论道："中国并不轻易在外搞大型战略，这次画展在去欧洲其他国家之前，首先来到法国，是中国人民对我们信任的表示，对我们来说是种荣幸。"《法兰西晚报》称敦煌壁画是"世界上最早的连环画，已有 16 个世纪的历史"。《V.A.D》周刊认为"尽管展览展出的不是真品，但也值得一看，其中有两点：一是壁画历史本身；二是展品表现了中国早期的艺术，那时在欧洲，人们还没有罗马艺术的概念，还处于探索阶段。除此以外，还应去看的另一个因素是我们几乎对中国文明一无所知，一切高质量的文化活动可以给予我们知识，提供我们新情况，令我们感到好奇"。展览负责人汤令仪·哥伦拜在《巴黎旅游》《学术研究》和《认识艺术》等杂志上，详细介绍了敦煌艺术展及筹备工作的经过。《费加罗》杂志、《t.d.c》、《巴黎全景》、《巴黎——诺曼底》报、《新观察家》周刊，分别详细地介绍了展品内容及敦煌艺术，或报道了展览开幕的消息。展览期间我们还应邀参加了由法国圣加·波利亚克基金会主办的"法中敦煌学学术报告会"，我在会上做了《略论莫高窟第249窟壁画内容和艺术》的讲演。莫高窟第249窟是北魏与西魏交替时期的洞窟，此窟顶部出现了前代洞窟中所没有的新内容。西顶主体画是佛教的阿修罗像，东顶主体画是佛教中力士捧"摩尼"宝珠，而南顶和北顶主体画分别是中国古老神话传说中的西王母和东王公巡天行列。这些壁画中还穿插描绘了许多神话和道教神灵形象。如开明兽，青龙、白虎、朱雀、玄武四方之神，风、雨、雷电诸神及羽人等。这类具有神仙思想的绘画题材突然闯入佛教石窟，虽然与佛教题材不大合拍，却大大丰富了石窟壁画的内容，出现了一种新的意境和民族风格。我对这种佛道杂糅的壁画现象进行了追根溯源地探讨，指出这是外来佛教要扎根中国土壤，与中国传统思想相结合，通过变通与改造来适应当时社会思潮和民族审美心理过程中的具体反映，也是早期佛教艺术中国化的特殊形式。史苇湘、施萍婷、李永宁等也在会上发了言，宣读了研究成果。

法国巴黎过去一直被称作艺术之都，有很多值得一看的地方。我们去参观了卢浮宫的欧洲绘画杰作，还去罗丹美术馆观看罗丹的雕塑精品。罗丹是法国的雕塑巨匠，创作了许多结构有力、思想深邃的作品。我在他的雕塑作品《思想者》前驻足观赏了好长时间，深深领受到雕塑所传递出来的感人力量。我们还去了印象派博物馆、建筑博物馆、凡尔赛宫等重要的艺术博物馆。在这些博物馆中，看到了很多法国及欧洲各流派艺术家的杰作，如达·芬奇、米开朗琪罗、拉斐尔、提香、伦勃朗、鲁本斯、戈雅的作品，古典主义画家安格尔、达卫特，浪漫主义画家德拉克洛瓦、籍里柯，现实主义画家柯罗、米叶、库尔贝、杜米埃，印象主义画家莫奈、马奈、德加、雷诺阿、毕沙罗、西斯莱、修拉，后期印象派画家塞尚、凡·高、高更、劳特雷克，原始主义画家卢梭，象征主义画家夏凡诺、莫罗，以及现代美术诸流派画家马蒂斯、马尔开、德兰、鲁阿、毕加索、波菊尼、蒙克、康定斯基等人的作品。印象派之前的画家，大多以具象的写实手法来塑造形象，他们客观地把自然界的各种物象准确、真实、生动地反映出来。印象派之后的画家则是在写实手法中不同程度地引入了抽象的因素，这使得每个画家

在法国参加学术会议期间，在法国雕塑家罗丹的《思想者》前驻足欣赏 段兼善提供

152

的作品风格拉开了较大的距离。这里面有很多画家在变革中受到了东方美术的影响，如凡·高就在日本"浮世绘"中受到了启发。还有现代派画家鲁阿的作品也引起了我的注意，他的作品线条粗壮狂野，笔触泼辣豪放，令人想起敦煌北凉和北魏壁画的风格。一个活跃于20世纪前半叶的法国画家的画风和中国4世纪时的敦煌壁画如此相似，说明了什么呢？我不能断定鲁阿一定是学习了敦煌的技法，但是相隔1500年，两者画风的诸多相近，至少说明了西方画家在经历过各种流派的发展演变之后所追求的那种原始的冲动、作者主观世界的自由抒发和任情宣泄，在具象造型方式和抽象造型方式中自由结合的表现技法，在1500年前的中国敦煌壁画中已经有所体现。当然我们也没有忘记到法国国家图书馆和集美博物馆去查阅敦煌文献资料和绢幡绘画作品。我们发现这里的敦煌文物，有一部分都放在特制的箱子里，保护得很好，但是也有一部分没有整理，堆放在一起。我们在法国前后活动了半个月左右，然后启程回国。

六、第一次全国性的敦煌学术会议

从日本回国后，《敦煌研究文集》已编辑完毕并交给甘肃人民出版社出版。我记得当时出版社的老编辑马负书为此书的出版，在兰州和敦煌之间跑了好几次。我为此文集写了前言，指出这本文集集中了我所一批研究人员的心血，是30年来敦煌研究所研究成果的一次总结，也是一个新的起点。这时，我所的另一本重要著作也已出版问世，这就是《敦煌莫高窟内容总录》，我也为此书写了前言。在前言中，我回顾了石窟内容调查和资料积累、查证、勘测、编纂的过程，是在伯希和、王子云、谢稚柳、何正璜、史岩、张大千、李浴、欧阳琳、万庚育、李其琼、霍熙亮、孙儒僴等前后多人调查结果的基础上，由史苇湘负责全面复查，对492个洞窟的内容无一遗漏地以表格形式著录下来，复查后又由万庚育做过一次复核。近年来又进行了一次详细的整理，在史苇湘的指导下由蔡伟堂具体整理成书稿。这部《敦煌莫高窟内容总录》是近40年来我所专业人员和国内专家们共同研究的成果，它为敦煌石窟的研究提供了比较信实可靠的资料，有助于我国和国际敦煌学研究的不断深入发展。

然而，敦煌研究所人才缺乏的问题日渐显露出来。特别是中青年各类人员的缺乏，是必须尽快解决的问题。经研究，我们决定通过招聘、调入、招工等方式，把一批有志于敦煌事业的中青年人才集中到敦煌研究所的队伍中来，并采取到外地培训、进修、深造等办法，把一些青年人才尽快培养起来。当我们把招聘文件发出后，很快从全国各地传来喜讯：一些热爱敦煌事业的专业人员要求来敦煌工作。比如李正宇、李崇峰、汪泛舟、梁尉英、谭真、李忠民等都是这个时期舍弃了原来熟悉的工作环境，来到西北大漠献身敦煌事业的，而一些大学生也怀着对祖国优秀文化遗产的强烈热爱的赤子之心，纷纷来函要求毕业后到敦煌工作。此时，我接到四川大学历史系和重庆师范学院历史系应届毕业生宁强和罗华庆的来信，表示愿意到敦煌来工作。我看了信非常高兴，因为这不是普通的申请书信，而是两篇有关敦煌的论文，从论文中可以看出，这两个年轻人有决心、有才华，也有专业知识准备。我立即给他们回了信，表示欢迎他们到敦煌来工作，并寄去了敦煌文物研究所出版的《敦煌研究文集》等书刊。随后又给教育部和四川省、甘肃省的教育、文化部门写信，得到了这些部门的支持。他们毕业后，就能尽快到我所报到，踏上弘扬祖国优秀传统文化的征程。与此同时，所里通过招工渠道招入的一批年轻人也已充实到接待、保护部门工作。这批生力军的到来，使我们这些逐渐步入老年的工作人员受到了鼓舞，激发了我们工作的热情。我预感到，一个生机勃勃的工作局面就要到来了。

这一时期，全国各地的学者们都自觉地开始了敦煌学各学科的研究工作。在学者们的推动下，各地相继成立了一些研究机构和学术团体，如北京大学中国中古史研究中心敦煌吐鲁番研究室、兰州大学敦煌学研究室、西北师范大学敦煌学研究所、中国社会科学院历史研究所敦煌学小组、南京大学敦煌研究组。有的大学如杭州大学古籍研究所、武汉大学魏晋南北朝隋唐史研究室、国家文物局古文献研究室、厦门大学历史研究所中国经济研究室、中央民族大学藏学研究所、首都师范大学历史系、甘肃社科院文学研究所等，也把敦煌学的研究作为一项重要的内容，看来国内已逐渐形成了一个敦煌学研究的热潮。我所在1980年秋季，制定十年规划时根据国内外敦煌研究的形势和我所研究工作的发展情况，就提出了1983年在我所举行国内第一次敦煌学术讨论会的设想。1981 年 8 月 8 日邓小平同志视察敦煌莫高窟以后，我觉得国内第一次敦煌学术讨论会应当抓紧筹备。召开所务会议研究后，于 8 月 18 日写出一个关于 1983 年召开"中国第一次敦煌学会"的报告，呈报省文化局，并抄报给国家文物局和甘肃省委宣传部。

1981 年 11 月 18 日，国家文物局给省文化局的批文已抄送我所。批件原文如下：

甘肃省文化局：

你局一九八一年九月八日甘文发〔1981〕第 139 号关于一九八三年召开"中国第一次敦煌学会"的请示报告收悉。经请示中宣部，原则同意你们召开这次会议，希望充分做好准备工作，将会议开好。经费由你省安排解决。

国家文物事业管理局

抄致：敦煌文物研究所

接到上级指示，我所随即设立了学术会议筹备组，进行了一系列的准备工作。1982 年 3 月经甘肃省文化局批准，我们向国内，包括港台的八十多位专家学者发去了请他们撰写论文参加学术会议的邀请函，没几天，这些专家学者陆续回了信。一些知名的学者如季羡林、常任侠、姜亮夫、任继愈、任二北、李浴等老一辈学者均欣然同意撰写论文，参加会议。许多专家学者的回信热情洋溢，充满信心，表示积极支持这次学术会议。84 岁高龄的任二北先生回信说："这次会议是继承和发扬我国民族文化并为国家为民族争光的大事，对敦煌深入研究，凡我知识分子应奋勇担当，当仁不让。"北京大学阴法鲁先生说："敦煌学应当在它的故乡不断地开花结果，研究的中心应在我国。"抗日战争时期曾在莫高窟从事过敦煌壁画临摹和研究的画家潘絜兹复信说："敦煌曾以艺术的乳汁哺养了我，特别是在那艰苦的岁月，有许多难以忘怀的记忆，40 年过去了，同志们还惦记着我这个退伍的老兵，我当再鼓余勇，做一番努力，争取参加这新中国成立以来的第一次敦煌学术会议。"东北师范大学的杨公骥先生，在病榻上嘱咐助手复信表示：他虽然不能赴会，但他衷心祝愿学术讨论会成功，为发展祖国的敦煌学做出光辉的贡献。上海音乐学院的叶栋同志，一次报来两个论文题目。香港的学者饶宗颐先生还托季羡林先生转来了他参加这次会议撰写的论文。召开首次全国敦煌学术会议的消息在国内学术界引起了强烈的反响，不少人通过写信、寄论文、找专家推荐等各种方式表示对会议的支持，并要求扩大范围，增加名额。我们根据这些情况，征得上级同意，把出席会议的专业人员名额陆续增加到 120 人，加上我所撰写论文参加会议的专家 20 余名，共计为 140 余人。我们向经过反复研究商定的这 140 多位专家发出了出席会议的邀请函。这些专家中有中国社会科学院、中国艺术研究院、北京大学、武汉大学、兰州大学、西北师范大学等科研、教学单位的学者，有中国历史博物馆、新疆博物馆、甘肃博物馆以及全国各大石窟单位的文物工作者，还有陕西和甘肃歌舞团的文艺工作者。我们把已经收到的70多个论文题目，按内容和性质分为石窟艺术、敦煌文献、史地、考古、宗教、语言文学、音乐舞蹈等七大类，以便按类别组织小组讨论，并计划在会议中做好论文的收集、整理和论文集的出版工作，另对接待与会代表参观敦煌石窟的有关事宜也进行了安排。

我们在筹备学术讨论会过程中，大约在1982年春，北京教育界的一批专家提出成立一个"中国敦煌吐鲁番学会"的倡议，并向教育部打了报告。教育部7月份请示了中央宣传部，中宣部批示同意成立"中国敦煌吐鲁番学会"，并要求教育部与甘肃、新疆、西藏的党政领导部门协商将此事办妥。教育部成立了一个"中国敦煌吐鲁番学会"筹备会议秘书组，由北京大学副校长季羡林教授具体负责筹备工作。成立这样一个学会我们是支持的，因为有这样一个机构可以把全国各地的研究力量联络起来，有利于敦煌吐鲁番学术研究的发展。他们在1982年7月召开了一次筹备会议，我当时正巧在国外考察访问，未能与会，1983年5月召开的第二次筹备会议我参加了。会议决定了几件事情：根据文化部和甘肃省委有关领导同志的建议，一致同意将敦煌文物研究所原定于9月10日召开的全国第一次敦煌学术讨论会与中国敦煌吐鲁番学会成立大会合并举行。这样有利于团结协作，丰富会议内容，又可节约人力物力。关于会议时间，决定在8月15日到8月22日之间在兰州举行。邀请代表定在160名左右，由学会筹备会议发倡议和邀请书。学术会议已经邀请的学者名额不变，原定的开会时间及地点按新的要求变更，由敦煌文物研究所通知。商定会议名称为：中国敦煌吐鲁番学会成立大会、1983年全国敦煌学术讨论会。会议拟组成统一的主席团，建立临时党组，临时党组向甘肃省委报告工作。会议的内容包括开幕式、闭幕式、交流学术研究情况、宣读敦煌学论文、讨论人才培养和科研事项，协商学会理事及顾问名单、选举理事会，参观莫高窟。会议前一段主要是交流情况，讨论工作，组织学会，后一段宣读学术论文。会议请甘肃省委领导致开幕辞，学会筹备会负责人作筹备工作报告，教育部顾问致闭幕辞，宣读论文由敦煌文物研究所安排。学会筹备会议秘书组继续工作，委托甘肃省的四个发起单位组成大会秘书处，分工协作负责成立大会的会务工作及参观活动。建议甘肃方面指定专人负责会务工作，设秘书长，成立秘书、简报、学术活动等工作组。兰州方面的会务以兰州大学为主组织安排，敦煌方面的会务由敦煌文物研究所承担，请甘肃省委宣传部大力支持。以中国敦煌吐鲁番学会筹备会、1983年全国敦煌学术讨论会的名义，邀请中央及地方有关领导同志到会，会议不邀请外宾。

与会同志一致认为，此次筹备会议在中宣部、教育部、社会科学院、文化部文物局及甘肃、新疆、西藏三省（区）党（政）领导部门的共同关怀下，大家顾全大局，民主协商。取得了一致意见，体现了团结协作、互相谅解的精神，为开好大会及今后学者之间的团结，奠定了良好的基础。甘肃省的发起单位积极承担大会繁重的会务工作，敦煌文物研究所在学术组织方面做了大量工作，对此，大家表示由衷的感谢。

为了这次会议的顺利进行，我所全体同志都倾注了全力，表现出奉献精神，使我们的各项准备工作相当充分。

1983 年 8 月 15 日上午 8 时，中国敦煌吐鲁番学会成立大会、1983 年全国敦煌学术讨论会，在兰州宁卧庄招待所礼堂隆重开幕。来自全国 22 个省、自治区、直辖市和港澳地区的约 200 名学者、新闻工作者参加了大会。他们来自汉、满、藏、维吾尔、回等各民族，其中既有成就卓著的前辈专家，也有锐意精进的中青年学者。参加兰州大学敦煌学讲习班的西北五省区近 50 名学员和不少

作者在 1983 年全国敦煌学术讨论会上发言
敦煌研究院提供

兰州地区的历史、文物、文艺工作者也列席了大会。出席大会的有中共中央书记处书记、中宣部部长邓力群，全国政协副主席、兰州军区政委肖华，中宣部顾问廖井丹，国务院古籍整理小组副组长周林，中共甘肃省委书记李子奇，甘肃省省长陈光毅，中共甘肃省委顾问杨植霖，甘肃省人大常委会副主任吴坚，还有中共甘肃省委宣传部部长聂大江等。

李子奇同志宣布大会开幕，会场上爆发出热烈的掌声。大会由季羡林同志主持。大会首先由筹备处秘书长宁可同志介绍

经预备会议酝酿产生的大会主席团名单，在热烈的掌声中，全体代表通过了主席团名单。主席团成员是：于忠正、王朝闻、马济川、宁可、伏耀祖、任继愈、沙比提、陆润林、杨敏政、季羡林、段文杰、赵友贤、姜伯勤、饶宗颐、流萤、唐长孺、常书鸿、章学新等。秘书长：宁可；副秘书长：万天成。

当天的大会由流萤同志担任执行主席。李子奇同志、肖华同志分别致辞。廖井丹同志代表中共中央宣传部向大会和同志们致以热烈的祝贺。周林同志作了题为《团结起来，促进我国敦煌吐鲁番学的更大发展》的讲话。最后，大会主席团执行主席流萤同志宣读了国务院古籍整理小组组长李一氓同志的贺信。贺信预祝大会为联合和调动国内和有关方面的学术力量，推动敦煌吐鲁番学的研究工作，做出更大的贡献。

8月15日下午到16日上午，大会继续在宁卧庄招待所礼堂进行，一些专家学者围绕敦煌吐鲁番学的研究情况作了专题发言。15日下午大会由唐史研究会会长、武汉大学教授唐长孺先生担任主席团执行主席。我在大会上作了《五十年来我国敦煌石窟艺术研究情况》的专题报告。

我在报告中回顾了20世纪40年代初起，向达、阎文儒、谢稚柳、何正璜等学者，张大千、吴作人、关山月、黎雄才、王子云等美术家所进行的敦煌石窟内容调查和壁画临摹展览工作，以及宗白华、傅振伦、贺昌群等对壁画临本的介绍评论工作。讲述了1944年国立敦煌艺术研究所成立，常书鸿所长和一批自愿到敦煌进行石窟艺术研究临摹的美术家、美术史论家史岩、李浴、董希文、苏莹辉、周绍淼、段文杰、孙儒僩、欧阳琳、史苇湘、李承仙、霍熙亮等继张大千之后，开展的临摹工作和新中国成立前7年的工作情况。陈述了1949年新中国成立后敦煌文物研究所在中国共产党和人民政府领导下，在石窟保护、勘察、整理、临摹、研究和展览介绍方面所做的努力，以及梁思成、周一良、宿白、常任侠、洪毅然、阴法鲁、王逊、金维诺、赖少其、潘絜兹、孙作云等学者艺术家所作的研究工作。肯定了17年来在保护、临摹、研究、宣传介绍敦煌石窟艺术方面取得的成绩。介绍了十一届三中全会以来，党中央采取一系列拨乱反正的措施，落实了知识分子政策，在党的百花齐放、百家争鸣的方针指引下，敦煌学的学术研究在全国范围内蓬勃发展起来，进入了一个崭新时期。学者和艺术家们意气风发，进行了多方面科目和课题的研究。借鉴敦煌艺术技法，古为今用、推陈出新方面的研究热潮正在涌现。甘肃歌舞团创作的舞剧《丝路花雨》、人民大会堂甘肃厅的四幅大型壁画，都在借鉴吸取敦煌石窟艺术方面取得成功。在对外展出、中外学术交流、研究出版等方面也取得一定成绩，对港、澳、台的学者所取得的研究成果给予了好评。我在报告中还指出石窟艺术研究中存在的问题。虽然，开展研究工作还有许多问题和困难，但在敦煌研究出现生机勃勃新局面的今天——全国各地的敦煌学研究者欢聚一堂，交流学术成果，这是我国敦煌学研究史上的一件大事，必将推动敦煌学研究在各个领域内更加深入地发展，扭转"敦煌在中国，研究在外国"的落后局面。我们坚信，我国有志于敦煌学研究的学者们，只要互助合作、团结奋斗，经过不太长的时间，一定会豪迈地向世界宣告：敦煌在中国，敦煌学研究的中心也在中国。我们中华各族儿女既是中华民族文化创造者，也是中华民族文化的研究者和继承者。我们必将在建设社会主义精神文明、振兴中华的伟大事业中做出应有的贡献！

16日上午由我担任大会主席团执行主席。会上，北京大学副教授张广达对欧洲敦煌吐鲁番学研究的情况，兰州大学副教授齐陈骏对1981年我国十多所高校及科研单位组织的丝绸之路考察情况，新疆考古所副所长穆舜英对吐鲁番的考古与研究情况分别作了介绍。

最后，北京大学教授季羡林以《关于开展敦煌吐鲁番研究及人才培养的初步意见》为题，就目前研究中存在的局限性、

和中国敦煌吐鲁番学会会长、北京大学教授季羡林在学术讨论会上　段兼善提供

图书资料的建设、人才培养以及坚持用马列主义、毛泽东思想作指导思想等四个问题作了讲话，他希望与会同志通过这次大会的召开，能积极行动起来，开展敦煌吐鲁番学的研究工作，拿出有水平的科研成果，为振兴中华而奋斗。8月16日晚，参加大会的各单位代表座谈讨论了培养敦煌吐鲁番学人才的问题，发言非常热烈，提出了很多好的想法和建议。

8月17日下午，在宁卧庄礼堂召开全体代表大会，大会秘书长宁可同志宣布本次大会的议程，大会由主席团执行主席穆舜英同志主持。

大会首先通过了学会章程，并一致鼓掌通过聘请李一氓、周林、吴坚、谷苞、孙铁青、王冶秋、王仲荦、王静如、任二北、任继愈、张政烺、辛安亭、周一良、周绍良、周祖谟、金宝祥、饶宗颐、姜亮夫、夏鼐、常书鸿、常任侠、蒋礼鸿、王朝闻、张庚、张明坦、韩国磐、傅振伦27位著名专家学者和领导同志担任学会顾问。接着，大会采用无记名投票的方式，选举产生学会的理事会成员。

8月18日上午，大会举行了第一次理事会，推选出会长：季羡林；副会长：唐长孺、段文杰、沙比提、黄文焕、宁可；秘书长：宁可（兼）；副秘书长：张广达、齐陈骏、穆舜英；常务理事：金维诺、张锡厚、王永兴、沙知。

在会议期间，邓力群同志发表重要讲话，对敦煌吐鲁番学会成立表示祝贺。他希望敦煌吐鲁番学会的同志以马列主义毛泽东思想作指导，从理论和实践的结合上，对敦煌吐鲁番文物进行历史的、辩证的、系统的、科学的研究，创造出使世界学者刮目相看的成果。他说，敦煌吐鲁番学是一门综合性学科，不仅包括社会科学各方面的丰富内容，而且包含有古代自然科学方面的内容。在研究中需要各方面专家通力合作，协同研究，既有分工，又要互相配合，互相支持，取长补短，团结奋斗，这样就能更好更快地出成果，繁荣和发展具有我们民族特点的社会主义新文化。

在 17 日下午的大会上，香港中文大学教授饶宗颐先生、新疆社科院院长谷苞同志先后发表了讲话。吴震同志受秘书组委托，向大会汇报了本组的讨论情况。

大会的后半部分是宣读论文和分组讨论，并到莫高窟参观。参加会议的代表们将自己的研究成果宣示出来，互相交流切磋，呈现出一派百花齐放、百家争鸣的学术探讨气氛。经统计，这次会议提交的论文共有 116 篇，大体从敦煌石窟、敦煌遗书和丝路史地这三个主要方面作了专题的或综合性的探讨，比较全面地展示了我国敦煌学研究的新成就、新水平，我们汇编成《1983 年全国敦煌学术讨论会文集》，分类编为《石窟·艺术编》《文史·遗书编》，各分上、下两册。这部文集，不仅将进一步促进我国敦煌学研究的发展，开创我国敦煌学研究的新局面，而且会使敦煌学研究对我国的社会主义精神文明建设有所贡献，同时也会促进国际文化交流和国际敦煌学的繁荣。我为这套书写了前言，题目是《我国敦煌学史的里程碑》，对这次会议的重大作用和历史意义，对这批论文重要价值给予了肯定。会议后期，与会专家到莫高窟参观，我们给予了热情接待，并依依惜别，相约下次研讨会上再见。

全国敦煌学术讨论会后，所里的工作基本上按计划在全面铺开。由资料室主任史苇湘、考古室主任贺世哲和万庚育、孙修身、刘玉权、欧阳琳等业务人员整理的《敦煌莫高窟供养人题记》正在校勘和订正。我希望这本书尽快出版，使研究资料趋于完备。美术室主任孙纪元、副主任关友惠已经将近期临摹任务落实到人。遗书室主任施萍婷正在与新来所里的李正宇、汪泛舟等商量文献研究方面的具体计划。接待部副主任蒋毅明对1978年至1981年招工到所，分配到接待部的一批年轻人进行培训。他告诉他们，讲解员的工作很重要，首先要把莫高窟的内容弄清楚。还要根据不同的参观对象做深入浅出的讲解，这是一个很重要的窗口。面对日益扩大的旅游事业，外语的翻译讲解必须重视。所里已决定派出一批青年人去学习外语，以适应形势的需要。由于此时全所职工已达120余人，办公室的工作非常重要。我特地把办公室主任陈明福和副主任马竞驰找来，对他们说："现在所里编制扩大了，你们后勤工作任务量也大了。不过办公室的人员也增加了，一定要把每个人的工作安排好、协调好。"后来，我感到办公室的工作基本上是做得很好的。这时，还有一项工作显得特别突出，就是石窟保护工作。保护室主任孙儒僴和副主任李云鹤对我讲："石窟崖体加固工程，过去只完成了南区北段的加固，南区南段的加固工程应该考虑了。另外，由于砂砾岩结构松软，抗风化能力弱。在阳光照射，风沙吹打，湿度影响，大气污染，生物碰撞，雨水渗漏，洞窟周围岩盐分表聚等作用下，壁画酥软老化、龟裂起甲、变色脱落现象日渐严重。这些都是要抓紧解决的问题。"我说："南区南段加固工程必须搞，你们订出一个计划并写成报告，我们马上报请上级审批实施。关于洞窟内壁画塑像的保护，没有好的土办法，应该依靠高科技去解决。听说日本在文物保护方面有些新的技术，所里组织一个赴日考察团，你们都去看一看，学习一些先进办法回来。"于是在年内，我们组织了一个敦煌文物保护考察团访日，刘鍱、孙儒僩、李云鹤、段修业、刘永增一行五人去日本考察，开始了中日文物保护工作的交流。

七、人生多舛，痛失爱妻

正当我在所里安排各项工作的时候，龙时英的病又重了，我只好将她送到兰州兼善那里，到甘肃省人民医院住院治疗。由于病情已经很重，短期是很难治好的，而所里的很多工作还等我去安排，我不能在兰州久留，龙时英只好交给兼善和葆龄去照顾，我随即返回敦煌。龙时英在兰州治病，我在敦煌一日三餐只好到所里食堂就餐。由于白天行政工作头绪较多，有时还陪同中央和省里的领导参观洞窟，还要接待国内外的专家学者来访，时间真是不够用。我的论文撰写只能移到夜间进行，往往在凌晨三四点起来写作，倒还觉得头脑清晰，效果显著。因而逐渐形成了夜间写作的习惯，后来我的很多论文都是在夜间写成的。

1984 年初，我的妻子龙时英病情恶化，已发展成脑疝。住院六个月，虽然经兰州几家医院尽力抢救，终于未能挽回生命，溘然长逝，全家人笼罩在悲痛之中。龙时英是一位正直善良、敦厚俭朴、自强自立的女性。在我遇到困难的时候，她给了我很多支持。1957 年，所里有人千方百计想把我搞垮。他们威逼利诱迫使个别人编造不实之词对我进行诬陷，还对龙时英施加压力，逼她揭发我的所谓"问题"。龙时英不为所动，坚持了实事求是，告诉他们："段文杰我了解，我不相信他是坏人，我没有什么可揭发的。"个别人见没有按他们的指令行事，便把对我的恨转移到她身上，在强行对我进行了错误处理后，利用精简下放之机将她的工作剥夺了。龙时英是国家正式教师，1957 年经过国务院批准，从四川调到敦煌文物研究所工作的。面对不公正的对待，背负沉重的思想包袱，承受着来自各方面的常人难以承受的压力，白天要为一家人的生计奔忙，夜里又长期失眠，她终于郁闷成疾，逐渐发展为严重的脑部疾患。经过"文化大革命"后，病症更加严重，最终因此而逝去。每当想到此处，我心里就很难过。我从艺专毕业后来到敦煌，长期无法回四川探亲。她独自养育着幼子，其中的艰辛我能想象，但又帮不上她。她调到所里不久就因我受到株连，不仅没有享受到生活的安宁，连深爱的工作也因此被剥夺了。然而事已至此，我唯有振作精神，化悲痛为力量，努力工作，以成绩告慰她的英灵。处理丧事时，所里职工和兼善、葆龄的同学朋友都很帮忙。

龙时英遗体在兰州火化后，将骨灰安葬于莫高窟对面大泉河畔的沙山上。所里的同事们给了我很大的安慰和支持，使我从沉痛中较快地恢复过来，重新投入了工作。

八、筹建敦煌研究院

1984年1月，中共甘肃省委常委会会议研究决定在敦煌文物研究所的基础上扩大编制，增加经费，筹建敦煌研究院，进一步开展敦煌学各领域的研究工作，以适应敦煌学研究蓬勃发展的形势，它将成为目前我国唯一的研究敦煌学的研究院。省委还决定由吴坚、流萤和我为筹建敦煌研究院的负责人。当我得知这个决定后，心情是激动的，建立一个院一级的专门研究机构，是我国几代学者、艺术家和有识之士的愿望。为什么要成立敦煌研究院，主要是为了尽快充实和壮大敦煌学各学科的研究力量，进一步改善和增加保护以及研究工作的基础设施和工作条件，加速营造和拓展与国内外学术界、艺术界交流与合作的环境与空间，有利于促进和推动敦煌学研究回归故里和在新的丰厚成果的基础上进一步走向世界。在中国敦煌吐鲁番学会成立之前和成立以后，我曾向国家文物局局长任质斌、甘肃省委书记李子奇、省长陈光毅和省委宣传部部长吴坚同志汇报工作时都提到过成立敦煌研究院的有关设想，他们都表示理解和赞成，但没有想到省委省政府这么快就做出了决定并予以落实，这不能不说是敦煌研究事业的一大幸事。全所同志十分珍惜这个机遇，决心抓住机遇，抓紧时间，努力拼搏，奋起直追，努力创造出无愧于祖国和人民的研究业绩。我们立即投入到筹建工作中，1984年1月27日，在省文化厅举行了第一次敦煌研究院筹备工作会议。吴坚、流萤和我都出席，省文化厅副厅长赵友贤和副所长刘镍列席会议。列会的同志都发了言，经过讨论，在筹建工作的几个重要问题上取得了一致意见。首先，大家认为甘肃省委决定成立敦煌研究院是正确的决策，是根据近年来敦煌文物研究所工作的新起色、新成绩和发展的势头，根据现在研究所在规模建制上、人员队伍上和研究领域上已不适应国内外敦煌学研究不断扩大、不断发展的新形势，而做出的适应国内外研究热潮，有利于促进省内外敦煌研究事业进一步发展的好决策。一定要根据省委的指示把这一项工作抓紧办好，不辜负省委省政府和国内外各方面人士对我们的厚望。第二，由于吴坚同志主管省里宣传文化系统的工作，流萤同志重点负责宣传部的工作，牵涉面广，在筹备研究院的同时，还要顾及其他方面的工作，希望我在抓好所里各项工作的同时，主要精力要放在建院上。文化厅赵友贤副厅长、研究所副所长刘镍同志多花些时间参与建院工作。从文化厅和研究所抽几个干部来抓具体工作。在兰州找个地方，安排几间房子，作为筹建办公室。再搞一辆车，搞设计、跑基建、找地皮、要经费、搞设备。吴坚同志讲，省政府很支持，陈光毅、侯宗宾、葛世英等省领导都很关心，筹建办公室用房问题春节后就可以落实。筹建工作要扎扎实实，不可迟缓，也不可虚张声势，要有一定速度，要又快又好地搞起来。估计筹建工作需 3 年时间。头一年尽快把投资、地皮、设计等解决好，年底破土动工，第二年大干一年，后年建成。再召开个大型国际学术会议，意义就更大了。筹建阶段，研究所的各项工作不能停顿，要抓好"提高研究，加强保护，改进接待"几个方面的工作，还要办好《敦煌研究》专刊，编好书籍画册。所里原定的十年规划中，有两个会议的设想，国内敦煌学术会议已在 1983 年开了，另一个是原定 1986 年召开的"国际敦煌学研讨会"，要继续按计划筹备，争取开好，扩大影响，这次会议对外可用敦煌研究院的名义。第三，关于敦煌研究院的领导体制问题，省委提出要双重领导，争取文化部的同意，要派人去向中央、文化部汇报。文化部和省共同领导，以省为主，省里则归口到文化厅管理。成立敦煌研究院的报告，要有近期和长期规划。尽快写出来，便于文化部、省和各方面了解情况。第四，兰州建院是为了聚集人才，扩大研究领域，对发展研究事业有好处，但敦煌是根本，是保护的重点，是研究基地。有的研究部门可以设在兰州院部，如遗书研究、刊物编辑、资料中心、人事部门。有的则只能坚守在敦煌，不能迁兰。如接待部门、保卫部门、美术研究、摄录部门、保护研究、考古研究等。有些可以两面兼有，有些工作在兰州做，有些可以到敦煌去做。设在兰州的工作岗位人员，每年也应有一定时间到敦煌考察。为了研究方便，要搞两套资料，敦煌一套，兰州一套。不光是书籍画册，还要有石窟档案记录，还要有幻灯、录像、电脑储存，要广泛收集洞窟资料和国内外研究资料。第五，关于研究院进人的问题，把关要严，拟调入的各类业务人员，要认真考察，既要有真才实学，又要坚持四项基本标准，把德才兼备有事业心、愿意为敦煌事业吃苦出力的人调进来，决不可把搞歪风邪气的人搞进来，宁缺毋滥，进人要集体讨论。人员编制最后达到300人，将来报请省里批。除新增人员外，对原有的人员也要进行培训，以适应新的形势。尽快制定出一个研究院的机构岗位设置和人员编制方案，提供研究决定。最后一致同意，根据工作进展情况，随时召开筹备组会议研究问题。

回到所里后，我又立即召开了所务会议，参加者有所里的几位领导，还有各部室的负责同志，对建院的有关事项进行了讨论和研究，确定了参加筹建处的工作人员。并拟定了《敦煌研究院人员编制草案》和《敦煌研究院兰州院部基建初步预算》等需尽快报批的文件。还对拟将设置的各类行政部门和业务部门的工作内容、任务和职责，进行了划分。如石窟保护研究所，该所主要任务是：研究壁画、彩塑病害治理和自然环境保护，石窟窟体的加固及石窟档案工作。美术研究所，主要任务：从事敦煌壁画、彩塑的临摹及石窟艺术理论和艺术史的研究。历史考古研究所，主要任务：进行石窟考古和敦煌史地研究。遗书研究所，主要任务：对散失在国内外的4万多件敦煌遗书的缩微胶片副本进行整理研究，并保存和管理院藏700余件敦煌遗书。音乐舞蹈研究室，主要任务：对敦煌石窟艺术中的音乐舞蹈资料进行研究。学术委员会，主要任务：组织研究院的各项学术活动，并从事对院外和国外的学术联系。资料中心，又分采编、参考、阅览、翻译等室，主要任务：为本院研究人员提供资料情报服务，收集整理与敦煌学有关的图书资料，编辑整理敦煌学论著目录索引，翻译国外与敦煌有关的文章，并收藏院藏专业图书报刊等。摄录部，主要任务：摄录洞窟绘画、彩塑，建立彩塑、壁画档案，并制作录像资料。编辑部，主要任务：编辑本院学术论著、资料、画册，并负责本院学术刊物《敦煌研究》的编辑出版事宜。接待部，主要任务：负责接待国内外专家、学者和游客，管理导游并负责讲解石窟艺术；配备中、日、英、法等语种讲解人员。

要尽快调集和培养中青年研究人员，五年内全院职工人数达到 300 人。除接待部外，其他各部门科研人员不得少于 80%。须及时制定全院和各所、各部门、各处室的工作规划。

我们还制定了全院近期、长期的研究工作规划。简述则是这样的：

一、近期：从现在起至建国 40 周年纪念（1984—1989 年）。

编撰敦煌石窟全集；编撰敦煌石窟专集；敦煌遗书资料整理和研究；敦煌石窟专题研究；敦煌艺术推陈出新研究；举办国际性敦煌学术讨论会。

二、远期：自 1990 年以后。

编撰敦煌石窟全集；编撰敦煌石窟专集；逐步将《敦煌研究》发展为全国性学刊；开展中外石窟艺术比较；敦煌遗书分类、综合和深层研究；敦煌艺术推陈出新；出版国内外敦煌遗书和敦煌艺术文集；积极开展敦煌学研究国际交流。

三、敦煌石窟保护研究：

运用现代科学技术治理文物病害，确保文物安全；开展国际科学保护文物经验交流和技术合作。

1984 年秋，甘肃省委副书记刘冰同志带领调查组来到敦煌，宣布中央调查组对敦煌研究所领导班子问题的调查结果，以及中组部和省委的意见。原来，在当年 2 月份，因有人无事生非，谎言诬告研究所的领导班子成员。中央领导人相当慎重，决定派出由中央四个部、中指委联络组和甘肃省委共同组成的高规格调查组，对敦煌的问题进行彻底清查、严肃处理。对这种不实事求是的告状，我的态度是用实事求是的态度应对。当然，我们对中央和省委工作组是相信的，研究所的职工也很认真配合，如实提供情况。另一方面，还需把已经计划好、时间又很紧的保护研究和建设工作项目抓紧完成。我们除了缩短自己的休息时间，增加工作时间外别无他法。使我特别感动的是研究所的很多同志，特别是一些老同志，他们实事求是的态度和忘我的工作热情，在积极配合工作组的询问和调查的同时，又主动和超额地完成自己的专业工作任务。他们的主要目标不是个人的荣辱得失，而是要把保护、研究、弘扬我国优秀文化艺术的工作搞上去，为祖国争光，为民族争气。工作组经过几个月的调查，已查清敦煌的情况并得出了结论。这次刘冰书记就是来传达中组部和省委的结论及意见的。在全所职工大会上，刘冰同志发表了重要讲话，他说："今年 2 月份，根据中央领导同志的批示，中央四个部、中指委联络组和甘肃省委共同组成调查组，省委书记李子奇同志提议让我来牵头。调查组在离开兰州前开了好几次会，我给调查组同志讲，这次一定要把问题搞清楚，搞清问题的基础就是事实。一定要实事求是，并如实反映情况。经过在这里 40 天的调查，加上在兰州的工作时间，共 4 个月。调查组的同志们把信中所涉及的人和事都做了调查，查了档案，找很多当事人谈了话。形成了一个几万字的材料，材料一切从事实出发。在这个基础上，省委听了调查组的汇报，经过认真讨论，向中央写了报告。中央组织部的意见与省委给中央报告中的意见是完全一致的。省委派了一位副部长到北京，同中央组织部的同志一起把调查结果和省委的意见都向常老转达了，常书鸿同志表示赞成省委的意见。"关于对研究所现任班子的评价问题，刘冰书记说："经过调查，省委认为敦煌文物研究所的领导班子中，不存在'三种人'掌权的问题，这包括科室主任以上的干部在内。所领导班子对三中全会以来的党的路线、方针、政策是拥护的，贯彻是积极的，工作是有成绩的，应该说这个班子是比较好的班子。当然，这个班子还有缺点，比如，思想政治工作还比较薄弱，要在今后的工作中逐渐克服、改正。希望大家支持这个班子，在这个班子的领导下，团结一致，努力工作。"对于如何处理所里出现的矛盾问题，刘冰同志说："所里所反映出来的矛盾的性质，很显然是人民内部矛盾。当然人民内部矛盾中，还有路线之争或政治观点之争，那么所里出现的矛盾是些什么问题？我们认为不是路线之争，也不是政治观点之争，而是同志之间在一些具体问题上的争论。对于这样的问题怎样解决呢？我看只能采取团结——批评——团结的方法去解决，而不能是用别的什么方法。具体地说，就是要有利于同志们更加紧密的团结，有利于我们敦煌学研究队伍的扩大，有利于敦煌学研究事业的发展。要坚持团结，双方就要多作自我批评，不纠缠历史旧账，把我们的精力集中到开创敦煌学研究的新局面上来。"关于敦煌所今后的工作，刘书记说："现在的形势确实很好，昨天有个旅日台胞代表团来敦煌参观。参观完了以后，段文杰和樊锦诗同志同他们开了个座谈会，他们很激动。他们是回国参加国庆观礼的，昨天晚上中国旅行社在宾馆请他们吃饭，我代表省委讲了几句话，欢迎他们的到来。那位团长告诉我，他1972年回来过，他说现在和过去大不一样了。我问他怎么不一样，他说现在变化太大了，到处都是一派建设景象，他们没想到祖国的大西北建设得这么好。说明我们现在的形势确实很好，也鼓舞和吸引了散居在海外的同胞。

"现在全省、全国形势这么好，我们敦煌所的形势怎么样？我看也很好。你们现在有130多名职工了，在研究上出了很多成果，取得了很大的成绩。今年听说你们接待了8万人，明年可能会超过10万，现在世界上都很注意敦煌，敦煌学在国际上影响很大，当然我们的研究工作还有差距。听说日本人很傲，他们说'敦煌在中国，研究在日本'，我们要争口气，把这个争回来，'敦煌在中国，研究也在中国'。我们要努力创造条件，迎接国际敦煌学术讨论会在这里召开，省委对这一工作很重视。不光敦煌学事业要繁荣起来，而且敦煌县也要繁荣起来，这里将会成为祖国大西北戈壁滩上的一颗明珠，一个具有代表性的城市。希望同志们安心工作，为我国的敦煌学研究事业做出更大的成绩。

"你们这里条件还很艰苦，工作当中还有很多困难，这些都不怕，我们要去战胜它、克服它，在可能的情况下，我们能够帮助解决的，就一定想办法去解决。今年春天来时，听说你们这里存在吃水困难、编制不够等问题。回去后，子奇同志主持省委书记办公会议，专门研究了你们提出的问题。引水工程的问题、进人的问题、榆林窟的编制问题，同意你们的意见，可以解决。当然所有的问题也不能一下子都解决，有些问题还要逐步创造条件加以解决。

"今天我向大家传达了省委的意见，我相信大家也会赞成的。当然，我说的每一句话你们都赞成，百分之一百的一致，那也不可能，只求在原则上，在大的方面基本一致就行了。你说你对段文杰同志还有些意见，这可以。你对樊锦诗同志有些意见，也可以。你对常老有些意见，也可以。你对我有些意见，都可以。但是我们在大的方向上，在搞好敦煌事业上应当是一致的，全所职工都希望团结，要振兴敦煌研究事业，要创造出更多更好的敦煌学研究成果，为祖国争光，为民族争气，这是一致的，这叫作求大同存小异。"

1984 年 8 月，敦煌研究院正式成立。政府发布任命书，任命我为院长，吴坚为首席顾问，常书鸿为名誉院长，樊锦诗、赵友贤为副院长，刘鏷为副书记。机构已经建立，院的领导班子已组成，一个重要的问题就是组建院辖各部门机构，规定各部门职责以及任命各部门负责人。对此院委会进行了充分的研究和讨论，决定任命一批老专家和中青年后起之秀担任各所、室及中心的所长或主任，充分发挥其业务骨干和学术带头人的作用，全面推动敦煌石窟的保护、研究与弘扬各方面工作的开展。任命建筑专家，自1947年到敦煌就开始莫高窟保护工作的孙儒僩任保护所所长、李云鹤为副所长。临摹专家关友惠和李其琼分别担任美术所的正副所长。考古学家贺世哲任考古所所长，多年从事石窟考古的画家刘玉权任副所长。历史学家施萍婷任遗书所所长，另一位历史学家李正宇任副所长。资料中心很重要，必须要有一个对敦煌石窟有全面深入了解，并且工作认真细致的人来领导，最后一致认定主任非"活资料"史苇湘莫属，副主任则由精通日语的年轻人刘永增担任。院学术委员会秘书长由李永宁担任。人事处处长由孟繁新担任。莫高窟有很多音乐舞蹈方面的资料，成立一个专门的音乐舞蹈研究室很有必要，由音乐家庄壮担任副主任。摄录部由祁铎担任副主任。编辑部正式开始工作，决定任命梁尉英为副主任。接待部人员多头绪多，必须要有得力的人来领导，当时天水麦积山文管所所长张学荣同志要求来院工作，我觉得这是一个很好的人选。他1957年就在敦煌文物研究所工作，60年代调到天水担任麦积山文管所负责人，对莫高窟也很熟悉，正在办理调回敦煌的手续，接待部主任由他担任是合适的。但是接待部是院内一个大部门，人员多任务重，必须还有一个能干的人来担任副主任。马竞驰是由敦煌文物研究所一手培养起来的文物工作者，又具有外交才华，现任所办公室副主任，决定将他调过来担任接待部副主任。而办公室则由陈明福、康文龙、叶仲仁三位副主任负责，同时设立了保卫科，负责石窟文物的安全保卫工作。针对旅游业的兴起，当时还设立了服务部。这时莫高窟新区的科研大楼和宿舍也已修建完工，全体职工从原来的平房迁入新居。

在全院大会上我说："敦煌研究院的成立，标志着敦煌的研究和保护工作进入了一个新的阶段。我们要以务实的态度来对待工作，各部门都要把本职工作搞好。现在生活条件和工作条件已有很大改善，万事俱备，只欠东风。东风就是我们的工作成绩、我们的学术成果和艺术成果。我们要把'敦煌在中国，研究在外国'的言论看成特殊的鞭策，特殊的动力。我相信经过我们的努力，这种状况一定会改变，被动的局面一定会扭转。我们要以坚实有力的步伐，迈入国际敦煌学研究的先进行列。"会后史苇湘对我说："你的话表达出我们的心声。"是呀，对于我们这些"老敦煌"来说，改革开放的大潮带着和煦的风，吹遍了祖国的大地，也吹进了鸣沙山、莫高窟，吹进了每个敦煌人的心里。在春风吹拂、万紫千红的百花园里，敦煌学这朵鲜花将会越开越夺目。

申遗成功　艺术瑰宝梦想成真
广泛合作　研究保护双管齐下

　　一个开放的时代，要有一个开放的眼光；一个开
放的民族，要有一个开放的胸襟；一个开放的事业，
要有一个开放的思维——乘着改革开放的春风，敦煌
的研究与保护工作开始了全方位国际化的交流合作。

一、敦煌周边与丝绸之路沿线的艺术考察

　　随着研究工作的深入，我觉得对敦煌石窟艺术体系不仅要
从内部进行研究，还要从外部来对它进行审视，也就是要把敦
煌放在世界美术史、中国美术史和丝绸之路发展史的大范围中
来分析和衡量，古人有诗云："横看成岭侧成峰，远近高低各不
同。不识庐山真面目，只缘身在此山中。"是说对一件事物的认识，
不能只从一个地方去看，而应当从多个角度去观察比较。因此
对敦煌周边和丝绸之路沿线的文化艺术应该有一个全面的了解，
所以我一直认为有必要再次对新疆的石窟艺术进行考察。1984
年的 8 月、9 月，我和关友惠、孙国璋、李云鹤组成一个考察组

赴新疆考察，所里派出一辆越野吉普车，由司机张有保驾车全程陪送。这次我们先驱车到乌鲁木齐，取得新疆有关部门的大力帮助，给我们出具介绍函并以电话通知相关地点，我们每到一地都得到管理部门的热情接待，使我们的考察活动得到很多方便。由于我们自己有车，行动就比较自由和便捷。前回已看过的遗址，这次我们都再次前往。我年龄较大，这时也不甘落后。几个比我年轻一点的人，在攀登山坡崖道时还没有我走得快。特别是一些地势较高的洞窟，我也非上去不可。因为考察石窟艺术，不身临其境直面原作，有很多具体的技术细节就很难弄清。新疆总共有十几处石窟遗址，但很多石窟由于破败严重，已经没有什么东西可看了。吐鲁番地区的吐峪沟千佛洞和胜金口千佛洞，只剩有少数几个洞窟尚余几片残破不全的壁画，库车地区的多尔千佛洞和托合拉克千佛洞已完全毁损，无作品可看。玛扎伯赫千佛洞、吐火拉克埃千佛洞也都破坏严重，可看者不多。值得细致研究考察的有吐鲁番的柏孜克里克千佛洞和雅尔湖千佛洞。库车地区拜城的克孜尔千佛洞、库木吐喇千佛洞和森木塞姆千佛洞以及焉耆的西克辛千佛洞还保存一部分壁画较清晰。特别是柏孜克里克石窟、克孜尔石窟、库木吐喇石窟及森木塞姆石窟保存数量较多。由于新疆位于古代我国中原、埃及、美索不达米亚及希腊这几个重要东、西方的文明中心和文化艺术发祥地之间，自然地就成为这些中心向外扩散、辐射其创造成果的交汇处和集散地。而印度的佛教艺术传播到这里时，也必然要同这些因素混合起来。再加上当地审美追求的影响，就形成了这种新疆高昌、龟兹、焉耆地区特殊的艺术现象。在柏孜克里克、西克辛、雅尔湖等处壁画中可以看出似有敦煌壁画某些痕迹，汉风影响明显。克孜尔石窟和库木吐喇等处虽然也受到汉风的影响，但在人物造型上又有犍陀罗艺术的印痕。如克孜尔77窟的伎乐菩萨、69窟伎乐菩萨、克孜尔尕哈28窟伎乐天，不但犍陀罗艺术中丰乳大臀体态和扭动的身姿相当明显，线描的表现特征也和印度佛像雕刻中薄衣贴体的效果相似。人物画部结构则反映了当地民族的面相特征，深目高鼻，硕圆饱满，绝非中原汉族人物造型。线描没有敦煌壁画中那样变化丰富，多样多态，但用线有力，通过铁线描对人体各部结构的肯定勾画和对一些肌体块形的深入渲染，使所绘人物健壮、圆浑、笃实，克孜尔新1窟的飞天、库木吐喇新2窟券顶弧面上的诸天像、克孜尔7窟的乾闼婆王善爱等作品就体现了这种风貌。如用线描曲铁盘丝，结构凹凸渲染，体态印度风韵，面相龟兹特征，来形容龟兹壁画大概是准确的。在环境描写方面，带有强烈的图案装饰意味，以菱形格区分各种人物活动情节，菱形格中又以花瓣似的造型重叠出山峦形象，也绝不同于敦煌壁画中那种山川环境的表现形式。这里壁画中人物面相造型比较类同，神态刻画单纯，缺少敦煌壁画中那种对人物性格神情刻画的深度和变化多样。我在观看新疆壁画时，比较注意与敦煌壁画进行比较，通过比较，对敦煌艺术个性的认识也就更明确而深刻了。在考察过程中，我们顺便参观了新疆其他一些历史遗迹。如库车县城西北的苏巴什遗址、县城西克孜尔尕哈土塔，古龟兹国城址。苏巴什遗址实际上就是南北朝时期的雀梨大寺址，坐落在一处河岸高坡上，寺院已破残，遗有高墙几座。南北朝名僧鸠摩罗什即出生于此，唐代高僧玄奘也曾到此礼佛。开阔沙丘上的克孜尔尕哈土塔约 15 米高，尚保存完好。而龟兹古城只剩几十米一段高 3 米的城墙而已，当年龟兹国繁荣风光只能通过文字记载和文化遗址去发挥想象了。这次去的时候，已是改革开放年代，生活条件已有所改善。在库车，司机张有保的舅舅招待我们吃了一顿手抓饭，新疆风味印象颇深。

这时，《中国美术全集·敦煌》开始编撰，包括《敦煌壁画》上下两集。《敦煌彩塑》一集，由于要在这三本画集中，全面介绍敦煌造型艺术的风采，因此我们在全部壁画和彩塑中进行了认真的筛选，把各时期最有代表性、艺术水平最高的作品汇集起来。《敦煌壁画》上集主要是北凉、北魏、西魏、北周和隋代的作品。下集是唐代、五代、宋代、西夏和元代的作品，我撰写了《敦煌壁画概述》和《敦煌早期壁画的风格特点和艺术成就》两篇文章。由史苇湘撰写了《灿烂的敦煌壁画》一文，《敦煌彩塑》集里的两篇文章——《珍贵的敦煌彩塑》和《敦煌彩塑的特点与风格》，分别由史苇湘和刘玉权撰写。

二、迫在眉睫的文物保护工作

1984 年 10 月中旬，日本国文化厅长官铃木勋率日本政府代表团访问敦煌，我们给予了热情接待，陪同参观，进行座谈。

在座谈中，铃木勋表示，日本文化厅正考虑向敦煌文物研究所捐赠一笔资金。我表示欢迎，并表示我们将用这笔钱购置一批文物保护的先进仪器和设施。

敦煌研究院成立以后，我们制定了保护研究与弘扬的工作方针，各个所、室与中心的业务范围都进行了明确的划分，大家热情都很高。在工作过程中，会不断发现一些新的问题，大家也提出了很多建议。作为院长，我必须把大家的意见集中起来进行分析，对一些好的建议，则尽快予以采纳，通知有关部门立即办理。此时，莫高窟南区南段的洞窟崖体加固工程已经开始施工，我对保护所所长孙儒僩和副所长李云鹤强调："随着改革开放的深入发展，现在到敦煌来的研究者和参观者越来越多，南区南段的洞窟崖体加固工程一定要抓紧时间，力争在1985年完工。你们要与工程队密切协作，坚持质量第一，这是百年大计，不能马虎。"孙儒僩和李云鹤都表示他们非常注意这个问题，也做了安排，并随时进行监督检查，以确保工程质量。

为了提升我院文物保护工作的力度和质量，提高保护工作人员的知识水平和技术水平，我与平山郁夫先生商议，我院组织一个保护研究人员访日考察团，赴日进行考察研究，这个考察团由刘鎌任团长，团员有孙儒僩、李云鹤、段修业、刘永增。他们于1984年11月15日出发，到日本后，受到日本文化厅长官铃木勋和东京艺术大学校长平山郁夫先生的热情接待。通过对日本几处文化财研究所考察，对东京、京都、奈良等地古遗址的参观，并与日本文物保护专家进行学术座谈和经验交流，了解了日本古代壁画、雕塑和纸本文物的保护设备和保护技术。根据他们寄回的信件和回国后的汇报，感到好多方面对我们很有借鉴意义。看来，我们在采用现代科学技术保护石窟文物方面必须尽快有一个大的进展。为此我随即致信平山郁夫先生，信中说："您让我院考察团带回的信我已收到，感谢您对考察团的热情接待，精心安排他们参观了贵国的许多珍贵文物，了解了贵国文物保护的现代化设施和科研成就，对我们进一步搞好文物保护很有意义。关于敦煌文物保护工作您一向关心，并多次来信表示愿给予无条件援助，我们深表谢意。对于仪器设备、科学技术项目，我们正加紧拟订计划，待呈报文化部审批后转寄贵方。关于1985年4月派出两名文物保护科技人员赴日进修事，人员已定为李最雄和段修业，详情另告。为了加强和加速敦煌文物保护工作，我们准备接受国内外的捐赠和援助，我们将为捐献者树碑立传。欢迎您再次访问敦煌。"

1983年到1984年期间，中央很多领导如方毅、李鹏、陈慕华、班禅·额尔德尼、万里等先后来敦煌视察。他们在参观敦煌石窟艺术后，对石窟文物的保护工作也提出很多建设性的意见。为此，我专门召开了院务会议，研究石窟保护工作。我在会上说："敦煌石窟群是祖先留下的伟大文化遗产，我们必须保护好，否则愧对祖先。南区南段的洞窟崖体加固工程完成后，整个南区洞窟通过栈道连成一线，有利于游客的参观，但是参观者越来越多，洞窟内已经日渐拥挤，因此洞窟内部的保护工作也要做好。导游人员和讲解人员要注意分批有序地将参观者带入洞窟，避免在一个洞窟内涌入过多的人群。光这样还不够，得采取一种措施使参观者既能看清壁画和塑像，还要与壁画塑像保持一段距离，设置玻璃屏风是一种可以采用的办法。另外，对石窟内壁画的起甲、脱落等问题，要尽快注意研究保护办法，保护所正在研究的壁画起甲修复技术要抓紧。我们要探索利用现代科技手段保护壁画的办法，可以派出一些中青年保护工作者到国外学习先进技术。现在窟区人员纷杂，应建立一支护窟队，加强文物保卫工作。"经院务会议讨论后决定：一、尽快在南区安装闭路电视监测洞窟，保护洞窟文物。二、搞好洞窟崖体加固工程，同时在已开始的起甲壁画修复技术研究的基础上，开展科学保护壁画塑像的新技术研究与探索，派员赴国外学习先进的文物保护技术。三、建立护窟队，配备人员和警犬，加强窟体周围的巡逻保卫工作。四、资金短缺，除申请政府拨款，还可争取国内外友好人士爱国人士的援助。五、西千佛洞的危崖加固工程和安装铝合金窟门的工作要开始进行。

此后，在接待国内外友好人士参观访问过程中我也多次提到保护敦煌文物的紧迫性，望有识之士给予关注。不久，香港邵逸夫先生慷慨解囊，捐款1000万元港币投入石窟文物的保护工作。我们用这笔资金，在100多个重要洞窟内安置了玻璃屏风，在398个洞窟安装了铝合金窟门。这一措施对洞窟文物避免人为的摩擦损坏，起到了应有的作用。安装工作完成后，为了对邵先生的善举表示敬意，我院为邵先生树立了纪念碑。令人感动的是，一些外国的敦煌热爱者也伸出了援助之手。1985年8

月 8 日上午，我在办公室里接待了一位年逾古稀的日本老太太，当专程从日本陪同她前来的石嘉福先生向她介绍说"这位就是院长段文杰先生"时，她顿时激动难抑，热泪盈眶，她紧紧握着我的手说："我终于来到敦煌了，终于来了，太高兴了。"这位日本老太太名字叫山口节子，是日本国佛教中心成员，现孀居东京都，这次她不顾高龄专程前来，是为了亲手向敦煌研究院捐赠一笔款项，以了却她的夙愿。我代表敦煌研究院接受了她捐赠的 1000 万日元，向她表示了真诚的谢意，并陪同她参观了莫高窟的代表性洞窟。她不顾旅途劳顿，非常认真地观看着洞窟内的壁画和彩塑。在参观后，她情真意切地说："一个人，如果能实现一生最大的愿望，那么她就获得了最大的幸福。今天，我正是这种幸福的获得者。我不懂艺术，但每进入一个洞窟，我都会产生一种得到艺术享受的幸福感。正是这种感觉，使我认识到了敦煌艺术的伟大。"她还回顾道："1958 年，我有幸在日本的高岛屋参观了'敦煌壁画展'，那次参观给我留下的影响太深刻了，使我从此爱上了敦煌，并立下誓言：在我有生之年，一定要到敦煌来看看。快 30 年了，今天，我终于来到了向往已久的地方。此时，我真不知道用什么语言来表达我的心情。"在与她的交谈中得知她为了了解敦煌，数年前就开始看有关介绍敦煌的书籍和电视片。她身体多病，曾四次做手术。1984 年 5 月，正当她准备启程来中国时，突然发病再住院并做了手术。出院后身体虚弱，为了不影响敦煌之行，她以顽强毅力，每天坚持步行三至四个小时，历时年余。她还说："来敦煌是我坚定的愿望，给敦煌捐这点钱是为了表达我的心意，就像沙粒一样微小，也像沙粒一样真实。我希望在敦煌的研究和保护上尽一点微薄的力量。"山口节子还一再表示，回到日本以后，她要向日本人民介绍敦煌，介绍中国，介绍中国人民对日本人民的友好情谊。要请她的亲友都来中国，来敦煌看看，大家共同努力，增进日中友谊。临别前夕，我们为她举行了送别宴会，大家交谈甚欢。告别时，山口节子女士满含激动和惜别的泪花说道："我要走了，但我的心里是踏实的，因为我心里装有敦煌，有你们对我的友谊。"对山口节子的友善之举我感受到了一位普通日本老人对和平友好的向往。她并不富有，捐款也不算多，却体现了一种崇高的精神，一种对人类文明珍爱的情怀，她在我的记忆中留下了深刻的印象。

访日期间在日本友好人士山口节子女士家做客　段兼善提供

三、面对外国记者

自敦煌石窟对外开放以来，犹如打开了一个神秘王国，国内外的考察者、观光旅游者络绎不绝，外国的记者们，也怀着好奇之心，前来莫高窟探索秘密。一次，有两位英国记者来访，提出一些有趣的问题，我也一一作了答复。现择其要者略述于后：

英国记者问："藏经洞是王道士发现的，他是做了好事还是坏事？"我回答："王道士是湖北麻城人，早年当过兵，后来出家当道士，云游中来到敦煌，寄身莫高窟，他看到第17窟（即藏经洞所在之主窟）被流沙掩埋，发愿疏通窟前水渠，清除窟内流沙。即借流水之力，将积沙冲到戈壁滩上去。在清沙过程中，偶然发现甬道北壁出现了门框式的裂缝，王道士不惜破坏壁画，拆除了土墙，打开了密室，发现了一座古代的书库，一包一包，层层积压，每包都有数十百件文物，这一奇迹的发现震动了国际学术讲坛。王道士清除积沙，发现了藏经洞，这是做了好事，应该说是有功，但是后来在斯坦因、伯希和、鄂登堡、橘瑞超和华尔纳等外国学者，打着探险、考察招牌的掠夺者面前，一方面由于王道士愚昧无知，更重要的则是斯坦因、伯希和用卑劣的欺骗手段，以金钱利诱，使王道士上当受骗，把摆在他面前的我国各族人民创造的精神财富让外国人捆载而去，这样王道士就堕落成为出卖国宝的民族罪人。"前年有一位德国人和我谈到此事，他说斯坦因是花钱买的，不是偷的。是的，在斯坦因、伯希和欺骗手段下，王圆禄接受了他们的马蹄银，但是一个国家、一个民族的历史文物是无价之宝，能够以金钱来衡量它的价值吗？花多少钱可以买啊？那位德国人点头表示同意我的看法。英国记者又问我："你对斯坦因、伯希和这些人怎么评价？"我回答："他们有双重身份，一方面他们用不正当的手段，窃取了大量的敦煌文物。对于中国人民来说，他们是错误的，是犯罪者。当然，他们当中情况不同，有的劫取了敦煌文物，回国之后妥善保护，这应该说是不幸中之万幸，其中也有保存得不好的。另一种情况，如勒柯克剥取新疆壁画，华尔纳胶粘敦煌壁画，使洞窟文物伤痕累累，惨遭破坏，这些人是野蛮的掠夺者、破坏者，是不可饶恕的文化强盗。这里我要说明一点，所有这些都是历史上遗留的问题，今天和我们友好合作的外国人，包括英国人、法国人、美国人、日本人是没有责任的，当事人应负主要罪责，但今天的外国朋友对这段历史也要有正确的看法。"英国记者接着又问："有人认为斯坦因、伯希和等人拿走敦煌文物，正是为了保护它们，要不然留在中国，'文化大革命'中早就破坏了。"我回答道："斯坦因在他的《西域考古记》一书中就写着是'拯救'敦煌文物。他这样写是为他盗窃敦煌文物开脱罪责，这种说法我是不同意的，事实本身已经说明，藏经洞劫余文物，不管是在北京图书馆的，还是散存在民间的，都保存得很好，敦煌石窟更是如此。华尔纳第二次来敦煌企图揭粘更多的壁画，就是被敦煌人民赶走的。解放前国民政府还成立了国立敦煌艺术研究所，保护敦煌石窟，防止了心怀叵测的外国人的光临。解放后，中国共产党和人民政府，对敦煌文物倍加重视。石窟得到了妥善保护，已故的周恩来总理拨款百万，展开了大规模的洞窟保护工程，使莫高窟面貌一新。"英国记者插话道："工程很坚实，但不像洞窟原样，像洋楼。"我接着说道："外貌稍有所失，但它能承受7级地震，能确保洞窟安全。"英国记者又问："'文化大革命'你在这里吗？'文化大革命'中文物受到很大损失，这些洞窟是怎样保护下来的？"我答道："'文化大革命'中我一直在这里，'文化大革命'是一场灾难，许多地方的文物遭到破坏，但是重要的文物都保存得很好。你看，莫高窟不是保存得很好吗？在'文化大革命'期间，全所工作人员都负有保护石窟的责任，我们把国务院颁发的有关保护文物的法令复印后，散发给来莫高窟参观的人，向他们宣传敦煌石窟是国家重点文物保护单位，只要把道理讲清楚，红卫兵还是听话的，他们还是热爱祖国的文化遗产的。有一次听说兰州的红卫兵要到敦煌来破'四旧'，当时在兰大上学的敦煌学生，马上发电报告诉我们所里，要我们做好保护工作。由于全所职工的努力保护，敦煌石窟文物未受到损伤，'文革'结束后，还得到国家文物局的表彰。"英国记者继续问我："今后对石窟保护有何计划？"我回答："洞窟的加固工程还要继续进行，把窟体中部和北区完成，同时逐步开展壁画塑像的科学保护研究，使之得以保存长久，代代流传。但是，旅游开放也给文物保护带来了新的问题。大量参观人群进进出出，不小心衣服就擦伤壁画，一批香港同胞见此情景，感到很心疼，便告诉了香港爱国人士邵逸夫先生，邵先生立即通过全国政协副主席钱昌照和夫人沈性元委员，捐款 1000 万元港币，用于保护洞窟壁画，这笔捐款预计可以完成 200 个洞窟的保护屏风，目前我们正在进行这项保护工程。"英国记者听后说道："欧洲有人议论，以前拿走的敦煌文物应该归还主权国，也有人不同意。你对此事如何看？"我回答道："我当然赞成归还主权国，这个意见不是我最先提出来的，1982 年一位英国朋友访问敦煌时说，英国有不少敦煌文物保存在大英博物馆里，他说他曾看过，他认为应该归还中国，归还敦煌，一时不能全部归还，先还一部分也可以，他表示他愿意为此事而努力。我非常赞赏这位英国朋友的友好情谊和公正态度，还有一位日本的长期致力于中日友好和文化交流的著名人士也说过，日本也有不少敦煌文物，英国、法国更多，主张各国从敦煌拿走的文物，都应该回归故土，在敦煌建立一个博物馆，陈列起来，使敦煌文物恢复原来的完整体系。我对这一友好公正的倡议和美好的设想表示热烈的欢迎。两年前，我院一位研究人员杨汉章翻译了一本英国作家写的《丝绸之路上的外国魔鬼》一书，我在该书序言中谈到了前面提到的两位外国友好人士的谈话，并希望在适当的时机，使散存在各国的敦煌文物能够完璧归赵。我们将在敦煌建立一个现代化的博物馆，保存和陈列这批文物，使敦煌文物恢复它的完整面貌，以供人们观览和研究。现在有的文献写本分存于几个国家，无法进行全面研究，如果全部陈列在莫高窟博物馆，可以方便世界各国的学者们在完整的资料体系中对照查寻，各取所需。我的意见是：第一步，希望保存有敦煌文物的各国有关单位，为我们提供资料如缩微胶卷、彩色照片，先把复制资料集中起来。因为目前有些国家的博物馆保存的敦煌文物不愿意给我们看，有的虽然让看又有保留。第二步，逐步实现原物回归故里。"英国记者又问道："再问一个问题，共产党人是能够保护好宗教文物吗？"我回答："当然能保护好宗教文物，共产党人是历史唯物主义者，他们尊重历史，宗教和宗教艺术是人类在一个历史阶段上的必然产物，特别是中世纪，是宗教盛行的历史阶段，人们的生活，有意无意，直接间接，或多或少都与宗教有关，许多文化都通过宗教形式反映出来。它是人类精神文明一种存在形式，历史文化只能继承和发展，不能割断。共产党人不仅保存它，而且要研究它，弄清它的发展规律和成就，批判地吸收其中优秀的东西，发扬光大，这样才能创造社会主义时代的新文化新艺术。"英国记者还接着问我："这里允许人们从事宗教活动吗？"我回答："按国家规定，全国重点文物保护单位是不允许从事宗教活动的，但我国宪法规定，人民有信仰宗教的自由。所以，我们指定在大佛殿可以烧香化纸、磕头拜佛，进行宗教活动，其他洞窟不允许，但如果有人要在洞里磕个头，而不影响文物保护，那我们将不予干涉。"英国记者最后问我："你信宗教吗？"我回答："我对任何宗教都不信，但我不反对别人信。当然，我赞成宣传无神论。"

四、"中国敦煌展"在日本巡回展出

1985年，我院与日本创价学会协商合作，举办一次"中国敦煌展"。展出的内容比较丰富，除了敦煌石窟的壁画彩塑的摹品和院藏文物外，还有敦煌市博物馆的部分藏品，准备在东京、大阪、奈良、福冈、长野、静冈等地巡回展出，时间长达半年。10月，我率团参加了在东京富士美术馆举办的开幕式，会见了日本创价学会会长池田大作、东京艺术大学教授著名画家平山郁夫等日本文化界知名人士，和他们进行了亲切的交谈。展览期间，我应邀在创价大学作了《敦煌艺术和民众》的讲演。我在讲演中指出：敦煌艺术是宣传佛教思想的艺术，而不是专为王侯贵族服务的宫廷艺术，它同各阶级各民族的信仰、文化和生活有着密切的联系。敦煌之美，美就美在它是"民众的艺术"。

1985年在日本创价大学作敦煌学术演讲　段兼善提供

佛教从一开始就是以民为本的，把民众从烦恼中解脱出来，使他们摆脱生老病死之苦，这是佛教的根本精神，当然也是敦煌艺术所反映的内容。民间的画师们创造了敦煌艺术，他们通过现实生活中的各种物象，艺术性地反映了人们的疾苦和向往，传达了佛教的精神内涵。敦煌的文化艺术之所以受到全世界人民的关注和喜爱，正是因为它具有"以民为本"的这种特征，敦煌石窟的文化艺术能保存至今是与广大的民众的自觉守护是分不开的。古代画师们是用自己所追求的自由和平等的精神来表现佛教题材的。敦煌壁画中有一幅叫《九色鹿本生》的故事画，按佛经故事所述，那只九色鹿救出了河中溺水者，却屈膝下跪在国王面前述说事情原委，而在壁画中却呈现出九色鹿站在国王面前平等对谈的情景。这种九色鹿姿态的变化说明了画师把自己的心志寄托在九色鹿的姿态上，这是一种民众精神的体现。当然，敦煌佛教艺术的营造，除了民众的意愿和努力，以广大民众的实际需要为背景，也与当时的统治者和当政者提倡和宣传佛教分不开，但他们更多的是利用佛教，将其作为统治人民、稳定政权的一种工具和手段，和佛教的根本精神是有距离的。我的这次讲演，受到与会者的欢迎。

在日本逗留期间，日本敦煌学者东山健吾陪同日本著名作家井上靖来访，就敦煌艺术之美、敦煌研究院的保护研究工作，以及历史上的中日文化交流和当代中日文化交流等方面进行了交谈，我院资料中心副主任刘永增和贺小萍担任翻译。这篇访谈录很快就发表在日本一本称为《潮》的杂志上，并且出

和日本著名作家井上靖亲切交谈　段兼善提供

版了一本叫作《敦煌之美》的书。在访谈中，我就敦煌研究院的建制、办院方针和近期敦煌召开国际学术研讨会、邀请各国学者汇聚敦煌共同开展研究的设想，回答了井上靖和东山健吾的提问。井上靖认为："敦煌研究院的建立，使长达千年的古代文化研究终于有了专门的组织来做，这的确是一件令人激动的事。即将召开的敦煌石窟研究国际讨论会是非常值得高兴的大事，敦煌不仅是中国的，也是世界之宝。把国际上的学者、研究者请到敦煌一起共同研究，这是前无古人的壮举。"井上靖还表示了在保护方面开展共同研究是最先应当做好的，我感谢井上靖对敦煌事业的关心，并回答了他关于石窟保护方面的问题。我告诉他，在保护方面我们已经在洞窟崖体加固工程上做了大量工作并已经取得了实效。在此基础上，我们对各个洞窟内部的壁画彩塑等文物珍品的保护也很重视。我们一方面通过设置防护玻璃屏风，改善洞窟门的质量，设置电子检测仪器和加强窟区保卫工作等防止人为因素对文物的破坏。另一方面也正在探索和研究运用现代科学技术保护壁画彩塑，减缓或预防自然因素对洞窟文物的损害。日本在文物保护方面有较高的水平，我们也已开始派员到日本研修这方面课程，这次来日后也正与东京艺术大学等有关单位商谈这些事宜。我和井上靖、东山健吾还畅谈了中日文化交流的历史和当前的发展。井上靖认为中国文化对日本文化有巨大的影响，是日本文化的根。从隋代开始，日本就派遣很多僧人和学生横渡大海前往中国，将文字、衣服、饮食、建筑等知识带回日本，后来逐渐演化成日本的东西，所以日中两国的文化渊源是割不断的。现在又迎来了日中文化交流的新时代，应该说是把日中文化交流推向质量更高的阶段。这次"中国敦煌展"就是高质量的，引起了日本人民的高度重视，非常有意义。东山健吾也认为这次大规模的展览是日中之间前所未有的。我感谢他们给予的高度评价，同时也表示了加强中日文化交流的良好愿望。在唐代中日文化交流曾达到一个高潮，现在因科学技术发展迅速，相互之间的距离缩短了，文化交流也会更频繁、更深入和更有层次。井上靖提到他写的电影《敦煌》马上就要开拍，他已请参加电影拍摄的所有人员前来观看展览，还将赴敦煌石窟参观，并实地拍摄外景，希望得到敦煌研究院的支持。我说在不影响石窟文物保护的前提下，我们一定尽可能给予支持，井上靖很高兴。

这次在日期间，我与池田大作协商，为促进中日文化交流，改善我院工作条件，我院赠送创价学会一批敦煌壁画临本，创价学会赠送我院一批摄影录像器材、图书资料和野外工作车辆。我又与平山郁夫商定日方根据敦煌研究院的工作需要，逐步开始专业人员培养方面的援助项目，此后我院每年都将选派一批中青年业务人员到东京艺术大学等学校研修学习。

五、中央领导对文物保护工作鼎力支持

1986年初，省里决定将安西榆林窟交由敦煌研究院管理。我们设立了榆林窟文物保管所，委派了负责人和工作人员，加强了榆林窟的管理工作。不久，我院申请的兰州院部建设和新增加的文物保护设施资金被文化部和省政府批准并得到落实。同时国家文物局批准我院维修九层楼大佛殿的资金也已到位，我院立即着手对第96窟（也就是九层楼）的第7层、8层、9层三层窟檐进行维修，并对该窟大佛（即莫高窟北大佛）的双手破损处进行了修补。这时还传来一个好消息，我院保护所一些研究人员经过多年研究的洞窟起甲壁画修复技术获得了全国文化系统科技成果一等奖。这说明我们在起甲壁画修复方面已经取得了可喜的经验。

1986年8月18日，国务院副总理万里同志自新疆来到敦煌考察。听取了我们的汇报后，万里同志指示说，要找到办法，既保护好文物，又搞好旅游开放。旅游上不能光想着赚钱，还要想到文物。文物保护要搞现代科学方法。他还鼓励我们要向壁画保护工作做得好的法国、意大利等西方国家积极学习，开展合作，并多与联合国教科文组织联系。在参观过程中，万里同志表示参观都要买门票，不能搞特殊，一共买了20张票。那时的门票非常便宜，甲票4元，乙票5角。临别时，他还对研究院反映的一些实际困难，指示甘肃省政府和文化部研讨落实解决方案，一定要保护好、利用好敦煌文物。万里同志视察结

束后没多久，8 月底，时任文化部常务副部长高占祥同志、甘肃省政府及国家文物局的领导同志便赶赴敦煌落实了万里同志的指示，解决了敦煌研究院建院遇到的一些实际困难。

1986 年 9 月，各国驻华使节和夫人、联合国教科文组织、世界粮食组织等驻华代表及夫人要分两批到敦煌参观访问。在接到外交部和省政府的通知后，我立即召开院务会议研究接待工作，决定院级领导要出面分别陪同参观，特别叮嘱接待部主任张学荣、副主任马竞驰及全体讲解人员更要全力以赴，热情、细致、周到地服务，保证这次接待讲解工作顺利完成。看到外国使节兴奋愉悦地在洞窟中参观的情景，我不由得想到莫高窟壁画中的多幅各国王子使节出行画面，中外交流和友谊难道不是在传统友谊的基础上谱写了新篇章吗！

六、应日本东京艺术大学邀请赴日讲学

1986 年我应日本国立最高艺术学府——东京艺术大学的邀请，赴日做该校客座教授讲学并进行研究，我院资料中心副主任随行担任日语翻译，于 1986 年 10 月 25 日赴日，1987 年 1 月 22 日回国，历时近三个月。

在日期间，首先受到东京艺大校长藤本能道、美术学部学部长中根宽和著名日本画家平山郁夫教授的欢迎，同时还受到经济新闻社顾问圆城寺次郎、创价学会名誉会长池田大作、奈良县知事上田繁洁、奈良市市长西田荣三、三井株式会社水上

达三，以及日本著名的敦煌学专家和画家藤枝晃、岛田修二郎、长广敏雄、秋山光和、高田修、贺川光夫、杉山宁、加山又造、东山健吾等的欢迎。在日本东京艺术大学的讲学分几次进行。讲学的内容主要是敦煌石窟艺术体系建造的时代背景和历史原因，佛教对中国造型艺术的影响，中国传统艺术和外来艺术在敦煌交汇融合并发展的过程，敦煌石窟艺术的总体特征和各个不同时期的时代风格和画派风格，以及对敦煌壁画中的重要艺术手法技巧特别是线描手法、色彩、晕染、传神技巧等进行了阐述、分析和总结。除了讲演，还与东京艺术大学美术史系师生举行了两次敦煌艺术座谈会，为他们解答疑难问题。对于一些日本艺术家提出的"像这样技巧高超、造型优美、内容丰富的石窟艺术在敦煌出现的因素是什么"之类的问题，我除了从历史沿革和地理因素等方面做出说明外，还归结了这样几种重要因素：宣传佛教信仰是敦煌石窟艺术创作的宗旨和起因；当地社会现实生活是敦煌石窟艺术创作的依据和源泉；本土文化艺术传统积累是敦煌石窟艺术创作的根基和沃土；东西方各路艺术流派是敦煌石窟艺术创作的养料和补充；艺术家对真善美的追求是敦煌石窟艺术创作的动力和支柱；自然环境和生命现象是敦煌石窟艺术创作的粉本和参照。讲学结束以后，东京艺术大学授予我外国名誉教授称号，东京艺大校长藤本能道向我颁发了名誉教授证书。在东京艺术大学讲学期间，还参加了其他一些单位举办的学术活动。在东洋哲学研究所作了《舍身饲虎图的美学探讨》的报告，对敦煌壁画中不同类型、不同风格、不同构图的"舍身饲虎图"进行了分析和比较。与日本的中亚、埃及专家三笠宫教授座谈中亚文化。除了这些活动和参观学习外，又应邀参加了一些文化交流和友好活动。

11月3日应邀参加创价学会一年一度的文化界优秀工作者表彰大会，池田大作授予我东洋哲学研究学术奖状及奖章。

11月13日在东京艺术大学教授会上与诸教授见面并讲话。

12月4日由平山郁夫陪同去三井本部，会见社长水上达三，前厅里悬挂了中日两国国旗，陈列鲜花以示欢迎。水上达三及三位副社长均出面会见，他们说这是三井欢迎中国客人第一次最高的礼遇。水上达三说："援助敦煌是我们的愿望，三年前我国派文化代表团访问北京，会见了文化部的官员，那时我们就已做好了援助的准备，但未谈妥，现在院长先生来了，这就进了一步，我们可以商谈具体问题。"一位副社长提出"三井计划在福冈县建一座亚洲乐园，以莫高窟为中心，附设印度、日本亚洲各国个别文物，希望复制莫高窟96窟33米的大佛像及十五六个原大洞窟模型，成为莫高窟分馆。复制工作请贵院承担，人力不足日本画家可以共同合作。建成后，由三井独家经营，收入中提出一部分归敦煌研究院"。

平山郁夫声明："我负责的无条件援助是一回事，修建亚洲乐园是交流合作问题，分头进行，不要混在一起。"我回答："建立亚洲乐园我们赞成，但这大规模的复制工程和合作问题，请向我国政府主管部门文化部商谈，如政府批准，具体工作我们可以协商。"

12月18日，奈良市市长在东京设宴招待，提出在奈良建立"中国村"，除仿制万里长城、长安大明宫含元殿外，还要复制敦煌石窟代表洞窟一座，作为旅游观光重点之一。

1月9日，赴日文化交流协会和中通宴请，他们提出电影《敦煌》明年将在东京上映，为了更好地宣传敦煌，还要举行一次西夏文物展，其中敦煌壁画是重点。我答复："配合《敦煌》电影的展览，我们会大力支持。但敦煌应为独立单元，不能打乱。为了搞好展览，我们要派出随展组和代表团。"

1月20日，应日本著名导演德间康快的邀请，参加德间事业团举办的大型"颂春"宴会，出席者有日本文化界名流和政府高级官员，有四五百人，我还应邀在会上讲话，对中日合拍电影《敦煌》表示欢迎和支持。

1月21日，由平山郁夫陪同，在日本国首相官邸受到中曾根康弘首相的接见，日方有田村忠彦参加，我院刘永增做译员。现将对话录述于后：

中曾根康弘："见到段文杰先生很高兴，敦煌是世界性的文化遗产，日本应做些协助工作。保护很重要，敦煌的保护工作从什么时候开始的？"

段文杰："敦煌一直都在进行着保护工作，新中国成立以后，立即加强保护工作。1962年，周总理拨出巨款对敦煌莫高窟进行了全面加固。经过三年施工，已使莫高窟面貌一新。近几年我国领导人亦常来敦煌视察。1981年邓小平副主席来了，去年万里副总理来了，不仅在工作上做了重要指示，而且在经济上给我们很大的支持。"

中曾根康弘："敦煌现在建设得怎么样？"

段文杰："近几年起了很大的变化，盖起了新的办公楼、宿舍楼，最近还公布了敦煌为我国历史文化名城，莫高窟正在向联合国教科文组织申报世界文化遗产保护单位。现在联合国及一些国家亦很关心，比如日本文化厅去年派出了敦煌文物科学保护考察团对敦煌石窟进行了调查，准备对敦煌进行援助。平山先生也曾多次赴敦煌考察，对敦煌很有感情，近几年一直为援助敦煌而奔走，对于这些我们非常感谢！"

中曾根康弘："听说今年将拍摄《敦煌》电影？"

段文杰："是的。剧本是根据日本著名作家井上靖先生的小说《敦煌》改编的，由德间康快的电影公司摄制，中国协助。学术界和各界人士均很感兴趣，今年5月要到敦煌拍摄，我们一定尽力协助，共同完成这一盛举。"

中曾根康弘："敦煌每年有多少人参观？"

段文杰："每年国内外观众约十一二万人，其中国内十万左右，国外一两万人。去年有约30个国家的人，有观光者，也有学者，其中日本占第一位，有五六千人。今年10月将于敦煌莫高窟召开国际性敦煌学术讨论会，邀请七个国家的专家，其中日本专家的人数居第一位，平山先生就是我们邀请的日本专家之一。通过学术会议，促进各国之间的学术交流和友好关系。为了发展敦煌文物保护和研究事业，我国已将原来的敦煌文物研究所，扩大为敦煌研究院，下设保护、美术、遗书、考古等四个研究所，还有几个专业职能机构，一院两地、统一领导，重点仍在敦煌。"

中曾根康弘："现在有多少人？"

段文杰："现有 170 余人，准备发展到 300 人左右。"

中曾根康弘："敦煌是人类的文化遗产，我们日本应该尽力做些协助工作。"

段文杰："我对此表示感谢，并欢迎首相先生下次访问中国时访问敦煌。"

中曾根康弘："谢谢！我很想去看看。"

其间平山郁夫介绍了他多次赴敦煌考察的情况，认为这是人类的文化遗产，保护很重要。1984 年安倍外长与吴学谦外长在联合国曾谈到援助敦煌；1985 年水上达三为团长的文化代表团，见过文化部部长朱穆之，也说过援助敦煌问题，此事一定要做成，但还要得到政府的支持。

这次会见，日本《朝日新闻》1987 年 1 月 22 日及《甘肃日报》1987 年 1 月 23 日均有报道。

通过这次与平山郁夫教授的多次接触，和平山介绍的学术界、产业界人士及政府官员，包括中曾根康弘在内，对于援助敦煌都是友好的、热心的，但要使这笔援助实现，我认为我们有几件事情要做。从日本回国后，我向有关领导汇报了援助方面的几个问题：

一、对平山郁夫的援助要正确理解和正确对待。平山是著名的日本画家，他在日本地位高，与中曾根康弘及政界人士关系很密切，他对中国一直是友好的，并一直个人出资为中国培养人才，他多次来中国旅行写生，出了许多中国写生画册，还多次率代表团考察敦煌石窟，他认为敦煌石窟不仅是中国的也是人类的文化遗产，应很好地保护。因此，他立志要从日本筹集一笔可观的资金援助敦煌。1985年他提出日中两国共同保护敦煌文物，由于涉及我们国家的主权问题，我方未同意。去年，平山郁夫又向我国文化部送来一份文件，纠正了过去的提法，改为无条件援助，这样是可以接受的。这次平山郁夫明确地说，他的援助主要着眼于文物保护，要在他离开东京艺大之前，办好援助敦煌的事，为东京艺大留下一个好名声，他的晚年要为敦煌事业办一件好事，同时为东京艺大留下一点有关敦煌艺术的教学资料，除此之外，别无他图。

由于多次交谈，加深了互相了解，最后我们商定，日方平山郁夫负责，中方由我出面，经常取得联系，共同为敦煌文物保护事业完成一件大事。

对平山郁夫的友好援助，应持欢迎态度，并适当地宣传。

二、平山郁夫的援助方式是官民结合，钱来自民间，主要是产业界的巨富，如三井的水上达三等，他们愿意支援文化事业，因为他们拿出来的钱是他应该给国家的利税，但交给国家一无所有，支援文化事业，特别像敦煌这样举世闻名的文化宝藏，他们将获得名誉，对他们在商业上的竞争也是有利的，但企业家的钱要拿出来，必须得到本国的批准，国家的批准又必须得到受援国的接受。平山郁夫提出中国和日本政府间达成一条同意援助敦煌的协议，原因就在这里，所以我们希望1987年六七月间，在日本东京举行的中日文化协定上，能够签署这样一条，使平山郁夫一片诚心的援助得以实现。

三、从目前形势看，敦煌县已列入历史文化名城，莫高窟也进入世界文化遗产保护单位，声誉越来越高，想插手敦煌，借敦煌以获取名誉地位和经济利益者越来越多。美国搞了一个"西北村"，要修万里长城，要复制莫高窟一个洞窟，日本奈良要搞一个"中国村"，要修唐代长安大明宫中的含元殿外，要复制敦煌石窟两个洞；日本福冈正在设计一个巨大的"亚洲乐园"，以莫高窟为主体，要复制各时代的洞窟十五六个，还有日本飞鸟公司要购买一批敦煌壁画临摹品陈列展览，等等，都是大型复制工程。据悉北京某建筑公司已承包了复制莫高窟一个洞窟的工程；深圳某美术公司承包了日本订购的一批敦煌壁画摹本。他们承包国外工程，然后又转包给我们，有的干脆涉足敦煌自己来干，深圳某美术公司就企图如此。这样，我们就成了别人赚钱的工具。按理，上述专业复制工作，理所应当为我院业务，不能让其他单位随意伸手，这就需要有法来保护，必须有一个文物复制法才行。

七、敦煌石窟研究国际讨论会在敦煌召开

1986 年 12 月,《敦煌莫高窟供养人题记》出版,我为此书写了前言。前言中对莫高窟壁画中的供养人题记作了大略说明:根据统计,供养人题记有 7000 余条,供养人身份有地方官吏及其家属、戍边将士、寺院僧侣、庶民百姓和少数民族人物几大类。这些题记都是当时真人真事,且多为史籍所不载,是难得的珍贵资料,早已为国内外学者所瞩目。供养人题记前后经史岩、王去非、史苇湘、万庚育、谢稚柳、向达、劳干、贺世哲、孙修身、刘玉权、欧阳琳等人辑录、校勘、增补、订正,最后由我院考古研究所所长贺世哲整理成书稿,交由文物出版社出版,这是继《敦煌莫高窟内容总录》出版后又一本具有研究资料价值的参考书。

1987 年 6 月下旬,我和樊锦诗应香港中华文化促进中心和香港大学中文系中国文化研究所邀请,赴香港参加国际敦煌吐鲁番学术会议。中国、日本、美国、法国、加拿大、澳大利亚、印度,以及中国香港、中国台湾的著名敦煌学者 40 余人赴会。在讨论会上我发表了《榆林窟第 25 窟壁画艺术》一文,樊锦诗也在会上宣讲了她的论文《莫高窟北周石窟造像与南朝影响》。研讨会期间,台湾中国文化大学教授潘重规、台北故宫博物院研究员苏莹辉、台湾成功大学文学院院长黄永武、台湾东吴大

和樊锦诗在香港拜会著名人士邵逸夫先生　段兼善提供

学副教授林聪明四位学者专门来访，表达了他们访问敦煌的愿望，我表示欢迎，并向他们赠送了《1983年全国敦煌学术讨论会文集》和《敦煌莫高窟供养人题记》。在港期间，我和樊锦诗副院长还参观了香港中文大学博物馆、香港大学美术博物馆中举办的"美术博物馆馆藏写经展"。我还应香港电视台的邀请做了电视演讲，介绍了敦煌保护和研究情况。为了感谢邵逸夫先生对敦煌的援助，我和樊锦诗还专门拜访了邵先生，对他表示了谢意。

1987年9月，经过一年多积极筹备的敦煌石窟研究国际学术讨论会在敦煌召开，这是一次具有重要意义的国际学术会议。一是因为这是首次在敦煌学故里召开的国际学术会议，有着不寻常的历程，在中国敦煌学史上和国际敦煌学史上有特殊的意义。二是以前的敦煌学研讨会都偏重在敦煌文献研究方面，而这次议题集中在敦煌石窟艺术和敦煌石窟考古方面。这标志着对敦煌石窟本体的研究增大了比重，凸显了敦煌石窟研究在敦煌学领域中的重要位置。三是这次会议规格高、规模大，具有代表的广泛性、学术的权威性和课题的重要性。20世纪80年

在莫高窟举行的敦煌石窟研究国际讨论会会场　段兼善提供

代初，根据国内外和我院对石窟考古和石窟艺术研究的成果和发展势头，提出在敦煌召开一次国际性的学术讨论会，并向省文化厅提出了申请。时间最初定在1986年，1985年我院就开始筹备这次会议，后因会议名额、邀请国家和会议名称等问题经过反复讨论和反复审批，最后批文下达时，1986年召开会议已经来不及，又决定将会议改为1987年9月。为了加快筹备工作，我院成立了一个筹备组，由樊锦诗担任组长，马正乾、李永宁任副组长。组员有陶锐、梁尉英、薛东宏、谢生保等。按最初的想法，会议邀请人员的范围不大，只邀请中、英、法、日、俄、印六国，以及中国香港、台湾地区的学者共50人。但是，当我们发出征询函后，许多国家的学者闻讯纷纷来信来电要求与会，后经对所寄论文的审阅和多次联系，确定了邀请英国、法国、日本、西德、加拿大、美国、新加坡、印度、中国，以及中国香港地区知名学者 90 人，加上特邀的领导和记者，总人数达到130 人。举办这样一次规模较大、规格较高的国际学术会议，在我院还是第一次，遇到的困难也较多，加上一些情况的临时变化，难度就更大了。参加筹备工作的同志，基本上处于十分紧张的超负荷状态，院里又增加了一批筹备工作人员。为了敦煌学事业的发展，大家发扬了苦干实干的精神，争分夺秒，认真细致地做好了学术论文的审定、会务工作的安排、接待工作的落实、后勤工作的保障等各个环节，各项具体事务都组织衔接得比较完善妥帖。国务院副总理万里同志，中宣部、文化部、国家文物局和甘肃省委对这次会议很重视，多次询问会议筹备情况，省政府、省委宣传部、省文化厅领导多次听取汇报并召开民航、铁路等有关部门负责同志参加的协调会议，解决了许多实际问

1987 年和甘肃省委书记李子奇（左二），省人大常委会副主任、我院首席顾问吴坚（左三）在敦煌石窟研究国际讨论会主席台上　段兼善提供

题。李子奇书记亲临会场看望中外学者，吴坚副主任、张炳玉厅长、钟圣祖处长以及李兰生、李建州、宋乔等同志都在会前到达敦煌，做了许多实际工作，并在敦煌宾馆迎候中外学者到会。1987年9月20日，中外学者陆续抵达敦煌。当天晚上，举行了"敦煌石窟研究国际讨论会"开幕式和欢迎宴会。会上宣读了胡乔木同志发来的贺电，李子奇、吴坚同志讲了话，我代表敦煌研究院致了开幕辞。接下来的几天就分为石窟考古和石窟艺术两个会场举行学术报告和开展讨论，中间穿插安排参观莫高窟、西千佛洞和阳关遗址，并游览了鸣沙山、月牙泉和南湖。

在讨论会发言的学者共60余人，会议共宣读论文53篇。国内相关科研单位学者（包括香港）14篇，外国学者23篇，我院学者有16篇。论文的内容很丰富，有洞窟时代、洞窟分期的界定、石窟崖面及洞窟位置及其名称探讨、壁画内容调查考论、藏经洞出土绢画介绍与考证、变相与变文关系研究、敦煌壁画风格流派分析和归纳、敦煌艺术美学的思考、中外石窟艺术的比较研究等。其中，关于回鹘洞窟划分，石窟崖面、地层变迁及洞窟位置，经变、乐器、家具的调查，梵网经变的新发现等引起了与会学者的重视和兴趣，并在中印文化关系、中外艺术风格之间的影响、敦煌艺术的流变及特点产生的基础等问题上各抒己见，展开了热烈的讨论。对于这次国际性学术会议，国内外学者反映很好，认为会议学术气氛浓厚，讨论热烈，关系融洽和谐，体现了"百花齐放，百家争鸣"的精神。会议组织安排紧凑，会议主持灵活、适度。海德堡大学教授雷德侯说：

与日本学者藤枝晃（左二）诸人合影　段兼善提供

"你们的会开得很自由、很民主，不同意见都能充分发挥和争论。"日本的藤枝晃教授说："你们的文章，资料调查全面，很有见解，只有坚持在莫高窟工作的人才能做到。"新加坡学者古正美女士说："这是我参加的国际学术会议最成功的一次。这次会议很好，我学到了很多东西。"加拿大的冉云华教授也说："你们的文章准备得很充分，有说服力。"名誉院长常书鸿先生也说："你们这几年干得不错，院里的论文都很有质

在敦煌研究院迎接前来参加国际学术会议的外国学者　段兼善提供

量，比国外的强。"法国的吉埃教授，美国的玛丽琳教授、杨瑞教授都认为这是一次非常圆满的学术会议。饶宗颐教授在石窟考古组会场的总结中说："敦煌研究院的论文所述问题，经过周密调查，精心整理，并用图片、图表、数字反映出来。论证严密，有说服力，敦煌研究院同行们研究得很深，我们收益很多。会议把同类题材的论文安排在一起宣讲、讨论，有利于从不同角度思考、比较和交换意见，很有眼光的安排。各种意见能充分阐发，气氛很好。会议是成功的。"9 月 27 日会议基本结束，在晚上举办的鸡尾酒会上，我代表会议主办方致欢送辞。28 日晚，我院领导和工作人员到宾馆与中外学者告别。

敦煌石窟研究国际讨论会后不久，为了加强石窟文物的安全保卫工作，不但在莫高窟增加了现代化安全技术防范设施，

陪同台湾敦煌学家潘重规（右二）在我院编辑部参观　段兼善提供

护窟队的人员和警犬也得到充实。应该说这些措施的落实，使石窟文物保护工作比过去有了很大的发展和加强。距离南区石窟群较远的北区洞窟如465窟等"文革"前基本没有什么保护措施，现在我们也纳入加强保护的范围，并要求护窟队携警犬和南区洞窟一样严加巡逻。

八、申遗成功，敦煌研究保护走向世界

1987年12月，联合国教科文组织世界遗产委员会将莫高窟列入世界文化遗产名录。此时，敦煌研究院学术委员会和敦煌研究编辑部将我的石窟艺术研究论文汇集成册出版。我将所写论文精选出14篇，进行了字句上的删改，并配上所需91幅照片，集中后交给甘肃人民出版社于1988年出版。这本论文集虽然不是我撰写论文的全部，但大体上可以看出我的研究脉络、范围和层面，可以看出我在全面阐述和分析敦煌造型艺术的基础上对石窟艺术思想内容、中外艺术融合发展变化过程、渊源关系、艺术成就、历史价值、敦煌艺术的作用和启示等方面所做的探讨工作。

1988年初，接到日本国立文化财研究所所长滨田隆和平山郁夫的来信，邀请我到日本访问。访问时间定在5月1日至5月30日，为期一个月。作为我来说，此行目的除了宣讲丝路文化和敦煌艺术外，还有一个重要的目的就是和日方商谈和落实有关的援助项目。5月1日我到达成田机场，受到日经新闻社

顾问圆城寺次郎和日本文化厅、东京艺术大学、东京文化财研究所等单位代表迎接。东京艺术大学校长出面举行了欢迎酒会，日本文化财保护振兴财团举行隆重欢迎会，由财团理事长石川六郎主持并致欢迎辞，参加欢迎会的有财界权威人士圆城寺次郎、水上达三等，文化厅长官大崎仁、外务省报道官以及财团理事等，共 30 人左右。会上平山郁夫教授讲述了援助敦煌的情况，并对我访日表示欢迎，我也应邀讲了话。我主要介绍了我国政府对保护敦煌文物很重视，已做了许多实事，同时也讲了进一步加强保护的重要性。敦煌莫高窟已被联合国教科文组织列入世界文化遗产名录，希望外国朋友也给予关注和支持，我的讲话受到与会的日本著名人士的热烈欢迎。在欢迎会前厅悬挂了中国五星红旗，横幅标牌上写着"欢迎敦煌研究院院长段文杰先生"。在日本文化厅主持的欢迎会上，既有官员也有学者，我国驻日大使馆文化参赞王达祥以及使馆文化处的同志也参加了宴会，气氛热烈而友好。这次在日期间，共作了四次学术报告，在东京艺术大学、东京文化财研究所和成城大学，分别作了"敦煌艺术的魅力""敦煌壁画技法""敦煌石窟保护历程"等专题演讲，还应日本 NHK 广播公司的邀请，与平山郁夫、樋口隆康、陈舜臣等著名人士联合讲演丝路文化及其保护，其中我重点讲敦煌学研究的新成就和敦煌石窟保护的展望，几次讲演都受到听众的热烈欢迎。NHK 广播公司是向日本全国和全球直播，听众的范围非常广。

日本著名画家平山郁夫为了援助敦煌石窟保护研究事业，

专门举办了个人画展筹措资金，平山郁夫特别邀请我参加了他的画展开幕式并剪彩。我在开幕式讲话中称赞了平山郁夫的艺术创作，特别是对他不辞辛劳，多次赴丝绸之路写生创作的精神表示敬佩，并对平山郁夫给予敦煌石窟保护研究事业的关爱和支援表示感谢。出席展览会后，我又会见了创价学会名誉会长池田大作先生，我谈起平山先生举办画展为援助敦煌筹资的义举时，池田先生表示赞许，说平山先生做了一件伟大的事业，并表示创价学会也可以再做一些支援，还说如果还需要汽车，他们还可捐赠。

5月23日，我在平山郁夫的陪同下，前往首相官邸受日本首相竹下登的接见。当竹下登首相问起敦煌石窟保护的情况时，我向他介绍了我国政府对保护敦煌石窟所进行的巨大工程和近几年在科学保护上的加强以及国际对敦煌保护事业的关心和支持。平山先生也向首相介绍了敦煌研究院几十年来保护的成绩和需要加强的保护内容和措施。竹下登首相表示日本政府会在保护敦煌遗产方面给予一定援助。我将带去的敦煌画册及彩塑复制品赠送给竹下登首相，竹下登认真翻看，爱不释手，连连说道："谢谢你的珍贵礼品。"我邀请竹下登首相到敦煌去看一看，竹下登说："我一直有一个愿望要到敦煌去，可能会安排时间的。"竹下登接见一事，次日日本的报纸进行了报道。

这次访日一项重要内容就是要与日方商谈保护敦煌石窟的援助方案。经与平山郁夫多次晤谈，得知平山郁夫发起的文化财保护振兴团已组成，宗旨是援助国内外特别是丝绸之路文物保护，第一阶段就是援助敦煌文物保护事业。关于援助项目，平山郁夫提出了九个援助项目。它们是：一、敦煌艺术陈列馆（陈列复制洞窟）；二、藏经洞出土文物陈列馆（改修王道士三清宫）；三、石窟艺术比较陈列馆；四、敦煌艺术研究中心；五、敦煌资料中心；六、敦煌研究基金；七、宾馆；八、莫高窟环境建设（包括旅游接待厅等）；九、水道和发电设备安装。这九项里大多数是我们提出过的项目，也曾向文化厅和国家文物局报告过的。不过，我觉得还不够全面，我向平山先生提出增加四个项目：一、在兰州建立敦煌保护科学研究中心和敦煌资料中心；二、在敦煌改造上中寺，建立保护管理中心；三、建立敦煌资料出版基金；四、设立人才培养基金。这四项中的人才培养，日方意见是在日本培养他们负责，在其他国家培养他们不管。敦煌石窟资料出版问题，国家文物局同意中日合出，平山郁夫也同意，并推荐讲谈社与我院协商。关于援助计划，平山郁夫说，是分步骤筹集，争取在五到七年内能完成25亿日元。援助项目逐年完成，有的是资金，有的是设备和物资，有的是建筑物。有的建筑物可由日方承担，但仍要我方合作，这样可以快而且保证质量。关于我方如何接受援助的问题，日方的"文化财振兴财团"已经日方政府批准，获得法人资格，而且是政府和民间结合的机构，作为援助敦煌的代表，中方也应有相应的受援组织，平山郁夫意见是要有一个敦煌研究院与政府结合的组织，而且应尽快进行双方会谈，把援助项目、援助计划、援助方式定下来，双方签订协议，然后按协议办事。平山提出，

20世纪80年代前期和平山郁夫签订培养人才的协议书　段兼善提供

为了使财团理事们慷慨解囊，要提高他们对敦煌的认识和兴趣。他们来参观，我们是欢迎的，商定为7月组团来敦煌访问参观。平山郁夫还告诉我，日本新任首相竹下登已决定在8月访华时最后两天访问敦煌，他也与竹下登同来。届时，首相将代表日本政府宣布一项赠礼，即无偿援助一座陈列馆。平山也宣布以他个人名义捐赠一笔敦煌学研究基金，当即向我方要陈列馆修建方案，我表示回国后尽快将方案寄去。这次访日，关于敦煌保护方面争取外援上取得了很大的成果。访日结束后，回到国内，我立即将商谈的有关情况向国家文物局和省政府作了汇报，特别是几件急需解决的问题，应尽快解决，省委省政府很重视。关于受援组织的成立，分管文化的副省长刘恕同志已着手安排。关于对平山郁夫捐赠学术研究基金的答谢意见我们已呈报省委、省政府，省委研究后也已同意。

1988 年 8 月 27 日，日本国首相竹下登及其一行人员飞抵敦煌参观访问，我和省、地、市领导前往机场迎接并出席了欢迎宴会，席间竹下登首相在日本东京艺术大学校长平山郁夫祝酒时说道："来中国探寻日中友好的历史渊源，是我的夙愿，今日来到'飞天'的故乡敦煌，夙愿得以实现，我感到十分高兴。"首相在致辞中还强调说："这里是人类优秀的文化遗产的宝库，也是日本文化的起源之一，对保存敦煌遗产和研究西域应该实行合作。" 8 月 28 日上午，竹下登首相偕夫人乘车到莫高窟参观，我和副院长樊锦诗等院里的负责同志在九层楼前迎候，上前与竹下登首相及夫人一一握手，对竹下登首相表示热烈欢迎，并与首相留下了珍贵的合影。按照平山郁夫所说，因为日本文化

1988 年陪同日本首相竹下登参观莫高窟　敦煌研究院提供

深受敦煌文化的真传和影响，所以这次来访是怀着感谢和寻根的心情。为了使首相的夙愿得以实现，我院精心安排了观瞻的洞窟。参观路线自南向北，自高而下，首先从158窟释迦牟尼涅槃像开始，直到17窟藏经洞结束，这是事先与日本驻华大使中岛敏次郎访问敦煌时商定的。参观讲解分为七个组进行，竹下登首相为第一组，由我担任讲解，安排刘永增翻译，先后参观了158窟、130窟、112窟、220窟、96窟、61窟、196窟、17窟等一批洞窟，是上起北凉下至五代最有代表性的洞窟。竹下登观看得很仔细，听了我的讲解，还不时地点头称赞。在61窟前小憩时，我又向首相简要地介绍了敦煌石窟壁画、彩塑的保护及研究情况以及开放接待方面的情况。竹下登再次表达了愿与中方合作运用日本已有的科学技术保护莫高窟的愿望，并宣布日本政府无偿援助我院建立敦煌石窟文物保护研究陈列中心并投资11亿日元的计划，在场的人都很高兴，热烈鼓掌。参观结束后，竹下登首相发表感言时说："日本也有佛教文化，但令人感到这里才是正宗，如何保存这些珍贵遗迹，传给后代，是一大任务。"当首相一行走到小牌坊前时，立刻被一群中外记者围了起来，有记者问："请问竹下登首相，您这次参观莫高窟有何感想？"首相高兴地答道："太好了，太好了！遗憾的是时间太短了！真是百闻不如一见，看了这些洞窟，对敦煌艺术有了新印象。"走到大门口的大榆树下，竹下登一行稍作休息，并在备好的留言本上签写了"一九八八年八月二十八日日本国内阁总理大臣竹下登"，周围响起热烈的掌声。接着我代表敦煌研究院和我本人向竹下登首相赠送了敦煌莫高窟一幅112窟舞乐图临摹品和《中国石窟·敦煌莫高窟》五卷本中文版一套，并向首相夫人赠送了礼品。竹下登首相和夫人很高兴，连声表示感谢。然后整个活动结束，我们欢送竹下登首相一行离开莫高窟。陪同来访的平山郁夫先生和甘肃省领导贾志杰、阎海旺等同志也同时离开莫高窟。

为了使接待竹下登首相的工作圆满而顺利地进行，在甘肃省政府的指导下，我们做了充分的准备，成立了由我和樊锦诗副院长为首的领导小组，反复开会研究接待事项。特别要提到办公室和接待部的负责同志和工作人员，做了很多准备工作，如清扫窟区积沙，打扫环境卫生，修整马路，消灭蚊蝇，制作和张贴欢迎标语，训练讲解员，准备礼品，设置休息场所，准备茶水饮料、瓜果，赶制陈列馆模型及图纸等。总的来说，各部门配合密切，使整个接待工作秩序井然，圆满顺利，达到了较好的效果。此后不久，平山郁夫又率领日本国际协力事业团对敦煌石窟文物保护研究陈列中心建设进行了现场考察，我陪同平山郁夫和石川六郎参观洞窟并实地研究建设方案。我代表敦煌研究院与日方签订了设计原则协议。与此同时，平山郁夫表示将举办画展售画所得的2亿日元捐赠我院，用于促进我院保护研究事业。我对平山先生表示感谢，并建议设立平山郁夫敦煌学术基金，还准备为他建立纪念幢。

这个时候院里各方面的工作都在蓬勃开展。考古所研究人员彭金章等开始对莫高窟北区的僧房窟、禅窟、瘗窟进行清理发掘，并取得了初步的成果。保护所与日本东京国立文化财保护研究所开始对莫高窟 194 窟的小环境进行综合研究，探索科学保护洞窟文物的办法。不久，保护所所长李最雄进行的"应用 PS-C 在加固风化砂岩石壁中的研究"项目荣获文化部 1988 年度科技进步成果二等奖。后来，此项成果在榆林窟等石窟的加固推广应用，获得很好的保护效果。

1988 年是比较繁忙的一年，工作的头绪多，项目也多。一个接一个，基本上是连轴转，废寝忘食，夜以继日，还感到时间不够用。除了召开院务会议和与各部门研究安排各项工作。我还要挤出时间来亲自写书信与多方联络。如接待日本国首相竹下登访敦、平山郁夫率日本国际协力事业团访敦、石川六郎率日本文化财保护振兴财团访敦考察等，在事前事后都要多次函件联络外，还就我院副院长樊锦诗率团访日进行环境保护科学研究考察事宜，圆城寺次郎、木村佑吉、东山健吾、松本和夫等组团访敦事宜，越智嘉代秋和越智美都江夫妇为其已故女儿越智佳织代捐文物保护款事宜，高田良信率团访问敦煌演出问题，都要进行函件往来。对平山郁夫、石川六郎、山本保义、木岛努、筱田博之、滨田隆、伴正一、石塚晴通、花柳千代、田村忠彦、中西善一等日方友好人士，香港毛钧年、牛创以及国内许多学者、艺术家的来信、来访，也要给予及时答复。大略估计，仅这一年，我亲手书写的信件，至少在百件。这些信件，涉及中外文化交流、援建项目、学术探讨、人才培养和中外友谊，马虎不得，须认真对待。我在给越智嘉代秋暨夫人越智美都江女士的信中写道:"收到越智佳织小姐保护敦煌文物的捐款,在表示真诚感谢的同时,请接受我对令爱不幸辞世的由衷哀悼!敦煌艺术是中国的国宝,也是人类文化遗产的明珠。敦煌艺术是美的艺术,它给人们留下了高度的审美享受。越智佳织小姐热爱敦煌艺术不仅表现了对中国人民的友好情谊,也是对人类文化遗产的珍爱。我们一定根据越智佳织小姐生前的意愿,把捐赠很好地用于敦煌文物的保护,使她的美好心灵与敦煌艺术之美永存。请接受我们献给越智佳织小姐的敦煌壁画摹品,并请代我们将其摆在灵堂,以兹纪念。"在给平山郁夫的信中我写道:"您近几次访问敦煌,落实了竹下登首相的日本政府援助,又宣布了您自己捐赠巨款成立学术基金,对敦煌文物的保护事业做出了巨大贡献,我代表敦煌研究院向您致以衷心感谢。承

和日本著名画家平山郁夫亲切交谈　段兼善提供

东京文化财研究所和文化财保护振兴财团之邀，我院文物环境保护科学考察团一行 5 人，由我院副院长樊锦诗率领，将在东京、京都、奈良等地有关单位进行考察和学术交流。为了取得较好的实际效果，请您多多关照。关于竹下登首相援建陈列馆所需资料，部分已经收集到，见请樊锦诗团长带来，其余资料正在收集中。待您 10 月 20 日前后率领专家和政府代表团访敦与我方专家共同在现场考察、论证和拟修订计划时再商谈，并提供全面资料。我们正与上级联系，欢迎您再次来敦煌。"

当年 9 月金秋季节，日本文化财保护振兴财团理事长石川六郎先生率团访问敦煌，我陪同石川六郎和参访考察团的成员们参观了莫高窟艺术和莫高窟保护区的自然环境，并在保护陈列中心预设地点进行现场考察和交谈。是年 10 月底的深秋时

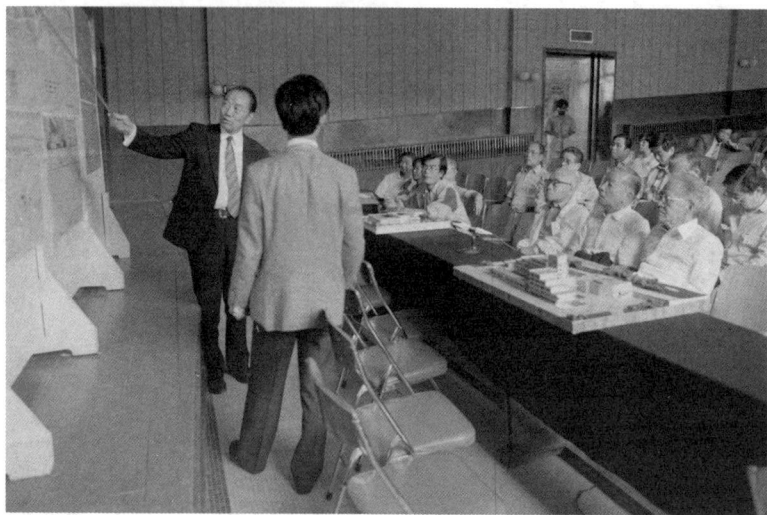

1988 年向平山郁夫和石川六郎等讲解陈列中心建设方案　敦煌研究院提供

节，平山郁夫团长和副团长小町恭士率领的日本国际协力事业团再次来到敦煌，这次主要是对日本政府无偿援助敦煌保护研究陈列中心项目的实施方案进行事前调查。我陪同他们到建设项目的预定场地进行勘察，对地形、地质、河道、气候等情况进行了探讨。然后，我们召开了座谈会，除日方调查团成员外，我方还有省对外经济贸易委员会外经处处长曾明沂、省文化厅文物处处长钟圣祖等同志。座谈内容涉及日方无偿援助的步骤，建设项目开工前必须做好的一些参考资料、设计方案、文物陈列规划，各种建筑材料预算，保护设施设备的安装计划，水、电设施，各种办公厅、室的性能设计，甚至包括了在施工建设中所遇到的运输保护器材及人员往来等涉及外交和海关等方面的问题，双方希望尽快地将这件事情办好。座谈会整理了一个纪要，将涉及的方方面面的问题列出来，上报给外交部、国家经贸委、文化部国家文物局、甘肃省政府及其他有关部门考虑并批示。除了为石窟保护方面的各项工作忙碌奔走外，展览的任务也不断，我院完成了与甘肃、宁夏、内蒙古等省区文博单位联合举办的"中国敦煌·西夏王国"展在日本的展出活动，还参加了在日本奈良举行的"奈良丝绸之路国际博览会"。

我在《中国美术全集·敦煌壁画》上下册和《中国美术全集·敦煌彩塑》的主编工作完成后，又担任了《中国美术分类全集·中国敦煌壁画全集》10卷的主编。这次规模和容量比前次三卷本要大。为了更全面地介绍敦煌壁画艺术，我根据敦煌各时代壁画的质量和数量，划分了十卷本的内容。第一集是北凉、北魏壁画，第二集是西魏壁画，第三集是北周壁画，第四集是隋代壁画，第五集是初唐壁画，第六集是盛唐壁画，第七集是中唐壁画，第八集是晚唐壁画，第九集是五代与宋代壁画，第十集是西夏和元代壁画。我分别为"隋代卷"撰写了《融合中西成一家——莫高窟隋代壁画研究》，为"初唐卷"撰写了《创新以代雄——敦煌石窟初唐壁画概观》两篇文章。

九、《敦煌石窟保护研究与治理规划》出台

1989 年 1 月初，我院对莫高窟的建设项目进行了多次讨论，除日本提建的"敦煌石窟文物保护研究陈列中心"和宣布捐赠 2 亿日元拟设立"平山郁夫敦煌学术基金"和建纪念幢外，还就敦煌艺术研修中心、敦煌研究院兰州院部内敦煌文物保护研究中心及资料中心、敦煌藏经洞陈列馆、莫高窟上中寺修复、莫高窟环境保护建设、榆林窟加固工程、敦煌资料出版基金和敦煌研究院人才培养等问题，讨论了计划和措施。正在大家热情高涨，奋力大干之际，突然出了一件事。1 月中旬，护窟队来报告，北区崖壁 465 窟两块壁画被人切割盗走。我叫护窟队保护好现场，和院里几位领导研究，立即向省里领导和有关部门汇报，同时向公安部门报案。省里很重视，刘恕副省长亲自赶到敦煌就地指挥，经省里安排，由酒泉地区公安处王成贤率领省、地、市公安干警开展侦破，经过 140 天的连续作战，缜密分析，仔细侦查，很快破了案，擒获罪犯并追回被盗壁画。6

月 6 日，王成贤处长带领公安人员将壁画原件送回我院，我们以非常激动的心情接回了被盗壁画，经罪犯剥取壁画已经受损，但原物回归实非易事，是公安人员立了一大功。我立即安排保护所专业人员将壁画精心修复后，细心粘贴回原壁。敦煌司法机关对两名罪犯进行了审判，使他们受到了法律的严惩。8 月中旬，国家文物局、公安部和甘肃省政府在莫高窟举行了"侦破敦煌 465 窟壁画被盗案表彰大会"，对破案有功人员颁发了奖牌和奖金，表彰大会很隆重。此事通过媒体向国内外进行了宣传，以打击文物盗窃罪犯的气焰，增强人们保护文物的意识和责任心。在刘恕副省长、董长河副厅长的指导下，我院一方面配合破案，一面进行了整顿。我们对安全隐患和漏洞进行了检查和补救，对管理上存在的问题进行了查找和纠正，从完善制度和加强管理方面及时采取了措施，特别是将原来的保卫科升格为保卫处，石窟警卫队由原来的 15 人增加到 24 人，增加路灯，配备强光手电和电子枪，增购 5 只警犬，配齐安全技术防范、洞窟管理和内部保卫几方面的干部，增加领导力量。动员全院职工增强文物安全意识，共同努力确保文物安全。

在加强和改进石窟保卫措施的同时，我们也加强了敦煌石窟保护研究和治理的工作。过去敦煌石窟保护工作经历了 1944 年至 1949 年的人力看守阶段和 1950 年到 1980 年的崖体加固和壁画塑像修整阶段，从 1980 年后开始了科学保护工作阶段。我院与化工部兰州涂料研究所合作对莫高窟壁画颜料进行了 X 射线荧光和 X 射线衍射分析，取得了壁画病变的第一手资料，与兰州化学工业公司化工研究所开展了"莫高窟大气环境质量与壁画保护""莫高窟壁画颜料变色原因探讨"的课题研究，找到了有关原因和机理。还与中国科学院沙漠研究所合作，开展了窟顶防沙研究项目的实验，通过采取化学固沙和生物固沙等手段建立了3000多米的防沙网，有效地阻止了风沙对窟体的危害。这些成果的取得，使我们在科学保护方面的思考更加深化，经与保护研究所的同志们商量，我们还需要加大力度和进度，通过多方面的合作，包括国际间的合作，使我们在科学化现代化保护研究方面更上一层楼，赶上国际先进水平。经过认真研究，保护所在1989年制定一个新的《敦煌石窟保护研究与治理规划》，其主要内容是：

一、环境监测与治理。对莫高窟、榆林窟和西千佛洞的环境、大气质量做进一步的调查监测和研究。在莫高窟建立综合气象站，同时在榆林窟和西千佛洞建立小气象站，有计划地监测和收集各种与保护研究有关的气象资料和数据；对院内的文物库房和将要建设的陈列馆的环境进行监测，通过监测对环境做出科学评价，找出文物保存的最佳环境；对莫高窟、榆林窟和西千佛洞的水文地质和工程地质进行系统地勘察和调查，为治理病害、工程加固提供科学依据；采用科学手段，对洞窟崖体裂隙位移、附加建筑物稳定性进行长期监测，监测记录敦煌地区地震情况和各类交通工具对洞窟的震动影响；进行风沙观测和防治流沙的科学试验，有计划地进行流沙治理，减少流沙危害及沙尘对文物的侵蚀；莫高窟、榆林窟和西千佛洞环境绿化和林木更新。

二、保护研究。深入地对壁画颜料变色和褪色机理进行研究，在此基础上，逐渐转入预防变色、褪色措施的研究，同时对变色颜料还原的可能性进行探讨；研究壁画风化酥碱和起甲病害机理，研究病害的预防措施，研究开发修复材料及工艺；建立壁画颜料分析资料库，为保护研究提供资料和数据，完成"敦煌壁画颜料史"的研究工作；按壁画制作的年代和病害状况，开展对壁画地仗材料及制作工艺的系统研究；对已清洗的烟熏壁画进行监测与观察，同时研究新的清洗剂和新的清洗工艺；研究壁画颜料胶结材料的老化及其对壁画起甲、粉化、褪色、变色等病害产生的影响，同时，研究筛选新的壁画加固修复材料；壁画微生物、虫害的调查研究。

三、壁画和彩塑的修复加固。有计划地开发壁画和彩塑修复新技术；开展重层壁画的探测及大面积揭取技术的研究；开发塑像内结构探测技术，研究彩塑加固新工艺；配合有关兄弟单位进行壁画彩塑病害的研究，推广文物保护科研成果。

四、石窟加固。莫高窟南区中段和北区石窟整修加固；石窟崖体裂隙灌浆材料及工艺的研究；榆林窟整修加固。

五、实现现代化技术防范措施。

六、档案、资料。完成全部石窟档案，包括文字、实测图、照片、录像以及典型洞窟的电影纪录片，完成壁画图像的电子计算机储存，以便永久准确地保留壁画资料；建立、健全保护科学研究档案；逐步充实完善保护科技资料；不定期出版《石窟保护技术》。

七、组织机构。建立一支具有 10 名高级职称、20 名中级职称的约 50 人的石窟保护研究和修复加固队伍，健全环境科学、分析测试、修复加固、工程技术、档案、资料情报等专业机构，充实完善保护研究和修复加固实验室，形成一个石窟保护研究和修复的实体。

在此基础上，我还要求保护所制定了一个近期的规划，对一些马上可以进行的项目尽快落实实施。制定了我院自行购置和外国朋友赠送的先进仪器设备如 X 射线衍射仪、X 射线荧光仪、中型仪器、小型仪器、个人工具、药品、玻璃器皿，以及实验室等使用规则，还制定了与此相关的科研课题设立与管理办法。通过这些规章制度，使这些设备和仪器得到爱护，发挥了应有的作用，使我院的保护工作规范化、有效化。

十、国际敦煌研究保护合作向纵深拓展

1989 年 5 月上旬，受日中友好会馆理事长伴正一的邀请，我和接待部副主任马竞驰赴日访问，参加向日中友好会馆赠送敦煌壁画临本的活动。5 月 8 日举行了揭幕仪式，我和平山郁夫作了学术讲演。我的题目是《菩萨与飞天》，平山郁夫讲的是《佛教艺术的源流》。会上日本宇野外相夫人提了一个问题："听说莫高窟要封闭，不让参观，是否属实？"我回答："这是谣传，一样对外开放。只是为了文物安全，管理上将会严格，但绝不

是不让大家参观，我们依然欢迎日本朋友前往敦煌。"当天晚上举行揭幕祝贺宴会，各方知名人士百余人参加，日本首相竹下登也到会祝贺并讲话。他在讲话中回忆了去年访问敦煌的情景，感谢了中国官方的热情接待，说访问敦煌偿还了他的夙愿。他说敦煌是世界文化遗产，也是日本文化之源，看到敦煌的精美艺术品，被敦煌的艺术魅力所倾倒，理所当然应当为敦煌文物的保护尽一份力量。

1989年竹下登还在讲话中赞扬我和平山郁夫都在为保护敦煌做了很多工作。参加晚宴的还有日本邮电大臣和文部省、外务省的官员，气氛相当友好。

1989年5月9日，我在平山郁夫陪同下再次前往日本首相官邸拜会竹下登，我院同去的还有接待部的马竞驰。竹下登看见我，又一次谈到去年的敦煌之行，表达了对敦煌的友好情谊。我对首相竹下登说道："去年8月，首相访问了敦煌，对敦煌艺术给予了很高的赞誉，并决定无偿地为我院修建一座敦煌石窟文物保护研究陈列中心。这一工程正在设计中，预计三年建成，这座中心建成后，对保护敦煌文物，对国际文化交流都将产生积极作用，对此，我代表敦煌研究院表示衷心感谢。"竹下登说："敦煌石窟文物保护研究陈列中心建成后我还要去，我也是这样想，它对保护文物、文化交流将产生很好的影响。这是很重要的。"大家就座后，竹下登关切地观看我的访日行程表，看到有前往札幌的安排，问道："段先生有何事到札幌去办？"我回答："札幌市一位女大学生越智佳织，曾立志大学毕业要到中国留学，不幸遇车祸罹难，她父母为圆其生前遗愿，将其积攒的留学费用200万日元捐给敦煌研究院作文物保护用。我们特别感动，我去札幌市去看望她的父母，对他们一家的赤诚之心表示感谢，同时也是去看看她生前生活过的地方。"竹下登说："这件事很重要，应该在日本国内宣传，我感谢你们去看望他们。"当晚，我们即在日本外务省官员的陪同下前往札幌，在越智家中，我书写了"幽谷芳兰"四字赞誉越智佳织小姐，其母越智美都江流泪致谢。因为日本NHK放送协会及一些日本媒体的记者随访，当晚即在日本全国发布了电视新闻，报纸上也发布了这一消息。我国驻札幌总领事馆千昌奎等同志来访，称赞这是中日民间的友好表现。

在随后的几天中，我又与平山郁夫和东京文化财团有关人士补签了4月份在敦煌商谈培养人才的纪要。从今年起，我院每年可派4人赴日留学或研修，每人时间一至两年，主要是培养文物保护科研人才。另外还有平山先生捐助2亿日元兑现的有关事宜。平山先生还告诉我，他通过举办个人画展筹措的敦煌学术基金有2亿日元，将在今年7月份兑现。7月份他还将第三次率领考察团来敦煌商谈敦煌石窟文物保护研究陈列中心设计方案，我表示欢迎。在日期间又见到池田大作先生，除了谈一些学术问题之外，还谈到两件事情：一、他再次主动提出愿意在汽车上对我们进行援助，第一辆面包车希望早日办好免税进关手续，他将在9月份访问北京时带来亲自交给我们，再继续办理第二辆、第三辆。二、池田大作先生提出由东京富士美术馆和敦煌研究院联合举办流失各国的敦煌文物经卷展览，由他们出钱，我们参加，先在日本展览再到中国展览。我回答这是件好事，但我们要报告文化部文物局批示后再具体商谈。这之后我又与东京文化财保护研究所所长滨田隆等举行会谈，对敦煌的保护科研计划交换了意见，双方同意拟定一个计划，经国家文物局批准后签订协议，按协议办事。如何拟定这个计划，双方互派保护考察团进行商量。在 14 日晚由日中友好协会全国总部理事长清水正夫主持的欢迎宴会上，清水正夫问我："你们是否需要密封铁蓬汽车，可以赠送一二辆给你们。"我说很需要。因为我即将回国，这件事我交给我院刘永增在日联系，因为他还要在日本停留一段时间。在日期间，我还见到了井上靖、圆成寺次郎等知名人士。这次应邀访日，受到很高礼遇，促进了中日友好和文化交流，特别是落实了人才培养方案和一些援助内容，访问是成功的。

在整个 80 年代，我们都把石窟的保护工作作为重要工作来抓，从日本回敦煌后，对加强石窟文物的保卫工作进行了认真的检查。我院又派出了樊锦诗副院长赴美国洛杉矶与美国的盖蒂保护研究所签订了合作研究保护敦煌文物的协议书。

不久，我院制定的《敦煌文物保护科研规划》通过了专家论证，列入甘肃省"八五"科技发展规划。稍后，我院申请的安西榆林窟东崖危崖加固工程也得到国家文物局的批准。在这次工程施工中，计划采取崖体锚索技术和裂隙灌浆充填的坡面防护技术。

十一、来自国内外的援助与支持

接到国家教委通知，香港知名人士邵逸夫先生要在六七月份访问北京、西安和莫高窟等地。我们很高兴，因为邵逸夫先生曾捐款 1000 万港币用于保护敦煌石窟文物，我们已经用这笔钱在洞窟中安装了玻璃屏风和洞窟的铝合金门。工程结束后，我们一直邀请邵先生来看看，但他因事务繁忙，未能安排时间到敦煌来，这次终于能到敦煌来，我们怀着喜悦的心情做好了接待准备工作。5 月 6 日，兰州大学的同志和时任敦煌市副市长的刘会林同志专程到莫高窟研究了接待方案。7 月 26 日，邵先生一行飞抵敦煌，我和樊锦诗副院长前往机场迎接。看到邵先生身体健康，精神很好，我们都很高兴，上前握手问候，并一路陪送到敦煌宾馆。邵先生在敦煌只有两天时间，活动安排必须紧凑。我及时向邵先生介绍了其捐赠款项的使用情况，并说明我院为了表示对邵先生捐款保护敦煌石窟艺术的善举的尊敬和纪念，建立了一座"邵逸夫先生纪念幢"，请邵先生参加揭幕式并讲话。次日上午在莫高窟九层楼前举行纪念幢揭幕式，由我主持。我在讲话中对邵先生的捐赠经过进行了简要的介绍，对捐款使用和保护工程的落实情况进行了说明，对邵先生关心祖国文物遗产保护慷慨解囊的高尚行为进行了赞扬，接着请邵先生讲话。在热烈的掌声中，邵先生简短致辞，表示保护祖国文化遗产是每个中国人应尽的职责，做一些奉献是应该的。他对敦煌研究院职工长期保护文物的辛勤工作致以问候。当我们

和邵逸夫先生在莫高窟的邵先生捐献纪念幢前合影
段兼善提供

把布幔揭开，"邵逸夫先生纪念幢"呈现在人们眼前时，全场又一次响起了热烈的掌声。随后由我陪同邵先生参观洞窟，由南端高层洞窟开始，依次为 158 窟、156 窟、159 窟、130 窟、112 窟、220 窟、96 窟、61 窟、45 窟、254 窟、275 窟、285 窟、296 窟、320 窟、16 窟、17 窟等窟，当看到洞窟中设置的玻璃屏风时他很高兴，觉得这种办法既能防止人体接触壁画彩塑，又不影响观看，的确起到了保护的作用。中午窟前喝茶休息时，我还向邵先生介绍了在榆林窟和西千佛洞安装铝合金窟门和置放玻璃屏风的数目、面积等情况。在参观过程中，摄录部的工作人员为邵先生拍摄了邵先生审视铝合金窟门和洞内玻璃屏风的镜头，留下了珍贵的资料。中午，我院设宴招待了邵逸夫先生一行，席间大家言谈甚欢。为了感谢邵逸夫先生，我向他赠送了一幅敦煌壁画临本，并向其随行人员赠送了《敦煌壁画集》，还请邵先生题字留念。下午，邵先生一行离开敦煌，我和副院长樊锦诗到机场送别。

1989 年秋季，我先后陪同乔石、费孝通、王忍之等中央领导同志和众多知名人士参观洞窟文物。在交谈中不仅涉及石窟艺术的有关问题，也谈到敦煌宝藏的保护和研究问题，大家有一个共同的心愿，就是要把敦煌石窟保护好、研究透，这也是我多年倾力关注的问题。怎样来促进研究的发展前进，我觉得加强国内外的交流是非常重要的。自从丝绸之路开通以后，中国和外国就紧密地联系到一起，特别是汉代和唐代比较开放，中外的经济文化交流开展得相当活跃，我国的一些科学发明和生产技术从这条道路传到中东地区和西方，而外国的物产和文化思想从这条道路输入中国，特别是佛教东传促进了石窟艺术的发展。所以，中外交流是敦煌石窟艺术体系得以产生和发展的重要原因，这说明了文化的发展进步是离不开文化交流的。因此，今天我们要把敦煌文化艺术研究与弘扬工作搞好，开展和加强中外交流是必不可少的促进手段和重要途径。我觉得此前我们已经做了不少文化交流的工作，但为了研究工作的更快发展，还必须加强交流的力度和增多交流的次数。

1989 年夏秋，多次致信平山郁夫和岛田和彦，就平山郁夫捐款汇寄有关事项进行了联系。当年 11 月份，2 亿日元已从日本汇至中国银行敦煌支行，我院会计已去银行办理了存款手续。院里研究三件具体事情：一、平山捐款利息可作 1990 年敦煌研讨会一部分会务费用。二、设立平山郁夫基金。三、为平山郁夫建立纪念幢。此事随即报请省里批示。

1990 年 3 月底，接省政府通知，泰国公主玛哈扎里克·诗琳通一行 19 人 4 月 11 日至 16 日将在我省沿丝绸之路进行访问，

陪同泰国公主诗琳通参观莫高窟　敦煌研究院提供

重点是在敦煌参观，要我们做好接待准备。由于中泰友谊比较好，而诗琳通公主在泰国王室地位较高，在泰国国内有较高的威望，她对中国历史和文化艺术深感兴趣，1981年访华后著有《踏访龙的国土》一书。此次考察参观丝绸之路以便撰写著作，外交部要求各地给予热情接待。甘肃省政府也很重视，公主到达兰州时，张吾乐副省长、陈绮玲秘书长以及马文治、杨良琦等有关方面负责同志专程到机场迎接，并陪同参观省博物馆、兰州毛纺厂、省艺校舞蹈表演，游览了五泉山公园。次日晚，甘肃省省长贾志杰举行晚宴欢迎公主一行，我也应邀出席，出席晚宴的我方人士还有省妇联主任廖世伦等人。泰方除诗琳通公主外，还有宫廷安全警察总长森·差鲁拉上将，泰国驻菲律宾大使沙拉信·威拉蓬、泰国驻华大使德·波纳及夫人等多人。席间贾志杰省长和诗琳通公主都发表了热情友好的讲话。根据省里的安排，陈绮玲秘书长和我全程陪同公主一行沿丝绸之路西行，由我给她介绍丝绸之路研究的情况。在嘉峪关参观了嘉峪关城楼和魏晋墓室壁画。在酒泉游览了泉湖公园，还参观了夜光杯厂。沿途受到嘉峪关市申振清副市长、酒泉地区行署李宝峰副专员等的热情迎送。到敦煌后受到张志刚市长等的热情招待并陪同公主骑骆驼游览鸣沙山、月牙泉。参观莫高窟是公主的重点项目，由我陪同参观。泰国是一个崇尚佛教的国家，公主一行对莫高窟艺术很感兴趣，每到一个洞窟，我都为其认真解说，并回答她提出的问题。4月16日诗琳通公主一行赴柳园乘火车去新疆，临行时，她告诉我她回国后要写一本书，要把这次丝路之行的经历和观感记录下来。我祝她旅途顺利，并欢迎她以后再访敦煌。其后，我接待了新加坡总理李光耀并陪同他参观了洞窟，也会见了很多前来敦煌参观的学者、作家和艺术家，其中也有不少来自台湾的学者和艺术家。

在洞窟中为新加坡总理李光耀讲解壁画内容　敦煌研究院提供

1989年10月，台湾联合报记者王维真及樊曼侬先生来到敦煌参观访问，提出要对我进行采访。我先安排他们参观洞窟，然后再座谈，他们参观之后来到我的办公室进行访谈。王维真说："我们这次专程来丝绸之路参观访问，已经先去了新疆，新疆的一些重要石窟如柏孜克里克千佛洞、克孜尔千佛洞等我们都参观了。总的印象是，壁画很精美，损坏很严重。很多壁画人物被挖掉双眼，塑像肢体被砍断，壁画画面上有许多纵横交错的刀刻石划的斑斑痕迹，20世纪初那些外国盗宝者的行为太可耻了。我们今天看到敦煌石窟艺术珍品，很多还保存得很好，段院长能否介绍一下敦煌石窟保护的情况呢？"我向他们介绍道："敦煌石窟也遭到过外国盗宝者的破坏，可能你们今天未看到那些洞窟。斯坦因、伯希和劫取藏经洞文物，华尔纳粘揭莫高窟壁画，白俄分子烟熏火燎洞窟壁画，留下的痕迹历历在目。但因洞窟数量多，壁画彩塑藏量大，因而一大部分幸免于难。华尔纳第二次再来盗取洞窟文物，被敦煌人民赶走了。正式设立机构来管理保护敦煌石窟是抗日战争时期，当时的国民政府于1943年筹备，1944年成立了国立敦煌艺术研究所，有十几个人在这里进行临摹研究和做一些力所能及的整理和保护工作。后来又增加了一批人，前后两批，大多是一些艺术家。虽然保护的条件差，但有一个正式的国家机构，有一批人员在这里工作，总比那些散落在戈壁荒野中的无人管理的石窟遗址要好一些。1949年中华人民共和国成立后，政府将国立敦煌艺术研究所更名为敦煌文物研究所，隶属中央文化部，这样，文物保护的力度加大了。60 年代初，国务院总理周恩来亲自批准拨款百万，用于莫高窟崖体的加固工程、防止洞窟坍塌。那时铁道部工程队以三年的工夫实施加固工程，地下挖 6 米，再填以钢筋水泥支撑，不但避免石窟坍塌，7 级地震也能承受。'文革'开始后，周恩来总理下令'确保文物安全''不准破坏文物'。所里反复印制禁令，凡到莫高窟来的人，一人送一张，连红卫兵也未敢破坏石窟，因此，莫高窟在'文革'中毫发未损。80 年代初，敦煌研究院成立，全院人员增加到 300 人，保护的力量加强，设立了护窟警卫队，同时也开始用科学方法对石窟周围的自然环境进行治理，也对洞窟内部的壁画和泥塑采取了科学的保护措施。80 年代中期，香港邵逸夫先生捐赠 1000 万港币，我们用这笔钱为洞窟安装了新的铝合金门，并且在洞窟内安装了玻璃屏风，以防止人为对壁画彩塑的伤害。所谓科学保护，就是通过对化学、物理学、地质学、气象学和光学等方面进行研究，寻找保护洞窟文物的有效方法。今年我们要在洞窟内安装监测系统的闭路电视，建立现代防范措施。"王维真问道："听说全国各地发生了不少文物被盗案件，莫高窟有没有这样的事？"我说："有，今年元月份，两名犯罪分子利用护窟队巡逻的间隙，潜入 465 窟，用事先准备好的工具切割了两块密宗壁画。护窟队及时发现报告院里，我院立即向省政府汇报情况并向公安局报案。省里很重视，抽出一位副省长亲临莫高窟督办破案工作，公安部门派出精兵强将，经过周密侦查，在不太长的时间内破案，抓住两名罪犯并追回被盗壁画。我院立即交保护研究所的专家将两块壁画补回到原壁上，两名罪犯受到了法律的严惩。这件事给我们的教训很大。465窟远离南区洞窟，基本上是在孤悬靠近北区的崖壁上，在50年代60年代一直是敞开的，也没有贼人去偷盗，大概当时没有人认识到壁画文物的经济价值。改革开放后，莫高窟面向世界，文物的巨大经济价值使一些罪犯萌生了一夜暴富的邪恶心理，为了发财，不惜铤而走险。敦煌研究院成立后，我们成立了护窟队，配有警犬，昼夜巡逻，465等窟也在巡逻区域内。应该说比50年代60年代在保卫上加强了许多，还是没有挡住罪犯的魔爪，这说明了我们加强保卫洞窟的速度和力度还没有罪犯恶欲膨胀的速度快。后来我们根据这次事件的教训，严查麻痹大意思想根源，寻找保卫方面的疏漏之处，决定设立保卫处，并将护窟队扩大为石

和台湾书画家李奇茂先生一行进行交流　段兼善提供

窟警卫队，增加人员和装备、加强了对洞窟的保卫力度。保卫措施更严格了。莫高窟1987年已被联合国列入世界文化遗产名录。敦煌石窟不保护好，全世界都有意见。"在王维真告辞的时候，我对他说："我院已开展与有关国家科研单位合作进行的敦煌石窟保护工作，你回台湾后可以告诉台湾民众，欢迎他们来敦煌参观，并关注敦煌石窟的保护工作。"

1990年7月，印度驻华大使任嘉德夫妇访问甘肃，到敦煌参观时，与我谈起中印双方开展石窟文物保护和佛教文化交流合作意向，双方都很热心。不久，印度驻华使馆二秘钱伟伦代表印度英迪拉·甘地国家艺术中心通过我国国家文物局外事处陈淑杰同志邀请我和史苇湘、赵俊荣、杜永卫在适当的时候访问印度。1990年7月底，联合国教科文组织"丝绸之路"综合研究考察团抵达敦煌。我院事先已接到省外办通知做好接待工作，7月31日，陪同考察团在莫高窟参观考察一天。8月1日在我院会议室开会座谈，我院一批专家参加了会议讨论，就丝绸之路的考古、历史、地质、宗教、文化、艺术、贸易、交通等进行了交流。当晚考察团邀请我和李永宁、贺世哲、关友惠、杨雄到敦煌宾馆举行了一个小型座谈会。美国奥克兰大学教授查理·斯坦姆朴斯问我："敦煌研究院需要联合国教科文组织提供什么样的帮助？"我提出三点希望："旅游开放和洞窟保护之间有矛盾，人的呼吸对窟内壁画有影响。另外，我们需要了解莫高窟北10公里处飞机场的振动对窟区文物有何影响，急需精密仪器、测量技术方面的援助。第三，我们需要进一步加强对专业技术人员的培养和交流，希望联合国教科文组织援助和支持我院组织沿丝绸之路特别是对印度、巴基斯坦等国进行实地考察活动。"查理·斯坦姆朴斯说："我完全赞同段先生的建议，敦煌事业要进一步发展，人才培养也很重要。像敦煌研究院这样具有国际性的学术机构，语言问题很重要，可以由政府担保去法国、英国、印度、美国学习 2 至 3 年，使他们成为精通这些不同语言的敦煌专家。这不仅对敦煌事业有利，而且对加强国际交流有促进作用。"考察团的领队丹尼教授说："段先生和斯坦姆朴斯的建议很好，也是我们共同的愿望和目标。建议能否实施，关键是经济来源的雄厚，希望各个国家积极支持，感谢敦煌研究院的院长和各位先生来参加这个会议。"接着联合国教科文组织的迪安先生表示："作为联合国教科文组织的代表，对敦煌文化遗产的保护计划很感兴趣，相信不久后就会成为现实。"参加考察团的中国专家贾学谦认为："这次由敦煌研究院组织的学术讨论会开得很好，补足了一路欠缺的学术气氛，质量很高。关于派人出国考察，敦煌研究院出面更好，要早有项目，尽力争取实现。敦煌已被列入世界文化遗产，应得到世界关注。"张文阁先生谈道："迪安先生表态很重要，组成一个中、巴考察团是可行的。希望敦煌研究院继续组织国际性学术会议，再搞些国际合作项目，多出版些翻译著作。"郑韵建议："关于飞机场振动探测项目，可与中国世界遗产办公室三处景峰联系。"

1990 年 8 月我应第 33 届国际人文会议组织秘书长 A.哈里克先生的邀请，赴加拿大多伦多参加亚洲及北非研究年会，我院青年研究人员宁强亦应邀参加学术讨论会，同时做我的助手和翻译。我们计划在多伦多参加亚洲及北非国际学术研讨会后，还要赴渥太华访问加拿大文物保护研究所，然后再到温哥华中华文化中心讲学。8月19日我们乘坐中国民航飞机飞往加拿大。第33届亚洲及北非研究国际学术研讨会在多伦多大学举行。8月19日至25日，为期7天。这个学术会议有一百多年历史了，每5年召开一次，轮流在各国召开，研究的范围很广，包括社会科学的所有学科。参加这次会议的学者有一千多人，包括中国、印度、加拿大、美国、英国等几十个国家的学者，我国国内去的学者仅有五六人，国外的华人参加得比较多。会议分成30多个小组宣读论文，每个小组有主持人。但因组织得比较乱，会议结束时还有人才来报到，很多人找不到会场只好乱闯。开会想来就来，不想听就走，有的小组有十来个人参加，多者二三十人。有的小组只有三五个人参加，主持人便宣布不开了，散会。佛教小组主持人是个日本人，他就听任日本学者超时间宣读论文，别国学者他就一再报警，宁强宣读论文的时间就被别人占去了八分钟，学术会上也有斗争。我宣读论文时有四五十人参加，这里是参加人数最多的小组。我不会英语，我向主持者提出由我先用汉语讲提要，再请人宣读英文稿，甘肃省有一位在加拿大攻读博士学位的汤潮同志主动为我翻译，并代我宣读英文稿，加上配合了幻灯片，宣讲的效果很好，受到与会代表的热烈欢迎。我宣读论文时，加拿大前任驻华大使明德特来听讲，论文宣读完毕，他便来找我交谈，并要英文稿的复印件。一些关心敦煌的学者，也递上名片前来交谈，询问论文何时发表，希望尽快发表。宣读论文是成功的。学术会议结束，应加拿大文物保护研究所的邀请，由我院在加拿大进修的研究生李铁朝陪同，我们赴渥太华访问，先会见了该所所长格鲁琪先生，并由他陪同参观加拿大文物保护研究所。这个所规模颇大，有一套完善的现代化设备，从研究到修复，有70多位专业技术人员在此负责全国文物保护修复工作。多伦多皇家博物馆，存有新中国成立前从我国山西省一寺院中弄去的元代壁画三大幅，每块有四五十平方米，每一块又分割成二三十小块运到加拿大。现在由文物保护所全部恢复原状陈列展出，其修复的技术的确很好，这是加拿大皇家博物馆一宝，但想起帝国主义掠夺，不肖子孙出卖，看后令人痛心。在参观过程中，还会见了加拿大通讯联络部国际关系司的总负责人格德瑞尔·瓦瑞和国际文化事务处顾问弗兰丝·勒科斯女士。在与格鲁琪所长等人座谈中，对文物保护问题交换意见，共同的意见是：双方对敦煌文物保护课题研究进行合作都很高兴，双方尽快互派考察团，进行具体协商合作方案，并报请各自国家管理部门审批，经同意后双方再签订正式协议，大体上合作方式与我们和盖蒂基金会合作方式相同。加方希望我院早日向他们发出邀请函，以便他们申请经费，争取尽快访敦。关于中加文物保护的合作事宜，两年前加方已提出，但因他们不愿搞多边合作而未成，这次我出访前，曾向国家文物局领导汇报了加方希望合作的意愿，局里原则同意，希望先写出合作方案，报文物局审批。

我认为与加拿大合作和我们与美国盖蒂基金会、与日本东京文化财的合作，可以加快敦煌文物科学保护的基本课题研究进程和人才培养，对我省的文物保护是完全有利的。此次访问加拿大还有一项内容就是应温哥华中华文化中心和不列颠哥伦比亚大学的邀请在这两个单位讲学。中华文化中心是旅加华侨华人宣扬中华民族文化的组织，加拿大是个移民国家，文化是多元性的。华人有几十万，到处有唐人街，到处可以感受到中华文化。我在中华文化中心讲演两次，题目是《丝绸之路上的中西文化交流》和《敦煌壁画艺术》，听众多为华人学者和文化界人士，也有一些非华裔加拿大人。学术报告会座无虚席，洋溢着热烈气氛。在哥伦比亚大学亚洲学部作了一次讲演，讲题是《佛国世界里的人间世界》，听众都是学校的教授和部分研究生，约有四五十人，一位该校教授告诉我，这是该校听学术报告会人数最多的一次。我想这可能是随着中国在国际上地位上升，外国人越来越想多了解中国文化的缘故吧。讲演完毕，有的学者提出了一些问题。如莫高窟现况如何？为什么会在敦煌修造这么多洞窟？解放后国家对敦煌文物保护做了什么工作？去年壁画是怎么被盗的？敦煌研究院出了些什么书？国外为何买不到？研究院今后的任务是什么？等等。所有这些问题我都一一给予简要的答复，特别是我们在文物保护上的工作，他们感到很满意。在温哥华讲学期间，受到华人电视台和广播电台的探访，一次主要谈莫高窟的地理位置和敦煌石窟的现状，另一次主要谈敦煌学发展情况，介绍了我院今年10月份筹备举办国际敦煌学术讨论会的情况，以及我在敦煌从事保护研究工作 40 年的体会。在加拿大的 22 天，无论是在多伦多的国际学术讨论会上，还是在温哥华的讲学中，敦煌艺术是受欢迎的，我们宣传敦煌艺术，达到了弘扬民族文化的目的，起到了振奋民族精神、促进国际文化交流的作用。在温哥华，有一位华人餐馆经理，两次都来听我讲演，他说他"在加拿大居住了 50 多年，在国外做苦工，遭人歧视，走在大街上抬不起头。新中国成立了，祖国强大了，中国人走在大街上腰杆挺起来了，干事也顺当了。我虽然加入了外国国籍，但我们的心什么时候都是向着祖国的，我每年都带着孩子们回国去看看祖国和祖国的文化，他们看了敦煌壁画很喜欢，我叫他们记牢，永远不要忘记祖国"。他这番话使我非常感动，也深受启发。

十二、发现六幅玄奘取经图

这段时间，我为中日合作出版的《中国石窟·安西榆林窟》撰写了《榆林窟壁画艺术》一文，对古代的榆林窟壁画艺术进行了全面的介绍和剖析。还主编了大型画册《敦煌》，这是一本综合性的图册，图片分敦煌艺术、敦煌文物和敦煌遗书三大部分。艺术部分主要是莫高窟、西千佛洞和榆林窟的壁画和彩塑照片。敦煌文物主要是敦煌地区的古建筑遗址及出土文物照片；敦煌遗书主要是敦煌莫高窟藏经洞发现的文献资料和敦煌地区发现的其他文献资料的照片。画册前刊登了我写的前言和论文《敦煌壁画的内容和风格》，另有史苇湘、施萍婷和李永宁等人的文章，后面附有我院各所多位人员写的图版说明。这部大型画册由江苏美术出版社和甘肃人民出版社联合出版，受到各界好评并获得全国美术出版物银牌奖。

近几年在安西榆林窟和东千佛洞，先后发现六幅玄奘取经图，描写了玄奘冒险西去、取经东归和途中轶事，在图中还出现猴行者的形象。过去因为研究其他方面的内容，对这一内容有所忽略，现在一下子发现好几幅，不能不认真研究一番了。于是我抽空再次去安西榆林窟和东千佛洞，实地考察了一番。唐僧取经图共有六幅，第一幅在东千佛洞第2窟，水月观音变左侧观音座前，玄奘作青年汉僧，内有襦裙，外着田相袈裟，面临大水，合十礼敬。猴行者右手牵马，左手高举额前搭凉棚，远眺前方，白马空鞍后随。玄奘左侧观音倚坐珞珈山，右前方大梵天王率天魔凌空护卫。

第二幅与第一幅相对，玄奘在观音左侧，面临滔滔江水，侧面躬身礼拜观音，猴行者手持金环锡杖，大梵天王于左侧率众乘云前导。

第三幅在榆林窟第2窟，水月观音变右下方大水相隔，玄奘扬首合十遥拜观音，猴行者手搭凉棚，扬首眺望，白马仅露一头。

第四幅在榆林窟第29窟观音经变下方横条，中画大树，左侧一俗士手持一心形物似桃，指树交谈，猴行者背包趋前，玄奘合十敬礼，白马空鞍自随，树后有僧，手中持桃，天人一旁注视，大致应为蟠桃林守护者。

第五幅在榆林窟第 3 窟，普贤变左侧，玄奘袈裟缠腰，腿裹行滕，脚穿麻鞋，面容苍老，合十遥礼普贤。猴行者猴像逼真，有淳朴之性，白马背驮莲花，花中现经帙，内藏真经，光芒四射，表现胜利东归情节。

第六幅在榆林窟第 3 窟十一面千手观音变中，玄奘与猴行者均入观音侍从班次，玄奘在右，猴行者在左，以金环锡杖挑经于肩，这便是取经在宗教上的最后结局。

六幅取经图非一人所作，因而风格不一，有的重线描，以线作为造型主要手段，类似宋人白画；有的线色并重，赋色厚重而朴质，具有不同韵味的装饰美。总而言之，这批玄奘取经图的发现对玄奘历史和中印文化交流史的研究都是难得的艺术和历史资料。根据以上研究的情况，我写出《玄奘取经图研究》。

十三、第二届敦煌学国际研讨会召开

前些年我们在敦煌召开了第一次"敦煌石窟研究国际讨论会"，取得了很大的成功。各国知名敦煌学者首次汇聚莫高窟展示了自己的研究成果，交流了心得体会，也提出了一些新的问题和课题。我们应当在此基础上进一步深化研究的层次和内容，解答上次会议上提出的一些问题。我觉得有必要在敦煌举行第二次国际敦煌学研讨会，经院务会议研究决定，在 1990 年 10 月于莫高窟举行"1990 年敦煌学国际研讨会"，并开始了会前的筹备工作。我担任筹备组主任，副书记马正乾和院学术委员会秘书长李永宁担任副主任。参加筹备工作的还有孟繁新、梁尉英、陶锐、谢生保、马德、张元林、梅林等人员。

筹备工作又进入了紧张阶段。我们准备在确定参加国家的数量、邀请学者的名额和学术讨论的质量等都要超过 1987 年的会议。当发出邀请函后准备赴会的学者人数大大超过了前一次。中国香港、韩国和匈牙利的学者因故不能到会，但都寄来了论文。有个别学者因参加学术活动的重叠分不开身而积极推荐其他学者参加。杭州大学教授、著名敦煌学家姜亮夫给我来信说："这次敦煌学国际讨论会，我由于健康原因不能前来参加，深为遗憾！……这次会议，是十分值得庆贺之事，为此，我虽然已年事九十，视力极差，但为了表达对这次会议的祝贺心情，我还是艰难提笔凭感觉写了一张祝词：敦煌石窟是中西文化交流的同心结。我用'同心结'三字，不知您同意否？写好后，照料我写字的人说还可以，使我有勇气一并寄来，盼查收。假如有一天，我的健康和视力许可，我一定到敦煌来看一看，以解平生之憾。九十朦翁姜亮夫。"日本平山郁夫先生发来祝词是："祝贺大会圆满成功。"日本企业家大石政弘先生为支持会议，捐赠我院五台打字机、传真机和复印机，一辆汽车，还有 500 万日元的图书资料。这次还有一个特殊之处是有 14 位中国台湾学者前来参加会议，为会议增色不少。

1990 年 10 月 8 日至 14 日，第二次在敦煌故里举行了敦煌学国际研讨会。参加此次会议的各国专家学者共 207 人，比参加 1987 年研讨会的人数要多出两倍多，来自中国，以及日本、新加坡、马来西亚、印度、英国、德国、美国等国家。10 月 7 日晚举行了开幕式，我致了开幕辞。指出这次会议不但有纪念藏经洞发现 90 周年和丝绸之路开通 2100 年的重要意义，还有着承前启后，推动敦煌学各领域研究深入发展，推动国际学术交流不断前进的现实意义。在开幕辞中，我对来自国内外的老、中、青三代敦煌学者表示热烈的欢迎，并对在援助敦煌石窟保护研究事业方面做出贡献的日本著名画家平山郁夫和企业家大石政弘表示了谢意。

此次会议共收到论文 129 篇，会上宣读了 97 篇。12 日至 14 日，与会代表考察参观了莫高窟、西千佛洞、阳关、敦煌市博物馆、敦煌民俗博物馆，游览了月牙泉。另外，还特别参观了敦煌研究院美术研究所办的"榆林窟壁画临摹展览"、资料中心主办的"敦煌研究院历年出版物展览"和编辑部主办的"敦煌学图书展览"。

我认为这次会议是非常成功的，会议论文和发言对敦煌学各领域开展了深入的讨论和辩论。石窟艺术方面涉及对本生故事画的表现形式，佛传故事的中国化，壁画内容与形式的比较，以及中国化形式对日本的影响，对玄奘取经图的研究，净土变的分析、变文与变相的关系，宗教信仰思想的变化和民族审美心理对艺术形式的影响，民族风格的地区性和时代性，敦煌壁画中山水画的创作方法，宗教艺术的美学问题，敦煌艺术与现代艺术的关联，壁画线描与书法的关系，敦煌壁画的风格，敦煌艺术的空间意识、有限的线和无限精神的关系，敦煌艺术的美学和哲学内涵，以及对敦煌壁画音乐舞蹈中的乐器考证、伎乐天的演变、敦煌舞谱的破译、敦煌舞蹈文化的复活与弘扬，等等，在这些方面与会者都交流了自己的新发现与新成果。石窟考古方面则涉及对敦煌石窟的营造年代、洞窟的整体布局、洞窟的分期、中心柱窟形制的特色研究，对275窟内容的再探讨，对249窟顶部壁画的内容研究，对壁画中七佛之外的弥勒新考证，对北凉石塔、转轮王塔及海龙王的研究，对曹议金和回鹘公主出行图的考论，壁画中运动项目与医疗卫生、体育竞技、生命科学的关系研究，通过壁画形象对古代骑兵装备的考证，壁画中龙的考证，对壁画中佛具形象的造型、质地、装饰及其时代特色和影响研究，等等。敦煌文献史地研究方面有对北图遗书及大谷所劫遗书情况和年代的考订，佛教文献的分类整理方案，吐蕃时期的佛教教育研究，佛教禅语的特色等研究，对一些佛教著作的研究和藏经洞封闭时间的分析，对敦煌史地文献的研究，对沙州回鹘问题的看法，对敦煌均田制的研究，对敦煌文献中所记胡锦、蕃锦、毛锦在中外交流中的作用以及对敦煌医学资料的研究，等等。在敦煌语言文学方面，有对佛教故事和中国小说的关系、本生故事与通俗文学的关系研究，对《敦煌十二咏》创作年代和作者的研究，孟姜女故事写本的考证，唐代宫词的写作时代和审美意识研究，对《诸文集要》的校评和论述，对《启颜录》的剖析，敦煌文学特色的研究，对敦煌壁画和敦煌遗书中民俗资料的研究，敦煌写本中俗字的研究，从敦煌文献论证格萨尔王历史与现实的依据，对藏文文献版本的考证，对吐蕃简牍的考论，对敦煌文献的题记探讨洞窟年代，等等。总的来看，这次研讨会反映了各国学者自 1987 年以来所取得的丰硕成果，有些项目和课题还取得了突破性的进展。这是敦煌学研究的一次盛况空前的学术交流，也是国际敦煌学研究的一次大的迈进。这次会议由中外学者共同主持，充分体现了国际合作精神。无论是大会宣讲还是分组讨论，中外学者各抒己见、畅所欲言，呈现出"百家争鸣、百花齐放"的学术氛围。这种良好氛围和协作精神，促进了各国学者之间的友谊，架起了文化交流的桥梁。会后，我院编辑出版了《1990 年敦煌学国际研讨会文集》三卷。

第
六
章

丝路瑰宝　海峡两岸梦结同心
世界敦煌　日美印新勠力共襄

我有一个梦想：即便不能消灭贫困，但飘逸的飞天会指引我们走在通往幸福的路上；即便不能消除积怨，但拈花的微笑可以融化人类心灵的坚冰；在敦煌的世界里，我们能够触摸到真正的和平、和美、和谐。

一、香港联谊之行

1990 年，11 月 22 日至 28 日应香港邵氏兄弟电影公司邵逸夫先生邀请，我与狄会忠前往香港访问。此次赴港的目的：一是向邵逸夫先生征求他参观莫高窟后对敦煌文物保护的意见。二是为配合 1997 年香港回归祖国，加深两地间文化交流与合作——与新华社驻香港分社商谈举办敦煌展览事宜。三是应邀到中华文化促进中心讲演。抵港后与新华社驻香港分社副社长毛钧年取得了联系，汇报了来港意图。第二天下午新华社驻香港分社社长周南先生在社内宴请了我们，包括港澳办及内地去的其他同志。周南社长曾陪同 70 国大使来过敦煌，对敦煌艺术很有兴趣，倍加赞赏，对在港办展非常关心，表示积极支持。在港期间因双方时间都安排较紧，未能与邵先生会面，只在电话中作了交谈。与邵先生的高级顾问香港中文大学邵逸夫书院校董会主席马临先生进行了会面交谈，原拟继续援助敦煌经费因特殊原因已全部给了国家教委。我们向邵先生转赠了《敦煌》画册，并对邵先生1985年对敦煌的援助再次表示感谢。关于在港办展事，与毛钧年副社长、韩力部长进行了交谈。1988年筹备的敦煌艺展因动乱原因而未能如愿。此次香港新华社介绍我们与香港东方艺术宫总裁张宇先生与我们协商，张宇说愿意承担在港举办展览，并提出为弘扬民族艺术开发敦煌系列艺术制品，他将在明年4、5月间访问敦煌，作进一步商谈。应中华文化促进中心之邀，我在中心作了有关敦煌艺术的讲演，并就该中心拟从1991年6至9月组织文化旅游团赴敦煌参观访问事宜进行了商谈。我表示欢迎并将做好接待工作，使香港同胞更多地了解祖国灿烂的民族文化艺术。在港期间，我特意拜访了香港中文大学教授、敦煌学家饶宗颐先生，同他交流了学术研究情况。为了沟通内地与香港的学术交流与合作，我提出邀请饶宗颐先生为我院名誉研究员，香港新华社领导力主早日聘请，以利进一步推进海内外的敦煌学研究事业。

二、台湾艺术之旅

1992年9月25日，在我乘坐的从香港飞往台湾的班机上，一同访台的还有中国科学技术协会秘书长王治国等几位科协的同志和我院遗书研究所副所长李正宇、编辑部主任梁尉英。飞机航行在台海上空的时候，我不禁心潮起伏，浮想联翩，这次访台之行实在来得太不容易了。我回忆起赴台举办"中国敦煌古代科学技术展览"的整个筹备过程：1987年底，甘肃省科学技术协会与我院商议，筹备一个反映古代科学技术的敦煌艺术展览，联系到日本、美国及欧洲诸国展出，如果台湾局势发展允许，也可作为海峡两岸科技文化交流的第一批使者申请赴台展出。我院之所以赞同这一设想，是因为敦煌文化艺术遗产中的确有不少古代科技方面的内容和图像。如印刷术、医疗卫生、天文、地理、工艺技术、农业、纺织刺绣、海陆交通工具、建筑和军事装备等。举办一次敦煌古代科技展览，也是一次敦煌石窟艺术的展览，对推动海内外学术艺术交流是很有好处的。为此，甘肃科技协会还拟定了一个"中国敦煌古代科学技术展览"大纲并对各项具体工作的进度做了安排。在此基础上，我院在1988年初和省科技协会联合向省委省政府写了一个关于筹办中国敦煌古代科学技术展览的请示报告，对展览的宗旨和意义作了阐述，对展览的内容作了说明，对筹备工作的时间进度作了计划，并对经费的承担落实情况也作了汇报。报告送上去之后，得到了省委省政府和中国科技协会的同意。省科协和我院一边准备展品，一边就与海外进行联络，寻求合作办展的国家和地区。此时美国洛杉矶的长城国际贸易有限公司总经理胡嘉华小姐对此项展览很有兴趣，她征得长城公司董事长袁陶仁的支持，积极主动地联系在美国和台湾地区办展的事宜。经胡嘉华小姐多方联系，初步达成了到美国展出的协议，最初定在1990年10月左右在美展出。后来，长城公司根据当时的国际情势和展览场地方面出现的问题，为减少双方的经济损失，提议先到台湾展出比先在美国展出效果要好。为此，胡嘉华小姐先后两次专程到台湾了解情况并进行联络，结果发现台湾佛教界、学术界和各界知名人士对在台湾举办敦煌古代科技展览相当支持，热切企盼。并与台湾佛光山、台海爱心会及大洋洲文化经济协会达成了联合主办"中国敦煌古代科学技术展览"的协议。时间定在1991年，先在高雄佛光山展出，然后再转移到台北展览。总计展出3个月左右，如需要还可延续。胡嘉华小姐又前来北京和敦煌，向我们说明这样的安排，我院和科协经过反复考虑，最终同意先到台湾举办展览。经请示甘肃省台湾事务办公室和国务院台湾事务办公室，得到批准。中国敦煌古代科学技术展览办公室与台湾"敦煌古代科学技术展览展出委员会"于1990年底签订赴台展览的合同。经中国科协请示国务院台办，并派员来兰与甘肃省委领导同志及有关单位协商，商定我省参展团、布展团和开幕式代表团的人员。名单是：参展团团长段文杰、副团长马怡良，团员是李正宇、杨薇、冯志文、梁尉英、王兆平、邵绥宁、路春涛、邵海陵、天波。布展团人员是李振甫、沈淑萍。参加开幕活动的代表团：代表团副团长赵养庭，团员马正乾、张温璞。随后赴展各项工作进入紧张阶段。然而，在办理人员入境手续时，却遇到一些障碍，大陆方面原定的人员只能分期分批处台，最先到达高雄的是布展团人员。其他人员未能出席开幕式。展览已于1991年12月3日至1992年3月5日在高雄佛光山展出结束，并与6月25日起转移到台北士林外双溪至善路中影文化城展出。在台北的主办单位是大洋洲文化经济协会、台海爱心会和表演工作坊。从胡嘉华小姐和布展团人员打来的电话中了解到，展出很成功，备受佳评，台湾民众和各界名流参观者络绎不绝。我们这次到台北，就是参加台北主办单位举行的敦煌古代科技展展出一百天纪念活动。但我们在台湾停留的时间连头带尾只有8天，比较短促。下午到达台北机场，已有台湾方面展出委员会的人士在迎接。因天色已晚，就直接到溪轩吃晚餐，并接受了记者的采访。当天晚上接到原重庆国立艺专老同学刘予迪电话约好第二天老同学聚会。次日上午，老同学见面了，有张光宾、刘予迪、林圣杨、杨蒙中、何明绩等七八个，其中还有一位甘肃籍的比我晚几年入校的王修功先生，几十年没有见面，现在一见，都老了，几乎认不出来了，但是我见他们身体和精神都很好，言谈中我得知他们都还从事着艺术事业，非常高兴。大家回忆起当年国立艺专的往事，特别是一些老师和同学的轶事，还真是历历在目，中午大家一起聚餐，并拍照留念。下午2时，去到中影文化城观看展览并参加了四点半举行的庆祝"敦煌古代科学技术展览"在台展出一百天酒会。大陆代表团全体人员应邀参加，台湾方面参加酒会的有知名人士陈立夫、蒋纬国、梁肃戎、孙运璇、秦孝仪、马纪北、王升及大洋洲文化经济协会会长丁中江等。会间，两岸人士对此次展览给予了极高的评价。陈立夫在现场题写了"敦煌精华在宝岛""创造最乐"，蒋纬国为展览题写了"有古有今，有今有来"的书法条幅。9月27日，我们去看望了著名敦煌学者潘重规先生，对他在敦煌学研究方面所做的贡献表示敬佩，并转达了我院授予他名誉研究员的决定。然后我们花了些时间去台北的书店去看书，并且购买了几本有关方面的书籍。28日上午与圣严法师会见，圣严法师是台湾有影响的几位佛教大师之一，和佛光山的星云法师一样，都是台湾佛教界举足轻重的人物，据说做了许多慈善方面的事情，在佛学方面有极深的修养，还创办了"中华佛学研究所"。下午与我院赴台人员商谈了展览工作方面的一些具体事项，又对参加学术讨论的讲稿做了些准备。晚上应邀参加台湾主办单位在圆山饭店金梅斋举办的晚宴。9月29日，应台湾汉学研究中心主任曾济群先生之邀，赴台北市中山南路20号"中央图书馆"参加由了汉学研究中心、大洋洲文化经济协会和中国科技协会共同举办的"敦煌学学术座谈会"。参加的人士大陆方面除了我以外，还有敦煌研究院的李正宇、梁尉英，中国科技协会的王治国、谭泾远、陈军、盛小列。台湾方面参加座谈会的有：东吴大学的潘重规、林隆盛，台湾中国文化大学的金荣华、朱凤玉、许端容，台北故宫博物院的苏莹辉、李玉珉、张文玲、袁旃，台湾"中央研究院"的陈奇禄、林玫仪、石璋如、管东贵、臧振华，逢甲大学的林聪明、戴瑞坤，成功大学的王三庆，政治大学的罗宗涛、简宗悟、林天蔚，台湾大学的石守谦、高明士、陈葆真、谢明良，大洋洲文化经济协会的丁燕石，台湾艺术馆的王朝安，台湾"中央大学"的林平和，台湾艺术学院的林保尧，台湾师范大学的邱燮友，台湾中正大学的谢海平，华梵工学院的何锦灿、达宗法师，台北师范学院的黄永武，中兴大学法商学院的郑阿财等众位学者教授，到了会议厅和诸位学者一一握手。见到林聪明和金荣华教授，我特别提到因故未能参加1990年台湾第二届敦煌学讨论会很觉遗憾，同时感谢他们当时热情相邀。上午9点钟，会议开始，首先举行颁证仪式，由我代表敦煌研究院授予潘重规先生名誉研究员证书，与会者热烈鼓掌。接着，学术讨论会开始由潘重规教授主持，安排我第一个讲演。我的题目是《唐僧取经图研究》，对近年在榆林窟和东千佛洞发现的六幅唐僧取经图的画面内容、艺术手法、人物形象塑造以及这几幅图出现在当时瓜州地区石窟艺术中的原因、背景进行了阐述。接下来我院的梁尉英作了《敦煌壁画药叉二题》、台湾苏莹辉作了《敦煌非宗教壁画》、金荣华作了《谈敦煌通俗佛画》、李玉珉作了《敦煌428窟图像问题》的研究报告。下午由罗宗涛教授主持，我院李正宇作了《论敦煌曲子》、台湾王三庆作《王梵志诗研究之评述并试论敦煌文献整理之我见》、黄永武作《谈敦煌的唐诗》、郑阿财作《试论敦煌蒙书的整理与研究》的讲演。学者讲演完毕后，由金荣华教授主持进行了综合讨论，与会学者谈得很热烈，各抒己见，共同切磋，会议开得很成功。虽然只有一天时间，但这是大陆学者和台湾学者进行学术交流的一次很愉快的合作。在静园晚宴时，大家还兴致勃勃地继续交谈，对进一步发展敦煌学研究提出了很多建设性的意见。9月30日上午参观台北故宫博物院，各类文物相当丰富，数量众多，精致美妙，使人眼界大开。中午秦孝仪院长宴请。下午参观张大千纪念馆"摩耶精舍"。这是坐落在双溪畔的一座园林，原是张大千生前居所。溪水潺潺，花木葱郁，倒也清幽。印象较深的是张大千案桌旁的执笔凝思蜡像，生动逼真，再就是各室中墙上悬挂的一些字画。在庭院中漫步，池中各种红色、金色鲤鱼游戏清波中的怡然神态也令人惬意。张大千在离开敦煌后创作的一些水墨画，比如好多幅荷花图，明显融进了敦煌壁画的韵律感。再后来又创造了泼彩山水画，应该说张大千是一位既有浪漫情怀又有创新精神的画家。离开张大千纪念馆又去参观了林语堂纪念馆。晚上出席蒋纬国先生举行的晚宴，蒋纬国先生是这次展览台北主办方之一的台海爱心会的召集人。对这次敦煌古代科技展赴台展出他是相当支持的。10月1日上午访问台湾中国文化大学，应金荣华教授之邀，在中文研究所和中文系作讲演，介绍敦煌研究院保护和研究工作方面的进展情况。下午我们去丁中江先生家拜访，并向他赠送了我院编辑的敦煌画册和研究文集。返回住地途中，顺便游览了台北市区。晚上参加了主办方举行的饯别宴会。10月2日上午游览了阳明山公园，并做了一些离台准备事宜，告别了刘予迪、张光宾等老同学。下午我和李正宇、梁尉英、沈淑萍乘车去机场，晚7时乘机返香港。在飞越台湾海峡的时候，我又沉浸在回想之中。这次在台的展出是成功的，台湾各大媒体都多次对展览进行报道，特别是对台湾知名人士的参观、敦煌学术讨论会情况以及大陆随展工艺美术家的技艺表演报道也较醒目。比如对92岁的张学良将军在参观中神采焕发，始终坚拒旁人搀扶，还婉谢特地为他准备的座椅；对郝柏村一家祖孙三代人相偕参观展览，以及92岁陈立夫先后三次参观展览流连忘返的情景作了生动的报道。这次随展工艺美术家的现场技艺表演也是观众瞩目的亮点。媒体对随展艺人的精彩表演给予了一定关注。如刘鸿雁的刀刻锲金画技艺，赵序农的风筝制作技艺，陶玉玲的蜡染制作，任月扬、丁怀德的云锦织机操作，荣宝斋的木版水印技术，彭剑淳的双面湘绣表演，邵海陵、邵绥宁的传统造纸技术，陈铜、生继兰的泥捏人物，天波的纸织画表演，储金霞、张家康的打铁画表演，骆朋朋的篆刻技艺，以及张铜林的建筑模型制作技艺，等等，都作了报道。对敦煌学术讨论会和对我的采访也都多次见诸报端。我感到绝大多数台湾人民和各界人士对中华民族传统是认同的，是有感情有热情的。

三、与池田大作先生畅谈敦煌

1990年12月份，我赴日本代表敦煌研究院与东京国立文化财研究所签订了莫高窟第194窟和53窟合作协议书。访日期间，于12月28日在东京圣教新闻社同池田大作先生会面，畅谈敦煌艺术，这期间池田大作先生还赠予我"东京富士美术馆最高荣誉奖"。这次谈话的内容曾全文发表于1990年12月29

日日本《圣教新闻》，择录如下：

池田大作：自9年前第一次见面以来，这已是我们第8次谈话了。每一次都学到了许多东西。今天，仍然是代表广大的"敦煌迷"们，向您讨教几点。

段文杰：名誉会长一直深切地理解、支持和宣传敦煌。每一次来日本，同名誉会长叙谈，是最令我高兴的。

池田大作：惭愧惭愧。院长的著作《美丽的敦煌》被广为传阅，我也拜读过了，对其中《敦煌和民众》一章印象尤其深刻。例如院长在文中特别强调指出，敦煌艺术是宣传佛教思想的艺术，而不是专为王侯贵

和日本创价学会名誉会长池田大作进行友好交谈　段兼善提供

族服务的宫廷艺术，它同各阶级、各民族的民众的信仰、文化和生活有着密切的联系。

段文杰：正是这样的。敦煌之美，美就美在它是"民众的艺术"。敦煌艺术的创造者并不是官僚、贵族等特权阶级，而是民间的画工、画匠。

池田大作：他们似乎有着广泛的世界性，据说也有包括印度人在内的外国人。

段文杰：对。那些专门开凿洞窟、制作塑像、壁画的人中也有汉族之外的人，如"于阗人""龟兹人""党项人""天竺人（印度人）"等，他们中有的名字还留存至今。作为艺术创造基础的不是官僚和贵族，而始终是民众，这些艺术是用来表现佛教思想的，但佛教自身从一开始就是以"民众"为其根本的，把民众从烦恼中解脱出来，使他们摆脱生老病死之苦。我想，这正是佛教的根本精神。怎样才能使民众更为幸福，何时何地都为民众，这些都是佛教思想所要反映的内容，也是敦煌艺术所反映的内容。当然，常常有这样的情况出现：以广大民众的实际需要为背景，当政者们和统治者们也保护和宣传佛教。这实际上是抛弃佛教的根本精神，仅仅利用佛教，将其作为统治人民、稳定政权的一种工具和手段。

池田大作：这是一种重要的历史现象。在我们创价学会所信的日莲圣人的佛法中，有这样的说法，就是说有这样的施善行的人，即无故地压迫民众去创造财富，并占有它们。这种人即使表面上做了多么盛大的佛事，非但不能成佛，而且他们的形迹最终也将彻底消失。正如院长刚才所讲的，这些统治者们无论表面上做出怎样的"兴佛"之事，其心中所想的却是利用民众，以牺牲民众来谋取自己的安乐，与佛法的根本精神相违背。我认为院长上面的话就指出了这种表面的欺骗手段。

段文杰：是。我觉得敦煌文化之所以受到全世界人民的喜爱，正是因为它具有"以民为本"的这种特征。

池田大作：我完全有同感。正是那些在封建社会中无财产、无地位、无名誉的无名氏们历经千辛万苦，构筑了以佛教为基调的"文化之城"——敦煌。在您的著作中介绍说：那些画工居住在简陋的洞窟里，死后就埋在里面，以窟为墓。这一点，去年也曾谈起。曾听您说，画工死后仅在身上盖一张画就埋了。

段文杰：是的。通过对莫高窟约四百几十个洞窟的研究，发现其中有僧侣修行的洞窟，有画工们居住的洞窟，有专门为制作雕像开凿的洞窟。画工们多住在北区的洞窟中，他们生前住在这里，死后也葬在这里。

池田大作：他们一边过着这样简朴的生活，一边却创造着超越时空、至今仍然熠熠生辉的"美丽之城"。以他们辛苦的结晶持续不断地为广大民众送来"美之光""希望之光"，进而激发起人们追求更深佛法的心愿。其间，敦煌也历经历史的风云变幻和曲曲折折，但今天它们都随着时间的流转而消失了，唯有这融入了民众精魂的"信仰结晶"永远地保存下来了。从长远来看，什么是虚幻的，什么是永恒的，什么是非正义的，什么是正义的，一切都很明了了。

段文杰：真是精辟的见解。

池田大作：说到虚幻，我听说敦煌附近戈壁滩上有一处名为"桥湾城"的遗址就被称为"虚幻的城"，是这样吧？

段文杰：是的。因为它与莫高窟没有直接的联系，所以在我的书中没有提到，它是一处很有名的遗迹。

池田大作：大概是清朝某皇帝吧，有一次他梦见一座雄伟的城池，于是就降旨要建一座和梦中一模一样的城池。但是承担任务的大臣虚报造价，将一部分费用贪污了。据说后来东窗事发，这个大臣被处死，该项建设工程同时被中止了，桥湾城也就变成了一座名副其实的"虚幻之城"。与"民众之城"形成鲜明的对比，这座被横暴和罪恶玷污的"权力之城"最终变得茫无踪影。我听说这座城的遗址如今被沙碛掩埋，变得更加残破不堪。

段文杰：是的。这个贪污的大臣落得个非常可悲的下场。他的皮被剥下来，脑浆被掏空，把他的皮蒙在头盖骨上做成一面鼓。愤怒的人们敲打着这只鼓，怒斥着他。这并非一个残忍的故事，而是表明民众不能饶恕他的这种罪恶，用这种严厉的惩罚来警戒后世。这面人头鼓至今还保存着。

池田大作：没有什么比民众的力量更为强大的了。民众一旦觉悟并站起来后，是不可战胜的，他们能够将任何残暴推翻并改变时代潮流。这方面的最好的例子就是民众们奋起保护敦煌宝藏的历史事实。经过无数民众呕心沥血、苦心营造起来的"丝路瑰宝"——敦煌，在现代社会的最初时间，也曾遭受贪婪的强盗们的掠夺，他们带走了贵重的文物。1900 年从藏经洞发现的四五万件文献和艺术品在不到 10 年的时间里被外国人掠夺一空。据说最后一个到访的某位外国美术史家发现没什么可以带走之后，就用胶布把壁画剥走了。他因此而尝到甜头，并打算再访敦煌时剥更多的壁画。

段文杰：正是这样，是强取豪夺。

池田大作：但是，这次敦煌的民众们挺身而出，坚决反对这个掠夺者再次进入敦煌莫高窟——"我们的城""我们的宝"，"靠我们自己的力量来守护"。面对民众的这种勇敢行为，这个外国人三天后只好悄悄地溜走了。因此，敦煌是一座以佛教为根本，由民众创造，为民众带来快乐，并由民众守护的"文化之城""和平之城"。

段文杰：从这个意义上讲，敦煌就是"以民为本"的佛教精神的象征。

池田大作：那么，在对敦煌艺术的长期研究中您肯定从中得到过最强烈的启发和灵感吧？

段文杰：有的。莫高窟的绘画是以整个佛教为题材的，但是画工们并不是将已有的形式和组合照搬过来，而是进入一个更为自由的精神空间来绘画。换言之，他们是用自己的精神来表现佛教题材的。

池田大作：是将信仰融入自己的身体中，把它当成自己的血肉来表现了。

段文杰：对。例如在佛教故事画中有一个《九色鹿本生》故事。故事中的那只救了河里溺人的鹿，本来是屈膝跪在国王面前向国王哀求的，但在敦煌壁画中却画成站立在国王面前，与国王平等地对谈，这与佛教故事里讲的在表现上有所不同，实际上画工们是把自己的心志寄托在了鹿的姿态上。这只值得尊敬的鹿自然是民众的代表。为什么非要下跪呢？画工们正是以自己的这种情感来绘画的。

池田大作：说得真好！这使我想起贝多芬的一段小插曲来。贝多芬于1812年同歌德见面后，两人在一起散步的时候，大公家的人从对面走过来，歌德让到道路边上，但贝多芬却背着手从他们中间穿过。那些贵族们很客气地向贝多芬打着招呼。贝多芬曾说过一句很响亮的话："国王、贵族们能够提供许多象征权威的肩章和勋章，但是却不能创造出伟大的人物和杰出的精神来。"在他看来，在音乐的精神世界里，他拥有"我就是王者"的自豪，只有这种自豪、这种精神的"勋章"是任何人也无法夺走的。

段文杰：讲得真精彩。

池田大作：当时人们的体格同现代人相比，是什么样？也埋有女性吧？

段文杰：由于遗体大多损坏了，难以判定当时人们的体格。至于埋葬的女性，发现一具元代公主的遗体，是蒙古族女性。

池田大作：是元朝的公主吗？

段文杰：元朝有很多各种各样、大大小小的王，发现的这具是其中地位较低的一个王的女儿。

池田大作：画工的一生是忍受苦难、贫穷和默默无闻的一生，但是他们一定是重视"永恒"并在胸中怀着"永恒"来进行绘画的。在他们的劳作中，吃饭应该是个很重要的问题吧？还有，报酬方面又如何呢？

段文杰：吃的是敦煌附近所产的小麦磨成面粉做的馒头或面条等很简单的东西。他们平时属于寺院，通常是供养人前来预约，要他们在哪个洞窟里画什么内容的壁画，一旦完成后，就从供养人那里领取工钱，依靠自己的劳动来获取报酬。那些写经者也一样，他们被雇用后，只有完成了写经的工作后，才能领取报酬。

池田大作：我完全明白了。敦煌人口最多的时候有多少居民呢？

段文杰：汉、唐时代的敦煌城虽然现在已无遗迹可寻，但是，汉代设置敦煌郡的时候，大约有四五万人居住。而 1949 年全国解放时，敦煌城里的居民不到两万人。即使从那时来看，汉代的敦煌城人口就相当多。人口为什么减少呢？北方丝绸之路逐渐衰落，过往的旅人也越来越少。再说，（丝路）北道非常艰难。玄奘三藏从长安出发去印度，用了两年的时间。但是，南宋时，船运逐渐发达起来，如果坐船走的话就很快了。这样，海路贸易变得兴盛起来，敦煌的人口也就起了很大的变化。

池田大作：敦煌周围的地区自古以来就是沙漠吗？

段文杰：是的，基本上没有什么变化。

池田大作：又是谁，为什么把焦点投入到沙漠中的敦煌来的呢？

段文杰：敦煌从汉代起就已经很繁荣了。主要是因为它地处交通要冲。中国的丝绸通过丝绸之路运到欧洲，反过来，印度的佛教又通过这条路传入中国。只是，佛教传入中国时，是和佛像一起传过来的，只要佛教传到哪儿，哪里就有佛像。

池田大作：有位作家曾说过，在日本的滋贺县和长野县等地也能看到同样的传统，我们自己却很少注意到。听说今年8月在莫高窟发现了据说是世界上最早的木活字，是古代回鹘文字，据推测刻于公元13世纪呢。

段文杰：这种文字很重要。

池田大作：中国被认为是世界上最早发明活字印刷术的国家。

段文杰：是的。但是活字的发现，这回并不是第一次。在藏经洞被发现的时候，虽然数量很少，但就已发现了。这次不是从藏经洞发现的，是从北区的洞窟中发现的，数量很多。我想，在不远的将来会向大家公开。

池田大作：大家对此都抱有很大的兴趣。院长44年来一直从事敦煌艺术的保存、研究工作，这是举世共知的事实，那么院长还培养研究事业的第二代、第三代的人才吗？

段文杰：人丁兴旺，比我们这一代人优秀得多的年轻人中70%是30多岁的年轻人。他们工作后，又到中国的各类学校和研究机构再一次深造，有的还到国外进修。

池田大作：真了不起，这样，我就放心了。培养后继者事实上就是让敦煌的珍宝和精神生生不息地传下去的道路。以前也曾向您问过这个问题：还有在敦煌发现新的文物的可能性吗？

段文杰：有一些，目前还在发掘中。最近两三年，我们在敦煌周边发现了新的题材。例如在甘肃省的山中石窟发现了绘有玄奘三藏去印度取经内容的壁画。上面画的玄奘骑着白马带着孙悟空去印度，然后奉持佛经归来的场面，表现出从出发到归来的整个过程。

池田大作：真是伟大的历史遗产。我也从报纸上看到了段院长已经就此写了论文的消息。

段文杰：而且外国的研究者们也估计藏经洞不止一个，还应该有第二个，我在敦煌时也曾听说有五个藏经洞。目前已经发现了两个，还有可能继续发现。偶尔也有敦煌本地人写信给我说在附近的洞窟中有藏经洞。对此，美国学者也持同样的观点，他们还提出利用最尖端的仪器为我们探寻新的藏经洞。

池田大作：段院长走上敦煌研究道路的动机是什么？

段文杰：我以前在求学阶段对敦煌的事情一无所知，后来上大学的时候看了张大千先生的画展才知道。那次画展展出了二百几十幅绘画，其中有许多与敦煌有实际关系的优秀之作。看到那些作品后，我就感觉到，学习敦煌的人物画对表现现代人的生活是很有益的，因为敦煌的特定的历史人物画非常富有生气。当时学校里的老师很少给我们教人物画，所以一看到张大千先生的绘画，马上就把敦煌的绘画当成人物画的"范本"了。正是因为对那些作品着了魔，我才到敦煌来的。

池田大作：我完全明白了。说起人物画，在西方，写实性的人物画从很早起就已经很发达了，大体上讲都是有人教的。东方，特别在中国，对于山水画非常了解，但人物画，在某种程度上，向有绘画经验的某个人学习的这种情况多吧？

段文杰：在中国，都是跟匠师学习绘画的。按匠师所说的对某个静物进行写生，然后再交给匠师去修改。画家们（包括人物画家）通过描绘各种各样的画稿来掌握知识和技术。

池田大作：例如像先前问到的"天竺之旅"的作品等，如果是现在的话，照片也有，但在当时就全凭想象去画了吧，其中又有多少真实性呢？

段文杰：相对于西方人物画的对比性和写实性较多的风格，中国人物画更追求表现人物的"精神"，比起外在的"形似"，更着力去表现人物的内在的精神气韵，这在两千几百年间已成为中国绘画的要点。

池田大作：这也贯穿在刚才谈到的"九色鹿"的故事中呢，实在是很优秀的传统。重要的是精神，进而，与它相配的"形"作为这种精神的载体，自然也就变得重要了。那么院长您除了绘画外，还有什么爱好呢？

段文杰：为了绘画，也学一点汉字书法，书画相通，这种技能是必要的。

池田大作：承蒙段院长的大力支持，1985年10月在东京富士美术馆举办的"中国敦煌展"产生了很大反响。那次展览展出的贵重文物生动、形象地反映出敦煌两千年的历史，至今仍然是人们谈论的话题。而且那次展览举办时段院长赠送给我和我妻子的两峰骆驼模型，褐色的"金峰"和银白色的"银峰"，现在还被引入文学作品中来了。每想起这两峰骆驼，我低声吟唱起《月下的沙漠》这首歌来，再也没有比它们更让我喜爱的礼物了，现在还很好地保存在东京富士美术馆里。这骆驼生活在什么地方，为什么想到要赠送它们呢？

段文杰：我很高兴。实际上当时也考虑，为纪念敦煌展在日本举办，赠送什么样的礼物好呢？敦煌可以说是一块地处沙漠中的佛教文化的"绿洲"，提起沙漠，就会想到骆驼，就送了用骆驼的毛皮做的模型。骆驼中，褐色的比较多，偶尔也能碰到白色的，因此就以"金峰"和"银峰"赠送了。在赠送骆驼的时候，是传达了这样的信息：在骆驼上分别安着"金鞍"和"银鞍"。"金鞍"上载着中国人民对日本人民，特别是对创价学会诸位的深厚友谊，"银鞍"上载着中国人民对世界和亚洲和平的真诚愿望。

池田大作：为了研究敦煌，我们还要赠送应该称之为现代的"飞天"的汽车。

段文杰：这十年间，池田先生给予敦煌的热情和文化上的援助，使我们深受感动。那些研究器材和设备，特别是越野车都发挥了很大的作用。还有，通过出版《话说敦煌》（角川书店刊）等书刊，宣传敦煌推动敦煌的保护事业，而且还主张流失到海外的敦煌文物应该让它们"回归故里"。

池田大作：我想起来了，把流失到海外的敦煌文物归还回去这件事，还是九年前在京都和院长见面时特别强调过的。

段文杰：从那时以来，只要一有机会，我就向据有敦煌文物的法国人和英国人提出来，有趣的是，他们虽然都赞同，但要付诸行动，却又非常困难。池田先生为世界和平做出了贡献，我想，在不久的将来国际环境好转之时，是有可能实现这一提议的。

池田大作：在这方面，我将尽己所能。

段文杰：1993年将迎来敦煌研究院创立50周年，我们预定举办大的庆祝会和国际学术讨论会，届时将邀请世界各地对敦煌事业出过力的各位朋友前来，池田先生是一定要邀请的，我们将非常热情地欢迎您。

池田大作：谢谢。院长的友情，使我非常欣喜。很快就要到新年了，让我们迎接更好的一年吧。这里，和着新春的喜悦，我想用中国的一句话来结束我们今天的谈话——"人心新岁月，春意旧乾坤"。意思是：迎来了新年，人们的心也新了，而在这广阔的天地间，也弥漫着春的气息。

1991年5月，日本东京艺术大学校长委派杉下龙一郎教授到敦煌，为我院李最雄颁发了文物保存科学博士学位证书。李最雄是我院派至日本专修文物保护专业的研究生，1988年他有一项保护科学的研究成果获得文化部科技进步二等奖。到日本经过艰苦的学习，取得了不凡的成绩，他成为我院也是我国当时第一位文物保护科学博士。我请杉下龙一郎先生回去后转达我对东京艺术大学的谢意及对平山郁夫先生的问候。

1991年8月，经院务会议研究决定聘请长期在敦煌学研究领域取得重大成就的香港学者饶宗颐先生，台湾学者潘重规先生和在敦煌石窟保护研究、促进中日文化交流方面给予很大援助和支持的日本友好人士平山郁夫先生、池田大作先生为我院名誉研究员，并在适当的时候授予名誉研究员证书。池田大作先生从1982年起就积极支持敦煌的保护研究事业，主动向敦煌研究院捐赠摄影录像器材和数辆工作用汽车，并派常务副会长三津木俊幸先生到敦煌协商到日本举办"敦煌艺术展"有关事宜。平山郁夫先生多年来积极推动日本政府无偿援助保护工程，为敦煌研究院培养保护科学和艺术研究方面人才，并以举办个人画展等方式筹款向我院捐助巨额资金用于保护研究事业。潘重规先生多年进行敦煌文献的研究，著作甚丰，在台湾创办了第一本《敦煌学》期刊，在台湾中国文化大学积极倡导敦煌学研究，开设"敦煌学研究小组"，开设"敦煌学研究"课程，为20世纪80年代敦煌学在台湾兴盛打下良好基础。饶宗颐先生从20世纪50年代开始敦煌学研究，撰有《敦煌六朝写本张天师道陵著老子想尔注校笺》《敦煌写卷之书法》《敦煌白画》《敦煌曲》等，主编了《敦煌书法丛刊》，对推动香港的敦煌学研究起了重要作用。当我去信向他们告诉此事，他们都欣然接受。我给池田大作的信这样写道："池田大作名誉会长，您好！您再次赠送的两辆尼桑越野车，国家文物局已帮助办好一切手续，待车到天津港后，我即派人去接。谢谢您。池田先生一向致力于和平事业和中日友好事业，一向关心敦煌文物的保护、研究和文化交流，我们每次见面都要谈到敦煌学研究问题，您还写过介绍敦煌石窟文化的书，在书里公开表示：世界上一些国家拿去的敦煌文物都应该回归故里。而且您对我院的工作一直在进行援助，我们很感谢您。为了敦煌学事业的发展，我们决定请您作我院的名誉研究员，近期如有访日任务，我将亲自将聘书带来东京送给您。另外，1994年秋，是我院成立50周年，我们将举行纪念会和国际学术研讨会，届时希望您访问敦煌，参加我们的学术会。祝您健康、全家幸福。敦煌研究院院长段文杰。1991年8月15日。"不久，收到池田大作先生回信，信中说："尊敬的段文杰先生，酷暑将尽，早晚已有秋意。遥想先生身体健康，工作顺利，令人欣慰。敦煌，堪称世界瑰宝，人类文化遗产，是我无比热爱的，由一直守护她的段文杰先生赠我以敦煌名誉研究员的称号，何其荣耀，是我此生巨大欢喜，谨致衷心的感谢。月夜沙漠，飞天飘舞，菩萨微笑，七宝闪耀，堪称佛教艺术宝地的敦煌是我自幼憧憬的地方。我认为，那历时千年费尽艰辛构筑了佛教东传要塞敦煌宝地必须永远保护好。此次接到段文杰先生的通知，实出意外，我决心今后要更加不遗余力地推进日中文化交流。明年是日中邦交正常化20周年，为庆贺这一节日，我预定在10月的美好日子里访问贵国。硕果累累的秋天，也快要来到敦煌了吧。愿先生多珍重，以完成重要的工作，此致敬礼。1991年8月29日。池田大作。"

四、悲喜交加的印度之旅

1991年我担任主编的院刊《敦煌研究》被甘肃省评为优秀刊物。甘肃省成立了一个国际文化传播交流协会，推举我担任名誉理事长。这段时间，我抓紧撰写了《九色鹿连环画的艺术特色——敦煌读画记之一》《漫谈敦煌艺术和学习敦煌艺术遗产问题——答包头师专美术系师生问》《临摹是一门学问》等多篇文章，先后在《敦煌研究》上发表。

随着研究工作的逐步深入，我感到对敦煌石窟的研究除了加强对其本身的纵深挖掘外，还需从外部的各个角度对其进行审视、观照和比较。比如勘测一条河流，只注意中游和下游是不够的，还应当对其上游进行一番考察，才有利于弄清其全貌。

我们在研究敦煌的时候，当然应当把它放在历史的长河中和广阔的地理环境和人文景观里来探讨和比较。不仅要对敦煌石窟艺术体系的内部各种整体面貌和具体细节进行深入剖析，也要把它放在中外文化艺术发展史中来比较和考量。为了弄清某些问题和现象的来龙去脉，必须做一些探源的工作。我发现在我们的研究工作中有不少问题不能不涉及佛教的诞生地印度，为了使我们的研究工作更广泛和深入，有必要组织一个学术考察团赴印度和巴基斯坦，如果有条件还应考察一下阿富汗的佛教艺术。我和院内的一些同志交换了意见，大家都有同感。我们初步制定了一个考察计划，准备分两个阶段进行。印度为第一阶段，主要考察目标集中在四个区域：

1. 以德里为中心，主要考察新德里的国家博物馆，该馆藏有敦煌绢画一百多幅，写卷若干，此外，还有吐鲁番出土的不少文物。然后考察阿格拉的马图拉博物馆，这是一个马图拉艺术品的主要藏馆，马图拉艺术对我国佛教艺术有一定影响。最后，我们还要去参观山奇大塔。

2. 以贝那勒斯为中心，参观鹿野苑遗址、萨尔那特博物馆、王舍城、那烂陀遗址及其博物馆、佛陀伽耶大菩提寺及其附近印度最早的石窟寺。最后取道加尔各答，参观那里的印度博物馆，考察该馆收藏的巴尔胡特大塔，这是目前发现的最早的佛教艺术品。

3. 以海德拉巴为中心，参观南印度的佛教艺术，主要是龙树穴遗址、阿玛拉瓦提大塔遗址和该地的石窟寺，最后看马德拉斯博物馆。

4. 以孟买为中心，考察西印度的石窟寺，主要地点有阿旃陀、埃罗拉、巴雅、巴格贝德萨、纳西克、卡尔利、象岛、巴达朱石窟。

第二阶段考察巴基斯坦佛教艺术，主要看两大区：

1. 拉合尔地区的佛教寺院遗址及其博物馆。

2. 白沙瓦地区的佛教艺术遗存。白沙瓦为贵霜王朝的都城，主要看点为怛叉始罗遗址及博物馆、白沙瓦的沙哈·吉其德里遗址和塔勒里山地寺院遗址和犍陀罗艺术遗址。

如果条件允许，可进行第三阶段考察，即参观阿富汗的佛教艺术，主要考察点有喀布尔和贾拉巴德附近佛教寺院遗址，海巴克地区的石窟寺和巴米扬石窟。同时也考虑到我院在梵文研究方面还是一个缺项，应当培养这方面的人才，要派两名中青年学者赴印度学习梵文。但我们的计划尚需得到上级主管部门的同意，也要得到印度方面的配合。印度的尼赫鲁大学教授谭中是印籍华人，是位敦煌学者，其父谭云山先生曾对中印文化交流做过不少工作。我给谭中教授写了一封信，请他帮忙联系印方合作单位。不久，得到他的来信，说他已向印度驻华大使任嘉德先生和印度英迪拉·甘地国家艺术中心提过此事，都表示愿意合作，并告诉联系地址和姓名。我们就开始和英迪拉·甘地国家艺术中心联系，同时，向省里领导机关及文化部、国家文物局请示报告，希望得到上级支持。说到这里，我不能不回忆起一次和任嘉德大使的会见。1990 年 6 月 14 日，印度驻华大使任嘉德和夫人，丹麦大使贝林和夫人携子女到莫高窟参观，看过洞窟后提出要和我见面，座谈敦煌艺术和文物保护问题。我安排在接待室会见，并通知保护所所长孙儒僴、副所长李最雄，美术所所长关友惠、副所长李其琼也参加座谈。在座谈中，任大使说："我很坦率地说，你们的保护工作比我们做得好得多。印中两国可以在学术研究和保护方面开展合作。印度文化部和中国文化部准备今年 9 至 10 月间，签署一项为期两年的文化交流协议，如院长先生同意，我准备将敦煌研究院列入计划，以便与印度有关单位开展文化艺术和学术交流。印度政府准备向中国提供两名青年学者研究奖金到印度学梵文，如院长同意可以在近几天给我写封推荐信，写明两人学历、研究成果及英语或印地语程度，以便尽快促成此事。另外，还可以考虑两国的艺术展览交流活动，欢迎敦煌研究院到印度举办艺术展览，印度也可以到中国举办艺术展览。还有，如果敦煌研究院的学者，想研究印度佛教哲学和佛教艺术，可以作为访问学者到印度考察，研究 3 到 6 个月，将来印度也可派学者到中国进行学术交流。两国学者可以搞佛教文化方面的合作研究，联合出版研究成果。同时也希望类似今年 10 月的国际敦煌学术讨论会能在两国间多次举行，以便及时地进行交流。当然，这是个长远设想。我谈完了，想听听段院长先生的意见。"我回答道："大使先生谈了许多好的意见，中印两国至少有两千年文化交流的历史，用中印两国古代文化交流的学术研究促进今天中印两国人民间的友好往来和文化交流，这是我们一向致力推进的事情，我们将仔细考虑大使先生的意见，把我院列入今后两年内中印文化交流计划。研究中国的佛教文化和佛教艺术，必须了解印度的佛教思想和佛教艺术，虽然，佛教传入中国后已与中国儒家道家思想和中国民族艺术相结合，形成了中国特色和中国体系，但印度是佛教的发源地，探本溯源为学术上深入研究所必需。关于学习梵文问题，我们是需要的，前年北京大学季羡林、黄心川先生准备办梵文学习班，我院报名派人参加，但不知何故未办成。现在如能去印度学梵文，当然更好，谢谢任大使好意，我们一定考虑这件事。关于敦煌艺术展览，50 年代曾在印度办过两次敦煌壁画展。我们的临本很多，如再去举办展览，可以增加一部分过去未展览过的，只要印度方面来函邀请，我们便上报审批，进行筹备。对于我院学者与印方进行学术交流，这是件好事，两年前印度德里博物馆两位专家访问过敦煌，其中一人还是敦煌专家。在座的关友惠、李其琼也都曾访问过印度，今后扩大交流是我们所希望的。关于合作研究问题，在石窟文物保护方面的国际合作已有日本、美国等两三家，在石窟文化方面，我院目前还没有接待外国学者长期居住研究的条件。出版问题，我们已有一个庞大的计划，出敦煌艺术选集 15 本、分类专题集 15 本、敦煌石窟全集 100 本，正在与有关出版社联系。联合召开敦煌学术会议，都是好事，我们要先上报省里或中央有关部门批准，我们可以先做这方面的工作。大使先生希望参加今年 10 月份举行的国际敦煌学术讨论会，我们已经发出了邀请函，欢迎您列席我们的学术会议。"任大使说："我不是专家，但我想听听大家发言，想做些文化交流的搭桥工作，还可以支持印度学者参加此项学术活动。"会面结束后，我们拟定了一个具体方案上报省里及中央有关部门审批。不久，文化部决定将敦煌研究院与印度英迪拉·甘地国家艺术中心之间交换资料、学者互访、派遣留学生、举办敦煌艺术展和学术讨论会等项目纳入 1991 年与印度政府签订的文化协定之中。1991 年上半年，院里派樊锦诗副院长去北京与印度驻华使馆商量落实了访问考察、举办展览和青年学者留学进修等具体安排。7 月，我院推荐的两位青年学者硕士研究生李崇峰、杨富学已赴印度，在德里大学学习梵文和石窟考古，学期两年。我和史苇湘赴印参加学术讨论会和考察访问，美术所杜永卫、赵俊荣送展品赴印的时间也已敲定。

1991 年 11 月 23 日，我和史苇湘从北京乘飞机赴印度，上午 10 时左右，狄会忠、杜永卫、赵俊荣送我们到首都机场，小杜、小赵是 27 日的飞机，在候机室，我再次叮嘱他们要注意展品的安全。中午 1 点钟，我们登上一架波音飞机，起飞后一路很平稳，下午 5 点钟到达香港，在香港等了 5 个小时，夜里 10 点多才登上英国 CA109 航班。24 日凌晨到达新德里机场，下机后，要填写入境卡，我和老史都不会英语，正在为难如何填卡，这时走来两位中国人，其中一位问我："你是段先生吗？"我连声答道："是的，是的。"他说："我叫马雅光，是中国驻印度大使馆文化参赞，这位是小田，是文化部外联局工作人员，我们是专门来接你们的。"结果一切手续都请他们代办了。但到取行李时发现少了一件，恰好是我的，箱子里有敦煌艺术录影带、幻灯片、画册、胶卷、西装——都是参加学术讨论会所必须用的，我很着急，马参赞立即去与机场交涉寻找。印度的谭中教授一直在机场外等候，这时也进来了，又忙了一阵行李包的问题，后来只好由机场继续寻找，我们先离开机场，马参赞一直把我们送到住地。住的宾馆据说是印度最高级的，相当于我们的钓鱼台国宾馆。我住 12 号，老史住 13 号，11 号是我们的老朋友俄罗斯敦煌学家孟列夫，他英语汉语都讲得不错。我们在语言上深感交流起来不方便，我觉得必须设法继续培养外语人才，特别是专业研究人员，要通外语特别是英语，希望 1993 年的学术会上我院有一批论文用英语宣读。次日上午 9 时，谭中教授的博士生巴隆女士来接我们到博物馆中心参加由英迪拉·甘地国家艺术中心、印度文物管理考古研究所和国立博物馆主办

出席"中印石窟艺术研讨会"　段兼善提供

在印度举行的文化交流活动上讲话，右一和右二是瓦兹雅和谭中　段兼善提供

的"中印石窟艺术研讨会"开幕式。在一间会议室里布置成长
方形的座次，大约有 50 人参加会议，印度学者约 20 人，其他
学者是俄、法、德籍专家，中国驻印使馆文化参赞马雅光也列
席了会议。先由瓦兹雅女士致欢迎辞，然后由我和印度专家德
什班德先生先后致开幕辞。之后学术讨论会开始，由我第一个
发言，题目是《敦煌石窟艺术的特点》，我谈了十大特点：一、
石窟建筑的中国特色；二、从印度飞天到中国飞仙；三、菩萨
的女性化；四、供养人画像是中国特有的肖像画；五、大乘经
变的王国；六、音乐舞蹈的宝库；七、敦煌石窟艺术与信仰思想；
八、中印壁画绘画技法交流；九、释、道、儒三家思想的大融合；
十、中西石窟艺术的交汇点。上午是谭中教授和约什先生主持
会议，下午由我、德什班德和瓦兹雅女士主持，几位印度和外

国学者发言，史苇湘也在下午发了言，讲了敦煌艺术的技法与风格。第二天接着宣读论文，大约有六七位学者发了言。中午休息时去看了一下国立博物馆，有不少新疆壁画残片和敦煌绢画。因时间不充分，只有个大概印象。下午开会过程中，听说印度前总理拉吉夫·甘地的意大利夫人要来参加学术会议。在森严的保卫气氛中，这位夫人来了，瓦兹雅把她介绍给每位学者见面握手，然后坐下来听学者发言，但她并未讲话，会后离去。11月27日会议最后一天，讨论的重点转到石窟保护问题上，也涉及临摹问题。各国学者都发表了一些看法，我也介绍了敦煌石窟的保护工作和临摹工作，会议讨论非常热烈。下午四点半，在国立博物馆礼堂举行了闭幕式，由卡比拉·瓦兹雅博士作了会议总结报告，印度副总统桑卡尔·达雅尔·萨尔玛博士致闭幕辞，他回顾了古代中印文化交流盛况，祝愿今天的中印文化交流顺利发展。我在闭幕式上也讲了话，对会议的成功召开表示祝贺，对副总统与会感到荣幸，希望在座各位继续推动中印文化交流向前发展。最后由德什班德致答谢辞。晚上，举办了一个专题讲座，由里博德夫人作了题为《敦煌石窟中出现的礼仪与祝愿织物的重要性》的报告。至此，三天的研讨会结束。这一天相当疲倦，到了宾馆，倒头便睡。孟列夫来相约吃晚饭，我以实相告，不想吃饭了。

学术会议后，就是等候壁画展的举办和安排参观考察。印方邀请12月11日为德里博物馆作一场学术报告，题目是《人类珍贵的文化遗产——敦煌艺术》，尚需把稿子修订一下。交杨富学翻译打印。杜永卫、赵俊荣已到德里，也安排好了住处。11月29日在鲁巴陪同下去德里博物馆会见馆长萨尔玛，联系参观事宜，我们将分几次参观里面的藏品。又在马雅光参赞的陪同下去中国驻印大使馆会见了陈大使。下午鲁巴来电话说我丢失的行李找到了，是被旁遮普邦的一个老头取走了，拿回家去扭开锁一看，东西不是他的，英航把东西取回来了。行李送来了一看，锁坏了，但里面的东西倒没有丢，谢天谢地，这是我第一次行李遇险。这些日子，在谭中夫妇、鲁巴和一位王老师的陪同下，我和史苇湘、李崇峰、杨富学、杜永卫、赵俊荣参观了莫卧儿王朝第二位帝王王妃墓、大同教的巴哈伊教灵曦堂、新德里博物馆的印度教雕刻、15世纪阿拉伯式王宫建筑红堡、德里大学佛学系。德里博物馆去了几次，后面一次主要是看敦煌绢画，大约看了100件，但许多都是残片，多数是斯坦因从莫高窟藏经洞拿走的，另一部分是黑城出土的西夏文物。在绢画中发现了一幅非常珍贵的作品，即S0016号杨枝观音，神态生动，线描流畅，色彩渲染技巧很高超。绢画引人注目的还有那些佛传故事画，内容相当丰富。还有一些墨笔画稿十分重要，人像勾勒很准确生动，特别是山水白描，很有韵味。黑水城文物中版画不少、线条挺拔有力，是难得的版画精品。开始时已与萨尔玛馆长商议过，获得同意，但参观时间紧，藏品又多，临时不好拍照，又与馆长商量好，委托李崇峰专门安排时间来拍照。在德里参观的间隙，我们也看到印度市场的情况和普通民众的日常生活及风俗习惯。摆摊的老汉、跳舞的少女、玩蛇的小孩，也很生动有趣。12月4日，我们乘飞机去贝纳勒斯城，在飞机场受到贝蒂娜博士的欢迎，给我们戴上花环，然后入住阿育王宾馆。次日早晨，我们在贝蒂娜女士陪同下去游览恒河，我们到达恒河边，正好一轮红日从云雾中升起，映照在河水中，恒河变成了一条蜿蜒曲折的火龙。恒河，我在40多年前研究佛经时就已知道，它是印度文化的诞生之地，相当于中国的黄河滋育了中华民族的文化，释迦牟尼传播佛教讲的许多故事就与恒河有关，九色鹿救溺人的故事据说就是在恒河。贝蒂娜女士带我们登上一条小船，向恒河下游划去，恒河两岸有各种建筑，特别是有不少古建筑，有王宫、佛寺、印度神庙、耆那教教窟、伊斯兰教清真寺等，从这些建筑遗存尚可感受到古老文化的积淀。河边有石阶伸入河水之中，很多妇女和男士都从上面下来走到水中洗浴，有些人没入水中再站起来，又浸

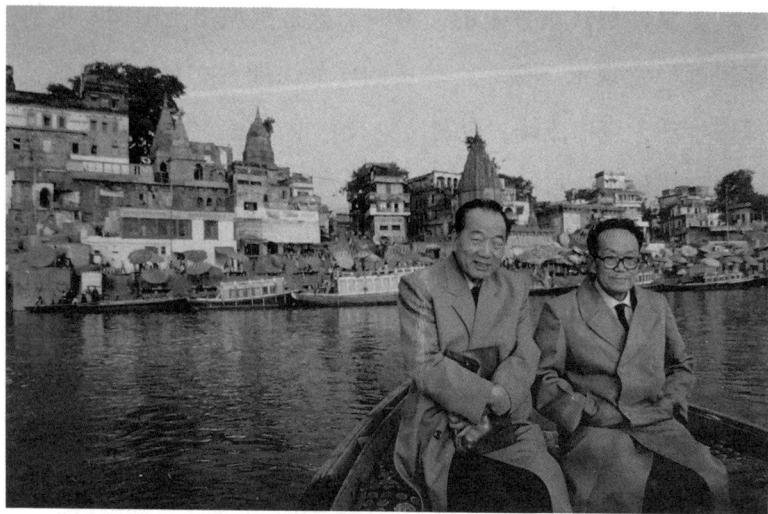

访问印度时游览恒河　段兼善提供

入又站起，如此反复六七次，然后端正站立或盘腿而坐，双手合十，口中念念有词。再往前行，又见很多男男女女在河边洗衣服，把浸了水的衣服放在洗衣石上捶捣，传来一阵阵捣衣声。继续前行，看到一个特殊现象，水上有许多船把一些木料运到岸边，有上好的圆木，也有成段的树枝，在一处地方把木料堆架好，把红绫或白绫裹着的人尸，抬到木架上，几个穿白衣的男人在料理荼毗，这就是佛经上说的香木荼毗，就是火焚。那边也有一组男人正在给一具尸体裹绫，而这边的木架上已燃起了熊熊大火。有意思的是这块场地的后面耸立着一排排高楼，里面都住的是上了年纪的老人，意思是等待上天堂。我忽然想起敦煌壁画中送老人入住墓茔的画面，原来老人等候升天是印度的风俗。可见佛教对中国艺术影响之深，不深入调查如何能说清楚呢？清晨游恒河，看到了霞光映射下的自然景色，了解了许多当代印度的社会风情与佛教有关，使我们受益不少，很感激贝蒂娜博士的安排。下午先是贝蒂娜的助手陪我们去看印度教寺庙，在一条狭窄的街道上，两边都有许多小庙小神龛，里面供有湿婆神、毗那夜迦（财神），有时也看到有恒河女神、蛇神等，神前挂着铜铃，过路教徒都要敲铃献花。街上卖花的小贩很多，看来与鲜花为伴是印度宗教的普遍现象。敦煌壁画中佛身边的菩萨多有持花者，似与印度习俗有关。但在这里却碰到了许多小乞丐，拦住要钱，一只手过去，一只手又来了。孩子们很瘦，不理发，身披一块破布，张着两只大白眼珠，怪可怜的，但我们又没有卢比零钱，陪员想把他们轰走，但轰不走，只有躲进汽车里，他们的手又伸进车窗里，车开了他们才自动缩回。后来贝蒂娜博士领着一位画家陪我们去一处乡村看一座笈多王朝时代的庙宇。这些庙宇是一个尖顶塔，塔的三面造有不少小龛，刻印度教诸神，形象与佛教菩萨相似。另一面有门，内有一窟有雕刻，门侧有各种河神，窟内地面上供林伽，即男性生殖器、大约是性力派所造。这个庙保存完好。龛中有一特殊神像，一身二性，左侧为女像，右侧为男像，作跳舞状，不知是何种神。笈多王朝时间较长，此庙大约相当于我国唐宋年间所建。我给贝蒂娜博士建议，应该对此庙文物进行清理，并好好拍些照片，可出一本书，她说要试试看。在回宾馆的路上，看到一个特别的现象，许多牛从容不迫、目中无人地在人丛中行走，谁也不轰它们，汽车也必须给它们让道，它们如果顺着街道走，汽车只能跟在它们后面慢行，不能跟它们抢道。看见街边的瓜菜，饿了就吃，没人管它。这就是神牛，神牛在梵文中的意思指母亲。神牛是印度人尊崇的动物，但因印度穷，神牛大多比较瘦，肥的很少。这是印度的一大奇观。12月6日去印度教大学，但并非宗教学校，是综合大学，各种院系都有。我们先是与学者见面座谈，听说我们是参加中印石窟艺术研讨会的敦煌学者，大家都表示欢迎。我介绍了敦煌的保护研究情况，并邀请他们1994年参加我院建院50周年纪念学术会。印度学者很高兴，表示希望继续促进中印文化交流。大学博物馆的馆长陪我们观看博物馆的印度教雕刻，大多是湿婆神、毗湿奴、日神、恒河女神等，也有一些佛教浮雕，有些艺术水平是很高的。中午下午分别和校博物馆专家以及考古学教师见面座谈，我为他们放了 32 张敦煌艺术幻灯片并作讲解。贝蒂娜还陪我们和校长见了面，校长说他不信仰共产主义，但访问过许多社会主义国家，北京很好，留下了深刻印象，比德里强得多，应当促进中印文化交流。12 月 7 日上午，印度教大学美术史系一位教授来到阿育王宾馆陪我们去鹿野苑。鹿野苑是一处很大的寺院遗址，从笈多王朝时代开始修建，经历代增修，现有寺院遗址几十座。这里的寺院就是一座塔，与中国的寺院不同。鹿野苑的主体是一座大塔，笈多晚期的，气势雄伟、自然风光很好，唐玄奘也在这里修过佛典。在遗址中转了一圈，看了很多座塔，从建筑上看很不错，上面还有阿育王时代的雕刻，极为珍贵。鹿野苑博物馆是新建的，建筑形式仍然仿古。在博物馆里，我们看到了阿育王石柱铭文，第一句话是，如有破坏石柱者杀。狮子柱头陈列在展室正中，狮头雄伟，雕刻技艺高超，出自公元 2 世纪人手中，真可谓雕刻杰作。雕刻中有很多湿婆神像，他是被佛教接纳的，所以有些湿婆神头上刻一小佛像。我问：湿婆进入佛教，他的神的功能是否有变？教授答，一切依旧，只是多用他善良的一面。鹿野苑藏品不少，风格也较多样，有早期佛教的本土朴实风格，有受希腊影响的犍陀罗风格，有笈多王朝印度民族风格。印度也受到波斯、罗马、希腊、亚述等地的影响，但其民族性还是很强的。鹿野苑参观结束后，当天就回到德里，出港碰到鲁巴，驱车回到艺术中心。鲁巴告诉我们，我和老史 9 日去孟买，回来再举行敦煌展，原定开幕日推迟到20日。商议结果，由李崇峰陪我们去孟买，小杜、小赵留下清点展品办理移交等事宜。我交代他们一定要认真负责，因为出来了就代表祖国。12月9日飞到孟买，一到宾馆又出了一件吓人的事，因为在宾馆登记要看函件、飞机票，但李崇峰的手提包不见了，证件都在里面，这下可麻烦了。接我们的人安慰了我们一下，然后和小李出去联系寻找。一个多小时后，小李回来了，手里拿着包。原来人家已经送到办公室，待人来取，忐忑不安的心情方得到缓解。孟买是个海滨大城市，在我上初中时，就知道这个印度城市的名字。我们到海边转了一圈，发现海滩上人畜大小便到处都是，而伸手要钱的人相当多，每走几步，就有好多手伸在眼前，我们的游兴荡然无存，只好离开海滨，回到宾馆。12月10日在一位考古所的研究人员陪同下，我们乘小舟渡阿拉伯海去象岛，海上航行一个多小时登上象岛。岛上树木葱茏，游人颇多，登三百级石阶到达窟区，共有7窟。主窟最大，窟分中主窟和两侧附窟，主窟是纵横各有六根廊柱，正窟有三铺雕像，中间为三头六臂湿婆像，两侧为湿婆事迹像。附属人物中有毗湿奴、大梵天、毗那夜迦等，还有出生一切之母像。总之这里每一铺像都是以湿婆为主体，表现他的一件事迹。结构自由活泼，层次巧妙深邃。其中有一身男女结合一体像，即湿婆左半为女像，大乳房是其象征，右半为男像，突出男根的表现，可能是印度教中的性力派，密教特别是藏密可能与此有关。两侧附窟均为湿婆事迹，它与佛教不同的是世俗性强。人物造像身姿不论男女都是S型，这是笈多王朝佛教、印度教造像的基本模式。这种动态对敦煌的佛教雕刻和壁画人物体姿有一定影响。下午我们去参观了韦尔斯博物馆。这个馆建筑有特色，文物很丰富，里面有一大批明清陶瓷，不知怎么弄来的，还有许多波斯印度的细密画，相当精致。

晚上突然接到德里小杜小赵电话，说是展品出了问题。打开一箱后，第一幅就撕了50多厘米口子，共有五件有钉子挂破、水印痕迹，特别是乱翻乱折压的地方很多，其余的不敢打开来看。看来展品受损严重，怎么办？我让他们马上给大使馆马参赞打电话，汇报情况并过问此事，还必须直接给文物局通电话，我准备尽快回德里。当天晚上我们给马参赞打电话，等了很久才接通，马参赞说年轻人没经验，还是你尽快回来处理。我与史、李二人商议。决定中断考察立即返回德里，向小杜、小赵了解情况，并打电话告之谭中，尽快召集双方人员开箱检验移交。经查看，可能是印方海关开箱检查时将所有展品打开，然后又乱卷乱挤压所造成的。有五幅大画有裂口，一幅撕开50多厘米，多数为卷压使续边折坏，不能修复的损坏倒还没有发现。晚上我们研究决定：一、展品损坏较大，一定要查清楚，按协议办事。二、展览要正常进行，裂纹可以修复的要尽量修复，不好修复的就不展出了。三、谭中之父和他本人都做过一些中印友好的工作，还是要友好相待，但原则要坚持，不能损害国家名誉。晚上我向马参赞谈了展品检查情况。马参赞让我们写个材料交给他找人带回国内，我让小杜、小赵连夜准备。第二天与谭中和艺术中心负责人商议陈展事宜，按协议陈展工作由印方负责，但为了顺利展出仍以印方为主，我们派小杜、小赵全力协助，而且马上投入工作。有关材料李崇峰已整理好，我稍做修改交给马参赞托人带回。12月13日，马参赞来电话让我们几个九点半到大使馆，参加李鹏总理的会见。原来李鹏总理正在印度访问，抽空接见驻外工作人员和留学生代表。大使馆把我们几个也列入名单了，我们赶到大使馆，已有好多在印工作人员和留学生等在那里。等了几个小时，李鹏总理来了，大家鼓掌握手，然后李鹏总理讲话。会见结束后，回到住地，对陈展工作进行了安排。有关陈展工作安排之后，谭中教授和瓦兹雅主任又安排我们进行考察项目。15日上午，我们到达奥兰加巴德市，顾不上吃饭，先看石窟，考古所分部负责人陪我们首先参观了一座伊斯兰陵墓，叫大贝莱麻库伊拉陵，规模巨大，是莫卧儿王朝的杰作。西印度有一百多个石窟群，两千多个石窟，阿旃陀附近新发现六个洞窟，听说已在日本刊发。奥兰加巴德石窟分山前山后两部分，都在山上，攀登起来比较费力，但这次来的目的就是看石窟，多困难也得上去。第二窟不大，主窟内坐佛转法轮印，观音头上有化佛，有龙王持莲以侍观音。门外四柱，多圆环连珠纹，波斯影响明显。第四窟廊柱圆拱顶，下有塔，与阿旃陀支提相似，廊柱上一周有天宫楼阁，但有阁无人。此窟为公元2世纪所造。第3窟为5世纪建造，洞窟形制很特殊，主窟内佛像两侧有跪像六七人，长跪合掌，均为不同民族不同国家的人物形象。此窟保存得相当完好，大有文章可做。第7窟形制也很特殊，主窟佛像两侧为舞乐人物和文殊普贤形象，门外左侧为救度母，右为文殊菩萨。第6窟主窟佛像左侧五女，右侧五男，长跪供养雕刻。第8窟是7世纪至9世纪建造，似印度教内容。12月16日，我们一行到达阿旃陀石窟，该石窟隐身在因达体里山中，形如马蹄，共30个洞窟，通达很方便。阿旃陀是我们这次考察的重点，以前曾从书籍和画册上作过了解。这个石窟是怎样发现的，有一些说法，一说是1918年一名外国士兵到此打猎发现此窟。一说是一些考古学者根据中国古代文献，特别是唐玄奘著述的《大唐西域记》提供的线索，加以调查才得以发现的。因为《大唐西域记》在一千多年前就记录了石窟的地理位置和建筑、雕刻造像的情况。所以说，中国的古代文献对印度的考古工作有很大的贡献。阿旃陀石窟现有一个石窟保管考古研究所在进行管理，员工110人，各有分工。石窟的灯光管理很好，有的地方看主佛，从三个角度施光，可见佛像三种不同表情，颇有神秘感。我们逗留了三个多小时，跑完了整个窟区，感到石窟规模巨大，石质很坚硬，完成非易事。从书上看的阿旃陀与身临其境的感受多有不同，阿旃陀的一个洞窟的大小相当于敦煌石窟的几个那样大。雕刻和壁画的内容也相当丰富，里面还有许多东西未经研究和发表，留下的问题很多，如洞窟建造的年代问题，因为没有纪元题字，说法不一。由于壁画破损严重，有的形象和内容也不易弄清，还有印度教和佛教的关系也存在一些疑问。壁画主要集中在第9号、10号、16号、17号、19号、1号、2号、26号等洞窟中。阿旃陀的壁画大体上分为三个时期：第一期大约在公元3—5世纪间，题材多为佛传故事，技法洗练、典雅，富有抒情性，第9号、第10号洞为其代表。第二期大约在公元6世纪间，题材还是以佛传故事为主，但构图宏大，人物众多，形象生动，色彩艳

和史苇湘考察印度阿旃陀石窟　段兼善提供

丽，笔法灵活流畅，第16号、17号、19号洞窟是其代表。杰出作品有《佛传故事画廊》《奏乐图》《难陀出家》《美人对镜梳妆图》等。第三期大约在公元7世纪之际，这一时期的壁画最为精致，第1号至第5号洞窟，第21号至26号洞窟都属这一时期，壁画题材多样，佛本生、佛传和经变故事均有表现。著名的有《持莲菩萨》《酒宴图》《灌顶图》《降魔变》等。阿旃陀石窟以壁画为主，其建筑和雕刻也很精致，但不及壁画影响大。在壁画里，不仅表现了宗教题材，世俗社会生活也是其创作的

重要内容，宫廷生活、山林田园、风俗小景、战争场面、音乐舞蹈、骑象出行、乘船出海等都得到反映。所以它不仅有艺术价值，也有历史价值。阿旃陀艺术对东方各国的佛教艺术有重大影响。公元7世纪之后，佛教在印度逐渐衰落。在观看阿旃陀壁画时，我将其与敦煌壁画作了比较，发现了一些不同之处。如在洞窟形制方面，阿旃陀多为马蹄形廊柱大殿，僧坊宽敞。而敦煌早期为中心柱窟和多层楼阁式塔，汉式阙形龛，倒斗顶殿窟，窟顶华盖式藻井，唐代设须弥坛、背屏、围栏等，更具宫殿式。飞天的造型，阿旃陀天歌神天乐神头顶圆光，身托云彩。敦煌初期为西域式飞天与羽人结合成飞仙，头无圆光，继而天宫伎乐与飞仙结合，千姿百态，成群结队。唐代飞天则是霓裳曳长巾，舒卷飘逸，升空飞行。敦煌菩萨经男性化到女性化的转变，阿旃陀则无此过程。敦煌石窟壁画中有大量供养人画像，其中有不少等身大像、超身大像，这是敦煌壁画中特有的肖像画，而阿旃陀则少有供养人画像和题名。敦煌是大乘经变画的王国，而阿旃陀除7世纪有过降魔变外，无其他大型经变画。敦煌壁画音乐舞蹈表演场面多，阵容强大，形成了一个庞大的乐舞体系，阿旃陀则无此丰富场面。敦煌壁画中观音经变出现，反映了儒家入世思想渗入佛教。敦煌壁画创作证明，敦煌是中西文化的交汇点，阿旃陀则不具备此特点。绘画技法方面，人物主体感的表现，阿旃陀主要用明暗衬托法，而敦煌主要用层次晕染法。阿旃陀人物裸体形象较多，男性肩宽腰壮，强健有力；女性则丰乳大臀，眼大唇厚。敦煌裸体较少，裙袍裹体，男性敦厚庄严, 形神并重, 女性目长颐丰, 圆柔丰润。阿旃陀线描较少变化, 而敦煌线描丰富多变, 勾勒精湛。当然这些都是一些直观的比较, 还需深入分析。17日去参观埃罗拉石窟, 距奥兰加巴德40公里。根据管理所的负责人介绍, 石窟群分布在三公里山区内, 有佛教区、印度教区、耆那教区, 共有34个石窟。主人驱车陪我们看了三个洞窟。第10窟, 佛教区代表窟, 6世纪建造。第16窟, 印度教代表窟, 大约7世纪建造。这是印度教最大的洞窟, 有150平方米, 窟高20多米。雕刻有湿婆二十四化身, 全部为湿婆传。入门即见象鼻神, 最上层主位供林伽, 系生殖崇拜。这一窟规模最大, 雕刻最精湛, 显示古代印度雕刻家的高超水平和创造精神。34窟是耆那教代表窟, 12世纪建造, 教主称玛哈维拉, 又称大雄。整个洞窟里的造像与佛教没有什么区别。今天只看了3个洞窟, 还只看了每个窟的一部分, 可见此石窟群规模之大和内容之丰富。时间太短, 只能是走马观花了。第二天, 我们飞回德里, 向小杜、小赵了解陈展情况, 他们还在展场工作。与马参赞通话, 得知展品损坏问题文物局已报文化部。我们又与文物局通话, 文物局宋处长电话上说要我与印方谈以下几点: 一、展品损坏印方负责, 要求道歉和赔偿。二、展品安全要保障, 随展人员留下, 待展览结束时随展品回国, 费用印方负担, 展期相应缩短。三、文化部文物局和大使馆共同办理。四、展品回国后交北京大通空运展览部王贯生再交国家文物局外事处。

12月20日举行了展览开幕式, 印度一位70年代驻中国大使参加了开幕式，我同驻印度陈大使、马参赞和大使馆工作人员出席。我应邀讲话，介绍了敦煌壁画历史、艺术价值和中印石窟文化交流的历史，并陪同大使馆的同志观看展览。会后，瓦兹雅主任在国际中心宴请中外专家，席间我与瓦兹雅谈了原定一些交流项目继续落实的问题，并希望瓦兹雅推荐一批印度学者1994年参加敦煌学国际学术研讨会，她表示赞成。然后我提出敦煌壁画展品在印度海关遭粗暴检查，一些展品受到不同程度损伤，尽管展览未受影响，但这件事情还是要解决。这是国际间的交流，要按协议办，不能不了了之。瓦兹雅说，在印度境内出的问题，我首先代表中心向段院长表示道歉，同时负一切责任，并负责赔偿。我说："我们的目的不是为了赔偿，是为了负责任。展品的损坏还没有达到不可修复的程度，但可能要你们出一点修复费和装裱费。"当时在场的印度驻华使馆二等秘书钱伟伦说，瓦兹雅主任已表明负全部责任，我回到北京去向国家文物局谈清楚。谭中也说既然瓦兹雅博士表示负责任，展览期间展品安全由他们负责。经这样一商谈，展品损伤事宜算是得到了解决。12月21日乘车去马图拉博物馆参观，这里保存了很多当地的古代雕刻，马图拉派雕刻人体造型清晰，衣薄透体，本土风格强，犍陀罗影响不多。这派雕刻似对我国龙门石窟颇有影响，敦煌也有，但不明显。我们还去参观了阿格拉的泰姬·玛哈尔陵墓。这是座典型波斯风格建筑，原来在公元11世纪后，印度被信奉伊斯兰教的突厥人征服，印度佛教、耆那教和印度教遭排斥，印度北部出现大量清真寺和尖塔，公元16世纪突厥人苏丹政权被击败，建立了莫卧儿帝国，波斯风格的绘画和建筑风行一时，泰姬陵是其建筑风格的代表作。圆顶，装饰上不见人物、动物，但有大量植物花纹。印度出宝石，所以建筑里面不少地方镶嵌有宝石。

由于已定我和史苇湘 25 日回国，这两天要处理一些善后事宜。李崇峰、杨富学继续留学，生活补助费的问题我回国后再与有关部门商议解决。小杜、小赵原先是准备和我们一同回国，现在只能后一步随展品一道回国。23 日上午，我们再去德里博物馆看敦煌文献，但一位新的管理人员不熟悉这项工作，找了很长时间只找到两件中文文献和少数黑城西夏文献，主要是刻版印刷的佛经。下午与瓦兹雅、谭中座谈，涉及学者访中、交换资料、合作出书、邀请印方学者参加我院建院 50 周年纪念学术讨论会等具体事宜。瓦兹雅再次对展品受损问题向中方做出道歉，并保证以后展出和交回展品的安全，表示一定包装好，还要专门做铁皮箱装展品。瓦兹雅的态度是诚恳的。

我与老史 12 月 25 日早晨乘飞机离开德里，晚 8 时许到北京。我向文化部和国家文物局的领导汇报了访问印度的情况。中印石窟艺术研讨会、举办敦煌艺术展和考察印度石窟三个项目均已完成。关于展品受损问题我谈了自己的意见：一、展品受损出在印度海关，英迪拉·甘地国家艺术中心负责人一再表示道歉，责任已清态度已明。二、展品受损情况多数在装裱边沿，只有三幅裂口较长，但未达到协议中所指不能修复的地步，不须赔偿。修复费也不多，就不提了，总的目的是促进已停滞了二三十年的中印文化交流，促进中印睦邻友好关系。文物局领导也同意我们的意见。31日我们经兰州回到敦煌。在兰州停留时，参加了甘肃省敦煌学会成立大会，并被推举为会长。名誉会长是吴坚，第一副会长姚文仓，副会长有于忠正、齐陈骏、张鸿勋、李永宁、周丕显、樊锦诗、颜廷亮、康民、强宗恕、田启瑞等。我在会上讲话时，向与会学者们汇报了我们访印的情况。回到敦煌以后，为了巩固这次中印合作的成果与友谊，促进以后的中印交流，我给瓦兹雅博士写了一封信：

卡比拉·瓦兹雅主任：您好！

　　我与史教授于12月25日晨离开新德里，晚8时许回北京，31日经兰州回到敦煌。中印石窟艺术研讨会是成功的，谭中教授给我一套完整资料已交我院编辑部组织翻译，译稿将由印度驻华使馆钱伟伦先生转谭中教授审阅，我们将尽快在《敦煌研究》上出特刊，向国内外介绍中印石窟艺术研讨会的情况和论文，因为它是敦煌研究院和印度英迪拉·甘地国家艺术中心第一次学术交流和合作的成果。

　　现在寄来我院建院50周年纪念学术讨论会邀请函10份，请您推荐印度学者参加。另外，我们同意中印石窟艺术研究纳入我院1994年敦煌学国际学术研讨会，专题讨论。感谢您的周密安排，我们参观了阿旃陀、埃罗拉、象岛和德里博物馆珍藏的印度古代文化艺术品，特别是印度的雕刻艺术，宏伟壮丽、鬼斧神工，它是世界雕刻艺术中一个独特的系统，可与希腊雕刻媲美。但我以为研究介绍还不够，但愿您领导的艺术中心，多出一些石窟艺术画册和研究成果。

祝新年好！万事如意！

1992年初，我院与江苏美术出版社合作编辑出版《敦煌石窟艺术》丛书，我担任主编，开始了这套书的规划和编辑组织工作。

五、飞向大洋彼岸

因受到《美国国家地理》杂志社和哈佛大学、宾夕法尼亚大学、盖蒂保护研究所等几个单位的邀请，我和我院保护研究所所长李最雄于3月15日7点15分从北京乘坐中国国际航空公司的飞机飞到香港，转乘美国联合航空公司航班直飞美国，经美国西海岸的旧金山入关后再继续飞往东海岸的华盛顿，到达时已是晚上8点25分。《美国国家地理》杂志社的罗艾黎先生在机场迎接，并将我们送到下榻的宾馆住宿。在华盛顿停留的时间大约是一个星期。头两天主要是和《美国国家地理》杂志社的罗杰先生等人进行商谈。原来杂志社有一种先进的地质探测仪器，据说可以发现地面上看不见的地下东西。他们提议可否在莫高窟窟区进行一次探测，看能不能发现莫高窟沙崖后

1992 年访美和美国青年学者在一起　段兼善提供

或沙堆下面隐藏的洞窟。我们把这一提议汇报给上级文物主管部门，回答是可以先谈一谈。所以我们这次来是要了解一下他们探测仪器的情况，李最雄来的目的也在于此，同时，也要把莫高窟地区的地质、气候等自然环境情况告诉他们。更重要的是也要把我们的原则明确地告诉他们：一、探测行动必须确保洞窟壁画塑像等文物不受到任何伤害；二、费用应当由美方承担。在与杂志社的负责人商谈中，我反复强调了这些原则，他们也表示理解。星期三下午在比奇馆长和亚洲部负责人苏博士的陪同下在莎可乐美术馆对公众作讲演，讲题是《敦煌壁画中的玄奘取经图研究并兼谈历史、传说、文学和艺术的关系》。星期四、星期五在华盛顿参观当地的一些博物馆。3 月 21 日前往纽约，在纽约的几所大学作了《敦煌壁画中的玄奘取经图研究》《供养人在敦煌石窟修造中的作用》《中印石窟艺术特征之比较》等讲演。在纽约，还在我院于哈佛大学攻读博士学位的宁强和美籍华人青年，也正在纽约攻读博士学位的梁敬贤的陪同下，特别去参观了大都会博物馆。我们先会见了该馆亚洲部负责人屈志仁先生，并在他的关照下参见了一些馆藏文物。屈志仁介绍说，大都会博物馆是西半球最大的艺术博物馆，它占地约13万平方米，位于纽约第五大道80街至84街之间。它收藏着来自世界各地的包括从史前时期到现代的两百多万件的艺术品，所有的藏品分属19个管理部门。它有丰富的欧洲绘画、中世纪的艺术与建筑，以及文艺复兴时期至20世纪的版画、摄影、素描、服饰、乐器、装饰艺术。它保存的美国艺术品相当完备，特别要提到的是它还收藏有广泛的亚洲艺术品和伊斯兰艺术品，非洲、大洋洲的艺术品和南、北美洲的土著艺术品，它还有一座修道院分馆，则主要是收藏着中世纪的大量艺术品。这个修道院分馆

在美国街头现代雕塑前　段兼善提供

位于哈德逊河畔的曼哈顿岛北端的翠亨碉堡公园。我们重点参观了亚洲部分的艺术品，由于时间关系，对其他部分只能是走马观花而已。3月25日，我们一同乘车前往波士顿，住在哈佛大学附近的一家旅舍，那里离宁强的宿舍也不远。在哈佛大学见到了巫鸿教授，在他的安排下，我在哈佛大学艺术系作了几次学术报告。主要是《敦煌壁画中的玄奘取经图研究》《供养人与石窟》《敦煌壁画山水图像在中国山水画史中的意义》，以及《敦煌图案与壁画的装饰性风格》几个论题。

1992年在耶鲁大学考察东方艺术　段兼善提供

除了在哈佛大学的讲演，我还为耶鲁大学、匹兹堡大学、宾夕法尼亚大学、斯坦福大学、史密斯学院等大学作了几场讲演。讲题有《敦煌与敦煌艺术》《敦煌图案与壁画的装饰特色》《中印石窟艺术的比教研究》等。在讲学过程中还会见了许倬云、张光直、马利琳等一些美国学者教授和钟美梨、海蔚蓝等热心人士，进行了友好的交谈。在东海岸的讲学和交流活动告一段落，我们又飞往西海岸的洛杉矶。在这里，我们与盖蒂保护研究所所长威廉姆斯等商谈了合作保护敦煌文物的问题，并会见了美国长城贸易有限公司的胡嘉华小姐。1990年4月胡小姐曾到敦煌参观访问，并为在台湾举办"敦煌古代科技展览"的有关事宜和我院进行协商。这次她刚从台湾高雄返美，她介绍了敦煌古代科技展在高雄佛光山展出的情况。在胡小姐的陪同下，我和李最雄参观了一些博物馆并进行了游览。在此期间，我还到贝克莱大学作了一次讲演。我的眼睛因白内障已影响到视力，故在一些美籍华人朋友的帮助下，在一位高水平的眼科大夫那里将我左眼的晶体施行了植换，手术很成功。看起周围的景物一下子清晰明亮了许多。因为一次只能做一只眼睛，另一只只好等到以后再说了。

六、往来交流，进一步推进国际合作

1992年上半年，我院音乐舞蹈研究室庄壮、郑汝中等研究人员进行的敦煌壁画乐器仿制研究工作项目通过省部级科技成果鉴定。敦煌壁画中所描绘的34种54件系列乐器研制成功，我对他们的研究成果表示了祝贺。

不久，我收到日本北海道教育大学教授、敦煌学专家山田胜久寄来的信，信的开始加了一个标题为《写在池田大作先生荣获敦煌研究院名誉研究员之日》，信中说道："沙洲敦煌，是那遥远的沙漠绿洲的一角，可是，在日本人的心中，似故乡，可引起千般思乡之情，令人神往。绝大部分的日本人都信仰佛教，佛教文化是日本精神文化的基盘。因此，日本人对佛教的历史和文化抱有莫大的兴趣，许多学者对西域文化史尤为关心，远赴万里之遥的敦煌参观学习。近年来前往敦煌的观光客人年年俱增，其原因与日本 NHK 电视台放送的《丝绸之路》有直接关系，许多人收看了这个节目。在书店里，有关丝路的书籍有上百种，但这种书籍多是千篇一律的导游手册类，缺乏一定的深度。这两三年中，丝路的研究逐渐步入正轨，1987 年、1990 年，在敦煌学的故乡——敦煌莫高窟，先后两次举办了国际性敦煌学术讨论会，日本京都大学名誉教授藤枝晃先生、成城大学教授东山健吾先生及创价大学教授小山满先生等许多学者都前往出席，笔者亦有幸参加并发表了有关论文。据悉，明后年还将在敦煌召开大规模的国际学术讨论会，届时将一定会有更多的学者前往参加，中国方面的这些研究成果，无疑是对日本学者的一个良好的刺激。为了研究丝路，我于 10 月中考察了新疆维吾尔自治区的一些古文化遗址，并将考察结果于北京第二外国语学院作了讲演。在 11 月归国之前，欣闻由敦煌研究院给日本创价大学的创立者池田大作颁发名誉研究员的仪式在北京举行。这是对池田先生多年来从事和平、中日友好以及对敦煌文物保护研究事业的评价，在日本是继东京艺术大学校长平山郁夫先生之后的第二位。池田先生曾在著书与论文讲演中多次介绍过敦煌两千年以来的灿烂文化和历史。作为一个敦煌学研究者，我们对敦煌研究院院长段文杰先生及其他各位深表谢意。为聊表喜悦之情，特作古诗一首，以示祝贺：'中日情深衣带水，奔流澎湃两千年，一朝噩梦东瀛醉，万众揪心痛难言。周公廖公为先导，冈崎池田奋前贤，众志成城齐努力，再建金桥耸云天，而今共赴和平路，并肩携手勇直前。'"这封信还注明周公指周恩来，廖公指廖承志，冈崎指冈崎嘉平太，池田就是指池田大作。山田胜久先生这封信充分表达了日本学者和人民对敦煌文化的深深热情。

1993 年 10 月 5 日至 6 日，新加坡共和国新闻及艺术部高级政务次长何家良团长率新加坡民间艺术考察团一行六人在中国民间文艺家协会负责同志的陪同下前来莫高窟参观，我会见了考察团全体成员。考虑到都是艺术界专业人士，我让接待部准其参观 5 个平时不开放的特级洞窟和一些有代表性的洞窟，在 5 日和 6 日两天参观后，我同他们进行了座谈。他们认为：历代民间艺术家创作的精美作品，能吸收和融合中外佛教艺术特点，用简洁明朗的手法创作了生动活泼的泥塑形象和绘画艺术，这些艺术品是一千多年前创作的，但今天看来仍有清新的感染力。他们对我国古代艺术有浓厚的兴趣，对我国艺术精品赞不绝口，他们说"对我们来说是一次极好的学习机会"。我向他们介绍了敦煌艺术在世界的影响和敦煌学各领域各科目研究的进展情况，我们在敦煌召开过多次国际性敦煌学研讨会，国际敦煌学研究热情不减。我们也希望在新加坡举办展览，使没有到敦煌来的新加坡观众也能了解敦煌艺术。何家良团长答应积极协助敦煌研究院到新加坡办展，并对这次敦煌之行十分满意，一再表示感谢，说"参观了这么多代表性洞窟，达到了预期目的"。

七、参加全国文物工作会议，李瑞环等领导同志视察敦煌

1992年4月下旬，我从洛杉矶登上返程的飞机，回到中国。国家文物局局长张德勤通知我，5月6日至9日在西安召开全国文物工作会议，要我直接飞往西安参加会议。于是我乘机飞到西安，在签名报到后，我见到了前来参加会议的甘肃省副省长陈绮玲同志和省文化厅分管文物工作的马文治副厅长，大家很高兴。5月6日会议隆重开幕，这是新中国成立以来规模空前的一次盛会。中共中央政治局委员、国务委员李铁映，国务院副秘书长徐志坚，国家计委副主任郝建秀，文化部常务副部长高占祥，财政部副部长刘积斌，陕西省省长白清才等出席开幕式。来自国务院和全国各省、自治区、直辖市各有关部门的负责同志，以及各省、自治区、直辖市文物行政管理部门、博物馆、文物科研保护机构的负责人和特邀代表共300多人参加了会议。李铁映在开幕式上发表重要讲话。国家文物局局长张德勤向会议作了工作报告。在为期5天的全国文物工作会议上，代表们讨论了张德勤局长的工作报告，研究部署"八五"期间的文物抢救维修、博物馆建设、文物市场管理和文物法制建设

等重要任务，共商文物工作大计。5月8日中共中央政治局常委李瑞环出席了会议。在听取了十几位文物主管同志和专家学者代表的发言后，李瑞环就在改革开放形势下做好文物工作，特别是保护和抢救文物问题讲了话。

1992年5月11日，刚刚参加完全国文物工作会议的政治局常委李瑞环同志来到了敦煌，并于当天下午视察了西千佛洞。次日上午，李瑞环同志来到莫高窟，视察了敦煌研究院保护研究所、保卫处，细致查看了仪器设备与石窟档案资料。在参观洞窟时，李瑞环同志不仅对敦煌文化艺术十分感兴趣，而且对壁画病害看得很仔细，说我们的抢救任务还很重，多次指示对有些年久失修的栈道要尽快抢修加固。他表示，启动要早一点，进度要快一点，可开发的要开发一点，安全工作要做得更好一点，抢救与维修的要求要更为严格一点，有的还需要做相当长的科研。希望敦煌研究院老、中、青三代人，把莫高窟这份文化遗产保护好、研究好，同时也要把开放和弘扬的工作做好。研究院全体同仁备受鼓舞。

八、江泽民等中央领导同志视察敦煌

1992年8月，时任中共中央总书记的江泽民同志到莫高窟视察。在观看洞窟壁画彩塑时，我为江泽民同志作了讲解。江泽民同志对文化遗产十分熟悉，对石窟保护工作更为关心，不时询问保护与研究的情况，并提出一些问题。看到窟前参天的大树，江泽民同志说，绿化工作很重要，多种些树，对保护石窟有好处。当得知我们长期坚持开展治沙工作，修复植被，阻挡流沙对洞窟的侵害时，江泽民同志表示赞同，指示我们一定要把古代文化遗产保护好。临别时，他高兴地接受了研究院赠送的《敦煌》画册，并题名留念。时隔不久，雷洁琼、赵朴初、钱伟长等国家领导人和著名人士先后到莫高窟视察参观，我也陪同他们参观了洞窟，并汇报了研究院的工作，他们都为我院题字留念，并对我院的工作给予了积极的评价，对保护研究工作给予了关注，提出了一些新的要求。赵朴初是中国佛教协会的主席，有深厚的佛学修养，在九层楼前，我们作了一番交谈，他说："敦煌莫高窟保护得这么好，不光是中国文化艺术界的幸事，也是佛教界的幸事。"

九、病榻之上，犹念敦煌

1992年，我院的好多保护研究项目都在一一落实，日本政府援建的"敦煌石窟文物保护研究陈列中心"在莫高窟奠基开工，我出席了开工仪式。还签订了几个合作出版项目的合同，如我院与江苏美术出版社合编出版《敦煌石窟艺术》合同、与江苏古籍出版社合作出版《敦煌壁画摹本珍藏本》的合同等。过去在20世纪的50年代，我们这些老研究人员总是盼望出版一部总合画集，全面地反映敦煌石窟艺术。然而受到条件限制，一直未能如愿，现在机遇总算到来，梦想变成了现实。我们要抓住这个机会，把这些成套的画册编好，特别是图片的质量和论文的水平是我们要高度重视的。到 1993 年初，江苏美术出版社出版的《敦煌石窟艺术》丛书中的《榆林窟第二五窟》集和《莫高窟第四五窟》集已经印制出来，我捧着这两本画册心情十分激动。《榆林窟第二五窟》有我写的前言和我写的论文《藏于幽谷的灿烂明珠》。

　　1992 年 10—11 月，为了进一步摸清中国佛教石窟艺术特色和它们的关系，我带领几位年轻研究人员张元林、梅林、刘永增等人前往四川考察石窟艺术。我们考察了广元的皇泽寺造像和千佛岩雕刻，经成都至乐山考察了麻濠及乐山大佛、大足石刻、安岳石窟、巴中的永宁寺和千佛崖石窟遗迹。可以说在四川盆地转了一大圈，对四川的佛教遗迹和佛教艺术有了一个

和我院青年学者考察四川石窟　段兼善提供

更全面的了解。四川是我的故乡，这次看了这么多的石窟遗址，倍感亲切。在考察过程中，受到了各地同行们的热情接待。这期间我参加了四川省社科院举办的讲座和重庆大足石刻研讨会。

回到敦煌不久，感到胃部不大舒服，吃下的东西总要呕吐出来，到甘肃省人民医院检查，诊断结果是胃癌。幸好发现及时，可以通过手术切除肿瘤。在院里同仁的关心下和兼善、葆龄的陪护下，七十多岁的我在甘肃省人民医院做了胃大部切除手术。主刀的陈医生、李医生、高医生技术精良，手术很成功。术后我昏睡了一两天，迷迷糊糊之中，眼前一阵金光闪现，几个飞天相携而来，簇拥着我上了一辆华美的四龙宝车，宝车腾空驾云而行，其速如风驰电掣。凌空下望，巍巍雪岭，茫茫大漠，长长一线，不见首尾，各色人物，不绝于道，驼行马奔，队队相连。不知何时，空中又有许多飞车急驶而过，看车中坐者，仿佛是穆天子、西王母、博望侯、班将军、甘使者、唐长老之辈。朦胧间，前方霞光万道，车队缓缓下降，停在一座三峰并耸的五色大山之旁，极目远望，似有绿茵万亩，广厦千间，众人穿行在重楼飞阁、朱栏玉阶之间。一位肤色黝黑的昆仑奴合掌引路，大家礼让相扶而行，彩云舒卷散合之间，显现一幢九层大殿。殿前宝池中碧波荡漾，莲花盛开。珍禽异兽，奔腾嬉戏于花树佳禾之旁，人神诸众，拥绕环立在层层玉墀之上。锦毡满铺，光色绮丽，各方乐伎，次第献艺，流派纷呈，万葩竞秀。凝目观注，洗耳聆听之际，忽见两女冉冉而至，云衣花容，手持阮咸，蹲坐花毡，拨弄琴弦，分明是莫高窟 220 窟和 159 窟壁画中的大唐乐伎，在她们手指灵巧伸屈之间，美妙的弦音在空中自由流淌。霎时，鼓声大作，又有两位胡姬现身圆毯之上，跳起了胡旋之舞，只见身姿飞旋，溢光流彩，奔轮较之缓，旋风比其迟。一瞬间，舞者化为两团幻彩，令人眼花缭乱。忽闻异香扑鼻，不知是谁洒下漫天花雨，落英缤纷。千百种乐器被抛向空中绕场飞转，自动鸣奏，万乐交响。耳中只觉弦管悠扬，鼓钹激越，有时黄钟大吕，气势磅礴，一阵轻击低吹，婉转缠绵，音声奇绝，变幻无穷。我闭目屏息，沉浸在人间仙曲的曼妙旋律之中，已然忘记了身处何地。忽然，觉得有人轻轻拍了我一下，飒然觉醒，见床前站着一个面带微笑的白衣护士，告诉我又该吃药了。在监测室住了几天，一切正常，又搬到病房休养恢复。住院治疗期间，我院的众多同事前来看我，省上领导李子奇、孙英、吴坚等同志也前来探视，嘱咐我好好治疗，争取早日康复，使人感到温暖。令人感动的是一些外国朋友也来电来信表示慰问。池田大作先生来信说道："听说段先生因病住院，非常担心，特别写慰问信，希望先生能多加保重，早日康复为要。康复后，将在创价大学为先生安排盛大的名誉学位颁赠仪式，届时请先生一定亲身光临参加。谨祝先生身体早日康复。"石川六郎先生也来信说："时值盛夏时节，谨向段先生表示衷心地问候！前一段时间，得知先生身体已在康复，我感到非常高兴。现在敦煌石窟文物保护研究陈列中心为了迎接明年夏季的开馆正在顺利地施工，我衷心期待着敦煌石窟文物保护研究陈列中心将成为中日两国友好的象征，并高兴地期待先生今年10月访问日本。祝先生珍摄尊体，并祝贵院的事业取得更大成就。"有医护人员的精心治疗，兼善、葆龄的轮番守护，经过十几天的治疗，我已能下地行走，又十余天已经恢复如常。虽然人显得瘦了，精神仍不减以前。家人和同仁们劝我多休息一段时间，我却时刻记挂着几件重要工作，特别是1993年"丝绸之路古遗址保护国际学术会议"和1994年建院50周年纪念活动的筹备工作非常紧迫，我不能不尽快返回敦煌。

1993年除了筹备几个重要的活动，比较忙，还有很多接待工作。我不仅要接待政府要人、外国来宾、中外学者和海外朋友，也有一些亲戚朋友要来看我，我都要热情接待。为了照顾我的生活，院里派了年轻人来帮我做饭。先是小刘后来又换了小赵，有他们的帮助，我的生活倒也没有什么困难。4月份，我的继母在弟弟文俊、文伟的陪同下到敦煌来看我，我安排好他们的住宿，并请人陪同他们参观洞窟，因为我做过胃部手术一段时间，身体尚未恢复。我们一起回忆了一些往事，文俊小时候曾在敦煌住过一段时间，文伟后来也曾来过两次。记得在1957年以前，我曾给过他们一些帮助，后来我因受到不公正对待，也非常困难，对他们的帮助也就很少了，但文俊、文伟、文玉他们后来也都通过自己的努力，克服困难，长大成才，现在也都工作了，有了自己的事业和家庭，我感到很欣慰。继母年龄大了，但身体还算硬朗，我感谢她对几个弟妹的辛劳抚养。不久表弟王朝玺也到敦煌来看我，我们从小一块上学，后来他成为邯郸钢铁公司的高级工程师，现已退休，身体也尚好。我听他说起全家人的情况都很好，心里很高兴。

1993 年 5、6 月份，日本副首相后藤田正晴来访问敦煌，我们安排好了接待工作，我请他转达对日本政府援助敦煌事业的感谢。

8 月下旬，香港大学主办了"第 34 届亚洲及北非国际学术研讨会"，我和孙儒僴、李永宁、李正宇、施萍婷、谭蝉雪、张学荣等几位研究人员赴港参加学术讨论，一同参加会议的好像还有西北师大刘进宝、马英昌两位学者。香港著名学者饶宗颐主持了研讨会，我在会上演讲了敦煌石窟艺术的特点。

9 月朱镕基、李铁映、孙起孟先后视察敦煌，我都陪同他们参观，并向他们汇报了研究院的工作。

十、"丝绸之路古遗址保护国际学术会议"召开

筹备了一段时间的"丝绸之路古遗址保护国际学术会议"于 1993 年 10 月 3 日在敦煌莫高窟召开了，这次会议是敦煌研究院、美国盖蒂保护研究所和中国文物研究所联合举办的。目的是交流各国文物保护的经验和学术成果，促进文物保护科学的发展，推动国际间的合作保护工作。参加此次会议的有中国、美国、德国、法国、意大利、俄罗斯、日本、加拿大、印度等十五个国家和地区的 150 余名文物保护专家、技术专家。开幕式由樊锦诗副院长主持，我和甘肃省副省长陈绮玲、国家文物

局副局长张柏、美国盖蒂保护研究所所长米吉尔·科索先后致辞，对这次会议的召开表示祝贺并希望会议顺利圆满。然后由我和中国文物研究所所长黄克忠、美国盖蒂保护研究所科索分别作了专题讲演。我的演讲题目是《丝绸之路上的瑰宝——敦煌艺术》，黄克忠的演讲题目是《中国石窟的保护现状》，科索的讲题是《保护世界文化遗产》。接下来的几天，各国学者专家连续宣读了50多篇高水平的论文，如樊锦诗的《敦煌莫高窟保护工作回顾》、阿格纽和黄克忠的《盖蒂保护研究所与国家文物局合作保护敦煌莫高窟、云冈石窟的回顾》等都从各个不同的思想、经验、方法和技术研究的成果角度进行了总结和阐述。对文物保护学科来说，这批论文具有很高的价值。在会议的中间和会后，我们还组织赴会专家参观了莫高窟和榆林窟，在亲临实地考察

会见美国盖蒂保护研究所所长科索、专家阿格纽先生一行　段兼善提供

后，他们对我们的保护工作给予了积极的评价。

　　1993 年 10 月底，应日本文化厅和东京文化财研究所之邀，我和副院长刘会林、资料中心副主任刘永增赴日访问，我们会见了文化厅长官内田弘宝先生，并和文化财研究所负责人座谈敦煌石窟文物的科学保护合作课题。经东京艺术大学杉下龙一郎介绍和大冢久陶业公司增田隆昭的邀请，我们参观了该公司的陶版画制作过程，商谈了烧制被粘揭壁画的合作意向。又应日本创价大学之邀，参加该校校庆典礼，受到全校教授的欢迎。为了祝贺我在敦煌石窟保护研究和中日文化交流方面的贡献，池田大作主持隆重仪式，授予我创价大学名誉博士学位证书。此次又见到了东京艺大的平山郁夫校长，商谈纪念敦煌研究院成立 50 周年和日本援建陈列馆开幕仪式邀请日方参加的有关事宜。平山郁夫先生祝贺敦煌研究院 50 年，并说陈列馆开幕式也很重要，他将向细川总理汇报，日本方面要派政府重要人物专程前往敦煌参加。平山还说，敦煌石窟文物保护研究陈列中心开馆后，科学仪器的使用要适应敦煌自然环境，可以在这方面提出项目，日方尽量帮助解决。东京艺大和东京文化财将各赠一台文字处理仪给敦煌研究院。这次出国前在北京见到国家文物局张德勤局长，他听了我关于 1994 年敦煌建院 50 周年纪念活动和敦煌石窟文物保护研究陈列中心开幕的情况汇报，非常重视，指示一定要办大办好。从日本回来后，我们立即投入筹备工作中。

十一、"敦煌面临灭顶之灾"不实报道事件

正在这个时候，出了一件令人惊诧的事情。1994年初，在几家有影响的报纸上突然相继出现了《艺术宝库——敦煌面临灭顶之灾》《有关专家呼吁救救敦煌》《不要为眼前利益破坏我国艺术宝库》《世界级艺术宝库告急——敦煌面临灭顶之灾》的报道。不要看内容，仅看这些标题就很吓人。当研究院的同志把这些报纸拿来给我看时，我也感到很吃惊。我不禁想起，自从改革开放以来，在中央领导同志和甘肃省委、省政府的关心和支持下，在全院干部职工的团结努力下，敦煌研究院的文物保护工作和学术研究工作都取得了很大的进展。研究方面不多讲，在石窟文物的保护方面，我们一方面努力培养科学保护方面的人才，掌握先进的保护方法，一方面想方设法多渠道引进资金，购买先进仪器，利用现代科学技术，改善保护条件，加强保护措施，整个保护工作在原来的基础上大大前进了一步。为了减轻参观者逐年增多给洞窟带来的压力，经多方联系和努力，日本政府无偿援建的大型陈列馆已接近竣工。此时，突然出现了这样怪异刺耳的声音，无异于给我们这些长期坚守在西北大漠中，想方设法为保护祖国文化遗产而努力工作的同志们泼了一盆冷水。当我们弄清楚这种不实消息的制造源以后，也就不感到奇怪了。有些人就是喜欢无中生有，编造谎言来制造轰动效果。我们有很多工作计划要努力实施，对这种聒噪之声，本不打算理睬，然而不久就感觉到不澄清事实真相不行了，因

为这种虚假的宣传不仅欺骗了国内的不明真相者，也在海外进行传播，引起了友好人士和一些合作机构的关注。很多国内外的人士来信来电询问，敦煌到底发生了什么事？美国盖蒂基金会从1990年起就同我们合作进行莫高窟环境监测和防沙治沙工程，先后投资近50万美元，在莫高窟顶上建成总长3000米的防沙屏障，在鸣沙山下开展了生物治沙工程，他们从香港报纸上看到虚假报道后，很惊异，通过联合国教科文组织提出要我们回答六项破坏古迹活动的情况。看来不进行澄清事实真相的工作不行了。我们一方面向省里和文化部、国家文物局领导汇报情况，一方面邀请发表轰动新闻的有关报社，派人到敦煌调查核实，予以澄清。我们还邀请新华社和省内外的一些报纸来采访，发表谈话说明情况，同时也通过有关部门邀请联合国教科文组织派人来调查了解情况。

1994年4月中旬，联合国教科文组织世界遗产中心的官员托内洛图、国际古迹遗址理事会的专家米什莫尔先生在中国联合国教科文组织全委会景峰同志陪同下飞抵敦煌，在国家文物局周明、詹德华陪同下考察了敦煌莫高窟。我当时正在兰州的甘肃省人民医院做身体复查和治疗，因1993年在此做了胃癌切除手术，医院要求每隔一段时间进行复查和化疗。敦煌那边由副院长樊锦诗、保护所所长李最雄、接待部副主任杨薇等陪同考察。考察活动从调查所谓"是否有六项使古迹受到破坏的活动"开始。樊锦诗等同志介绍了莫高窟遗址现状、保护和管理措施、今后的保护规划，并就所谓研究院正在实施未经论证批准的规划和砍伐树木的问题作了实事求是的说明，还展示了相关的旁证材料。根据联合国教科文组织专家的要求，向他们提供了我院1990年制定的《1990—1994年"莫高窟园林更新计划"》和登载所谓莫高窟受到破坏的不实报道的五份报纸复印件。听完介绍后，教科文组织专家实地考察了莫高窟的全部环境状况，又到崖顶考察了全自动监测的气象站、工程治沙、化学固沙、植物固沙等保护项目。考察结束后，两位专家表示："我们回去要向理事会报告，澄清这里的事情。"他们还建议：在今年7月世界遗产委员会主席团会议召开之前，搞个材料向主席团报告，说明上述六个问题，莫高窟什么也没有改变。联合国教科文组织专家考察结束后离开敦煌飞抵兰州，在兰期间，我会见了他们。交谈之中，他们向我和省文物局负责同志表达了他们的看法：莫高窟什么也没有改变。将向理事会报告，澄清这里的事情。对于砍树，也明确表示了他们的态度："树木更新很重要，你们应当继续按原计划更新树木，把敦煌绿化工作搞得更好。"听了两位专家的意见，我很感慨，这两个联合国专家的可贵之处，就在于他们的结论产生于调查研究之后，这本来是我们的传统作风，现在却由两个外国人做到了，而我们自己的一些同志却没有做到，这是十分令人遗憾的。

1991年初，敦煌市委书记杨利民来电话，说他已接到调令，很快要到省里去工作，要来与我告辞。我回答说："还是我到市里来看你吧。"便立即通知办公室安排汽车送我到市里去一趟。坐在车上，我回忆敦煌研究院多年来的工作，一直得到敦煌地方政府的支持和帮助。不论是以前的李天昌、黄续祖、刘友之、兰庚未，还是现任的杨利民、王殿映等敦煌市的几任负责同志，和我院都保持了良好的关系，特别是在帮助我院一些研究人员办理农转非手续、解决研究院工作人员夫妻分居问题，以及协同保护敦煌石窟等方面，都发挥了重要作用，应该谢谢他们。到了城里，我见到杨利民同志和其他几位市领导同志，把我的想法告诉了他们，感谢他们对敦煌研究院工作的支持。杨利民同志热情地说："敦煌石窟也是全敦煌人民的骄傲，地方政府为敦煌莫高窟这个世界遗产的保护和研究做点工作是应该的。段院长放心，以后的领导班子也同样会积极配合研究院的工作的。"我对杨利民同志到省里工作表示祝贺。

1993 年至 1994 年前半年，我们抓紧了建院 50 周年纪念活动和国际学术会议的筹备工作，对纪念活动中几项大活动与有关部门商量、协调，同时有关画册和各种著作的编撰出版工作也在加快进度。我的论文集《段文杰敦煌艺术论文集》也已出版。

第七章　回归之梦　满载敦煌百年祈愿
学术之光　照亮文明世纪情缘

在世界各国游历、考察，收获颇多，也感受到敦煌艺术在国外的非凡魅力，作为一名研究人员和保护者，我觉得十分欣慰，而在异国的夜晚屡屡辗转反侧不能入眠，是因为：我听得到在现代、豪华的国际展馆中，有散落的敦煌珍宝在哭泣。

一、隆重纪念敦煌研究院建院 50 周年

为了庆祝敦煌研究院建院 50 周年，计划进行几项大的活动，一项是在兰州举行隆重纪念敦煌研究院建院 50 周年大会，第二项是在莫高窟举办"1994 年敦煌学国际学术研讨会"，第三项是在莫高窟举行日本援建的敦煌石窟保护研究陈列中心竣工典礼。经向省里汇报后，甘肃省委、省政府决定，纪念大会由省委、省政府主办，陈绮玲副省长主持，阎海旺书记讲话。国际学术会议由省人大常委会主任卢克俭参加并讲话，竣工典礼由张吾乐省长前往参加并讲话。由于日方将有首相参加典礼，

因此上报中央有关部门请中央派领导出席。为了把这次纪念活动搞好，我院是全体总动员，人人做好分配的工作。为了开好学术会议，我们还制定了一个详细的工作安排。由我总负责，樊锦诗为执行总负责，会务负责人杨雄，内务负责人陶锐，外务负责人马竞驰、薛东弘。各个重要的工作环节由张先堂、张元林、冯志文、吴健、赵声良、魏文杰、李宏等负责。会议之前，日本创价学会名誉会长池田大作先生汇来1000万日元作为资助庆祝活动的经费，并派副会长三津木俊幸代表他赴会祝贺。北京季羡林、柴剑虹发来贺电："值此研究院50周年院庆学术讨论会隆重举行之际，谨祝莫高窟人永远年轻，敦煌事业兴旺发达。"

1994年8月3日，由甘肃省政府主持在兰州召开大会，隆重纪念敦煌研究院建院50周年，阎海旺、卢克俭、陈绮玲等省上领导及各界人士500余人出席了大会。国家文物局副局长马自树，日本创价学会副会长三津木俊幸代表池田大作会长专程到兰州参加会议表示祝贺。我在大会上做了《敦煌研究院五十年》的报告，全面总结了50年来敦煌研究院走过的道路以及取得的成就。会上省政府决定给予我和樊锦诗、孙儒僩、贺世哲、史苇湘、霍熙亮、施萍婷、李永宁、李其琼、张学荣、关友惠、欧阳琳、李云鹤、李贞伯、万庚育、刘玉权、孙修身、李振甫、马竞驰这些在莫高窟坚守工作30年以上有重要成就的文物工作者以表彰和奖励。大会上还宣读了省内外、国内外有关单位和各界人士发来的贺词贺电。

8 月 9 日，"1994 年敦煌学国际学术研讨会"在莫高窟敦煌研究院礼堂开幕，参加这次会议的有 16 个国家和地区的专家 200 余人，收到论文 60 余篇。我在会上致了开幕辞后，卢克俭代表甘肃省人民代表大会、甘肃省人民政府，向来自世界各国参加这次会议的专家学者表示热忱的欢迎，向特邀参加这次会议的诸位嘉宾表示亲切的问候，对敦煌研究院建院 50 周年及其取得的辉煌成就表示热烈的祝贺。在讲话中，他还回顾了敦煌研究院走过的历程和 50 年来发展轨迹，希望国际间的交流和合作发展到一个新的阶段。日本的秋山光和代表外国学者发了言。出席开幕式的还有省、地、市有关方面负责人。学术会议进行了 6 天，60 多位学者宣读了论文，并进行了热烈的讨论和交流。这次有关石窟艺术的论文比较多，有 80 余篇。中外学者从各种不同的角度对敦煌学各领域的问题充分发表了自己的看法。如果说前几次敦煌学讨论会是将敦煌学研究引回故里，那么这一次则呈现出敦煌学研究在回归中走向世界的发展态势。值得一提的是中外学者中的一批年轻人在研究中展示了自己的实力。

我在这次研讨会上发表了《中西艺术的交汇点——莫高窟第 285 窟》一文，对莫高窟早期洞窟 285 窟的内容和艺术进行了深入的探讨，在阐述该窟的历史背景后，介绍了壁画的内容，并揭示出此窟佛教、印度教、道家等东西方神灵同处一室的形式特色及其原因，指出在 285 窟表现的佛教思想中出现了盼望解救现实苦难的新思想，这是佛教在道家和儒家思想的影响下创新和中国化的结果。对其艺术手法主要论述了两点：在多元文化融合与中西交流中佛教艺术中国化的新表现；西域式风格和中原式风格所蕴含的两种审美观念激荡交汇所产生的民族艺术新风格。

8月21日上午，敦煌石窟文物保护研究陈列中心举行了隆重的竣工典礼。日本国前首相竹下登、国务委员李铁映、甘肃省省长张吾乐、日本国驻华大使国广道彦、文化部副部长陈昌本、国家文物局局长张德勤、日中友协会会长东京艺术大学校长平山郁夫、中日友协会会长孙平化等有关人士出席了竣工典礼。

敦煌石窟文物保护研究陈列中心是1988年8月竹下登作为日本国首相访问敦煌时提出修建的援助项目。为此，日本国政府无偿投资9.75亿日元，甘肃省政府和敦煌研究院也投入了配套资金250万元人民币。1992年破土动工，通过中日两国建设者的努力，于1994年3月顺利竣工。中心集保护、研究、陈列于一体，主要陈列八个原大复制洞窟和部分珍贵的敦煌出土文物，中心的建成将会缓解日益增多的游客对莫高窟的压力，同时对弘扬敦煌艺术、促进旅游事业都会起到积极的作用。我和龙永图、国广道彦、竹下登、张吾乐、张德勤分别在典礼上致辞。竹下登、李铁映、张吾乐、国广道彦、平山郁夫、孙平化、青木盛久和我为陈列中心的开馆剪了彩。

8月21日下午，平山郁夫先生纪念幢揭幕仪式在莫高窟举行。

平山郁夫先生是日本著名画家、东京艺术大学校长、日中友协会长、联合国教科文组织亚洲大使、敦煌研究院名誉研究员。他非常热爱敦煌，曾多次来敦煌考察、写生。20世纪80年代以来，平山郁夫开始致力于为敦煌研究院培养人才。敦煌研究院第一个，也是我国第一个文物保护科学博士即出自东京艺术大学。1989年，平山郁夫举办个人画展，筹集了2亿日元捐给敦煌研究院，成为敦煌研究院的学术基金，极大地推动了敦煌研究院的学术研究、国内国际的学术交流事业。为了感谢平山郁夫先生多年来对敦煌文物保护研究事业的巨大贡献，我院在莫高窟（大佛殿）前面的广场上为平山郁夫建立了一座纪念幢。竹下登、张吾乐、陈昌本、国广道彦出席了揭幕仪式，我和孙平化为纪念幢揭幕。

8月22日，李铁映同志在国家文物局局长张德勤、省委副书记杨振杰和敦煌市委书记李济民等人的陪同下，来到敦煌研究院办公楼，看望全体工作人员，在听取了我和副院长樊锦诗、副书记孟繁新的工作汇报后，又听了部分老、中、青专家、学者的意见和建议，然后在全院职工大会上作了讲话。在了解到研究院当时所面临的问题和困难后，李铁映同志做出了指示。

在铁映同志讲话过程中，张德勤同志做了解释："一是关于'敦煌面临灭顶之灾'的报道问题。我给聂大江同志汇报了，书面材料也送了，领导机关都清楚了，但舆论界还有误传，建议这次来的新闻记者把这里的客观情况报道一下。二是根据铁映同志的意见，为了表彰建院50年来的有功人员，国家文物局决定拿出30万元作为奖金，奖励工作30年以上的同志。30年以下的中青年专家有突出贡献的也可以奖励，至于奖励具体数额，由段院长和研究院领导同志决定。这是中央领导同志的一种关怀，希望这批凤凰在梧桐树上栖息和工作得更好。"

最后，李铁映同志为敦煌研究院建院 50 周年题字"辉煌"，并和全体职工合影留念。

二、贯彻落实李铁映同志讲话精神，改善条件"筑巢引凤"

李铁映同志离开敦煌后，我们立即召开院务会议，研究尽快落实李铁映同志的讲话精神。决定派副院长刘会林和办公室副主任张正兴等同志，专程到兰州、北京有关部门汇报，并请求支持解决有关问题。经刘会林副院长和张正兴副主任的反复奔波联系，到 10 月份，有些问题已经得到落实，有些事情正在进一步联络商议之中，如解决敦煌莫高窟窟区生活供水问题，省政府很重视，张吾乐省长批示，由省计划委员会立项，并帮助解决部分引水工程基金，此项工程总投资需 317 万元人民币。省计委已明确表示要解决一部分资金，同时于 9 月 22 日以甘计投〔1994〕420 号文呈报国家计委，恳请国家计委补助 250 万元，国家计委的补助正在商议之中。鉴于上级组织已明确表态，我院便于 9 月份委托甘肃省水文地质勘察院进行了水文地质勘察工作，并已开始打深井，按计划，11 月 10 日前打井工程可完成。同时我院又委托中国市政工程西北设计院进行配套的引水工程设计，待上级资金到位后，我们即可全面开工建设。

关于开通敦煌莫高窟程控电话的问题，此项工程总投资需

80 万元人民币。省财政厅已表态解决部分资金，并于 9 月 19 日以甘财行发 [1994]028 号文呈报财政部，恳请财政部解决部分资金。在省财政厅、财政部均表态解决资金的前提下，我院已委托省邮电管理局农话处开始设计并选购设备。

关于表彰奖励在我院工作 30 年以上的老同志和有突出贡献的中青年同志。国家文物局遵照李铁映同志的指示，已决定给我院 30 万元的奖金。我院已于 9 月 21 日在敦煌莫高窟召开了纪念建院 50 周年暨庆功表彰大会，对 25 名 30 年以上的老同志颁发了荣誉证书，按其贡献大小，时间长短，分别给予 10000 元、9000 元、7000 元、5000 元的奖励，同时每人奖给价值 1250 元的《中国石窟·敦煌莫高窟》五卷本一套；对 27 名 5 年以上 30 年以下的有突出贡献的中青年同志每人奖励现金 2500 元，并奖给价值 350 元的《敦煌》大画册 1 本。

关于提高生活待遇、享受野外工作补贴的问题。莫高窟、榆林窟、西千佛洞均远离城镇，地处偏僻山沟，环境艰苦，为稳定人心，我院已于 9 月 17 日以甘敦研院［1994］第 077 号文，恳请省里批准每人每天 5 元的野外工作补贴。

关于建立中国敦煌石窟保护研究基金会的问题，在李铁映同志的关心下，基金会已报经中国人民银行总行批准，现在正按程序办理在民政部的注册手续。关于组织研究人员到佛教发源地印度等国家考察访问，适当提高外宾参观的门票价格，研究成果的出版，研究员带培研究生，与国外互派学者等问题，尚在与有关部门协商沟通之中。

三、坚持学术研究之路，努力提高管理水平

为了纪念敦煌研究院发展50周年，我除了写《敦煌研究院五十年》外，还写了《敦煌研究院学术研究五十年》，从两个不同角度和方位来回顾敦煌研究院走过的历程和成就。同时还撰写了《丝绸之路上的瑰宝——敦煌艺术》《敦煌的美术与民众》等文章，在《敦煌研究》等刊物上发表。与此同时，印度的英迪拉·甘地国家艺术中心编译出版了一本我的专集，书名是《段文杰眼中的敦煌艺术》。这本书选编了我的七篇论文，谭中教授在书前写了导言，对我的研究工作给予了极高的评价。当我看到中山大学姜伯勤教授的研究生刘波小姐寄来的中文译稿时，我觉得受之有愧，诚惶诚恐。作为一个莫高窟人为敦煌研究工作尽了一些力量，就受到学术界同行的肯定，我只能将这样的评价当作一种鞭策，继续为之努力。

1994年多次接到上海辞书出版社领导严庆龙先生来信，通报和协商《敦煌学大辞典》的有关问题。原来在1983年敦煌吐鲁番学会和1984年敦煌研究院相继成立以后，一些专家学者根据发展敦煌学的需要，提出很有必要编辑出版一部敦煌学辞典，但因敦煌学内容丰富，辞条浩繁，要动员国内许多学者参与，所以我院与中国敦煌吐鲁番学会、上海辞书出版社协商成立了一个敦煌学辞典编委会，来组织编写和商议出版事宜。主编为季羡林，副主编有我和唐长孺、宁可、沙知、严庆龙，还有20多位专家组成的编委。编委会在1985年4月和9月先后

召开了两次编委会议，通过讨论，将全书的词目基本上确定下来。对收录书中的辞条数量作了符合实际情况的确定，对各学科相互交叉的词目就归口和编写等问题基本上作了划分。会议对词典文稿的内容、写法以及文字体例等进行了讨论和统一性意见，同时也对一些可能遇到的问题，如释文的客观性和避免使用带有褒贬色彩词句；释文应当全面和准确，不能以文害义；释文要有浓郁的敦煌味儿；释文中的政治性政策内容应当妥善掌握，谨慎处理；关于运用第一手资料的重要性；注意释文的稳定性等等，进行了讨论。对编纂体例进行了复审，认为基本适当，可以作为编写释文的依据。编委会议还就一些编写的具体要求交换了意见，对辞典编纂的进度交换了意见，争取早日编成。但因为撰写者都分散在各个单位和不同的战线，每个人本身的工作也很繁重，所以这部书的编纂工作延续了较长的时间。上海辞书出版社的同志非常辛苦，他们通过简报和各地学者沟通，通报信息，促进交流。还书写信函，进行督促，做了大量工作。从严庆龙先生的来信中得知，经过十年的工作，现在整部书的规模是收集词条已有六千多条，字数已达 200 万字，此外还有大量插图。稿子质量总体上相当不错，准备在近期定稿。看了严庆龙先生的信，心里很高兴。这本书编好了，不但可以显示中国对敦煌学的研究水平，并将促进国内外的敦煌学研究。对严总编提出的要我院李永宁到上海辞书出版社协助审稿的要求，我立即表示同意。对其催促我尽快将《敦煌佛教艺术》一条的修改稿寄去的事情，我也抓紧时间撰写并尽快寄去。

1994 年当时任省委组织部部长的陆浩同志提出由省委组织部、宣传部、省文化厅和兰州电影制片厂为我拍摄一部从事敦煌保护和研究的纪录短片。9 月份在敦煌拍摄了一些镜头之后，又和兰州电影制片厂的编导孙中信、梁胜明、沉琛、王登勃和摄像师们专程赴四川我的老家绵阳和蓬溪拍摄一些场景。我的弟弟文俊专门从成都来陪同我们到绵阳和蓬溪。在绵阳丰谷井松垭乡我的出生地和家乡的亲友们见面叙旧。我五爸的女儿段业秀一家和三爸的儿子段业锐热情接待了我，我们在一起回忆往事。在蓬溪，我见到了年近八十的抗日战争时期中共蓬溪党组织的老同志陈叔举和几位老朋友。这次在蓬溪，老朋友相聚，一起回忆了过去那些充满激情的爱国岁月，顿时好像又年轻了许多。在蓬溪中学领导的安排下，举行了一个捐书仪式、全校教职员工和学生们都来了，我把一部分敦煌研究出版物赠给学校，我在讲话中感谢蓬溪中学对我的培育，也希望现在的同学们努力学习，成为建设家乡、建设祖国的优秀人才。

　　近几年，因赵友贤、刘鍱几位班子成员相继去世，省里又补充任命了新的领导班子成员。我召集了领导班子会议，经过讨论，对班子成员的工作做了分工。分工的大致情况是这样的：我的主要工作是贯彻敦煌石窟"保护、研究、弘扬"六字方针，主管全院业务行政规划和计划；主管敦煌学研究工作，担当学术带头人；主管编辑出版工作，主抓《中国壁画全集·敦煌》10 卷、《敦煌石窟艺术》丛书、敦煌石窟专题本丛书和《敦煌研究》学刊；主管人才培养和使用；主管学术委员会、中职评委会和平山郁夫基金会。副院长樊锦诗：协助院长统管兰州、敦煌两地院务；主管全院业务，协助制定并执行规划和计划；主管学术研究，重点抓石窟考古，担当学术带头人；主管敦煌石窟全集专题卷编研工作，重点抓早期洞窟成书；主管敦煌石窟文物保护研究国内国际合作；主管业务职称评审工作；协助院长管理学术委员会和平山郁夫基金会。副院长刘会林主管行政工作，协助院长全面管理敦煌院部行政、财务、人事、后勤，并与兰州院部沟通，大原则统一管理；兼管接待部，负责国内外旅游接待讲解安排；主管敦煌艺术总公司，抓经营管理创收，保证敦煌工作生活条件的改善；主管旅行社，并与接待部挂钩联营；主管各部门经营性有偿服务，统一管理一切经济收入；主管财务审计，严格执行财经制度。副院长马正乾：协助院长主管兰州院部行政、财务、人事、后勤，并与敦煌院部沟通；主管兰州院部办公楼的建设和使用管理，保证老干部特别是离退休专家的生活福利；负责兰州院部宿舍楼的管理，兰州院部经济实体经营管理并改善职工生活福利，承办敦煌院部在兰的事务工作。党委副书记孟繁新：体现党委政治领导，执行保证监督任务，主管党建和全院政治思想工作；严格执行勤政廉政规章制度，严格执行党纪政纪的检查处理；兼管保卫处，执行内保和石窟文物的管理，监测保卫工作；分管人事工作。由于各方面的人员增多，敦煌研究院成了个小社会，事务庞杂，院领导班子的分工负责，团结协作非常重要。为了搞好敦煌事业，大家基本上做到了主动配合，任劳任怨。樊锦诗同志在协助抓好业务工作方面是尽心尽力、认真负责的，保证了有关业务工作的胜利完成。刘会林同志为了解决和落实院里的各种建设项目资金，不断在北京、兰州、敦煌等地往返奔波，连续作战。孟繁新、马正乾同志也都认真负责地完成了自己的分管工作。所以我院这些年来取得的成绩，是大家共同努力的结果。这也包括了各个部、处，各科室，各个研究所的负责同志和全体职工所做的无私奉献在内。

1994年12月份，我收到著名美籍华人陈香梅女士的来信，信中附有1994年12月5日香港《文汇报》一份。上面刊发有记者林玮采访我写的一篇文章。她的信是这样写的："段文杰院长：您好！从香港《文汇报》上读到有关您的报道，很钦佩您为中国文化献出的心力。我多年回祖国多次，但都因为公私两忙，无法到敦煌。前年我的老友柴泽民大使因去敦煌而出了车祸，他现在已完全康复了。50年代和60年代都在台北见过张大千，而且亲看他写画，还送了一张荷花图给我。我是已故南海派大师黄君璧教授的入室弟子，但已不执笔久矣！为了促进中国教育和文化，我成立了陈香梅教育文化基金会，每年教师节协助杰出人才。在广州、南昌、武汉、南京、江西吉安都有颁奖，也是抛砖引玉之意。在报纸上看到您的临摹作品，宫人风采呼之欲出，望明年能到敦煌一游，以饱眼福。今年月中即要去香港、澳门、广州、珠海、南京、长春、沈阳各地。中国文物丰满，只可惜财力、物力、人力都缺乏，尤其是近年来大家'向钱看'更值得忧心。先写信致意，后会有期。"

陈香梅是抗日战争期间美国空军援华飞虎队司令陈纳德将军的夫人。近年来她常赴祖国大陆做一些扶助国内文化教育事业的事情，时有耳闻。我随即回信，邀请她在合适的时候访问敦煌，我定会安排热情接待，并陪同她参观石窟。

四、俄罗斯考察带来的敦煌文物"回归之梦"

为了对流散到国外的敦煌文物进行了解和考察，我们对一些收藏敦煌文物较多的国家进行了访问和查证。俄罗斯就是一个收藏有大量敦煌文献和艺术品的国家，但其数量始终不详细。这是因为当年俄人鄂登堡及其探险队成员的旅行日记和工作日志，一直都藏在苏联科学院的档案中未予公布。1960年在莫斯科举行的第25届国际东方学者大会上，苏联才宣布了有关敦煌写本的消息，并陈列了一部分供与会者参观。至此国际上才知道苏联还藏有数量惊人的敦煌文物，但详细的情况仍然不清。消息出来后，引起了我国学者的注意，多方打听具体情况。此后不久，留学苏联的张铁弦等人提供一些情况：苏联藏的敦煌文献主要是鄂登堡1914年至1915年从敦煌所得，有小部分为鄂登堡1909年至1910年在吐鲁番所得。还有克洛特科夫带去一部分却没有记载从何处寻得，还有一位马洛夫从和阗带去一些但无时间记录。除此之外。还有一个说法是俄国的另一名探险家奥布鲁切夫在1905年曾到敦煌从王道士手中拿走一批写本，可是有些学者又不同意这种说法。所以，敦煌文献是怎么弄到俄国去的仍然存在诸多疑点。1991年7月和11月我先后收到沙知、柴剑虹、齐陈骏以及张惠民几位先生来信，得知他们已经访问了彼得堡并考察了敦煌文物，并告知俄方收藏的情况。敦煌文献写本主要集中在俄罗斯科学院东方学研究所彼得堡分所，其数量在12000件至18000件之间。而敦煌的艺术品如绢画、纸画、雕塑以及洞窟照片等都集中在艾尔米塔什博物馆，艺术品在350件左右，照片大约3000张。得到这些信息，更使我产生了尽快赴俄考察敦煌文物的念头。但因工作繁忙，考察经费尚未有着落，时间一推再推。1994年我们总算筹措到一笔经费，我院组织了一个赴俄考察团，由我带队，成员有李正宇、施萍婷、王克孝、张元林。我们随即与俄罗斯东方学研究所的孟列夫先生、艾尔米塔什博物馆鲁多娃女士等联系，又请上海古籍出版社派去俄罗斯的敦煌文献出版工作小组的同志协助联络。当年11月上海古籍出版社的府宪展同志将俄国东方学研究所彼得堡分所所长彼得罗相发出的邀请函寄给我们。在此之前府宪展同志已将艾尔米塔什博物馆馆长彼奥特洛夫斯基的邀请传真信寄给我们。我们抓紧办好了有关的出国护照及有关证件、手续，到1995年5月终于成行。出发前我给艾尔米塔什博物馆鲁多娃女士发了传真："尊敬的鲁多娃女士：谢谢您的盛情邀请！我和我的同事一行5人将于5月22日乘飞机抵达莫斯科，计划在贵国停留月余。其间，我们将主要在艾尔米塔什博物馆和俄罗斯科学院东方学研究所彼得堡分所进行学术交流和考察。贵馆藏品之丰富是闻名于世的，在短暂的时间里难以尽数领略。

我们打算重点考察东方文化与艺术品中收藏的中国艺术品和文献，特别是佛教艺术品，包括雕塑、绘画作品以及壁画的临摹品，并就此与您及俄国同行进行切磋与交流。希望馆长先生届时能提供考察和研究的便利。"同样内容的信也给孟列夫先生写了一封，希望他在我们参观东方所的时候给予关照。

我们于 5 月 22 日从北京飞抵莫斯科后，立即购买去往圣彼得堡的火车票，并于 5 月 24 日 6 点到达圣彼得堡火车站。俄罗斯敦煌学家孟列夫和邱古耶夫斯基在车站迎接并陪送我们到伊尔玛家安排住处。当天上午，鲁多娃女士和她的儿子戈良陪同我们浏览市容，参观彼得保罗要塞、彼得大教堂和彼得大帝小木屋。该要塞位于彼得堡市市中心涅瓦河的兔儿岛上，它于 1703 年 5 月 16 日奠基，是圣彼得堡最早的建筑物。此后才逐渐发展成为大规模的圣彼得堡市。彼得保罗要塞起初是为了抗击外敌而建立的军事防御设施，后来变成了一座政治监狱，很多俄国名人如车尔尼雪夫斯基、高尔基等都曾在这里关押过。在参观要塞的同时，我们也参观了彼得大教堂和彼得大帝小木屋。彼得大教堂就在要塞之内，彼得大帝小木屋也就在附近河畔。下午，我们去附近商店购买食品。因为要住一段时间，生活必需品是要准备一些的。5 月 25 日上午，我们乘坐艾尔米塔什博物馆的车去博物馆考察敦煌文物。我们看到了一批艺术品，有壁画残块、塑像、木雕、绢画等。有一张大型绢画，长约 164 厘米，宽约 142 厘米，上绘千手千钵文殊菩萨，画面相当完整。还看到一批壁画残片，如千佛画像、天王像、小鹿等。塑像有

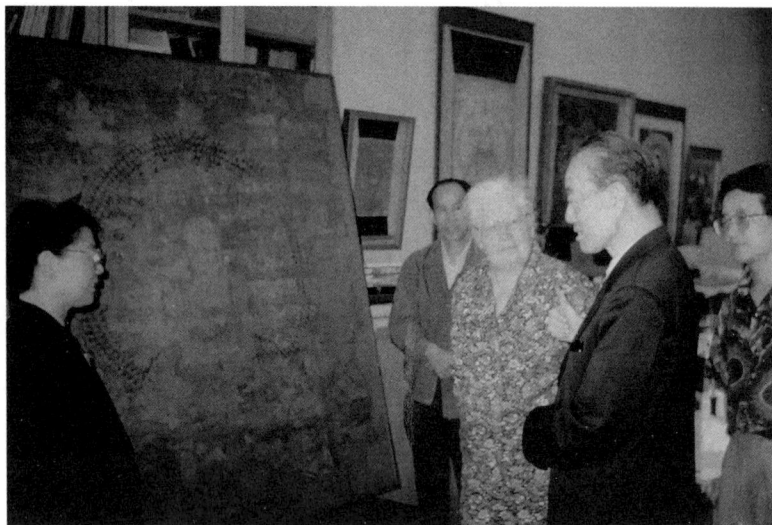

1995 年和李正宇、施萍婷、张元林在俄罗斯学者鲁多娃女士陪同下考察艾尔米塔什博物馆收藏的敦煌艺术品　段兼善提供

菩萨头像、小沙弥头像、木刻彩绘力士等，作品都相当精彩，菩萨头像完全是盛唐风格。次日继续在该馆考察敦煌文物，看到一批麻布画，大多是唐宋时期的作品。菩萨立像较多，其中一幅观音菩萨立像上有回鹘文题记，多幅观音菩萨像上有汉文题记。最高的一幅菩萨像高约 183 厘米，宽 56 厘米，是宋代作品，题有"南无东方普贤菩萨"字样。还有一幅宋代的六臂观音坐像，手托日、月，画得相当好。有一幅供养图，上部绘菩萨立像，下部画男女供养人各 2 身，有题记但残破漫漶，上部菩萨题字为"南无虚空藏菩萨"。这批画数量不少，多为幡绘。5 月 27 日、28 日是星期六和星期日，前一天乘博物馆大巴前往彼得皇宫游览。次日我们乘地铁去俄罗斯博物馆参观，俄罗斯博物

馆除了收藏有大量古代圣像画和民间艺术品外，还拥有一批 18 世纪、19 世纪、20 世纪俄罗斯雕塑作品，以及丰富的俄国学院派写生画。最大的几座展厅专门陈列了卓越的学院派画家布留洛夫和伊万诺夫的代表作。此外，我们看到了著名海景画家艾瓦佐夫斯基，风景画家库因芝、希什金那些表现了原生态的画幅，但更重要的是我们看到了俄罗斯巡回展览画派的作品。他们是 1870 年参加巡回展览协会的画家，他们向学院派及其艺术提出了挑战。这里面就包括了列宾、苏里科夫、列维坦等大师级人物，他们关注社会生活、关注平民生活的批判现实主义思想，在他们的展品中充分地表达出来。显然在 50 年代和 60 年代，我们就通过各种印刷品、书籍、画册熟知了这些画家的作品，但当看到他们的原作的时候，仍然感受到一种深沉的力量。当然我们还看到弗鲁贝尔、夏加尔、法尔克、马列维奇这些杰出画家和苏联时期一些优秀艺术家的油画杰作。在看完俄罗斯博物馆展品后，我们还顺便参观了位于格列包耶陀夫运河岸的"凶杀地"复活教堂，游览了附近的超级市场。接下来的几天，也就是 5 月 29 日至 6 月 4 日，集中精力在艾尔米塔什博物馆考察敦煌文物，主要看了一批麻布画、纸本画，还看到一批由伯希和编号的艺术品。其中有观音菩萨、菩萨、弟子、罗汉、涅槃变局部、净土变局部、七宝、施贫儿等画幅。还看了一些外国画家用油画临摹的佛头、菩萨、观音、力士、夜叉、卢舍那佛、供养菩萨以及涅槃变局部、见宝塔品局部等。还看到一批鄂登堡探险队所拍摄的黑白照片，大约有两千多幅。这批原片对了解 20 世纪初敦煌周边地区的环境情况、社会风貌有一定参考价值。在考察敦煌文物的间隙，我们在孟列夫、鲁多娃陪同下还参观了普希金城、阿列克谢宫殿及花园、缅什科夫宫、俄罗斯民族博物馆，再次游览市容并乘船游览涅瓦河。6 月 5 日，安排在艾尔米塔什博物馆参观，因为前些日子精力主要是考察敦煌文物，尚未认真观看艾尔米塔什博物馆。博物馆所占的建筑其实就是过去的冬宫，1917 年 2 月前，冬宫一直是沙皇的官邸，后来资产阶级临时政府设在它的各个大厅里。10 月 25 日至 26 日那具有历史意义的一夜，起义人民攻占了冬宫，后来这里就变成了艾尔米塔什博物馆。博物馆不仅占用冬宫，还占用了与其相连的四座建筑物。艾尔米塔什博物馆的收藏极其丰富，据说这里保存着 250 万件展品，不比美国纽约的大都会博物馆少。大部分是绘画、雕塑、艺术家具、瓷器、黄金、白银、水晶、纺织品、中世纪武器、宝石与象牙制品等稀世珍宝。要走遍全展厅，一个月的时间也不够用。因此，我们还是只能大概地浏览一番。只参观了其中一部分：东方文化艺术部展厅、印度艺术展厅、希腊罗马艺术展厅。还特别参观了收藏管理敦煌、新疆壁画的库房和他们的修复工作室。6 月 6 日应孟列夫教授邀请，乘火车去他的乡间别墅度过了愉快的一天。6 月 7 日继续在艾尔米塔什参观，重点看了西欧艺术部的藏品，数量惊人，陈列在 120 多个大厅里。艺术大师达·芬奇、拉斐尔、米开朗琪罗、提香、丁托列托、卡拉瓦乔、委拉斯开兹、鲁本斯、伦勃朗、普桑、华托、布歇、夏尔丹、格勒兹、弗拉戈纳尔、大卫、德拉克洛瓦、科罗、库尔贝、莫奈、雷诺阿、毕沙罗、德加、罗丹、塞尚、高更、毕加索的作品给人留下深刻的印象。6月8日在吉拉女士陪同下考察黑城出土的西夏文物，看到的有阿弥陀佛来迎图唐卡，观无量寿经变绢画，星象图之月星、金星、木星等，阿弥陀经变绢画、片治肯特寺壁画，还有毡画、刺绣等等。下午会见了俄罗斯科学院东方学研究所彼得堡分所彼得罗相所长，孟列夫和乌恰洛夫在座，友好交谈后，就去参观东方所资料室。6月9日我和施萍婷、李正宇、王克孝继续去东方所考察敦煌文献资料，张元林继续到博物馆拍摄敦煌文物照片。敦煌文献主要收藏在东方所，据孟列夫介绍，由于编号过程中有重复、空号，以及一部分尚未经认真审定，这批文献数目可能不会达到18000号之多，大约实际数字在12000至18000之间，不管怎么说，5万多件藏经洞文献在俄罗斯就有一万多件，的确数量是惊人的。我在与他们交谈中提出："我热切地盼望你们把这些文物归还给我们。"他们说："这个我们不能决定，还得你们的政府和我们的政府商谈。"当然他们也说的是实话。说到归还，也不是这么简单的事，回国后我还要向有关部门汇报，促成敦煌文物回归。

由于我接到国内通知要提前返回国内参加有关会议，我们一行即将离开圣彼得堡前往莫斯科，火车票几天前已由王克孝、张元林和戈良购好。6月10日下午邱古耶夫斯基前来话别。晚12点乘火车去莫斯科，孟列夫和戈良兄弟二人前来送别。经过一夜的列车运行，次日晨抵达莫斯科。陈秋萍女士前来接站，并安排住处。安顿好以后，在孙斌同志的陪同下，参观了莫斯科的普希金造型艺术博物馆，游览了跳蚤市场。在莫斯科的几天我们分别在陈秋萍和孙斌的陪同下游览了莫斯科市区，参观了普希金生平博物馆、俄罗斯工业成就展览、俄罗斯美术之家以及托尔斯泰故居，观看了莫斯科大剧院的马戏表演。普希金和托尔斯泰是中国人民家喻户晓的诗人和作家。普希金的抒情诗和托尔斯泰的小说《复活》《安娜·卡列尼娜》《战争与和平》对中国的读者产生了相当大的影响。6月15日晚7点赴机场，顺利办完出关手续，于10点20分登机起飞，次日晨9点抵达北京。

五、正式实施目标管理责任制成效颇丰

俄罗斯归来之后，我参加了全国文物工作会议。这次会议还是在西安举行，李铁映同志出席了会议并作了讲话。李铁映同志在中央是分管社会科学工作的，对文物工作也很重视，很热心。我和张元林先行乘飞机回国，施萍婷、李正宇等继续在俄国考察。开完全国文物工作会议，我回到敦煌，着手安排有关工作。

7月，我应邀赴香港参加了"敦煌艺术展"开幕式，一同前往香港的有陈绮玲副省长和省文物局马文治局长。这次展览规模很大，7月13日下午，在港仔湾道28号中国文物展览馆举行开幕式，霍英东、周南、李嘉诚、张浚生、刘德有、沈觉人、

觉光、饶宗颐、王敏刚等众多知名人士和部分文化界人士出席。展出期间我们还参加了由香港文化交流协会主办的"敦煌艺术座谈会"。我和陈副省长、马局长还专程拜访了邵逸夫先生，感谢他对敦煌文物事业的支持。

1995年，我参加的会议较多，年初参加了甘肃敦煌学会的会议，对甘肃敦煌学会1994年的工作进行了总结，对1995年的工作计划作了讨论。学会1994年的工作成绩颇丰，举办了"敦煌文学概论座谈会""敦煌文化与唐代文学学术讨论会"，主编了《敦煌文化与唐代文学专号》，组织会员参加"甘肃省第四次社会科学优秀成果评奖"活动，获得可喜成绩。学会会员共获一等奖1项、二等奖2项、三等奖6项、佳作奖1项，是学会成立后历年之最。1995年计划组织"敦煌佛教文化"的专题研究，举办"甘肃省石窟文化"的考察活动并筹划"敦煌学通俗知识文库"的编辑出版。我院有八九位同志在该学会担任理事，但更多的是甘肃各高校、各科研单位和文化团体的专家发挥了重要作用。学会所取得的成果也是我国敦煌学研究园地中一束鲜明的花朵。这年前半年，我还参加了"全国文化工作经验交流会暨表彰大会"，敦煌研究院被评为"全国文化先进集体"，我代表敦煌研究院在会上作了发言，这个会之后还参加了国家文物局召开的"新时期做好文物工作研讨会"。

1995年是我院按省文化厅要求正式实行目标管理责任制的第一年。一年来，经全院职工共同努力，较好地完成了责任书要求的工作和我院年初制定的其他任务指标。文物保护科研工作方面：圆满完成了我院与美国盖蒂保护研究所合作保护莫高窟文物的1989年至1994年的5年协议，并就下一步在综合治沙、环境监测、病害研究、莫高窟环境地质测查、岩体裂隙灌浆和壁画计算机存储等方面进行第二个5年合作项目进行更深入详细的磋商。与日本东京国立文化财保护研究所合作保护194窟、53窟的1990—1994年的5年计划也已结束，在进行总结的基础上也开始第二阶段的协商。在敦煌壁画计算机储存与管理系统的研究上进行了专家评估和实验。完成了敦煌石窟崖体及附加构筑物抗震性研究的详细报告，对影响壁画保护的环境因素及环境质量标准重大课题，进行了选点调研，取样分析，技术方案设计。进行了PS渗透加固土建筑遗址现场实验，并完成实验报告。完成了砂砾岩石窟岩体裂隙灌浆研究，并在榆林窟进行了第6窟的起甲壁画修复、莫高窟152窟甬道北壁壁画和大泉河东岸一个塔窟的加固和塔窟中壁画的修复。李最雄"PS-C加固砂砾岩石雕的研究"成果获国家科技进步二等奖。在安全保卫方面：坚持了从严治警，狠抓队伍建设，提高防范力度，继续抓好治安管理，加强单位内部安全防范，在加强人防、技防、犬防的同时，与院属11个部门签订了"安全防范责任书"，确保了洞窟及其他文物的安全。保卫处被评为1995年全国文博系统先进集体，马学礼同志被评为全国文博系统先进个人。研究工作方面：彭金章等同志开展的莫高窟北区的洞窟清理发掘工作全部完成，已根据有关资料、数据整理并撰写北区的石窟清理发掘报告。《敦煌石窟艺术》中的第285窟已完成撰写和编辑工作并交付出版社出版。完成了《天梯山石窟内容总录》和《天梯山石窟大事记》的补充与修订。我院研究人员独立编著、联合编著的专著 11 部书籍出版，完成并发表论文 30 篇。其中两篇论文获奖。《敦煌婚姻文化》《中国唐宋硬笔书法》《论敦煌古塞城》分别获"甘肃社会科学优秀成果奖"，《敦煌研究》获 1995 年"全国优秀社科期刊奖"，我院编辑的《敦煌壁画故事》一至五集获第六届冰心儿童文学奖。弘扬工作方面：较圆满地完成了开放接待的任务。1995 年接待各类观众 153390 人次，还完成了接待国务院副总理吴邦国，全国政协副主席谷牧、孙孚凌，以及全国人大常委会副委员长布赫等同志的重要任务。陈列中心修改和充实了敦煌石窟文物陈列，布置了"西藏铜雕艺术展"，受到国内外观众好评。美术研究所筹备的"敦煌艺术展"7 月在香港成功展出，受到好评。

六、通过各种场合与机会宣传推广敦煌学术研究

1996 年 2 月初，应日本东京文化财研究所之邀，我和樊锦诗、李最雄、李云鹤、段修业、李实、张拥军等赴日本奈良参加关于保护敦煌莫高窟及相关研究的国际研讨会，展示了我院与东京文化财研究所 5 年合作的学术成果。我作了《莫高窟保存的历史》讲演，发表了《敦煌莫高窟保护工作的历史回顾》一文，并为奈良市各界人士做了题为《奈良与敦煌》的报告，受到与会各界人士的欢迎。通过这一系列的交流活动，使我国

的敦煌学各领域的研究在敦煌故土上得到蓬勃的发展，又在回归中带着丰硕的研究成果迈着坚实的步伐重新走向和融入世界，和国外学者一道共同推动国际敦煌学向更高的境界攀登。

1996年初，我先后接待了香港知名人士徐展堂、日本《朝日新闻》访华团、日本茶道里千家来敦煌"献茶"活动先遣团、日本国会议员大内启五一行，分别和他们进行了亲切友好的会谈。春夏之交，又接待了日本文化财保护振兴财团负责人、日中友好协会会长平山郁夫，茶道里千家一行以及法隆寺代表团高田良信等知名人士来访。1996年5月，我院与日本朝日新闻社就在东京、福冈、神户举办"沙漠中的美术馆——永恒的敦煌"展览事项达成协议，计划在日本展出半年，第一阶段在东京都美术馆展出，第二阶段在福冈县立博物馆展出，第三阶段在神户市立博物馆展出。这次展览起初是在1994年4月我院副院长刘会林与日本朝日新闻旅行社寺出训三先生会谈时提出的，经多次磋商后，写出了一份会谈纪要，到1996年5月才达成了协议。这次展览规模大、展期长，对进一步弘扬敦煌文化艺术有重要作用。我为该展览撰写了题为《人类的瑰宝——永恒的敦煌》的序言。序言中说明，这次展览除精心挑选的50件壁画精品摹本外，还有第一次在国外展出敦煌两个具有代表性的原大洞窟模型、敦煌北魏刺绣佛像、元代婆罗米字经幢、唐宋花砖等一批敦煌出土文物精品。所以，这次展览是博大精深的敦煌文化的一个缩影，具有强烈的历史感、文化感和艺术感。希望通过展览，进一步加深中日两国人民的相互了解，促进两国的文化交流和世代友好。

当年6月，为了配合8月份在北京举办的"敦煌艺术展"，我赴北京作巡回学术报告。先后在北京师范大学、中国艺术研究院、中国青年政治学院、北京大学等单位宣讲敦煌石窟艺术及敦煌学术研究的发展等有关内容。6月底返回敦煌，接待了日本创价大学青年访华团，并为他们作了《将世界文化遗产传之久远》的讲演。8月10日至17日赴京参加"敦煌艺术展"开幕式、中国敦煌石窟保护研究基金会成立等有关会议。1996年秋季，乔石委员长、杨尚昆主席、姜春云副总理等中央领导人先后由阎海旺、孙英、卢克俭、仲兆隆、陈学亨等省领导陪同到敦煌视察，我都一一陪同他们参观并作了讲解。在90年代中期，我们还先后接待了朱镕基、费孝通、孙起孟、胡绳、马文瑞、刘澜涛、江华、刘复之等中央领导和萧克、洪学智、杨勇、杨成武、杨得志、张震、迟浩田、吕正操等十多位共和国上将。外国贵宾也有不少，如李光耀、黄文欢、海部俊树、伊东正义等著名人士，以及科学文化界的精英，如杨振宁、李政道是获得诺贝尔奖的著名科学家，他们和钱学森一样，不仅在科技上贡献卓越，而且对文化艺术特别是音乐绘画都有着深刻的理解和学识。从他们的谈话中，可以看到艺术创造和科学发明之间的深层次的紧密联系。而台湾佛教界的代表人物圣严法师、星云法师前来访问，也使我们有机会进行了佛学方面的探讨。送走他们以后，我又接受了朝日新闻社记者的采访，9月份又接受了中央电视台"东方时空"栏目记者的采访。10月初又到上海参加敦煌艺术展开幕式，并应邀在复旦大学讲演。

七、一个良好的开端：青山庆示向敦煌研究院捐赠流失文物

在此期间，我越来越迫切地希望流失海外的敦煌文物能及早回归故里。我在接待中外专家学者友好人士和传媒记者时，都不断地呼吁收藏有敦煌文物的国家和个人能将敦煌失散的文物完璧归赵。然而久久不见敦煌藏经洞文物归还，不免心中焦急，当然这不是一件容易的事情。不过呼吁也并非一点作用都没有，1997年初，接到日本西川杏太郎来信，说日本一位叫青山庆示的先生，家中收藏有8件敦煌写卷，有意捐赠给敦煌研究院。我很高兴，我们已经呼吁了多年的敦煌文物返还故里，还始终未见实质上的进展，如果青山庆示先生的意愿是真的，这将是一个良好的开端。但这几件东西是不是真正的敦煌文物，还需要我们亲眼一见，于是我函告西川杏太郎先生，能否将8件文物的复印件给我们寄一份来，不久，西川杏太郎将8件写本复印件寄到我院。我看了一下，觉得基本上符合敦煌文献的特征。我让遗书所和考古所李正宇等同志再从文献内容、书法特色等各方面进行鉴定。后李正宇同志告知鉴定结果：8件残卷全属真品。只是其中有一件因未看到原件纸质，略存疑虑。抄写年代都在宋代之前，大多为北朝抄本，我即刻去信告之西川杏太郎和青山庆示先生，热切盼望青山庆示先生携卷到敦煌来，我

们定当热情接待。5月份，青山庆示先生回信："敦煌研究院院长文杰先生：拜读您的信，我万分高兴，此次，由于西川杏太郎先生的大力帮助，我向贵院捐献我父亲青山杉雨收藏的敦煌文物一事进展顺利，甚感欣喜。接到贵院爽快答应的回信，非常感谢，父亲去世后，我与母亲商量的结果，考虑到这些文物应该保存在它原来的地方，关于归还文物的地点和方式，我们自然按您的想法，带文物访问莫高窟了。关于访问的日期，我想今年10月初旬比较合适。因为这是一次无比喜悦的机会，所以想与父亲第一弟子成濑映山先生等10名书法家以及母亲、弟弟一同访问莫高窟。我与较熟悉的旅行社正在商量具体的日程安排，决定之后就马上跟您联系，请你们多多关照，谢谢。期待着和您以及贵院各位先生见面。最后祝您身体健康，并祝敦煌研究院日益繁荣。青山庆示，1997年5月26日。"10月8日，青山庆示一行20余人到达敦煌。晚上我们去宾馆拜会青山庆示，以及他的母亲、妹夫及日本书法家成濑映山一行。次日，青山庆示一行访问莫高窟，我院举行了一个捐赠仪式，青山庆示介绍了他返还敦煌文物的初衷和整个过程。我在讲话中称赞了青山庆示先生把他父亲、日本书法大师青山杉雨先生用重金在旧书店购得并珍藏多年的敦煌古文写本8件捐赠我院的友好行动，不仅在我们院呼吁敦煌文物回归故里的行动中起到了带头作用，而且这8件写本就其内容来说，对我们进一步研究敦煌历史、敦煌佛教、敦煌艺术都具有极为珍贵的价值。我再次表达了对青山庆示先生的谢意，并宣布："为了纪念敦煌莫高窟藏经洞发现 100 周年，我院将于 2000 年举行敦煌学国际学术讨论会，在莫高窟三清宫原址建设藏经洞陈列馆，进行敦煌文物展览等一系列大规模的纪念活动。我们真诚地欢迎那些分散在海外各地的敦煌文物能集中在它的故里——敦煌莫高窟展出，届时让世人能目睹这些稀世珍宝的完整风采，进一步推动敦煌学的繁荣。敦煌文物是中华民族的文化遗产，也是全人类的文化遗产，我们热忱地欢迎并感谢各国同行和我们一道保护和研究。"会上，青山庆示郑重地将 8 件文物交到我手里，与会的人群中再次响起了热烈的掌声。会后，我们在陈列中心展厅设置青山庆示捐赠文物专柜，长期向中外游客展出。

八、敦煌研究与保护继续向国际化方向迈进

这几年，随着国内外人士对敦煌的了解逐步加深，我们的保护和研究工作也有了新的发展。敦煌研究院、中国文物研究所和日本东京国立文化财研究所协商制订了第二期中日合作研究保护莫高窟第 194 窟、53 窟的协议书及实施细则，从 1996 年开始分三个阶段在环境监测、病害研究、壁画彩塑修复研究、技术培训和交流等方面展开工作。我们又与韩国东明专门大学文化研究所张吉焕所长联系，通过商议，韩国文化放送会社（MBC）对在日本展出的"沙漠中的美术馆——永恒的敦煌"进行宣传介绍。我院还与日本东京飞鸟洞株式会社董事长中西善一先生商议并签署了《关于募集敦煌艺术国际研修中心建设基

金的意向书》《无偿向敦煌研究院捐赠车辆意向书》和《中国敦煌研究院、日本飞鸟洞株式会社关于临摹销售敦煌壁画意向书》，并就中西善一捐资进行榆林窟周边绿化问题进行了磋商。在宣传敦煌文化艺术方面还与日本 NHK 卫星放送局总制片人后藤多闻商定了预定 1998 年秋季在莫高窟进行全球直播的有关事宜。

在编辑出版方面，我们在已出版《敦煌壁画摹本珍藏本》等图书的基础上，继续进行《敦煌图案》等图书的编辑出版工作。特别是我们还启动了与香港商务印书馆合作编著出版《敦煌石窟全集》的重大工程，该计划最早是在 1986 年香港各大书店负责人访问敦煌时，我在与李祖泽先生交谈中就谈到与香港出版界联合出版敦煌研究成果的事情，李祖泽先生很支持，1996 年商务印书馆（香港）有限公司总编辑兼社长陈万雄先生与我在北京会晤，达成了共识。1996 年至 1997 年，我们与香港商务印书馆、中国文物报社先后在兰州、北京、敦煌召开了几次编辑工作座谈会研究工作。第一次 1996 年 10 月在兰州召开，明确了此套以各专题卷组成的全集的目标和意义，组成了我院编辑委员会，由我担任主编，樊锦诗担任副主编，由施萍婷、梁尉英、马德、赵声良、吴健任编委。商定了第一批编著提纲的交稿时间和第一批图片完成时间，商定了第一批文稿交稿时间，第二批编著提纲的交稿时间，还对选题进行了调整。第二次编委会 1996 年 12 月在北京召开，会上审定了第一批编写提纲和照片，对存在的问题进行了研究，商量了近期采取的措施，制定了"全集"的编写手册，对三年撰稿计划进行了修改。1997

年春季在兰州和敦煌举行了第三次编著座谈会，商务印书馆总编陈万雄先生，总编助理张倩仪小姐，编辑胡从经、梁以文，中国文物报总编室主任刘炜，摄影顾问田村到会，我和樊锦诗副主编以及各位编委包括各位撰稿人员也都参加了会议。这次会议研究并调整了部分专题卷图版重复交叉问题，科学地论证了各卷的学科界定范围，为确保全集达到学术性经典著作的高标准奠定了基础。对前一阶段的编著工作进行了评议和总结，讨论了已经完成的 20 卷编辑提纲和部分照片目录，确定了第一批、第二批发稿计划。通过这次会议，明确了著作、编辑和出版三方通力合作是保证编著工作顺利进展的基础，注意了对难点问题的解决，树立了精品意识，加强了开拓性思维。会议还对工作程序和进度进行了讨论和安排，对各专题卷交稿时间提

与敦煌研究的专家学者和前来研究出版事宜的香港商务印书馆总编辑陈万雄先生一行合影　段兼善提供

出了阶段性要求。会后，各方面工作都有了明显的起色。

1998 年 5 月，我院被建设部、国家文物局和中国联合国教科文组织全国委员会授予了"中国世界遗产保护管理先进单位"称号并受到表彰奖励，同时授予此称号的还有黄山风景名胜区管理委员会、峨眉山－乐山大佛风景名胜区管理委员会、曲阜文物管理委员会、布达拉宫管理处等单位。这是自 1987 年被联合国教科文组织列入"世界文化遗产名录"以来，我院坚持贯彻"保护为主，抢救第一"方针，坚持"保护、研究、弘扬"的原则，做了大量扎实有效的工作，进行了多次大规模危崖加固工程，修复了大面积的病害壁画和彩塑，以高科技手段进行环境监测，制定了环境质量标准，研究了酥碱、起甲、变色等病害壁画的机理，筛选了病害壁画的修复材料及工艺，开展了工程固沙、生物固沙、化学固沙等方面的研究与实践，不断探索和努力建立最佳保护环境。实施莫高窟日常管理和保护制度化、科学化、规范化。在全方位、多层次、多形式的保护工作中，完成科学保护课题数十项，获得了三项重大成果的肯定和表彰。当然，这些奖励和好评，应当看成是对我们的鼓励和推动，今后应在新的攀登中创造更好的成绩。

1998 年 6 月中旬，甘肃省委副书记赵志宏同志在省文物局局长马文治的陪同下，来到莫高窟指导工作，和我进行了长时间的谈话，并会见了在莫高窟工作的副高以上的业务人员和所、处以上的负责同志。听取了大家的汇报，还发表了热情洋溢的讲话，对研究院的成绩和大家辛勤劳动给予了赞扬。

因年龄已过八旬，加之 1993 年做过胃部手术，虽然恢复较好，但体力总是不如以前，而工作日益繁忙，各种会议、各种接待、各种交流活动，院内日常事务、编辑出版工作，以及自己的论文写作，时间真是不够用，休息的时间相当少。近两年来，常觉得精神恍惚，思维不能集中。因时间不充裕，系统研究的长篇论文减少，更多的是对石窟艺术中的一些局部问题进行探讨，对某一幅画、某种技法或某一个问题做一些研究。如以莫高窟第 3 窟千手千眼观音造像为题，追溯了这种观音形象出现的根源、传播流行的时间、描绘技法的演变过程，并对莫高窟千手千眼观音的艺术价值进行了评价，撰写了《敦煌莫高窟第 3 窟千手千眼观音像赏析》，其他如《再谈敦煌飞天》《敦煌壁画中的音乐舞蹈》《敦煌壁画中的山水画》等，都是对其相关问题进行了论述。这种单项课题研究，有利于对一些局部现象进行深入探究，也适合在一些研讨会和学术讲座中宣讲。

九、鸿雁传真情，余热掖后进

近 20 年来，为了发展敦煌石窟的保护和研究事业，与国内外专家学者和有关人士函件联系颇多，办公室和家中抽屉里总有好几百件。我抽空对这些信件进行了整理和检视，一部分是有关科学保护合作的回函，一部分是关于学术交流活动的来信，一部分是有关我院派遣学者外访考察和青年学者外出培训深造的函件，还有一些老同学及亲友来信。整理和翻看这些信件，容易使人回忆和怀念过去的事情。培养人才的问题，是关系到我院在保护、研究与弘扬等方面后继有人、持续发展的大问题。从1980年我担任第一副所长时，就开始考虑如何进行这项工作，限于当时的条件，在招聘、招工、调入业务人员的同时，将一些年轻人送到国内的外语学院、美术学院和一些综合大学去学习。研究院建院后，随着中外文化交流的加强，我与一些外国友好人士特别是和日本文化界知名人士反复商议，达成共识，每年都派出几名我院中年学者和青年学子，分别赴日本东京艺术大学、成城大学和神户大学等学校进行考察研修或攻读学位，也有少量人员到加拿大和美国学习。在平山郁夫、圆成寺次郎、木村佑吉、刀根浩一郎、南博方、滨田隆、村上立躬、澄川喜一、杉下龙一郎、筱田博之等友好人士的帮助下，经院务会议讨论、研究，我先后写信推荐了贺世哲、施萍婷、李永宁、孙修身、彭金章、徐煜明、李最雄、杨雄、刘玉权、李云鹤、段修业、刘永增、李萍、杨丽英、孙秀珍、侯黎明、娄婕、李实、蔡伟堂、罗华庆、赵声良、杜永卫、高山、樊再轩、张元林等我院一批资深中年学者和年轻业务人员到海外研修。从80年代到90年代，算起来大约也有50多人次了。这可算作我国敦煌学走向世界的一个侧面吧，其中有两人已先后获得博士学位，归国的学者都成了我院保护研究工作的骨干。

看着这一封封书信，我不禁心潮起伏。特别是读到我院外出学习的年轻人的来信，使人倍长精神，他们为了我国敦煌学事业的发展而刻苦攻读的奋斗精神和良好的成绩令我感到欣慰。

在日本学习的孙秀珍给我来信写道："段院长：您好！时间过得很快，不知不觉我来到日本已经整整一年了，在这一年中，我的各方面都起了一定的变化，开阔了眼界，增长了知识，不论是在日语学习方面，还是在佛教艺术史学习方面，都得到了很大的提高。这一切如果没有您给我创造的这一良好机会，是无法得到的。我一直从内心里感激您对我的关怀，由于有这个机会，我这一年的学习生活才过得很充实。下面我将这一年的学习生活情况分几个部分向您做一个总结与汇报。"下面我又看到了樊再轩从东京写来的信，信中说："托您的福，我们一行四人于5月24日顺利到达东京，第二天段修业老师就带我们到区役所办理了身份证明书，并拜见了财团负责人，感谢他们对敦煌文物保护事业的支持，稍作整理后我们就到东京艺术大学报到，谢谢您给我的学习机会。在平山郁夫先生的召见会上，我们四个说明了各自的学习研究方向。平山先生说：我们四个是您派出的最年轻的阵容，也是最佳组合，两个学习美术，两个学习保护。当得知您希望我们学习两年时，平山先生很高兴，赞扬您很英明。杉下龙一郎先生也说：学习先进的文物保护技术一年是不够的，因为有些模拟实验在短时间内很难说明问题。段先生让你们学习两年，这个决定是正确的。我们一定不辜负您对我们的期望，对您的感谢莫过于好好学习，把真正的好东西学到手，用到莫高窟的保护中，为莫高窟文物保护事业毕生努力。"接待部的罗瑶从日本写信来说他的学习情况："尊敬的段院长：收到您的来信，真叫我万分欣喜，您的关怀和鼓励，使我感到温暖无比，同时感到一种鞭策和期望，谢谢您的关怀，我一定努力学习，争取好的成绩回院后向领导汇报。我上的学校已于9月4日开课，开课前的暑假中，我一直坚持到学校补习，补习老师是一位自愿教授外国留学生的友好人士。通过补习我进步较大，受到老师的表扬。假期里还应日经的刀根浩一郎社长和我的保证人之邀请，一同去箱根旅行一次，刀根浩一郎先生不断回忆去敦煌的情景，对您和院里的关注表示感谢，对您表示极大的敬意。开学后第三天，我参加了'日本国外留学生1995年第二回日本语能力考试'，考题很难，参加这次考试是一种锻炼，真正的考试在12月19日，是日本国的例行考核。我下决心在12月的大考中取得好成绩，以圆满的结果向院里汇报。我住的武藏野市有很多人去过敦煌，他们很关心敦煌也很关心您，每当此时，我都很自豪，也很想念您和敦煌。到了日本，我感到敦煌这个名字竟如此家喻户晓，真叫我为此骄傲不已。我一定好好学习，将来回院后为敦煌事业做出贡献。"在日本东京艺术大学研修的我院青年女画家娄婕来信讲到她在日本学习的情况："总感觉时间不够用，一年来几乎在学校每天工作十个小时，有时更多，假期和星期六、星期日也基本是在宿舍练习作画，或者是去看展览。努力没有白费，上学期在法隆寺菩萨的局部临摹获得福井爽人先生以及日本画科其他先生好评。这学期我已完成了3幅创作，先生们也挺满意，总之现在一切学习开始进入状态。今年6月份我的一幅创作被选入'亚细亚现代美术展'后又被选入该展优秀作品移动展及海外展，10月份还要到上海展出。我想至此，没有给您丢脸，也没有给敦煌研究院丢脸。说真的，当初压力大的主要因素是：我是您推荐来的，也代表敦煌研究院，所以无论如何是只能好不能差，现在我依然是这样要求自己的。请段院长放心，我自信能够以优良的成绩完成这次难得的学习。听说您刚从俄罗斯考察回来，此行一定很有成果吧，此次俄罗斯终于能够成行，真不容易啊，这是咱院多年来的计划。实际上无论是对研究领域的开拓，或是对人员的培养，段院长始终都是以预见性的眼光和胸怀来考虑和着手进行的。我完全知道您对我们所寄予的期望和我们所担当的使命。现在天气很热，在日本，水果是可望而不可即的东西，一个西瓜一两千日元，入夏以来我还没有吃过西瓜呢！等以后回敦煌一定要好好地饱食一顿西瓜。"接下来又读到一封蔡伟堂的信："段院长：您好，李实带来的信，敬启拜读，承蒙您老在百忙之中，对我延长学习之事，拨冗惠顾，赐予继续学习的机会，在此深表由衷感谢。我将遵照您老指示，充分利用在日期间这个难得的机会，努力进取，刻苦钻研，多调查收集资料，攻学日语，学他人之长，丰富自身，在敦煌学事业发展进程中，尽一份微薄之力。"在检视中，还发现了一封罗华庆从日本写来的信，信中说："最近不断从媒体上看到有关敦煌的消息，特别是基金会成立大会和院长 80 华诞和从事敦煌研究五十周年纪念会。在院长 80 华诞之际，祝愿院长身体健康，益寿延年。北京的敦煌艺术展盛况空前，日本的多家大报都有报道。同时，今年 10 月在东京都美术馆举办的'沙漠中的美术馆——永恒的敦煌'展也在紧锣密鼓地准备着。展览海报又开始张贴、宣传力度颇大。好多日本人也都在打听此次展览的详情，想来这次展览会圆满成功。这一阶段正是东京艺大的暑假期间，我只好去东京国立博物馆图书馆和东洋文库看书和查阅资料。近六七年来我在院里从石窟管理科到陈列中心筹备、布展、开馆，大部分时间是为院里从事日常管理工作，除撰写了《敦煌显教佛像画研究》一书外，少有学术成果发表，大有学业荒废之感。这次能来日本研修，感谢段院长提供了这一大好机会，心无旁事，静心读书，重温学业，收集资料。一定不辜负院长期待，努力学习，报效敦煌。"我还看到宁强从美国寄给我的信。宁强当时正在攻读哈佛大学博士学位，他在信中说："敦煌一别匆匆已是两年多，十分想念！哈佛大学的博士学位确实不好拿，平均要花8年的时间，巫鸿教授当年也花了7年的时间读完博士学位。我现在干了6年半，差不多就可以完成了，目前正在做最后的冲刺，争取在今年6月底完成学习。这些年来一直埋头读书，很少有机会认真考察各国博物馆的藏品，除前年去日本参观外，别的地方如欧洲各国、印度及东南亚佛教艺术均未亲访，这学期我在耶鲁大学开设敦煌艺术研究课程讲座，学生主要是博士研究生，这期间曾遇到荣新江来访，他看到的东西比我还多，所以毕业后两三年内，我也想把世界各地的收藏认真检索一遍，开阔一下眼界。我的博士论文集中讨论敦煌220窟的问题，探讨了许多过去研究不够的问题。初稿受到巫鸿和其他哈佛教授的热情称赞，都建议在美国出版，我也希望借此推动一下美国的敦煌艺术研究。如您所知，我一直致力于美国的敦煌艺术研究，想尽我之所能，试图打开一个新局面。"读到这一封封海外学子的来信，我反而被他们所感动了。这些信寄来时已经看过，现在重新再看，又增添了一份触动，他们的爱国心、敦煌情，使我这位耄耋老者受到一种精神上的鼓舞。我们保护、研究、弘扬敦煌文化，扬眉吐气地走向世界真是后继有人啊！

这一个阶段尽管身体状况渐差，但是好多工作还必须进行。先后与平山郁夫先生商谈了继续培养人才和日本 NHK 放送协会前来莫高窟现场直播敦煌艺术访谈的有关事宜。与日本朝日新闻社代表金成英雄就日方向中方派遣研究生的协议进行讨论。同日本长谷川株式会社社长长谷川裕一先生磋商关于该公司出资援助我院研修生的培养、"敦煌莫高窟藏经洞文物陈列馆"和"敦煌艺术国际研修中心"修建等合作项目。还根据甘肃省委关于编辑出版《甘肃藏敦煌文献》（汉文部分）实施意见的通知，召开了编委会议，对贯彻和落实通知精神的具体安排进行了研究。还与香港商务印书馆总编辑陈万雄先生就《敦煌石窟全集》专题卷本进度进行了多次联系与沟通。如约完成了天津《国画家》杂志社李跃春先生所嘱的关于敦煌壁画临摹的文章和临摹作品照片。向蓬溪常乐中学校庆活动寄去赞助款两千元，向中国美术学院校庆赠送临摹作品一幅。

由于记忆力的衰退，对于国内外关心敦煌事业的知名人士、专家学者、亲朋好友以及早年的老同学的来信，不像过去那样不管有多忙都要及时回信，现在都时有疏漏。重新整理了一些近期的信件，发现有好多来函都应尽快回复，但因工作头绪多而耽搁了，近期又积累了一批信件，立即振作精神赶紧给他们回信。还收到一些重庆国立艺专时期的老同学的来信，得知刘予迪和何凤仪已先后在美国和加拿大去世，甚是伤感。前几年，他们来信中对我的工作给予的精神上的鼓励，至今犹在记忆之中。没想到他们最后的来信，我竟未能及时回复，成为永久的遗憾。

1998年我卸下了院长的职务，甘肃省政府任命我为敦煌研究院的名誉院长，院长一职改由樊锦诗担任。此后我主要居住在兰州，由兼善、葆龄照顾我，这样生活方便一些。平常看看书、写写字、看看电视，有时候约亲家史成礼、许倩虹或老朋友张伯渊、张世伟夫妇来打打牌，叙叙旧，有时到郊外去散散心。敦煌研究院樊锦诗、刘会林、李最雄、狄会忠等同事们有时到兰州或经过兰州时经常到家里来看我。新到任的院党委书记纪新民同志，对院里的离退休老同志非常尊重，也很关心，经常来看一看。他们一来总是勾起我对莫高窟的怀念，总想立即回到那个我工作、生活了50多年的地方。敦煌的一切我是那么熟，很难从我的记忆中抹去，有时在睡梦中，我也好像置身于三危山下的鸣沙山中。不过虽然不管院里的具体事务了，遇到一些重要活动还是尽力参加。1999年夏，日本NHK放送协会到敦煌举行直播采访节目，我回敦煌与专程前来的平山郁夫见了面，并在莫高窟九层楼前进行了对话。话题当然是关于敦煌石窟的保护与研究问题，我特别感谢平山郁夫对敦煌事业的关心和支持。在晚宴上，我向平山郁夫先生赠送了新出版的敦煌壁画临摹画册，并和刘会林副院长等人重新游了鸣沙山和月牙泉。当年10月，又接受香港商务印书馆陈万雄总编辑的邀请，在兼善陪同下和樊锦诗、贺世哲、孙修身、宋利良等几位前往香港参加了商务印书馆举行的"莫高窟五台山全图影印展"开幕式。我会见了饶宗颐、陈万雄和

1999 年和平山郁夫在莫高窟九层楼前交谈
段兼善提供

一些出版界的知名企业家，还会见了佛教界知名人士觉光大师和志莲静院宏鑫大师等知名人士。

第八章 回望敦煌　长河落日千年一梦
　　　　守望敦煌　同侪后辈任重道远

　　从远古一路走来，沙漠绿洲上沙岭晴鸣、月牙泉澈，茫茫戈壁见证了敦煌千年的辉煌与没落；向未来一路走去，佛窟壁画上岁月无痕、魅力长存，拳拳之心铭刻着我的敦煌、我的梦。

一、"敦煌藏经洞发现暨敦煌学百年"系列纪念活动

　　1999 年，敦煌研究院开始筹备 2000 年藏经洞发现一百周年纪念活动，我写了《历尽沧桑，再现辉煌——纪念敦煌藏经洞文物发现一百周年》一文在《甘肃日报》和《中华英才》等报刊上发表。

　　2000 年，文化部、国家文物局和甘肃省政府主办了"敦煌藏经洞发现暨敦煌学百年"系列纪念活动。7 月 4 日上午，"敦煌艺术大展"在北京天安门广场东侧的中国历史博物馆开幕。出席开幕式的有：全国政协副主席杨汝岱，文化部部长孙家正、

2000年在京为"敦煌艺术大展"剪影　段兼善提供

国家文物局局长张文彬，甘肃省委书记孙英、省长宋照肃，全国人大内务司法委员会主任侯宗宾、全国人大内务司法委员会副主任顾金池，卫生部副部长王陇德，民建中央副主席路明，国家文物局副局长郑欣淼，甘肃省委常委、宣传部部长马西林，甘肃省人大常委会副主任陈绮玲、甘肃省副省长李重庵、甘肃省政协副主席喇敏智和各界人士数百人。开幕式由张文彬主持，宋照肃致辞。宋照肃在致辞中说："敦煌艺术是甘肃悠久文化的代表，在甘肃经济社会中发挥的作用越来越重要。每年都有几十万国内外游客前往敦煌莫高窟参观，他们在领略神奇瑰丽的敦煌艺术的同时，进一步认识了甘肃，了解了甘肃。作为敦煌莫高窟故乡的甘肃省，将会更加重视敦煌文物保护和敦煌学研究，进一步加强同国内外的合作与交流，再创丝绸之路辉煌。"

7月6日上午在人民大会堂举行了纪念座谈会，中共中央政治局委员、中国社科院院长李铁映，全国人大常委会副委员长丁石孙、周铁农，以及孙家正、张文彬、阎海旺、孙英、陈光毅、宋照肃、江蓝生等领导和一批专家学者出席了会议。国务院一位副秘书长宣读了中共中央政治局常委、国务院副总理李岚清同志给座谈会的信，信中向辛勤工作在敦煌文物保护第一线的文物工作者表示感谢和致意。信中指出，西部地区是中华文明的重要发祥地，具有丰厚的中国传统文化底蕴和鲜明的民族特点，拥有大量的文化瑰宝。要站在中华民族复兴和可持续发展的高度，制定适应西部发展总战略的西部文化发展战略和规划。对西部得天独厚的稀有历史文化和民族文化资源，要重视涵养，加强抢救、保护和合理利用，建立良好的民族民间文化生态环境。李铁映同志也对敦煌保护和敦煌学研究取得的成就表示祝贺，并希望广大文物工作者在新的世纪进一步做好敦煌文物保护和敦煌文献资料的整理、研究、出版工作。孙家正同志指出，敦煌艺术所独有的贯通融合欧亚四大文明的特色，使它成为体现人类优秀文化永恒魅力和影响的典型代表，对于我们今天的改革开放和文化建设仍具有深刻的精神启迪。当天晚上，时任中共中央政治局常委、国家副主席胡锦涛，中共中央政治局常委、书记处书记尉健行，中共中央政治局常委、国务院副总理李岚清，以及李铁映等领导同志亲临中国历史博物馆观看展览。他们饶有兴趣地观看了展览的各个部分，不时在一些展品前驻足，仔细询问有关情况，对展览给予充分肯定。

胡锦涛同志说："看了展览，既为中华民族灿烂文化的博大精深而自豪，也为外国列强侵略中国的野蛮行径而愤慨。这个展览不仅可以使人们得到美好的艺术享受，而且会使人们受到生动的爱国主义教育，增强民族自豪感和责任心。要进一步保护好、研究好敦煌艺术，再创中华文明的辉煌。"临别时，胡锦涛同志握着我的手说："要保重身体，健康长寿，为敦煌事业多做贡献。"7月29日，学术讨论会在莫高窟召开。开幕式上，孙家正、张文彬、仲兆隆同志代表文化部、国家文物局和甘肃省委、省政府向7位"敦煌文物保护研究特殊贡献奖"获得者和敦煌研究院、日本东京国立文化财研究所、美国盖蒂保护研究所颁发了奖状。我有幸名列7人之中，我感谢党和人民给我的荣誉，更重要的是寻找自身的不足，在力所能及的情况下，继续做一点工作。

2000 年在藏经洞发现暨敦煌学百年纪念会上被授予"敦煌文物保护研究特殊贡献奖"　段兼善提供

　　一百年来围绕敦煌莫高窟这一世界文化遗产，发生了许许多多的故事，有的令人伤心，有的令人振奋，总的来看敦煌的事业是在一步步往好的方向发展。一百年来所发生的保护和研究敦煌文物的几个大的阶段不时在我的脑海中闪现和回荡。

第一个阶段是 1900 年至 1941 年这 40 年，主要是围绕莫高窟藏经洞出土的经典文献所开展的保存、被掠、寻踪、整理、校勘、考证、抄录、刊布等活动。1900 年 6 月，莫高窟的守窟道士王圆箓偶然发现南区北段洞窟中的一间密室墙壁上有裂隙，敲之有空洞之声，随即打开，是一间 10 多平方米的房间，里面堆满了各种文献资料及绢幡艺术品。王道士虽然不懂得其中的重要意义，但他及时地报告了当时的敦煌知县严泽，并送了两卷遗书给严泽，但严泽没有采取应有的保护措施。后来王道士又送了些经卷给继任知县汪宗翰，并报告了藏经洞发现一事。虽然汪宗翰学识很好，知道这些东西的价值，但同样没有采取果断的措施，只是将此事报告了甘肃省，当时的甘肃学政叶昌炽学识渊博，是有名的金石家，对文史版本、校勘都有相当研究水平。他得到汪宗翰寄给他的莫高窟石碑拓片、佛像和写经等文物后，虽然从学术上作了一些考证和记录，并建议将这些文物运送到兰州保管，可是他既未到敦煌实地考察，所作的建议也并未认真落实。王道士三番两次向政府报告后，感到政府并不怎么热心此事，因此他也就不把这些文物当回事了。随意将这些东西拿去送人，从此敦煌藏经洞的文物就开始流失。这时候一些外国的探险者和考古发掘者注意到了敦煌。1907 年 5 月的一天，英国人斯坦因摸到敦煌莫高窟，在这里他住了 24 天，通过他的三寸不烂之舌，以微少的银两从王道士手中提走了24箱经卷文献写本和五箱绢绘画品。斯坦因将这批文物运回西方，凭借这些文物，他在欧洲的一些城市举行报告会，震撼了欧美学术界。1908年3月，法国人伯希和奔向敦煌莫高窟，经过与王道士的密谈，被允许进入藏经洞去挑选文物，面对如此丰富的文献资料，伯希和惊呆了。不过他很快回过神来，恣肆地在文献堆中翻拣，接下来的十余天中，他每天都在洞内搜寻、审阅和筛选。20多天之后，他甩给王道士五百两银子，将挑选的大批写本精华和斯坦因遗漏的绢纸绘画及丝织品捆了几大捆。5月，伯希和一行满载着宝藏离开敦煌沿河西走廊东行，其车队如入无人之境，历兰州，经西安，过郑州，于当年10月到达北京。在北京，伯希和没有向任何人展示过他劫掠的秘宝，却对当时京师图书馆监督缪荃荪提及过此事，但并没有把原件给缪看，所以缪并没有将此事当真，也没有过多的注意。中国的学者并不知道，伯希和早就令随行人员把所劫掠之文物搭乘轮船运往欧洲。1909年伯希和又到中国，6月在南京拜访北洋大臣端方，并将随身携带的部分敦煌秘籍展示给端方看，端方震惊万分，十分痛惜，并将此事通过董康告诉了北京学术界。1909年8月，伯希和到达北京住在八宝胡同，当时北京一批著名学者董康、罗振玉、王国维、王仁俊、蒋黼、叶恭绰等纷纷前往八宝胡同，询问伯希和寻宝经过，并在那里观看和抄录写本、经卷，着实忙了一阵子。罗振玉曾用可喜、可恨、可悲来表达了当时自己的心情。1909年9月4日在六国饭店的招待会上，翰林院学士恽毓鼎等人未对伯希和的行为进行指责，却正式向伯希和提出日后寄回敦煌文物精印本和影印其携带之敦煌精品及已运回巴黎之遗书全部的要求，伯希和表示同意。六国饭店招待会上，面对中国宝物的流失，中国学者百感交集。之后罗振玉等人即上书学部，呼吁将藏经洞劫余文献运回北京保管。后来总算得到政府同意，辗转将敦煌劫余的八千余卷遗书运至北京。然而在运送过程中，又被人偷去不少，敦煌的王道士在移交这批残卷时也私自藏匿了一部分。1910 年 11 月这批残卷由学部转交京师图书馆保存，但是此后外国的敦煌掘宝者并未绝迹。1911 年 10 月以后日本的吉川小一郎和橘瑞超又跑到敦煌到处寻找残留物及王道士等人藏匿的部分文物，所得经卷也达六百份之多。1914 年 8 月，俄国的鄂登堡一行到达千佛洞，他们在莫高窟各处收寻，并把藏经洞的地皮翻挖了一遍。真是掘地三尺，也收集了一大堆文物，捆载而去。来得晚一点的是美国的华尔纳，他于 1924 年赶到敦煌，藏经洞文物已所剩无几，他就把目光投向了洞窟中的壁画和彩塑。他用胶布粘走了十多幅精美绝伦的壁画，并搬走了两尊优美的塑像。1925 年他又一次潜往敦煌，企图再度剥取壁画，但受到敦煌民众的阻拦，未能得逞。现在，每当我们来到这些洞窟，看见华尔纳粘窃壁画所留下的斑驳印痕，心情都是久久难以平静的。

敦煌藏经洞的文物流失后，我国学者开始了对敦煌遗书进行抄录、整理、校勘、考证刊布工作。其中有罗振玉的《敦煌石室书目及发现之原始》《莫高窟石室秘录》《鸣沙山石室遗书》《鸣沙山石室古籍丛残》《敦煌零拾》，王仁俊的《敦煌石室真迹录》，蒋伯斧的《沙洲文录》，罗福苌的《伦敦博物馆所藏敦煌书目》《巴黎图书馆所藏敦煌书目》，李翊灼的《敦煌石室经卷中未入藏经论著述目录》，王国维的《敦煌发现唐朝之通俗诗及通俗小说》《韦庄的〈秦妇吟〉》《近二三十年中国新发现之学问》，刘师培的《敦煌新出唐写本提要》，刘复的《敦煌掇琐》，向达的《论唐代佛曲》《唐代俗讲考》，陶希圣的《唐代户籍簿丛辑》，郑振铎的《敦煌俗文学参考资料》《敦煌的俗文学》，陈寅恪的《敦煌劫余录》，贺昌群的《敦煌佛教艺术的系统》，梁思成的《伯希和先生关于敦煌建筑的一封信》等。另外还有为数不少的序和跋。还有王重民、向达、于道泉、姜亮夫等先后去伦敦、巴黎和印度调查、抄录和拍摄的敦煌遗书。这一阶段，外国的一些学者根据斯坦因、伯希和等人运回的敦煌文物，开始对敦煌文化进行研究，编写了不少著作。在中外学者的研究中，促成了敦煌学的兴起。

但是，在这个过程中，还有着一些遗憾。中国学者在呼吁保护敦煌文物中起到了一定的作用，在整理、抄录和刊布敦煌遗书方面做了大量的工作，功不可没。然而令人不解的是，整整四十年中，除1925年陈万里陪华尔纳到过敦煌，梁思成在1937年到敦煌考察过敦煌建筑外，其他的众多学者，竟然不曾亲临敦煌对敦煌文物进行实地考察。是因为西北环境艰苦交通不便，还是因为除了藏经洞的遗书外敦煌再没有其他东西可以重视了？总之，这是一个令人疑惑的问题。另外，除贺昌群、梁思成的文章中涉及一些石窟艺术和建筑外，大多数的著述主要是针对敦煌遗书的，对石窟本身和其艺术涉猎很少。应该说没有莫高窟就没有藏经洞，对敦煌遗书文献的整理、刊布固然是重要的，但对莫高窟这一巨大的艺术宝库如果没有足够的重视和关注，对敦煌文化的研究是不广泛的也是不可能完整的。

第二阶段是 1941 年至 1978 年这 37 年间。这一阶段的重要特征是中国一批美术家投身敦煌石窟艺术的临摹、研究、宣传介绍工作和长住敦煌对石窟进行整理和保护工作。虽然梁思成 1937 年曾到敦煌进行过建筑方面的考察，但在社会上影响不是很大。1941 年画家张大千一行十数人到敦煌临摹壁画，在敦煌学发展史上具有相当重要的意义：一是通过临摹的一批壁画作品在兰州、成都、重庆等地的展览，使人们对敦煌壁画艺术的面貌有一个初步的了解；二是吸引和促成了一批学者和艺术家前往敦煌实地考察研究敦煌石窟艺术；三是和于右任等人共同促进了国立敦煌艺术研究所的成立，使敦煌石窟有了一个专门的保护和研究机构；四是做了一些洞窟编号、清理、发掘等方面的工作，开始了初步的石窟本体的勘测工作；五是在借鉴敦煌艺术传统进行创新方面进行了一些试验。由于他在敦煌时间不太长，有些工作只能留给后来者去完成。但张大千的工作，无疑引起了人们对敦煌石窟艺术问题的更多关注和思考。

1942 年国民政府教育部组织了以王子云为首的西北艺术文物考察团到敦煌考察数月，由当时的中央研究院等单位组织的西北史地考察团和西北科学考察团也曾到敦煌进行考察。参加者有向达、夏鼐、阎文儒等。这些考察活动虽然时间不太长，但也增进了人们对敦煌文化的了解。1944年1月，国立敦煌艺术研究所成立，直属国民政府教育部领导，常书鸿任所长。研究所成立后，两三年中集中了一批有志于敦煌艺术研究和石窟保护工作的艺术家。其中有些人到敦煌在艰苦的环境中坚持了数十年，将一生献给了敦煌事业。这批生力军的到来，使国立敦煌艺术研究所开始了大规模的壁画临摹工作，由于工作逐步规范认真，壁画临品的准确性和完整性都比以前有了很大的提高，特别是革除了一些有损于壁画原作的临摹方法，有利于保护洞窟壁画。除此之外对洞窟的清理、测量、内容调查、编号、保护工作方面也有了一定进展。1949年10月，中华人民共和国成立，敦煌解放后人民政府接管了国立敦煌艺术研究所，并将其更名为敦煌文物研究所，直属中央人民政府文化部领导。大规模的临摹工作从莫高窟发展到榆林窟。50年代前期，敦煌文物研究所连续在国内外举办"敦煌艺术展"，客观上强化了对敦煌的宣传介绍，使国内外的观众对敦煌石窟艺术有了更多的了解和认识。50年代后期和60年代前期，敦煌文物研究所的研究者们在长期临摹的基础上，开始从美术史和艺术理论的角度对石窟艺术进行探讨，撰写了一些文章，并编辑出版了《敦煌壁画临本选集》《敦煌艺术画库》等画册。60年代前期，政府拨款对莫高窟南区进行了崖体加固工程，这是一次保护敦煌石窟的重大举措，对防止石窟崖体坍塌起到了重要作用。在1966年至1976年间"文化大革命"的干扰下，研究工作全面停止。但由于大家共同努力，敦煌石窟在"文革"中没有遭受损伤，保存完整。

这一个时期的重要意义在于：使敦煌学的研究从前一阶段的主要关注藏经洞的文献的研究转入到对敦煌石窟本体的关注和石窟艺术研究。石窟艺术的历史价值和艺术价值得到人们的认可，从而拓展了敦煌学研究的领域和空间。从保护的角度来讲，改变了以往莫高窟无人严格管理的状况，有一个正式的机构，一批常驻人员，使保护工作逐步走向正规。外地来敦煌的学者、艺术家有了一个较好的研究环境，同时也为以后的发展奠定了一个较好的基础。

第三阶段是从1979年至今的二十多年时间。这是中国敦煌学大发展和世界敦煌学大发展的一个重要时期。中国进入了改革开放的新时代，万物复苏，欣欣向荣。敦煌研究院成立，研究队伍得到充实扩大，国内各高校和科研机构的专家学者也纷纷投身敦煌学各领域的研究工作，研究成果丰硕，数量和质量都突破了以往的水平。敦煌研究院和中国敦煌吐鲁番学会团结了广大学者，极大地促进了中国敦煌学的发展。特别是敦煌研究院的领导班子具有开放思想和战略眼光，顺应时代潮流。在敦煌故里连续召开了几次国际性的学术研讨会，加强了与国内外学术界的联系与交流，建立了友谊。中国的敦煌学者在国际学术活动中展示了自己的成果，获得了国际学术界的肯定和赞扬。特别是敦煌研究院在80年代和90年代推出的大批高质量的论文和多部系统性大型画集，赢得了国际学术界的称赞，过去所谓的"敦煌在中国，研究在外国"的局面得到根本改变，大长了中国人的志气。由于加强了对外联络和对外宣传，在中国政府加大资金投入的同时，也得到国内外友好人士的资助，敦煌石窟的保护事业在现代化的道路上取得了极大的发展，上了一个新的台阶，步入一个新阶段。

敦煌研究院在 20 世纪 80 年代初期提出过让敦煌研究回归故里的阶段性目标。这是针对我国的敦煌学研究在一个阶段中相对落后于外国的具体情况而言。敦煌学当然是要走向世界的，但不是只去看外国人的研究成果，而是要去共同推动敦煌学在世界范围内更好地发展和弘扬，在世界的文明发展史上起到进步的作用。要做到这一点，就要求我们必须拿出丰硕的站得住的研究成果来。我们常常听说过"打铁须得本身硬""弱国无外交"之类的语句，这些话语说明了一定的道理。我们有了丰厚的研究成果和深沉的学术积淀，才能与外国的同行们平等地交流，在世界先进文化的发展中做出应有的贡献。在我国改革开放的最初几年，全国各地和敦煌研究院的学者们团结协作，埋头苦干，深入研究，写出了一大批有分量的论文，奉献出一大批丰硕的研究成果，是我们重新走向世界的坚实基础。后来的几次国际敦煌学术讨论会的情况说明，迈着稳健有力的步伐走向世界，才能无愧于创造了敦煌文化和其他优秀的传统文化的中华民族古代先贤们。

2000 年百年庆典，是 100 年来敦煌事业发展的小结。跨入 21 世纪，敦煌学的发展不会停止。我想，在新的世纪，敦煌文化的精神，会得到进一步的弘扬。

二、耄耋之年回敦煌，守望之梦在继续

2006 年 8 月，在兼善、葆龄和兰州院部王鸿钧同志的陪同下，我回到阔别数年的日思夜想、魂牵梦绕的敦煌莫高窟，受到樊锦诗、纪新民、刘会林、李最雄等现任院领导的热情接待。我在狄会忠处长等同志的陪同下，再次参观了洞窟并游览了窟区环境。在九层楼前和林荫道上，我驻足凝望，只见树木葱茏，枝叶掩映，在人影语声之中，我迎面碰见日本成城大学教授东山健吾先生。这位东山健吾先生，在我的记忆中到敦煌来可能已有数十次之多了，是个敦煌石窟艺术的热爱者。在交谈中得知这次是为了写另一篇论文专程来考察的。从这位日本学者的

在莫高窟九层楼前与樊锦诗、纪新民、刘会林、李最雄、王旭东合影留念　敦煌研究院提供

执着，也可见敦煌魅力之久远。告辞东山健吾，我们在下寺附近见到保卫处的负责同志，邀至保卫处办公室小坐，会见了警卫队的一部分队员。因为警卫队负责石窟的安全保卫工作，昼夜都要值班巡逻，工作很辛苦。过去我是经常与保卫处的同志座谈，节假日也要前来慰问。看到他们精神抖擞、健壮威猛的状态，我感到欣慰。我还见到接待部李萍主任和罗瑶副主任，他们希望我到接待部和全体工作人员见面并讲话。我说："我应该去看看大家。"李明开车送我们到接待部院内，见到好多新老工作人员在院中迎候，我们在会议室围坐。我回忆起自改革开放以来，接待部已接待了数量众多的中外游客、专家学者、外国政要和我国中央及地方的许多领导。接待部是宣传和弘扬敦煌文化的窗口，工作繁忙，也很重要。我给予接待部的工作极高的评价，希望大家努力钻研业务，精通中文讲解和外语翻译，继续做好接待工作，为弘扬敦煌石窟文化做出贡献。会见后在院内与接待部人员合影留念。我又到了资料中心，在阅览室翻看了报刊，也观看了工作人员在电脑前操作的过程。资料中心有很大的发展，环境扩大了，设备增加了，感到很高兴。在美术研究所宽敞明亮的大画室，看到侯黎明所长等一些中青年画家在大画板前工作，好像是几张榆林窟的壁画。临摹是一项重要的工作，过去摄录器材、技术还不够发达的时候，临摹作品是向外介绍敦煌艺术的重要手段，起到了很重要的作用，也是美术家研究敦煌艺术的必要手段，是保存古代艺术风貌的办法之一。我希望美术所的中青年画家们在重视临摹工作的基础上，努力开拓借鉴传统、推陈出新。和文人画传统相比，由于敦煌石窟艺术体系的发现和认识都比较晚，对这样一个中华民族传统艺术的重要方面，在进一步加深认识和推陈出新方面，还有很多事情要做，可谓任重而道远。我还和彭金章研究员谈起北区考古发掘工作，据说也进行完毕，发现了一批有价值的文物，成果颇丰。发掘报告和论文已经出版，我向他表示祝贺。过去因南区工作任务重，又缺乏考古方面的工作人员，莫高北区的考古发掘一直未能开展。彭金章从武汉大学调来后，领头开展这项工作，从20世纪80年代开始，经十多年的辛勤工作，取得了成功，是件很有意义的事情。这次来看到方方面面的工作，感觉到研究院这几年在樊锦诗、纪新民、刘会林、李最雄以及后来补充到领导班子的王旭东等同志的领导下，工作搞得很好，各项工作都取得了可喜的成绩，各方面都有很大的发展和变化，这也是我所希望的。"江山代有人才出，各领风骚数百年。"我希望敦煌事业的继承者们，比我们做得更好。从敦煌回到兰州，接到中国文联的通知，说我被评为2006年度"造型表演艺术创作研究成就奖"获奖者之一。中国文联要在北京举行颁奖仪式，我在院办公室主任宋真等人陪同下，前往北京出席颁奖仪式。在11月7日的颁奖大会上，中国文联的领导同志为我们颁发了奖状和证书。同一批获奖的还有冯法祀、吕厚民、沈鹏、靳尚谊、黄永玉、朱乃正、金维诺、钱绍武、常沙娜、晁楣、崔子范、程十发、阳太阳、赵燕侠、谭元寿、白淑湘、方掬芬、于是之、陈伯华。在会前休息室里曾和刘大为、詹建俊、曹春生、

获中国文联 2006 年度"造型表演艺术创作研究成就奖"后留影　敦煌研究院提供

白淑湘、冯法祀等人亲切交谈。詹建俊先生是当代著名油画家，他还回忆起 20 世纪 50 年代在中央美院做研究生时到敦煌临摹壁画，并听我向他们介绍敦煌壁画的情景。我感谢文艺界对我们从事敦煌艺术研究工作者的理解。

　　我曾经有过在敦煌建立一个世界文化公园的设想：在大泉河西岸与莫高窟相对建立一个半地下宫殿式的敦煌文化陈列馆，制作一个最有代表性洞窟的原大模型，陈列敦煌文物。还要设立电影电视厅，放映敦煌石窟的电影电视片；恢复下寺三清宫外貌，陈列中国、印度、巴基斯坦、日本及中亚国家的佛教艺术复制品；建立丝绸之路蜡像馆，陈列汉唐丝绸之路中西文化交流的文物，使到敦煌来参观的人看到一个更为完整的敦煌。现在有的已经变成了现实，但是作为一个庞大的文化工程，还有好多事情要做，新的院领导班子还在为实现这个梦想而努力工作着。在研究方面，从全国范围看，一些在世的老敦煌学家仍然壮心不已，笔耕不辍。一批知名学者已经成为中国敦煌学研究的中坚力量，像樊锦诗、宁可、王尧、项楚、姜伯勤、柴剑虹、李永宁、贺世哲、施萍婷、周丕显、刘玉权、齐陈骏、李正宇、彭金章、陈国灿、朱雷、邓文宽、颜廷亮、陈炳应、马世长、萧默、庄壮、郑汝中、方广锠、荣新江、郝春文、赵和平等已经在各自的研究领域中取得了突出的成就。青年学者也正在迅速成长，脱颖而出。与此同时，一批从事敦煌文物保护学科的专家队伍正在成长壮大。孙儒僩、李最雄、李云鹤、王旭东、段修业等在保护方面已经做出了贡献并正在攀登中国文物保护的技术高峰。敦煌石窟参观接待部门也在宣讲介绍敦煌艺术方面摸索出一套系统完整充实的介绍方法。敦煌壁画的临摹和彩塑的临摹工作，在老一辈的临摹专家李其琼、关友惠、欧阳琳的带动下，中青年临摹专家逐步走向成熟。资料搜集、整理和管理工作正在走向规范化。在老一辈石窟文物摄影专家的培养下，吴健等一些青年摄影家的摄录技术不断得到提高，并已成为摄录工作的主力。此外敦煌研究院有一支不小的党政工作队伍，没有他们的辛勤工作，专业人员的研究工作就没有保障。纪新民、刘会林等党政领导干部带领的队伍正在逐渐成为一支高效的党政管理中坚力量。

回顾过去，面对现实，展望未来，我想，敦煌事业必将变得越来越美好。回忆过去的一切，我好像做了一场梦。这场梦做了50多年，在人类历史的长河中，只是短暂的一瞬间，但对一个人来说，却是相当长久的一段历程。在这场梦中，虽然有过一些不和谐的音符，但总体上还是美好的、积极的、令人回味的。因为我是在敦煌做的这场梦，仅仅用博大精深还不能完全解释敦煌。敦煌是严酷的自然环境和人类美好愿望的有机结合，敦煌是对真善美的不懈追求，敦煌是创新精神的不断发扬，敦煌是对世界各国各族人民友好往来、共同发展的赞美，敦煌是对世界和平与文明进步的向往。在这样的地方展现我们的梦想，是一件有意义的事情。只要生命不息，敦煌之梦就不止。我相信以后还有很多人继续敦煌之梦，而且梦境更佳。

段文杰年表

1917年　8月23日出生于四川省绵阳丰谷井松垭乡。

1925—1929年　就读于四川省蓬溪县常乐镇禹王宫小学（初小）。

1929—1931年　就读于四川省蓬溪县常乐小学（又名"崇文书院"，高小）。

1931—1936年　就读于四川省蓬溪县中学。

1936—1938年　中学毕业后留蓬溪中学补习，同时积极参加抗日宣传活动，曾任学生抗日宣传队队长。在绘制宣传画过程中，产生了对美术创作的浓厚兴趣。

1938—1940年　先后在四川省蓬溪县常乐小学、遂宁县永兴乡小学执教。给学生讲授文学和艺术，并组织学生参加抗日宣传活动。

1940年7月　考取国立艺术专科学校国画系(校址在重庆)。

1941—1945年　就读于国立艺术专科学校国画系。师从吕凤子、潘天寿、林风眠、陈之佛、李可染、邓白、黎雄才等先生学习中国画，1945年毕业。1943—1944年先后观看了王子云、张大千等人在重庆举办的西北风情写生展和敦煌壁画临摹展，产生了到敦煌研究民族传统艺术的意愿。

1945—1946 年　国立艺专毕业后，踏上前往敦煌的旅途，经兰州时，恰逢抗战胜利，传来国立敦煌艺术研究所撤销的消息。遇常书鸿，告之敦煌所内已无人，遂决定在兰州等候复所通知。经人介绍在兰州社会服务处做职业介绍工作。

1946 年　9 月抵达莫高窟，开始敦煌艺术考察、研究、临摹和保护工作。

1946—1949 年　任国立敦煌艺术研究所考古组代组长。具体负责组织临摹壁画、勘测石窟状况和调查洞窟内容等工作。临摹石窟壁画 100 多幅，参加了 1948 年在南京举办的"敦煌壁画展"，其中有莫高窟第 254 窟《尸毗王本生》、第 158 窟《各国王子举哀图》等巨幅作品。

1950 年　任敦煌文物研究所美术组组长，并开始在常书鸿外出时代理所长。

1950—1953 年　组织重点壁画的临摹工作，段文杰的 221 幅临本参加 1951 年北京举办的"敦煌艺术画展"。率团赴玉门油田为石油工人举办"敦煌艺术展"。为借鉴民族传统推陈出新，倡导美术工作者进行写生活动，发起并领导莫高窟西魏第 285 窟整窟壁画临摹工作。绘有《敦煌老农》《敦煌民工》《敦煌青年》《解放军战士》等一批素描写生画。

1954 年　参加莫高窟唐代图案临摹工作。同年，被聘为敦煌文物研究所副研究员。绘有《莫高窟下寺风景》《九层楼大殿》

《大泉河畔》等一批水粉写生作品。

1955年　完成了莫高窟第130窟《都督夫人礼佛图》的研究性复原临摹和第194窟《帝王图》等临摹作品。同年秋天，在北京举行第二次敦煌艺术画展，赴京负责展览的组织和接待工作。绘有《榆林窟风景》国画写生及《榆林窟道士郭元亨》《莫高窟喇嘛易昌恕》《蒙古牧民》《蒙古族少年》《蒙古族妇女》等炭笔素描作品。

1956年　主持并参加榆林窟第25窟整窟壁画临摹工作。对到敦煌十年来的临摹工作进行了初步总结，撰写《谈临摹敦煌壁画的一点体会》一文，刊发于《文物》1956年9期。

1957—1961年　为中国古典艺术出版社出版的《敦煌艺术画库》撰写《榆林窟》一文。同年，因对所内某些人的家长式的做法提过改进意见，遭报复和诬陷，受到错误的对待，被撤销一切职务和副研究员级别，但仍然坚持敦煌艺术的各种研究工作，并完成多幅壁画的临摹工作。

1962—1965年　1962年在甘肃省委派出工作组到文物研究所调查"反右"及"反右倾"中处理不当的问题时，被甄别平反，恢复原有的专业职称和级别。担任学术委员会秘书，对敦煌石窟艺术的产生和发展过程及其艺术价值和历史价值进行了深入的思考，做了不少研究笔记，并完成多幅壁画的临摹工作。

1966—1972年　在"文革"期间受到错误批判，后被下放至敦煌农村劳动；1972年重新回所工作。

1972—1977年　赴扬州指导鉴真纪念堂《鉴真东渡》壁

画的设计、创作工作。和关友惠、马世长、潘玉闪、祁铎等人到新疆考察石窟艺术。主持编撰大型彩塑画册《敦煌彩塑》，为该书撰写了《敦煌彩塑艺术》一文。此书1978年由文物出版社出版。

1978年　撰写《敦煌早期壁画的民族传统和外来影响》和合作撰写《莫高窟第220窟新发现的复壁壁画》均刊发于《文物》杂志。

1979年　担任兰州大学客座教授，讲授敦煌石窟艺术。为《兰州大学学报》组织教学研究的专稿，并为《敦煌学辑刊》撰写《形象的历史——谈敦煌壁画的历史价值》一文。

1980年　担任敦煌文物研究所第一副所长。参加由中国文物出版社和日本平凡社合作出版《中国石窟·敦煌莫高窟》五卷本的编撰工作，并分别为第一、三、四、五卷中撰写了《早期的莫高窟艺术》《唐代前期的莫高窟艺术》《唐代后期的莫高窟艺术》《晚期的莫高窟艺术》四篇文章。发表了《真实的虚构——谈舞剧〈丝路花雨〉的一些历史依据》和《敦煌石窟艺术的内容及其特点简述》，后分别在《文艺研究》和《敦煌学辑刊》上发表。

1981年　8月8日陪同邓小平同志参观石窟，并向小平同志汇报研究所的工作情况，邓小平决定为研究所批拨300万元。同年国家文物局局长任质斌来所检查工作，提出建院设想。在《甘肃工艺美术》上发表《向敦煌壁画学些什么》一文。

1982年　任敦煌文物研究所所长。倡导试办敦煌文物研究所的学术刊物《敦煌研究》，并为该刊撰写了《敦煌研究的回顾与展望——代发刊词》《试论敦煌壁画的传神艺术》《略论敦煌壁画的风格特点和艺术成就》等文章，撰写的《张议潮时期的敦煌艺术》发表在《敦煌学辑刊》上。策划并参与了敦煌文物研究所编、甘肃人民出版社出版《敦煌研究文集》的工作，为该文集撰写了《十六国、北朝时期的敦煌石窟艺术》《敦煌壁画中的衣冠服饰》两篇文章。随"中国文物工作友好访问团"赴日参加"中国敦煌壁画展"的开幕式，并与日本学者井上靖先生共同作了有关敦煌历史和艺术的学术讲演，发表了《略论敦煌壁画的风格特点与艺术成就》一文。被甘肃省人民政府授予"甘肃省先进工作者"称号。

1983年　率"敦煌壁画展览代表团"赴法国巴黎，在法国自然博物举办了"敦煌艺术摹品展览"，还应邀参加了法国圣加·波里亚克基金会主办的"法中敦煌学学术报告会"，发表了《略论莫高窟第249窟壁画内容和艺术》一文。参加了在兰州、敦煌两地同时举行的"1983年全国敦煌学术讨论会"与中国敦煌吐鲁番学会成立大会，并被推选为中国敦煌吐鲁番学会副会长；会后主编《1983年全国敦煌学术讨论会文集》，由甘肃人民出版社1985年出版。《敦煌研究》创刊，任主编，撰写《略论莫高窟第249窟壁画内容和艺术》发表在《敦煌研究》上。

1984年　原敦煌文物研究所改建为敦煌研究院，被任命为院长。莫高窟南区南段洞窟加固工程开始实施，建立护窟队，加强了洞窟的保卫工作。任《敦煌学大辞典》副主编。撰写《吐蕃时期的莫高窟艺术》发表于《甘肃画报》。

1985 年 任《中国美术全集·敦煌壁画》(上、下)和《中国美术全集·敦煌彩塑》主编;并为上海人民美术出版社 1985年 9 月出版的上卷中撰写了《敦煌壁画概述》和《敦煌早期壁画的风格特点和艺术成就》两篇文章。率团参加在日本东京富士美术馆举行的"中国敦煌展"开幕式,会见创价学会会长池田大作先生,并在创价大学作题为《敦煌艺术和民众》的讲演。与日本著名画家平山郁夫教授商定日方帮助敦煌研究院培养文物保护专业人才的援助项目。与日本著名作家井上靖会晤并畅谈了中日文化交流的历史和现况,访谈内容编辑成《敦煌之美》一书在日本出版。

1986 年 应邀赴日本东京艺术大学讲学,被聘为该校名誉教授,并与平山郁夫校长商定了敦煌研究院和东京艺大合作项目。获日本东洋哲学研究所授予的"东洋哲学研究奖"。其间,为了争取国际援助,在平山郁夫的陪同下,前往日本首相官邸拜会了中曾根康弘首相。为《向达先生纪念论文集》撰写《莫高窟唐代艺术中的服饰》一文。

1987 年 应邀参加香港中华文化促进中心和香港大学中文系中国文化研究所联合主办的国际敦煌吐鲁番学学术会议。发表了《榆林窟第 25 窟壁画艺术》一文。主持由敦煌研究院在莫高窟主办的敦煌石窟研究国际讨论会,并发表《敦煌早期壁画的时代风格探讨》一文,会后主编了《1987 敦煌石窟研究国际讨论会文集》两册。还撰写了《飞天——乾闼婆与紧那罗——再谈敦煌飞天》等文章。本年，莫高窟被联合国教科文组织列入世界文化遗产名录。

1988年　段文杰《敦煌石窟艺术论集》由甘肃人民出版社出版。应日本文化厅、东京艺术大学和东京国立文化财研究所的邀请，前往日本讲学。出席平山郁夫画展并剪彩、致辞，再次与池田大作先生晤谈。在平山郁夫的陪同下，拜会了竹下登首相，并邀请竹下登访问敦煌。当年秋，陪同竹下登参观莫高窟，竹下登宣布日本政府援建项目。同年，还与平山郁夫、石川六郎等人商讨了建设方案。"中国敦煌·西夏王国"展在日本举行，为展览图录撰《西夏的壁画》一文。敦煌研究院"平山郁夫敦煌学术基金会"成立，任该基金会理事长。还撰写了《敦煌石窟保护的历史进程》《敦煌学回归故里》《飞天在人间》分别在《文物工作》和《文史知识》上发表。

1989年　应日中友好会馆理事长伴正一的邀请，赴东京参加赠画仪式，并与前来参加仪式的日本首相竹下登进行了亲切交谈。之后还专程去札幌看望了生前关爱敦煌的越智佳织小姐的父母。作为《中国美术分类全集·中国敦煌壁画全集》十卷的主编，并分别为《初唐卷》（辽宁美术出版社1989年1月出版）和《隋代卷》（天津人民美术出版社1991年8出版）撰写了《创新以代雄——敦煌石窟初唐壁画概观》和《融合中西成一家——莫高窟隋代壁画研究》两篇文章。还撰写了《榆林窟党项、蒙古政权时期的壁画艺术》在《敦煌研究》上发表。

1990 年　主持由敦煌研究院在莫高窟主办的"1990 年敦煌学国际研讨会",并发表《玄奘取经图研究》一文。为中日合作出版的《中国石窟·安西榆林窟》(日文版)撰写《榆林窟壁画艺术》。主编大型画册《敦煌》,由江苏美术出版社和甘肃人民出版社合作出版。赴加拿大参加"第33届亚洲及北非研究国际学术研讨会",并发表演讲。再次赴日访问,与池田大作商谈援助事宜,获日本"东京富士美术馆最高荣誉奖"。撰写《敦煌壁画的内容和风格》等文章。

1991 年　任甘肃省国际文化传播交流协会名誉理事长。被推选为甘肃省敦煌学会会长。享受中华人民共和国国务院颁发的政府特殊津贴。与史苇湘等人赴印度参加"敦煌艺术展"开幕式和中印石窟艺术研讨会。会议期间先后作了《敦煌石窟艺术的特点》等演讲,并考察了阿旃陀石窟等文物遗址。撰写《九色鹿连环画的艺术特色——敦煌读画记之一》《漫谈敦煌艺术和学习敦煌艺术遗产问题——答包头师专美术系师生问》发表于《敦煌研究》。

1992 年　陪同中共中央总书记江泽民视察敦煌莫高窟参观并作讲解。这之前到西安参加全国文物工作会议,会后陪李瑞环同志到院里检查工作。应《美国国家地理》杂志社、盖蒂保护研究所、哈佛大学和加州大学伯克利分校的邀请,赴美洽谈文物保护合作项目并考察、讲学,分别作了有关敦煌石窟艺术的专题演讲。任敦煌研究院与江苏美术出版社合作编辑出版的《敦煌石窟艺术》丛书主编。赴台湾参加"敦煌古代科技展"展出一百天纪念活动及台湾中国文化大学举办的敦煌学术研讨会。

1993年　参加由敦煌研究院、美国盖蒂保护研究所和中国文物研究所联合在莫高窟举办的"丝绸之路古遗址保护国际学术会议",并作题为《丝绸之路上的瑰宝——敦煌艺术》的演讲。编著《敦煌石窟艺术·榆林窟第二五窟》,由江苏美术出版社出版。甘肃省人民政府授予"甘肃省优秀专家"称号。日本创价大学授予荣誉博士学位。与孙儒僩等赴香港参加"第34届亚洲及北非国际学术研讨会"。撰写《临摹是一门学问》在《敦煌研究》上发表。

1994年　主持由敦煌研究院在莫高窟主办的敦煌学国际学术研讨会,并发表论文《中西艺术的交汇点——莫高窟第285窟》。在同时举行的第二届中印石窟艺术讨论会上作了题为《佛教艺术中国化的进程》演讲。出席敦煌石窟文物保护研究陈列中心竣工典礼并致辞。出席平山郁夫纪念幢揭幕仪式并剪彩。个人论文集《段文杰敦煌艺术论文集》由甘肃人民出版社出版。因从事敦煌石窟保护和研究工作30年以上并做出突出贡献受到甘肃省人民政府的表彰、奖励。撰写《敦煌研究院五十年》《敦煌的美术与民众》等论文。《段文杰眼中的敦煌艺术》一书由印度英迪拉·甘地国家艺术中心编译出版。

1995年　4月获得中华人民共和国文化部、人事部授予的"全国文化系统先进工作者"称号。率敦煌研究院考察团赴俄罗斯考察俄藏敦煌文物。赴香港参加由新华社香港分社、甘肃省文化厅和中国对外友协主办，敦煌研究院和甘肃省博物馆协办的"敦煌艺术展"开幕式，以及由香港文化交流协会主办的敦煌艺术座谈会。与陈琦玲、马文治一同看望了邵逸夫先生。

1996年　2月与樊锦诗等人赴日本参加"敦煌石窟保护及相关问题"学术研讨会，发表了《敦煌莫高窟保护工作的历史回顾》一文，并为奈良市各界人士作了题为《奈良与敦煌》的讲演。赴京参加"敦煌艺术展"开幕式，出席"段文杰从事敦煌工作50年纪念座谈会"，在北京大学、北京师范大学、中国艺术研究院、中国青年政治学院等单位作学术报告。在莫高窟先后接待了乔石、杨尚昆、姜春云等中央领导同志。还会见了香港的知名人士徐展堂、日本国会议员大内启五、日中友好协会会长平山郁夫、日本法隆寺高田良信以及茶道里千家一行。还分别接受了朝日新闻社和中央电视台记者的采访。

1997年　代表研究院接受了日本友好人士青山庆示送还的8件藏经洞文献珍品。

1998年　因年事已高辞去院长职务，被任命为名誉院长。

1999年　到敦煌接受日本NHK放送协会举行的直播访谈。会见专程前来的平山郁夫先生，向平山先生赠送新出版的敦煌壁画临摹画册。赴香港出席商务印书馆举行的莫高窟五台山全图影印展出活动并剪彩。为敦煌石窟保护研究基金会的工作到北京拜会宋平、尉健行、李铁映等同志，为纪念莫高窟藏经洞发现一百年撰写《历尽沧桑，再现辉煌——纪念敦煌藏经洞文物发现一百周年》一文，在《甘肃日报》《中华英才》

发表。

2000 年　先后出席在北京、兰州、敦煌三地举行的"敦煌藏经洞发现暨敦煌学百年"盛大纪念活动，和文化部、国家文物局、甘肃省政府的领导同志陪同胡锦涛、尉健行、李岚清、李铁映等中央领导参观"敦煌艺术展"。和常书鸿、季羡林、饶宗颐、潘重规、邵逸夫、平山郁夫七人被授予"敦煌石窟保护研究特殊贡献奖"。

2001 年　整理回忆录。

2002 年　应邀赴台，在台北"中山纪念馆"举办画展。撰写《情结敦煌》自述在台《艺术家》杂志连载刊发。

2003 年　完成回忆录初稿。

2004 年　为敦煌研究院编、上海古籍出版社出版的《敦煌壁画线描百图》撰写《谈敦煌壁画临摹中的白描画稿》一文。

2006 年　获中国文联"造型表演艺术创作研究成就奖"，修改并完成回忆录。

2007 年　甘肃省政府和国家文物局在兰州举行"段文杰先生从事敦煌文物和艺术保护研究六十年"纪念活动。被甘肃省政府、国家文物局授予"敦煌文物和艺术保护研究终身成就奖"。

2009 年　被文化部和国家文物局授予"中国文物、博物馆事业杰出人物"称号。

2011 年　1 月 21 日 17 时因病在兰州去世，享年九十五岁。1 月 25 日在兰州华林山殡仪馆怀远厅举行遗体告别仪式，省委省政府领导及同事、亲友三百多人前来送别，百日后遗骨与夫人龙时英遗骨合葬于莫高窟前大泉河对岸。敦煌研究院在墓碑上镌刻对联"出蜀入陇根脉植莫高，风雪胡杨雄大漠；承前启后群贤仰宗师，敦煌艺术擎巨椽"。

《天宫伎乐》 莫高窟第 251 窟 段文杰临摹

《天宫伎乐》 莫高窟第 249 窟 段文杰临摹

《天宫伎乐》 莫高窟第304窟 段文杰临摹

《天宫伎乐》 莫高窟第288窟 段文杰临摹

《乐队》 莫高窟第 85 窟 段文杰临摹

《四菩萨像》 莫高窟第 328 窟 段文杰临摹

《观无量寿经变》 莫高窟第 320 窟 段文杰临摹

《观无量寿经变》 榆林窟第25窟 段文杰与李其琼、关友惠、霍熙亮等共同临摹

《萨埵本生局部》 莫高窟419窟 段文杰临摹

《维摩诘经变》　莫高窟第 335 窟　段文杰临摹

《尸毗王本生》　莫高窟第 254 窟　段文杰临摹

《三兔飞天藻井》 莫高窟第 407 窟 段文杰与李复共同临摹

《舞伎》 莫高窟第 205 窟 段文杰临摹

《持花飞天》 莫高窟第341窟 段文杰与史苇湘共同临摹

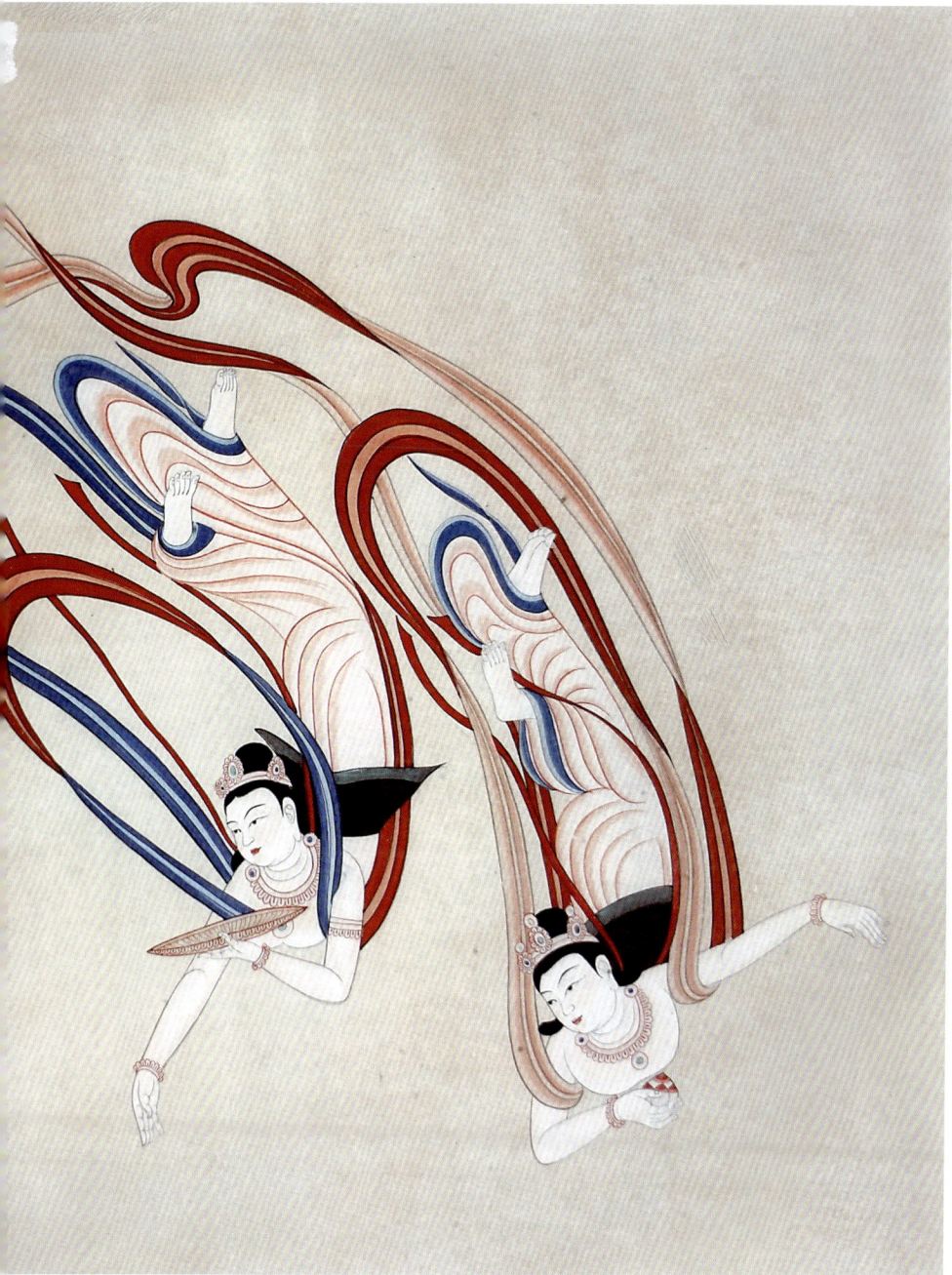

《飞天》 莫高窟第 321 窟 段文杰临摹

《山乡行旅图——五台山图局部》 莫高窟第61窟 段文杰临摹

《驼运归来图——五台山图局部》 莫高窟第61窟 段文杰临摹

《牵驼》 莫高窟第 12 窟 段文杰临摹

《舟渡》 莫高窟第 323 窟 段文杰临摹

《回鹘王供养像》 莫高窟第 409 窟 段文杰临摹

《供养人》 莫高窟第285窟 段文杰临摹

《各国王子举哀图》 莫高窟第 158 窟 段文杰临摹

《帝王图》 莫高窟第 194 窟 段文杰临摹

《都督府人礼佛图》 莫高窟第 130 窟 段文杰临摹

《少女面部淡妆》 莫高窟第 130 窟 段文杰临摹

《供养人》（官员公服） 莫高窟第 130 窟 段文杰临摹